Jürgen Seibold

Bloß keine Maultaschen

Jürgen Seibold

Bloß keine Maultaschen

Roman

Silberburg-Verlag

Jürgen Seibold, 1960 geboren und mit Frau und Kindern im Rems-Murr-Kreis zu Hause, ist gelernter Journalist, arbeitet als Buchautor, Musik- und Filmkritiker und betreibt eine Firma für Internet-Dienstleistungen.

Sie wollen mehr wissen über den Maultaschenfluch?

Kein Problem: Online gibt es Infos, auch zu Aktionen rund ums Buch …
www.bloss-keine-maultaschen.de

4. Auflage 2011

Umschlaggestaltung: Christoph Wöhler, Tübingen, unter Verwendung einer Fotografie von Hartmut Seehuber.
Lektorat: Michael Raffel, Tübingen.
Druck: Gulde-Druck, Tübingen.
Printed in Germany.

ISBN 978-3-87407-878-8

Wie es dazu kam, dass ich eines Tages Ronald D. Wimmer hieß, erzähle ich Ihnen ein andermal. Oder später, mal sehen.

Jahrelang war ich allerdings der Meinung, all das sei eine richtig gute Idee gewesen. Und schließlich, nachdem ich mich jahrelang in ganz Deutschland, in London und New York herumgetrieben und überall wie ein Schwamm begierig Möglichkeiten zum Geldverdienen aufgesogen hatte, kehrte ich zurück.

Dass mein Umzug nach Stuttgart eine Rückkehr war, wusste niemand, und ich hatte auch keine Lust, meinen Geschäftspartnern auf die Nase zu binden, dass ich eigentlich aus Stuttgart-Uhlbach stammte, und ebenso wenig, dass ich früher ganz anders hieß. Und solange ich selbst keinem etwas davon erzählte, würde es vermutlich auch niemand erfahren: Ich sah nicht mehr ganz so aus wie mit 18; ich schien keine Familie und keine Jugendfreunde in der Stadt zu haben; ich sprach schon seit Jahren ein Hochdeutsch, das von keinem Dialekt getrübt war und das ich nur der Lässigkeit halber ein wenig vernäselte. Hannover, ein Schuss Bremen, etwas Hamburg – wenn schon, dann deutete meine Aussprache auf eine Herkunft hoch im Norden hin. Und falls wirklich mal jemand nicht damit aufhörte, nach meinen privaten Wurzeln zu bohren, legte ich eine entsprechende Fährte in Richtung Niedersachsen.

Finanziell hatte es sich ausgezahlt, dass ich mir einen neuen Namen verpasst hatte und mit den Jahren auch ein neues Image.

Schon nach relativ kurzer Zeit hatte ich im Stuttgarter Immobiliengeschäft Fuß gefasst – vielleicht auch, weil ich hungrig nach Anerkennung war, ehrgeizig, geldgierig und nicht sehr zimperlich in meinen Methoden. Es funktionierte.

Nach zwei Jahren mietete ich ein großzügiges Loft in der Innenstadt und ließ es schick ausstaffieren. Noch ein paar Jahre später legte ich mir einen ebenso schicken Mercedes zu, teuer getunt und auch optisch zum Rennwagen aufgemotzt. Ich füllte meinen Schrank mit maßgeschneiderten Kleidern, meinen Kühlschrank mit edlem Champagner und mein Bett mit Freundinnen, die vor allem schön sein mussten – zum Kennenlernen anderer Eigenschaften nahm ich mir nicht die Zeit. Wozu auch? Alles sollte vorzeigbar sein, um meine Geschäftspartner zu beeindrucken und von meinem wirtschaftlichen Erfolg zu überzeugen – was zuverlässig neuen wirtschaftlichen Erfolg nach sich zog.

Der Strudel drehte sich, und er spülte immer neues Geld auf meine Konten.

Überall in der Stadt und im Umland hatte ich meine Finger im Spiel, wenn lukrative Bauprojekte angepackt wurden. Erinnern Sie sich in Stuttgart noch an die alten Häuser gegenüber des Hotels an der B 14? Wenn nicht (oder wenn sie Ihnen fehlen) – dann haben Sie das mir zu verdanken. Auch baufällige Gebäude im Stuttgarter Westen, Süden, Osten und Norden wickelte ich erfolgreich ab. Und natürlich war ich mit ganzem Herzen für Stuttgart 21.

Manchmal hatte ich ganz einfache, ganz normale Projekte zu betreuen. Oft aber kam ich ins Spiel, wenn ein abbruchreifes Haus das letzte i-Tüpfelchen eines ehrgeizigen Plans war und irgendein letzter Mieter so gar keine Lust hatte, seine Wohnung zu räumen. Ein persönlicher Besuch und ein paar nachdrückliche Worte wirkten da häufig Wunder.

Sagte ich »häufig«? Na ja, falsche Bescheidenheit: Ich meinte »immer«. Zugegeben: fast immer … Eine Ausnahme fällt mir ein, und die hat sehr viel mit der Geschichte zu tun, die ich Ihnen hier erzählen möchte. Mit *meiner* Geschichte.

— o —

Ich würde mich eigentlich als recht normalen Typ bezeichnen. Ich bin eins neunundachtzig groß, habe die dazu passende Schuhgröße, eine sportliche Figur und bin, was mir ganz recht ist, nicht übertrieben behaart – wobei … Ein paar Büschel mehr auf dem Kopf hätten es schon noch sein dürfen. Was auf meinem Kopf geschah, hat mich früher aber mehr gekümmert als heute. Da habe ich noch meine sehr hohe Stirn zur Vollglatze hochrasiert und nur manchmal – wenn Sonnenbrillenzeit war und ich mich mediterran geben wollte – am Hinterkopf einen kleinen Dreitagebart stehen lassen.

Tja, früher …

Heute lese ich Bücher, in denen nicht zwingend alle 50 Seiten ein Gemetzel stattfinden muss. Ich sehe mir romantische Komödien an, ohne mich dafür zu schämen. Ich esse mein Steak medium statt englisch, trinke Bier auch mal aus dem Glas, setze mich zum Pinkeln hin und trage weiße Tennissocken zu Turnschuhen. Und jeden letzten Freitag vor Weihnachten sehe ich im Ersten den »Kleinen Lord« durch einen leichten Schleier, weil ich schon zu den Zeichnungen im Vorspann heulen muss.

Um es in einem Satz zu sagen: Heute bin ich mit mir ganz zufrieden – aber zufrieden mit mir war ich vor meiner Veränderung auch.

Typen wie mich hätte ich früher für Weicheier gehalten. Schlappschwänze, Warmduscher. Ich hatte eine ganze Reihe von Bezeichnungen parat, und alle liefen sie auf eines hinaus: Solche Typen, wie ich heute einer bin, waren für mein früheres Ich schlicht und einfach Loser.

Aber ich schweife schon wieder ab, entschuldigen Sie bitte. Ich erzähle Ihnen nun einfach, wie ich wurde, was ich bin. Und warum ich – obwohl mir das Ende der Geschichte ganz gut gefällt – auf die Geschichte selbst durchaus hätte verzichten können.

— o —

Kapitel 1 | *Der Fluch*

Es war ein schöner Dienstagvormittag Mitte April. Nachdem Nina, die langbeinige Werbetexterin, gegen sechs in ihre Wohnung zwei Etagen unter mir zurückgegangen war, hatte ich noch zwei Stunden geschlafen. Später trank ich zwei Mokka an der Königstraße, checkte dabei meine Mails und überflog den Terminplan für den Tag. Alles hatte Zeit bis morgen oder übermorgen, nur die alte Dame, die im obersten Stock eines Mehrfamilienhauses in der Nähe des Nordbahnhofs wohnte, wollte ich noch heute besuchen.

Gegen halb elf stieg ich vor dem Haus aus meinem Wagen, nahm einen Packen Prospekte vom Beifahrersitz und machte mich auf den Weg hinauf. Das Treppenhaus roch muffig, überall lag Müll herum – einiges davon hatte ich selbst hineingeworfen, damit es der letzten Mieterin nicht zu gemütlich wurde. Das ganze Haus lag still, nur von draußen drang durch einige zerschlagene Fensterscheiben Verkehrslärm herein.

Die Treppe knarrte fast mit jedem Schritt, und als ich schließlich oben angekommen war, schnaufte ich ein wenig – ich hatte in den vergangenen Wochen zu viel gearbeitet, um mein Fitnessprogramm regelmäßig durchzuziehen.

Die Klingel war mit »Späth« beschriftet, aber auf dem vergilbten Zettel war der Name fast nicht mehr lesbar. Ich drückte auf den Knopf, hörte drinnen das scheppernde Geräusch der alten Türglocke, das ich schon recht gut kannte – aber sonst regte sich nichts. Ich klingelte noch einmal, und schließlich waren hinter der Wohnungstür schlurfende Schritte zu hören.

Die Tür öffnete sich einen Spalt breit, und eine kleine, schmächtige Frau mit wirrem knallrotem Haar lugte durch die schmale Öffnung: Gunda Späth, die letzte Bewohnerin dieses Hauses.

»Was wellat Sie scho wieder?«

Dass mich die alte Frau nicht begeistert empfing, war verständlich. Ich mochte sie auch nicht besonders: Sie machte mir Mühe, und ich hatte wenig übrig für Leute, die mir Mühe machten – und die zwischen mir und einem satten Gewinn durch ein neues Projekt standen.

Obendrein war sie auf geradezu lästige Weise hartnäckig. Die anderen Mieter des Hauses hatte ich recht zügig aus ihren Wohnungen bekommen – hier ein kleines Anwaltsschreiben, dort ein verlockendes Angebot für eine neue Bleibe, das wirkte meist Wunder. Wenn das nichts half, sah ich mich einfach mal im Keller um. Ein Sicherungskasten, der Wasseranschluss – selbst in diesen alten Gemäuern war das schnell gefunden, und mit ein, zwei geübten Griffen funktionierte plötzlich irgendetwas nicht mehr.

Natürlich beschwerten sich die Mieter sofort beim Hausbesitzer, aber der war ja auf meiner Seite, und so konnte es schon mal ein paar Stunden oder bis zum nächsten Tag dauern, bis Wasser oder Strom wieder verfügbar waren. Und natürlich bot der Vermieter stets ganz entgegenkommend an, dass sie sofort keine Miete mehr zahlen müssten, wenn sie kurzfristig würden ausziehen wollen.

Frau Späth aber hielt all diese Schikanen mit unglaublicher Geduld aus. Sie hatte noch einen alten Küchenherd als Reserve, den sie mit Holz beheizen konnte, und für alle Fälle hielt sie stets eine kleine Plastikwanne mit Leitungswasser gefüllt bereit.

»Sehen Sie sich die Prospekte doch wenigstens mal an«, sagte ich und drückte ihr die Werbebroschüren durch den Türspalt hindurch in die Arme. Ein klatschendes Geräusch verriet mir, dass sie sie einfach hatte auf den Boden fallen lassen.

»Hören Sie«, unternahm ich einen weiteren Versuch. »Sie müssen hier raus. Sie sind gekündigt, das Haus wird abgerissen – und Ihr Vermieter hat Ihnen wirklich schon jede Menge anderer Wohnungen angeboten, eine schöner als die andere und alle besser als dieses marode Loch hier!«

»Aber des Loch isch mei Hoimat, ond Sie missat net oifach älles abreißa, bloß damit Sie sich Ihre Tascha vollschtopfa kennat!«

Es war zum Verzweifeln mit der Frau. Ich kam hier keinen Schritt weiter und überlegte schon, wo ich die Handynummer dieses Russen hatte, der auch hoffnungslose Fälle schnell zu lösen versprach.

»Hauat Se endlich ab, Sie Halsabschneider!«, rief Frau Späth noch, bevor sie mir die Wohnungstür vor der Nase zuknallte, und ich ging in den Keller, um wieder einmal an Strom und Wasser zu spielen. Als ich aus dem Haus trat, sah ich grinsend hinauf zu ihren Fenstern. Ich hatte die Nase voll von ihr und gönnte ihr den ungemütlichen Tag, den ich ihr soeben eingebrockt hatte, von Herzen – doch die alte Frau starrte mir von oben so wütend und zugleich so entschlossen entgegen, dass es mir gleich wieder die Laune verhagelte.

Als ich dann auch noch den Kratzer am linken hinteren Kotflügel bemerkte, fluchte ich leise vor mich hin, stieg ein und machte mich auf den Weg hinaus aufs Land, wo mein Wagen aufgemotzt worden war und wo ich ihn für Reparaturen und Pflege am liebsten hinbrachte.

Die Fahrt auf der B 27 durch Ludwigsburg und dann ein Stück nach Osten bis nach Affalterbach genoss ich. Die Sonne tauchte die Wiesen und Felder um mich herum in sanftes Licht, der Lemberg erhob sich in der Nähe, und in der Werkstatt wurde ich wie gewohnt überaus freundlich begrüßt.

Der Kratzer, so wurde mir versprochen, sei morgen entfernt, nichts werde zurückbleiben – nur stehe leider kein angemessener Ersatzwagen für mich bereit. Also ließ ich mich von einem Mitarbeiter nach Winnenden chauffieren und nahm dort die S-Bahn nach Stuttgart. Die erste Klasse war voll, aber in der zweiten war eine Bank in Fahrtrichtung frei. Ich warf meinen Mantel auf den einen Sitz, fläzte mich auf den anderen und sah entspannt zu, wie draußen die Landschaft vorbeirutschte.

Am Sommerrain sah ich auf dem gegenüberliegenden Bahnsteig Schüler auf die Bahn stadtauswärts warten. In Cannstatt torkelte ein Betrunkener in den Wagen, der ihn aber am Hauptbahnhof gerade noch rechtzeitig wieder verließ, um sich gleich danach auf dem Bahnsteig zu übergeben.

Ich sah kurz auf die Uhr und beschloss, einfach sitzen zu bleiben. Heute hatte ich keine zwingenden Termine mehr, telefonieren und mailen konnte ich auch von unterwegs, und vor allem hatte ich keine Lust, in die eklige Pfütze vor der Waggontür zu treten.

An der Haltestelle Stadtmitte hatte sich der säuerliche Geruch wieder leidlich abgeschwächt, aber ich blieb trotzdem sitzen. Auf meinem Smartphone tippte ich Notizen, rief neue Mails ab, beantwortete einige und löschte die anderen.

Ich sah zum Fenster, aber hinter den Scheiben war nur die vorbeirasende Tunnelwand zu sehen. Auf dem Glas spiegelte sich das hübsche Gesicht einer jungen Frau, die in der Nähe der Tür stand. Ich lächelte ihrem Spiegelbild zu, sie lächelte zurück, wandte sich dann aber ab, um mit dem Mann neben sich zu reden.

Ich konzentrierte mich wieder auf mein Smartphone. Aus Langeweile rief ich die Stadtkarte auf und ließ mir anzeigen, wo entlang der Strecke Gaststätten empfohlen wurden. Keiner der Tipps machte mir so richtig Appetit, und als die Bahn schließlich den Flughafen erreichte, ging ich auf einen Salat ins dortige Restaurant.

Danach schlenderte ich noch ein Weilchen durch die Flughafenhallen, stöberte in den Taschenbuchständern eines Kiosks und kaufte mir schließlich einen Krimi, auf dessen Cover eine blutige Sichel zu sehen war und ein seltsamer Turm, der wie ein Weizenglas aus einem Maisfeld ragte.

Auf der Fahrt zurück blätterte ich ein wenig in dem Krimi, der auf dem Land spielte, ein paar Kilometer nordöstlich von Stuttgart. Irgendwann, die S-Bahn fuhr längst wieder durch die Tunnel unter der Innenstadt, zupfte mich jemand leicht am Ärmel. Ich sah hoch, nicht sehr erfreut über die Störung – und sofort noch weniger erfreut über die Person, die vor mir stand.

»Kenndadsemolaschtigglenomruggabidde?«

Vor mir stand Gunda Späth, die alte Frau aus dem Abbruchhaus am Nordbahnhof, und sie sah tadelnd zwischen mir und meinem Mantel hin und her, der neben mir auf dem Sitz lag. Inzwischen war der Waggon gut gefüllt, einzelne Fahrgäste standen und alle Plätze waren besetzt. Und der neben mir ja auch.

»Kenndadsemolaschtigglenomruggabidde?«

Sie wiederholte sich, obwohl ich nur mit einiger Mühe verstand, was sie sagte. Ich hatte mir den schwäbischen Dialekt so gründlich abgewöhnt, dass ich nun schon sehr genau hinhören musste, um Gunda Späths Schnellfeuersatz zu verstehen. Aber dass sie sich dorthin setzen wollte, wo jetzt mein Mantel lag, war auch ohne Worte klar.

»Können Sie es nicht mal auf Hochdeutsch versuchen? Vielleicht verstehe ich dann, was Sie meinen.«

Gunda Späth hatte sich für ihre Verhältnisse ordentlich herausgeputzt, als habe sie etwas ganz Besonderes vor. Wahrscheinlich war sie ja von jenem alten Schlag, der sich noch herrichtete, wenn es »in die Stadt« ging. Sie trug einen Hut mit breiter Krempe, und um den Hals hatte sie sich eine Perlenkette gelegt. Zwischen Kette und Krempe nahm die Haut der alten Dame nun eine immer dunklere rote Färbung an.

»Kenndadsemolaschtigglenomruggabidde?«

Sie dachte wohl nicht im Traum daran, mir ihr Kauderwelsch leichter verständlich zu machen. Hörbar wütend schleuderte sie mir den immer gleichen Satz oder das immer gleiche Wort oder was auch immer sie da von sich gab entgegen. Und allmählich schlich sich in ihre Stimme ein rauer, leicht vibrierender Unterton.

Ich grinste. Würde ich sie nun endlich dazu bringen können, ihre Wohnung zu räumen?

»Haben Sie sich die Prospekte mal angesehen, die ich Ihnen heute Vormittag freundlicherweise vorbeigebracht habe?«, fragte ich scheinheilig und legte meinen sanftesten Tonfall auf.

Statt einer Antwort presste Gunda Späth ihre Lippen fest aufeinander, holte tief Luft und zischte erneut ihre seltsame Spruchformel hervor:

»Kenndadsemolaschtigglenomruggabidde?«

Jetzt wurde es mir zu bunt.

»Jetzt machen Sie erst mal einen Sprachkurs, und wenn Sie dann reden können wie ein normaler Mensch, kommen Sie wieder vorbei und ich sehe zu, ob ich Ihnen helfen kann, ja?«

Damit wandte ich mich ab und tat so, als würde ich weiter in dem Krimi lesen. Nach einigen Minuten fiel mir auf, dass um mich herum außer dem Knirschen und Rattern der Zugräder nichts zu hören war. Offenbar war Frau Späth weitergegangen. Ich hob den Kopf – doch die Frau stand noch an derselben Stelle wie vorhin.

Ihr kleiner Körper zitterte ein wenig, offenbar bebte sie vor Zorn. Dabei starrte sie unentwegt auf mich … na ja: »herab« wäre die falsche Bezeichnung, denn Frau Späth war im Stehen kaum größer als ich im Sitzen.

Dann atmete sie tief ein und ließ ihre rechte Hand in eine klobige Tasche gleiten, die an einem Kunstlederriemen über ihrem linken Handgelenk hing. Ich zuckte ein wenig zusammen – man weiß ja nie, wozu verzweifelte alte Menschen fähig sind. Doch dann atmete ich erleichtert aus, als ihre Hand wieder zum Vorschein kam: Ihre knochigen Finger umklammerten eine Laugenstange, die sie nun auf mich richtete, als wolle sie mich damit bedrohen.

Mit einer Laugenstange? Ich lächelte. Frau Späths Finger drückten die Laugenstange ein wenig ein, also war sie noch nicht einmal hart genug, um mich damit erschlagen zu können – und vom bloßen Deuten auf mich dürfte wohl keine ernsthafte Gefahr ausgehen. Mein Grinsen wurde breiter.

Gunda Späth dagegen stand hochkonzentriert vor mir. Sie fixierte mich mit einem unangenehm intensiven Blick, hatte die schmalen Schultern durchgedrückt und schien auch das Schwanken des Waggons nicht zu spüren. Kerzengerade stand sie vor mir, schwenkte die Laugenstange langsam hin und her und murmelte tonlos vor sich hin.

Zunehmend irritiert verfolgte ich das seltsame Schauspiel, das mir die alte Frau bot. Niemanden sonst in der S-Bahn schien es zu interessieren.

Ein Duft nach Lauge, Brötchenteig und süßlichem Altfrauenparfüm stieg mir in die Nase. Mir wurde ein wenig flau – vielleicht bekam ich ja Hunger wegen des Gebäcks, das nur zwei Handbreit vor meinem Gesicht hin und her pendelte. Die Ränder meines Gesichtsfelds verschwammen, und Gunda Späth schien etwas größer zu werden.

Allmählich hörte ich das Gemurmel der alten Frau deutlicher. Ein unverständliches Kauderwelsch hob sich allmählich von den Hintergrundgeräuschen der fahrenden Bahn ab. Es schien Schwäbisch zu sein, der Satz von vorhin war es allerdings nicht. Eher klang es wie eine Formel, eine Litanei, ein langer Zauberspruch – etwas in der Art. Ich schnappte einzelne Fetzen auf wie »… wann emmr äbbas Schwäbischs …« und »… soll's en zupfa …« und »… no hot's a End!« Aber einen wirklichen Sinn konnte ich nicht erkennen.

Manchmal schien sich die Litanei zu reimen, dann wieder klangen einzelne Silben einfach nur wütend herausgeschleudert. Und: Mir wurde zunehmend schummrig. Die Bahn rumpelte um Kurven und schüttelte mich ordentlich durch, doch die alte Frau vor mir stand wie angewurzelt breitbeinig da und rührte sich keinen Millimeter nach links oder rechts, während sie unverdrossen die Laugenstange vor meiner Nase hin und her schwenkte.

Schließlich schien sie am Ende ihrer Zeremonie angekommen, und mit einem fast gebellten »tscharalo baralo« – oder so ähnlich – zuckte ihre rechte Hand nach vorn, dass die Laugenstange mich zwar noch nicht berührte, aber zwischen ihr und meiner Nase kein Blatt Papier mehr passte. Unwillkürlich begann ich mit beiden Augen auf die nahe Spitze zu schielen, und dann wurde es schwarz um mich.

Als ich wieder zu mir kam, lag ich seitlich auf meinem Mantel. Von Frau Späth war nichts mehr zu sehen, aber eine junge Mutter mit Kind sah missbilligend zu mir her und verstellte ihrem Kind den Blick auf mich. Vermutlich dachte sie, ich sei betrunken.

Umständlich zog ich meinen Mantel an, steckte den Krimi in die Tasche und stand auf. Meine Knie zitterten, und einige Momente lang stand ich unsicher in der schwankenden Bahn.

»Goht's?«, fragte die Mutter in breitem Schwäbisch, da bremste die S-Bahn und ich wurde kräftig nach vorn geschleudert, wo ich der Länge nach auf dem Boden landete. Ich rappelte mich auf und sah zu, dass ich aus dem Waggon kam, sobald er zum Stehen gekommen war.

Ich sah mich um. Ich stand auf einer Brücke, unter mir eine vierspurige Straße, in deren Mitte die Stadtbahngleise verliefen. Eine Bahn kam den Berg herunter auf die nicht weit von meiner Brücke entfernte Haltestelle zu. Einige der Wartenden traten einen Schritt zurück, nur ein pausbäckiger Junge blieb verträumt an der Bahnsteigkante stehen und ließ, als die Bahn ihn fast erreicht hatte, vor Schreck seinen Schulranzen fallen. Die Tasche landete auf den Gleisen und wurde, obwohl die Stadtbahn schon abgebremst hatte, noch von den vorderen Achsen überrollt. Hefte und Bücher quollen zwischen den Gleisen hervor.

Einige Erwachsene versuchten den Jungen zu trösten, aber der schien gar nicht besonders traurig zu sein, wahrscheinlich war er einfach froh, auf diese spektakuläre Weise für diesen Tag von den Hausaufgaben befreit zu sein. Wirklich entsetzt war offensichtlich nur der Mann, der im Führerhaus der Bahn gesessen hatte: Er besah sich den überfahrenen Schulranzen, schlug die Hände über dem Kopf zusammen und lief aufgeregt hin und her.

Ich wandte mich ab, ging an einem Schild mit der Aufschrift »Nürnberger Straße« vorbei und nahm langsam den Weg die Treppe hinunter zur Straße.

— o —

Ich weiß gar nicht mehr, wie lange und auf welchen Wegen ich danach durch die Stadt gestromert bin. Irgendwann jedenfalls stand ich am Wilhelmsplatz und beschloss, mir in der Cannstatter Fußgängerzone noch etwas zu essen zu besorgen.

Aus einer Bäckerei duftete es nach frischen Brezeln, aber der Geruch machte mir seltsamerweise keinen rechten Appetit. Ein Mann in Jeans und Turnschuhen kam heraus, mampfte geräuschvoll eine Brezel und rempelte mich im Vorübergehen heftig an. Ich sah ihm nach, aber der Mann ging weiter, als habe er mich gar nicht bemerkt.

Als ich wieder nach vorne sah, war es schon zu spät.

Ich war zwar langsamer geworden, als ich mich nach dem Mann umsah, aber trotzdem stolperte ich noch recht schwungvoll in den hüfthohen Plakataufsteller, warf ihn um und stürzte selbst gleich mit.

Einige Passanten eilten grinsend vorbei. Zwei Jungs, die neben dem Eingang der Bäckerei mit kleinen Plastikfiguren spielten, lachten schallend.

Mühsam fädelte ich meine Beine aus dem Rahmen des Aufstellers, rappelte mich wieder auf und glättete das ramponierte Plakat ein wenig. Der Schriftzug »Herrn Stumpfes Zieh- & Zupfkapelle« und der Aufkleber »Ausverkauft« war noch unversehrt, nur mitten in der blonden Mähne eines der abgebildeten Männer gähnte ein Loch, dort, wo ich in ihn hineingetreten war.

Ich sah mich noch einmal um. Die beiden Jungs schnippten wieder ihre Plastikfiguren hin und her, aus den Geschäften strömten Kunden mit müden Gesichtern und vollen Taschen, für mich schien sich niemand sonderlich zu interessieren. Damit hatte ich zumindest nicht zu befürchten, dass mich nach dem Zwischenfall auch noch jemand wegen des Plakats zur Kasse bitten würde.

Ich betrat eine Metzgerei mit Stehimbiss, ließ mir eine Portion Linsen und Spätzle über die Theke reichen und stellte mich ganz hinten in der Imbissecke an einen freien Tisch. Die Spätzle schmeckten frisch, die Linsen würzig und die Saiten waren schön knackig – allerdings hatte ich einen wackligen Tisch erwischt und als ich mich an einer Linse verschluckte und heftig husten musste, stieß ich den Tisch an und leerte mir den noch halb gefüllten Teller über Hemd, Hose und Mantel.

Dieser Dienstag war offenbar nicht mein Tag.

— o —

Kapitel 2 | *Der Unfall*

Ich habe immer wieder darüber nachgedacht, wann mein langer Abstieg eigentlich begonnen hat. Natürlich kam mir dabei immer wieder dieser Dienstag in den Sinn, und natürlich fiel mir irgendwann auf, dass meine Serie von Pleiten, Pech und Pannen ziemlich genau nach meiner seltsamen Begegnung mit Gunda Späth und ihrer Laugenstange einsetzte.

Aber die entscheidende Wende erlebte ich erst am Tag darauf.

An diesem Mittwoch bekam ich meinen Wagen wieder, und die Fahrt mit der S-Bahn hinaus aus der Stadt war geprägt von einem penetranten Geruch aus Knoblauch und Urin, der an einer der Stationen zur Tür hereinwehte und sich bis Winnenden hielt. Die Werkstatt hatte meinen Flitzer an den Bahnhof bringen lassen, und als ich auf der Bundesstraße aufs Gas drückte und den Geruch von Leder und frisch gereinigten Armaturen genoss, war ich mir sicher: So schnell würde ich kein öffentliches Verkehrsmittel mehr von innen sehen.

Selten zuvor hatte ich mich so gründlich getäuscht.

Auf dem Weg in die Stadt hatte ich mit einem Meeting in Fellbach schnell noch einen richtig guten Deal eingefädelt, nun stand noch ein vielversprechendes Treffen in Stuttgart an, und ich schwebte regelrecht über den holprigen Asphalt auf das Zentrum *meiner* Stadt zu.

Als ich mich der Kreuzung am Neckartor näherte, lächelte ich mitleidig zu dem Autohaus linker Hand hinüber und lauschte zufrieden dem potenten Schnurren meines Motors – einen Flitzer wie meinen konnte man in Stuttgart gar nicht kaufen, auch wenn er irgendwie natürlich schon von hier stammte. Ein wohliger Schauer lief mir über den Rücken als ich daran dachte, wie viel Pech man mit seiner Geburtsstadt haben konnte. Aber statt in Wolfsburg, Rüsselsheim oder Ingolstadt in der

Heimat zweier Nobelkarossen zu leben und zum Tunen eben mal nach Affalterbach rauszufahren – das konnte vor meinen Augen gerade noch bestehen.

Mein Handy machte sich bemerkbar – erst gestern hatte ich mir »Das Lied vom Tod« als Klingelton geladen –, und ich stülpte mir das Headset über.

»Hier spricht Wimmer – und dort?«

Den Spruch hatte ich mir selbst ausgedacht, um mich von all den Telefonkursteilnehmern abzuheben, die sich ständig »Guten Tag, meine Name ist Mustermann – wie kann ich Ihnen helfen?« ins Ohr säuselten.

Die VfB-Geschäftsstelle war dran, um mir meine VIP-Tickets für das Heimspiel gegen Bayern München zu bestätigen. Alles lief wie am Schnürchen. Zufrieden schaltete ich einen Gang hoch – und starrte dann verblüfft auf meine rechte Hand, in der ich den Knauf des Schalthebels hielt. Der aus der Mittelkonsole ragende Hebel selber endete in einem nicht sehr ansehnlichen Metallstift.

Das nächste, was mir auffiel, war eine ähnlich große Überraschung: Offenbar hatte ich ein wenig zu lange auf den Schaltknauf gestarrt, denn inzwischen war mein Wagen quer über die Gegenfahrbahn geflitzt und nahm Kurs auf das heruntergelassene Ende eines Abschleppwagens, der dort entgegen der Fahrtrichtung stand.

Ich reagierte schnell – nur leider falsch. Statt der Bremse erwischte ich das Gaspedal, und der Motor meines Flitzers tat, wofür er getunt worden war: Er gab ordentlich Schub. Der Wagen rumpelte die kleine Rampe hinauf, beschleunigte weiter und erhob sich schließlich majestätisch über das Abschleppfahrzeug, flog im hohen Bogen über den Gehweg und landete schließlich in einem Schaufenster.

Als der Wagen an der hinteren Wand des Raums krachend zum Stehen kam, machte ich nicht lange herum, sondern drückte mühsam die zerbeulte Fahrertür auf und wuchtete mich aus dem Sitz. Um mich herum lag Staub in der Luft, und bis zum zersplitterten Schaufenster war eine Schneise aus Glasscherben und zersprungenen Bilderrahmen zu sehen. Aus den Rahmen hingen Ölgemälde, die den scheinbar unverwüstlichen Formel-Eins-Helden Michael Schumacher zeigten – immerhin hatte ich mir für meine kleine Einlage einen würdigen Landeplatz ausgesucht.

Ich wedelte den Staub beiseite und ging zum Fenster zurück. Rücken und Beine taten mir weh, und in der rechten Hand hielt ich noch immer den Schaltknauf. Vor dem Laden blieben die ersten Autos auf der Fahrbahn stehen, prompt knallte ein Wagen dem vorderen ins Heck. Die beiden Fahrer stiegen aus und beschimpften sich, ohne von mir überhaupt noch Notiz zu nehmen. Am Steuer des Abschleppwagens saß der Fahrer und sah ab und zu steil nach oben, als erwarte er, jeden Moment den nächsten Wagen über sich vorüberfliegen zu sehen.

Menschen in anderen Autos sahen interessiert zu mir herüber, einige fotografierten meinen Landeplatz mit ihren Handys. Ein älterer Herr, der das Geschehen von seinem Gehwägelchen aus beobachtet hatte, begann mir Vorwürfe zu machen und erklärte mir, dass es so etwas früher nicht gegeben habe. Schließlich kam doch ein Mann auf mich zu, der sich Sorgen um meinen Zustand zu machen schien.

»Fehlt Ihnen was?«

Der Mann war etwa Mitte dreißig, trug ausgewaschene Jeans, ein kariertes Hemd und alte Turnschuhe.

»Mir?«, schnappte ich zurück. »Mir soll was fehlen? Schauen Sie sich doch selbst mal an! Ihnen fehlt was: Geschmack! Aus welcher Tonne beziehen Sie denn Ihre Klamotten?«

Kurz hielt der Mann die Luft an, dann entspannte er sich wieder.

»Okay, Sie haben einen Schock. Kommen Sie lieber da raus.«

Er half mir, aus dem Schaufenster zurück auf den Gehweg zu klettern. Der alte Mann klapperte mit seinem Gehwägelchen, als wolle er unsere Aufmerksamkeit.

»Was ist eigentlich passiert?«, fragte mein unbekannter Helfer.

»Na ja, ich war abgelenkt. Plötzlich habe ich das hier in der Hand« – ich zeigte ihm den Schaltknauf – »komme auf die Gegenfahrbahn, gebe versehentlich Gas und lande dann hier im Schaufenster.«

Der Mann unterdrückte mühsam ein Grinsen.

»Nur keinen Neid, bitte!«, brummte ich.

»Nein, ist mir auch schon passiert.«

»Ach?«

»Ja. Ich meine, das mit dem Schaltknauf. Das ist der Schwachpunkt an meinem Wagen.«

Er deutete nach hinten auf einen älteren Renault 19, der für mich, ehrlich gesagt, insgesamt wie ein einziger Schwachpunkt aussah. Ich versuchte, wegen des Vergleichs nicht allzu beleidigt zu wirken.

»Schön, schön, und danke fürs Raushelfen. Aber ich habe im Moment leider überhaupt keine Zeit zum Plaudern: In ein paar Minuten treffe ich mich mit Geschäftspartnern – ich muss los.«

Ich wandte mich zum Gehen. Wenn ich mich durch den Stau, der nun beide Richtungen der B 14 füllte und immer wieder einmal Auffahrgeräusche von sich gab, hinüber zum Planetarium schlängelte und mich etwas beeilte, konnte ich noch einigermaßen pünktlich in dem gebuchten Konferenzraum im Hotel Graf Zeppelin eintreffen.

»He – warten Sie mal!«, rief mir der Fremde hinterher.

»Würde ich ja gerne, aber ich habe wirklich keine Zeit!«

»Ja, und Ihr Wagen?«

»Schlüssel steckt. Würden Sie sich bitte kurz drum kümmern? Vielen Dank!«

Und weg war ich. Die ersten schnelleren Schritte waren etwas schmerzhaft, dann ging es. Auf der anderen Straßenseite grinste ich zufrieden, weil ich wieder einmal bewiesen hatte, wie unkompliziert und effektiv ich delegieren konnte. In Höhe des Hauptbahnhofs richteten sich meine Gedanken schon auf das bevorstehende Meeting. Und als mir am Hoteleingang auffiel, dass ich meine Unterlagen im Wagen gelassen hatte, ging mein gestählter Verstand kurz die möglichen Reaktionen durch. An der Tür zum Konferenzraum war klar, dass ich improvisieren musste. Für den Weg zurück zum Wagen und wieder ins Hotel würde die Zeit nicht reichen – also musste das warten bis nach der Besprechung.

Das Treffen verlief originell. Nachdem ich der geschniegelten Runde erklärt hatte, welchem Zwischenfall ich mein ramponiertes Outfit verdankte, war die Stimmung gelöst und wir kamen für das Projekt ein gutes Stück weiter.

Danach wollte ich an der Hotelbar noch einen Espresso trinken, aber gerade noch rechtzeitig fiel mir ein, dass ich mein Geld ebenfalls im Wagen gelassen hatte. Als ich schließlich wieder vor dem zerstörten Schaufenster eintraf, waren etwa zweieinhalb Stunden vergangen. Auf der B 14 waren mehrere Auffahrunfälle mit bunter Kreide markiert und das Schaufenster wurde gerade von zwei Arbeitern mit einer dicken Folie verklebt.

Mein Wagen war allerdings verschwunden. Auch von meinem unbekannten Helfer war nichts zu sehen. Ich fragte die beiden Arbeiter, aber einer verstand mich nicht und der andere wusste von nichts, was letztlich auf dasselbe hinauslief.

Kurz darauf deutete der Arbeiter, der verstand, aber nichts wusste, auf einen Mann in den Fünfzigern, der mit wütendem Blick auf mich zustapfte. »Da kommt der Chef, der weiß Bescheid«, sagte er noch.

Diesen Eindruck hatte ich auch. Vor allem schwante mir, dass der Mann durchaus ahnte, welche Rolle ich im Zusammenhang mit seinem Schaufenster gespielt hatte. Also verschwand ich schnell um die nächste Ecke und beeilte mich, möglichst viel Abstand zwischen ihn und mich zu bringen. Irgendwie sah der nicht so aus, als wollte er sich bei mir bedanken …

Zwei Querstraßen weiter blickte ich den steilen Weg zurück, den ich gerade hinaufgeeilt war. Der »Chef« war nirgendwo zu sehen. Ich lehnte mich schwer atmend an die Hauswand und überlegte, was als Nächstes zu tun sei.

Heimgehen, duschen und Füße hochlegen – und dann vielleicht noch zur Polizei gehen, um alles zu regeln. Na ja, die Polizei musste wohl noch etwas warten: Mein Anzug war staubig, das Hemd verschwitzt, und sogar meine Cowboystiefel, mit denen ich meinem Manageroutfit einen Hauch Extravaganz verleihen wollte, hatten meinen Ausflug ins Ferrari-Bilder-Schaufenster mit einigen Kratzern bezahlt. Wenn ich so bei der Polizei aufkreuzte, verbesserte das meine Situation vermutlich nicht …

Mein Loft in der Innenstadt war mit dem Wagen nur ein paar Minuten entfernt. Zu Fuß dauerte es deutlich länger, zumal ich sicherheitshalber einen weiten Umweg nahm und meinem Schaufenster in großem Abstand auswich. Am Kernerplatz spürte ich am linken Fuß die erste Druckstelle, als ich ein Stück weiter die Urbanstraße entlang gerade oberhalb des Wagenburgtunnels angekommen war, fielen die ersten Regentropfen. Und eine halbe Stunde später kam ich humpelnd und durchnässt vor der Eingangstür des Gebäudes an, dessen obere Etage meine schick ausgestattete Wohnung einnahm.

Aus Gewohnheit griff ich in meine Hosentasche, klopfte auch suchend mein Jackett ab – aber es blieb dabei: Meine Wohnungsschlüssel waren mit den Unterlagen, dem Geld und wer weiß was noch allem im Wagen geblieben. Ich drückte die unterste Klingel, um die Hausmeisterin zu rufen, eine verhärmte Jungfer namens Pfleiderer, deren schnarrende Stimme immer die Kinder aus dem Hinterhof verscheucht hatte – mir dagegen war sie stets mit überschäumender Freundlichkeit begegnet, immer wieder hatte sie danach gefragt, wie die Geschäfte liefen und ob ich denn auch einen passenden Parkplatz für meinen Wagen gefunden hätte.

Auf dem Gehweg hüpfte ein kleines Mädchen an mir vorüber, das in einer Hand eine Brezel hielt und sich mit der anderen ein Stück davon in den Mund schob. Mir schien es, als könne ich den Geruch der Lauge durch die Autoabgase hindurch wahrnehmen – ein heftiger Hustenanfall überkam mich. Allmählich nervte mich diese Brezel-Allergie, die ich mir offenbar irgendwie eingefangen hatte.

»Ond? Wer isch do?«, schnarrte eine Frauenstimme aus der Sprechanlage. »Isch do koiner?«

Die erste Frage von Frau Pfleiderer hatte ich wohl schon verhustet.

»Ich bin's, Frau Pfleiderer: Ronald Wimmer. Lassen Sie mich rein?«

»Augablick.«

Es knackte in der Sprechanlage, dann ging drinnen eine Wohnungstür auf, schlurfende Schritte waren zu hören und schließlich stand Frau Pfleiderer vor mir in der halb geöffneten Haustür.

»Ond?«, fragte sie und musterte mich skeptisch von oben bis unten.

»Guten Tag, Frau Pfleiderer.«

Ihr kritischer Blick brachte mich dazu, ein wenig freundlicher zu ihr zu sein als üblich – das war wahrscheinlich ein Fehler, denn Frau Pfleiderer schien mich zumindest nicht an Stimme und Auftreten zu erkennen.

»Ich habe meinen Schlüssel vergessen, könnten Sie mich bitte reinlassen?«

»Reilassa? I?«

Sie zog ihren geblümten Kittelschurz etwas enger um sich zusammen und sah ziemlich resolut drein.

»Do könnt jo jeder komma!«

»Ich bin aber nicht jeder«, protestierte ich. »Ich bin Ronald Wimmer, ich wohne seit ein paar Jahren in dem sauteuren Loft hier im Haus, und wenn ich mich richtig an die letzte Nebenkostenabrechnung erinnere und daran, welcher Betrag mir da für Hausmeisterdienste abgezogen wird, sollten Sie mich jetzt wirklich zügig reinlassen!«

»I kenn Sie net.«

Sie kannte mich nicht? Das konnte nur ein Scherz sein, oder?

»Sie wellat em Loft wohna?«, schnappte Frau Pfleiderer schließlich. »Mit so heniche Kloider?«

Mir blieb die Luft weg, und das war durchaus wörtlich gemeint: Ich fand Frau Pfleiderers Verhalten mir gegenüber unverschämt, und ein starker Druck legte sich auf meine Brust. Kurz kam mir der Gedanke, dass mir nach all der Aufregung heute womöglich ein Herzinfarkt bevorstehen konnte – aber dann kratzte es nur noch in meiner Nase und ich musste herzhaft niesen. Nach zwei weiteren Explosionen sah ich gerade noch, wie die Haustür wieder zugezogen wurde, und konnte im letzten Moment den linken Cowboystiefel zwischen Tür und Rahmen schieben. Die Tür ging wieder auf und Frau Pfleiderer sah mich mit einem Blick an, der zwischen Empörung und Schreck schwankte.

»Was soll des?«, schnaubte sie schließlich und stemmte beide Fäuste in die Hüften. Offenbar hielt sie Angriff für die beste Verteidigung.

»Ich bin Ronald Wimmer, und Sie kennen mich seit Jahren! Machen Sie hier kein so Theater und lassen Sie mich endlich in meine Wohnung!«

»I kenn koin!«

»Wie: Sie kennen niemanden? Was soll das denn heißen?«

»I kenn koine Leit – i kenn bloß Autos!«

Erst war ich sprachlos, dann erleichtert.

»Gut, dann können Sie mich ja doch endlich reinlassen! Ich fahre einen schwarzen SL, getunt in Affalterbach und mit sportlich verbreitertem Chassis.«

»Schee«, nickte Frau Pfleiderer anerkennend und es schien, als sei in ihren Augen ein leichtes Glimmen zu sehen. »Ond – wo schtoht er?«

Sie sah die Straße hinauf und hinunter.

»In der Werkstatt«, sagte ich, was ja vermutlich nicht ganz falsch war.

Sofort versteifte sich Frau Pfleiderer wieder.

»So«, murrte sie und fixierte mich ungnädig. Von einem Glimmen konnte in ihrem Blick keine Rede mehr sein. »Sie hen koin Schlissel dabei, koi Auto dabei – ond sen azoga, dass 's der Sau graust. Ond sie wellat en onserm scheena Loft wohna?«

»Ja, ich …«

»Ha!«, machte Frau Pfleiderer und knallte die Haustür so schnell und heftig zu, dass mein spitz zulaufender Stiefel einfach hinausgedrückt wurde und mir das Holz der schweren Tür obendrein schmerzhaft gegen das linke Knie donnerte.

Aus dem Treppenhaus hörte ich noch empörte Rufe wie »Haderlomp!« und »Overschämt!«, dann ging Frau Pfleiderer offenbar zurück in ihre Hochparterre-Wohnung und schlug die Tür mit einem kräftigen »Koi Auto ond will em Loft wohna!« zu.

Kurz danach wurden im Hochparterre rasselnd die Rollläden so weit heruntergelassen, dass sie durch die verbleibenden Schlitze jederzeit die Lage sondieren konnte.

— o —

Ich war schon fast einen Block vom Haus entfernt, als mir Nina einfiel. Sie wenigstens sollte mich ja wohl noch kennen, nachdem sie erst gestern früh aus meinem Bett geklettert war.

Mit neuem Mut ging ich zum Haus zurück und drückte Ninas Klingel. Keine Reaktion. Ich sah auf die Uhr: Stimmt, so früh am Nachmittag war Nina natürlich nicht da. Um sie auf keinen Fall zu verpassen, beschloss ich, vor dem Haus auf sie zu warten. Ich setzte mich auf den grauen Sicherungskasten, der im Schatten eines großen Baums an der Ecke stand. So hatte ich den Eingang im Blick, war aber vor der Neugier von Frau Pfleiderer halbwegs sicher – nach dem Zusammenprall von vorhin musste ich damit rechnen, dass sie womöglich noch die Polizei rief, wenn ich direkt vor dem Haus herumlungerte.

Eine Stunde lang hielt ich es ganz gut aus auf meinem Posten. Dann bekam ich Hunger und schlenderte zur Konditorei auf der gegenüberliegenden Straßenseite hinüber. Vor dem Schaufenster blieb ich stehen und blickte durch die Dekoration sehnsüchtig auf die Auslage – Geld hatte ich ja keines.

»Mach mal Platz!«, herrschte mich plötzlich eine raue Männerstimme mit norddeutschem Akzent an. Ich drehte mich um und sah einen hageren Typen vor mir, der schlecht rasiert, mit tiefen Augenringen und abgerissenen Klamotten ziemlich genau meiner Klischeevorstellung eines Obdachlosen entsprach. Seine Augen funkelten geradezu, und obwohl er vermutlich nicht sehr sportlich war, nahm er sofort eine etwas aggressiv wirkende Haltung ein.

»Weg!«, befahl er noch einmal und wedelte mit seiner linken Hand. In der rechten Hand hielt er einen alten, zerknautschten Hut. Trotz der angenehmen Frühlingstemperaturen trug er dünne schwarze Handschuhe, aus denen vorne die Fingerspitzen lugten.

»Nun mach dich mal vom Acker hier, ich muss arbeiten!«

Offenbar stand ich auf seinem angestammten Bettelplatz – es war wahrscheinlich ziemlich clever, sich in der Nähe einer Bäckerei zu platzieren, wo Leute nach dem Einkauf Münzen vom Wechselgeld in der Tasche hatten.

Ich trollte mich zurück zu meinem alten Sitzplatz auf der anderen Straßenseite, während der andere seinen Mantel vor dem Schaufenster ausbreitete und sich daraufsetzte. Seinen Hut legte er in Richtung Ladentür, dann lehnte er sich an die Hauswand und sank regelrecht in sich zusammen, bis er wirkte wie ein Häuflein Elend.

»Strandgut«, ging es mir durch den Kopf, dann musste ich lächeln: Vermutlich sah ich für Passanten kaum anders aus.

Nach einer Weile kam die Verkäuferin vor die Tür der Bäckerei. Sie hielt zwei Seelen in der Hand, diese herrlich knusprigen länglichen Brötchen mit Kümmel und Salz drauf – der bloße Anblick ließ mir sofort das Wasser im Mund zusammenlaufen.

Die Verkäuferin unterhielt sich kurz mit dem Bettler, deutete dann zu mir hinüber und fragte ihn wohl etwas. Ich sah, wie er mit den Schultern zuckte und dabei misstrauisch zu mir herübersah. Dann winkte er mich zu sich heran. Ich stand wieder auf und ging zur Bäckerei hinüber.

»Betteln Sie auch hier?«, fragte die Verkäuferin in leicht gebrochenem Deutsch.

»Ich? Betteln?« Ich grinste. »Nein, ich warte nur auf eine Bekannte, die da drüben wohnt. Ich wohne dort eigentlich auch, oben im Loft – aber ich habe meinen Schlüssel verloren und komme nicht rein.« Ich sah auf die Seele. »Na ja, und Hunger habe ich auch – Geld aber nicht. Könnte ich wohl für eine Seele bei Ihnen anschreiben?«

Die Verkäuferin lachte schallend.

»Nein, anschreiben geht nicht. Aber ich wollte Ihnen die Seele ohnehin schenken.«

Ich griff nach dem Brötchen, aber die Verkäuferin zog ihre Hand schnell zurück.

»Eine Bedingung gibt es noch«, sagte sie.

»Eine Bedingung? Welche Bedingung denn?«

»Sie müssen mir etwas versprechen.«

»Okay, und was?«

»Ich will ehrlich sein: Für mich sehen Sie nicht sehr nach einem Loftbewohner aus. Falls Sie also auch einen Platz zum Betteln suchen, machen Sie Peer bitte keine Konkurrenz.«

Der Platzhirsch hier hieß also Peer. Da hatte ich den norddeutschen Akzent wohl richtig herausgehört.

»Soweit ich weiß«, sprach die Verkäuferin weiter, »ist dieser Platz hier sein bester, aber er reicht nur für einen. Wenn Sie also Peer hier keine Konkurrenz machen, gebe ich Ihnen die Seele gern.«

»Klar«, versicherte ich. »Das kann ich Ihnen ohne weiteres versprechen – ich kann Ihnen sogar versprechen, dass ich überhaupt nirgendwo nicht mit dem Betteln anfangen werde. Ich verdiene ganz gut, wissen Sie?«

»Ich auch«, brummte Peer dazwischen.

Die Verkäuferin grinste zu ihm hinunter und schaute dann wieder mich an. Ein nachdenklicher Zug spielte um ihren Mund.

»Versprechen Sie da lieber mal nicht zu viel. Auch Peer hatte mal ein anderes Leben.«

Ich wollte schon empört widersprechen, da hielt sie mir die Seele hin und ich griff in einem Reflex zu. Die Verkäuferin nickte bestätigt, lächelte mich noch einmal an und ging dann wieder hinter ihre Theke.

Peer musterte mich noch ein wenig, dann schien er nervös zu werden.

»Hau jetzt ab, Mann«, zischte er mir zu. »Ich muss arbeiten!«

Neben mir betrat ein teuer gekleideter Mann mittleren Alters die Bäckerei und Peer sank wieder zu einer wahrhaft bemitleidenswerten Gestalt zusammen.

Auf dem Weg zurück zu meinem Sitzplatz konnte ich mit knapper Not einem Fahrradkurier ausweichen, der mit vollem Tempo die Straße entlang flitzte und mir noch Schimpfworte über die Schulter zurief, als er schon in halsbrecherischer Schräglage in die Gymnasiumstraße einbog.

Gegenüber kam der teuer gekleidete Mann wieder aus der Bäckerei und warf im Vorübergehen einige Münzen in Peers Hut. Als er um die Ecke verschwunden war, nickte mir Peer zu und machte eine Geste, als würde er mich respektvoll mit einem Hut grüßen.

Gelangweilt kaute ich auf meiner Seele herum, verschluckte mich prompt an einem Kümmelkörnchen und musste mir nach einigen Hustenanfällen Tränen aus den Augen reiben. Als ich Nina endlich bemerkte, war sie schon halb in der Tür. Ich rannte auf sie zu, stolperte kurz vor der Tür und fiel ihr, weil sie sich auf meine Rufe hin umgedreht hatte, geradewegs vor die Füße. Meine rechte Hand hielt noch die Reste der Seele umklammert und schlug hart an der Hauswand an.

Nina hob fragend eine Augenbraue, machte aber keine Anstalten, mir aufzuhelfen.

»Cooler Auftritt«, grinste sie, als ich schließlich vor ihr stand und mir Staub von der Hose klopfte. »Aber das kannst du dir sparen.«

Ich sah sie fragend an, sie deutete auf meine eingerissene Hose.

»Das bisschen Staub macht dein Outfit auch nicht schlimmer.«

»Sehr mitfühlend, danke«, brummte ich und verzog das Gesicht.

»Willst du mit hoch?«, fragte Nina.

»Ja, ich habe nämlich meinen Schlüssel verloren. Und Frau Pfleiderer ließ mich nicht rein – sie behauptet, mich gar nicht zu kennen.«

Nina sah die Straße hinauf und hinunter.

»Wo steht denn dein Wagen?«

Nina schien die Prioritäten von Frau Pfleiderer besser zu kennen als ich.

»Ist in der Werkstatt.«

»Oh«, machte Nina. »Ist nicht dein Tag, was?«

»Nein, wirklich nicht.«

»Jetzt komm halt mal mit rauf, dann sehen wir weiter.«

Unendlich dankbar folgte ich ihr ins Haus und in den Aufzug. In ihrer Wohnung roch es nach Lavendel und einem interessanten Parfüm, das ich auch in der Nacht zum Dienstag an ihr bemerkt hatte.

»Magst du kurz duschen?«

Das heiße Wasser tat gut, und als ich nach ziemlich langer Zeit wieder aus der Kabine stieg, lag auf dem Rand des Waschbeckens ein kurzer, roter Morgenmantel aus Seide.

Schau an: Nina scheint heute Abend Zeit zu haben …

Ich fand den Mantel zwar albern, wollte ihr aber den Spaß nicht verderben, nahm mir noch ein Spitzenhöschen, das auf dem Heizkörper hing, zog den Seidenmantel über und stolzierte dann langsam aus dem Bad zum Wohnzimmer hinüber.

»Na, wie seh' ich aus?«, fragte ich, stellte mich etwas geziert in der Tür auf und versuchte, meine Stimme rauchig und lasziv klingen zu lassen.

Mit Gelächter als Reaktion hatte ich gerechnet, nicht aber damit, dass das Gelächter eindeutig männlich klang – und zweistimmig. Auf Ninas Sofa saßen zwei Männer mittleren Alters, einer schlank, einer pummelig, und beide äußerst konservativ gekleidet. Vor ihnen lagen Unterlagen einer Bausparkasse, und die beiden Männer klatschten sich vor Vergnügen auf die Schenkel.

»Äh …«, machte ich, »... und Nina?«

»In der Küche«, stieß der Pummelige ein wenig atemlos hervor und deutete prustend in die entsprechende Richtung.

Nina kam mir schon entgegen. Sie lief zartrosa an und wusste wohl nicht so recht, ob sie lachen oder weinen sollte. Zügig bugsierte sie mich zurück ins Bad und deutete auf meine alten Klamotten, die neben der Duschkabine etwas versteckt auf dem Boden lagen.

»Vielleicht bleibst du doch eher deinem eigenen Stil treu …«

»Ich dachte …«

Nina musste nun doch lächeln und schüttelte den Kopf.

»Nein?«

»Nein, sicher nicht. Ich hab's nicht so mit Männern in Seidenmänteln – und deine anderen Klamotten riechen nicht gerade so, wie ich mir das vorstelle.«

Ich schnupperte an Hemd und Jackett und musste ihr recht geben.

»Am besten gehst du zu dir nach oben und ziehst dir was Neues über. Wir können uns ja vielleicht morgen Abend sehen – für heute ist mein Bedarf an Slapstick gedeckt, um ehrlich zu sein.«

»Na ja … Ich habe doch meine Schlüssel verloren, wie du weißt.«

»Tja, und mir hast du keinen gegeben – wie du auch weißt.«

Aua!

Der schnippische Tonfall machte mehr als deutlich, was Nina davon hielt, von mir noch keinen Loftschlüssel bekommen zu haben. Aber ich wollte nun mal mein eigener Herr bleiben und nicht ständig befürchten müssen, mit einer anderen Frau heimzukommen und Nina im Bett vorzufinden. Außerdem fand ich es ohnehin unsinnig, ihr einen Schlüssel zu geben: Sex konnte sie mit mir schließlich nur haben, wenn ich da war – und ich hatte ja einen Schlüssel. Normalerweise.

Ninas Miene verfinsterte sich, und ich dachte fieberhaft nach, ob ich womöglich gerade laut gedacht hatte – oder ob sie einfach meine Gedanken lesen konnte.

»Und wenn du vielleicht mit mir zu Frau Pfleiderer … Ich meine: Dich kennt sie ja, dein Auto steht draußen, du hast deinen Wohnungsschlüssel – und du kannst bestätigen, dass ich der bin, für den ich mich ausgebe.«

Ich lächelte sie schief an, wie ich es gerne tat, wenn ich etwas von jemandem wollte. Aber ihr Gesichtsausdruck machte mir schnell klar, dass ich mir das diesmal sparen konnte.

»So? Kann ich das bestätigen?«

Ninas Frage verhieß nichts Gutes. Und ihr Tonfall war noch eine Spur unfreundlicher geworden – da hatte ich wohl einen wunden Punkt erwischt.

»Bist du der, für den du dich ausgibst?«

Oje …

Ich befürchtete schon die übliche Grundsatzdiskussion, doch dann platzte es förmlich aus Nina heraus. Offenbar hatte sie die Diskussionen bereits im Stillen mehrfach mit sich selbst geführt – nun kochte das Ganze über.

»Wahrscheinlich weißt du selbst, was für ein Arsch du bist! Lässt mich in die Wohnung, wenn du gerade Lust auf mich hast – und tauchst dann wieder tagelang ohne ein Wort unter. Und jetzt kommst du angekrochen, willst meine Hilfe und servierst mich dann irgendwann eiskalt ab wie meine wahrscheinlich zahlreichen Vorgängerinnen. Weißt du, was du mich kannst?«

Ich hatte so eine Ahnung.

»Außerdem gehe ich Frau Pfleiderer derzeit gerne aus dem Weg. Ich hab's nicht so mit der Kehrwoche, die ihr so wichtig ist.«

»Ich …«

»Du? Du gehst jetzt«, schob sie mich durch den Flur. »Mir reicht das Theater. Sülz woanders weiter, solche Typen wie dich habe ich echt nicht nötig!«

Nina hatte sich richtig in Rage geschimpft, es wurde wirklich Zeit zu gehen. Die beiden Männer auf dem Sofa winkten mir mit alberner Geste zu und grinsten breit. Das nächste Callcenter, das mich wegen eines Bausparvertrags anrufen würde, konnte sich auf etwas gefasst machen.

— ○ —

Ich stand unschlüssig am Straßenrand. Gegenüber machte die Verkäuferin Anstalten, die Bäckerei für diesen Tag zu schließen. Über mir, und ohne Schlüssel leider im Augenblick unerreichbar für mich, lockte mein Loft: groß, schick, mit viel Platz und einer Dachterrasse mit einem kleinen Pool.

Seltsamerweise kam mir nicht in den Sinn, einfach zur Polizei zu gehen. Den Kopf abreißen würde mir dort keiner. Ich würde meine Strafe bekommen, wahrscheinlich eine saftige. Aber ich hätte meine Probleme mit Wohnung, Schlüssel und Geld jedenfalls schnell gelöst. Was es genau war, was mich abhielt? Ich weiß es nicht. Es kann natürlich Gundas Fluch gewesen sein. Oder eine Art von Heldentum, gepaart mit Neugier auf das Unberechenbare? Oder schlicht die Arroganz des erfolgreichen Schnösels, der sich mit einfachen Lösungen – und subalternen Beamten – nicht abgeben mag. Ein durch und durch dummes Verhalten, in jeder Hinsicht – nur nicht, wenn ich auf das Ende sehe. Da kann ich mir heute nur gratulieren. Auch wenn das keineswegs so geplant war.

Nachdem Nina mir nicht helfen wollte, musste ich Kontakt zu meinen anderen Mädels aufnehmen. Geschäftspartner kamen in meinem jetzigen Zustand nicht in Frage. Freunde hatte ich nie gebraucht, also hatte ich auch keine. Blieben die Frauen, die ich schick zum Essen ausgeführt, in die Disco begleitet oder zu romantischen Wochenendausflügen mitgenommen hatte. Heute war der Tag gekommen, an dem sie sich für meine Investitionen revanchieren konnten – eigentlich müssten sie froh sein, wenn ich endlich mal sie um Hilfe bat.

Nur war das Handy samt Nummernspeicher mit all den anderen wichtigen Dingen im Wagen liegen geblieben, und zu Fuß konnte ich unmöglich alle Adressen abklappern, an die ich mich noch erinnerte. Also machte ich mich auf den Weg zum Perkins Park – in meiner Stammdisco würden die Mädels früher oder später ohnehin eintrudeln.

Ich sah auf die Uhr: Bis in der Disco Betrieb aufkam, hatte ich noch eine Weile Zeit – Geld dagegen, etwa für ein Stadtbahnticket, hatte ich nicht. Also setzte ich mich seufzend in Bewegung und nahm den Weg aus der Innenstadt hinauf zum Killespark zu Fuß in Angriff. Immerhin war heute Mittwoch, einer der Tage, an denen die Disco abends geöffnet war.

Ich trödelte ordentlich, denn der Schuppen machte erst um 20 Uhr auf, und gönnte mir einen kleinen Umweg. Oberhalb der Weinberge blieb ich ein paar Minuten am Chinagarten stehen und folgte dann den Kurven der Birkenwaldstraße immer weiter hinauf. Der Blick zurück über Weinberge, Wohnhäuschen und Bürogebäude zeigte mir das Viertel zwischen Liederhalle und Rotebühlplatz, wo ich losgelaufen war, schon ein gutes Stück entfernt – allerdings nicht halb so weit, wie mir der Weg vorgekommen war.

Meine Stiefel drückten, und ich schwitzte heftig. Bald würde ich schon wieder eine Dusche brauchen. Dann, endlich, stand ich vor der breiten Treppe, die zum Eingang des Perkins Park hinaufführte. Über dem Vordach hing der vertraute Hirschkopf, links und rechts davon warben großflächige Plakate für den nächsten Party-Event.

Mein Timing war nicht schlecht, die Disco hatte gerade eben geöffnet. Vor dem Eingang standen kleine Gruppen Jugendlicher beisammen, die sich ganz offensichtlich gewaltig aufgebrezelt hatten, nun aber nicht uncool wirken wollten, indem sie zu früh ins Gebäude drängten.

Ich setzte mich auf die Steinmauer, die den Vorplatz zur Stresemannstraße hin abgrenzte, und wartete. Von hier aus hatte ich den Eingang im Blick und auch die Treppe, über die meine Schönen heraufstöckeln würden.

Ab und zu traf mich der misstrauische Blick eines muskelbepackten Türstehers. Ein-, zweimal winkte ich ihm zu – eigentlich sollte er mich als Stammgast kennen, aber der Typ grüßte nicht zurück, sondern wandte sich nur mürrisch ab.

Zwei Stunden vergingen, ohne dass eine meiner Bekannten kam. Die Kids auf dem Vorplatz hatten es längst nicht mehr ausgehalten und nutzten im Inneren der Disco die Zeit, die ihnen der Jugendschutz ließ. Immer wieder strömten neue Grüppchen auf den Vorplatz, die Neuankömmlinge warteten auf Nachzügler und gingen dann lachend untergehakt oder mit unsicherem Blick auf den Türsteher durch den Eingang.

Dann kam Kat am Arm einer Freundin, die ich noch nicht kannte. Kat hieß eigentlich Kathleen, war als Zehnjährige mit ihren Eltern gleich nach dem Mauerfall nach Stuttgart gezogen und hatte sich aus ihrer Kindheit einen furchterregenden sächsischen Akzent bewahrt – aber wenn man es als Mann geschickt anstellte, hatte Kat nicht viel mit Reden im Sinn.

Ich stand auf und hielt auf die beiden Frauen zu. Kats Freundin bemerkte mich zuerst und stieß Kat mit schreckgeweiteten Augen in die Seite.

»Hi, Kat«, sagte ich so lässig wie möglich.

Sie sah mich erst ratlos an, dann schien sie mich zu erkennen und setzte eine betretene Miene auf.

»Ah … Ronald …«

Ihre Begeisterung hielt sich in engen Grenzen. Zugegeben: Ich hatte sie nach unserem letzten Date nur mittelprächtig charmant abserviert, aber mehr machte ihr vermutlich mein aktueller Aufzug zu schaffen.

»Mensch, Kat, was kennst du denn für Leute?«, kiekste ihre Begleiterin und rückte ein Stück näher an sie heran, als müsste sie vor mir beschützt werden.

»Du, Kat, ich habe meine Schlüssel verloren und suche für heute Abend …«

Weiter kam ich nicht. Kurz klappte Kat der Kiefer nach unten, dann presste sie die Lippen aufeinander, schüttelte den Kopf und ging an mir vorüber auf den Eingang zu.

»He, Kat!«, rief ich hinterher. »Nun warte doch mal!«

Ruckartig blieb Kat stehen und bremste ihre untergehakte Freundin mitten im Schritt. Dann flog sie förmlich halb herum und fixierte mich mit funkelndem Blick.

»Mann, du hast ja Nerven, hier so einfach aufzukreuzen und mich um Hilfe zu bitten. Ausgerechnet du …! Oder ist das deine neue Masche, mit der du Girls aufreißen willst?«

Haben Sie den Werbespot mal gesehen, in dem Michael Ballack versucht, den englisch klingenden Namen eines japanischen Konzerns auszusprechen – und das Ergebnis eher klingt wie »It's a Zonie …«? Dann können Sie sich ungefähr vorstellen, was Kathleen mit einem Wort wie »Girls« anstellte.

Ihr Akzent tat wirklich weh. Noch mehr traf es mich, dass sie sich nun endgültig abwandte und durch die Tür in der Disco verschwand.

Danach traf mich die Wucht des Türstehers. Er hatte mein Gespräch mit Kat beobachtet und aus ihrer Reaktion messerscharf und eigentlich auch richtig geschlossen, dass ich den weiblichen Gast offenbar belästigt hatte. Er packte mich im Genick und am Rücken und bugsierte mich ohne viel Federlesens die Treppe hinunter und aus dem inneren Bereich des Vorplatzes.

Kurz darauf saß ich ein wenig abseits im Gras und rieb mir den schmerzenden Nacken. Vor dem Perkins Park, das war klar, sollte ich heute Abend nicht mehr auftauchen – und irgendwie hatte ich nun auch die Lust darauf verloren, meine alten Bekanntschaften für eine Nacht auf der Wohnzimmercouch aufzuwärmen.

Ich wollte gerade aufstehen, da stolperte der nächste ungebetene Besucher auf die Grünfläche. Der Typ kam ins Straucheln und landete einen Meter von mir entfernt der Länge nach im Gras.

»Loser«, dachte ich kurz, dann fiel mir ein, dass es mir zuvor nicht besser ergangen war, und ich half dem Typen auf – was ich sofort bereute: Ich kannte den Kerl.

»Hey«, sagte Didi und strahlte über das ganze Gesicht. »Du hier?«

Didi war meiner Einschätzung nach nicht der Hellste, und Konversation war ganz offensichtlich nicht seine Kernkompetenz. Außerdem hatte ich keinen blassen Schimmer, warum er sich darüber freute, mich hier zu sehen.

Wir hatten uns im Zusammenhang mit einem meiner Bauprojekte getroffen. Das war Jahre her. Ich versuchte wie üblich, die letzten Mieter aus einem alten Haus zu vertreiben – und er trug einem alten Ehepaar im vierten Stock die Einkäufe hinauf.

Didi arbeitete damals für den Arbeiter-Samariter-Bund, wobei ich nie ganz verstanden habe, worin seine Aufgabe eigentlich bestand. Jedenfalls sahen wir uns fast täglich in dem alten Haus, und jedes Mal kaute mir Didi fast das Ohr ab. Er quatschte über Gott und die Welt, und obwohl er wissen musste, warum ich mich so oft in dem Gebäude herumtrieb, war er immer freundlich zu mir.

Immer wieder hatte er gefragt, ob ich mit ihm ein Bier oder einen Kaffee trinken gehen wolle, und immer wieder hatte ich abgelehnt. Irgendwann teilte ich ihm wohl etwas zu unsensibel mit, dass ich nicht auf Männer stehe – da war er beleidigt und fragte fast eine Woche lang nicht mehr.

Dann zeigte er mir Fotos von seinen beiden Kindern und begann wieder zu fragen. Irgendwann ließ ich mich breitschlagen und verbrachte mit Didi zwei wahnsinnig öde Stunden in irgendeinem Tee-und-Fruchtsaft-Schuppen. Die meiste Zeit rechnete ich in Gedanken Projekte durch, während er mir aus seinem faden Loserleben erzählte. Nur einmal horchte ich auf:

Uhlbach kam zur Sprache, und ich war mir nicht ganz sicher, ob nicht auch der Name meiner Familie gefallen war – aber Didi plapperte einfach weiter und kam nicht mehr auf das Thema zurück.

Nur sein Blick schien mir von da an manchmal ein wenig knitzer, als ich es ihm zugetraut hätte, und ich fragte mich, ob mich dieser Typ womöglich von früher her kannte und damit über meine wahre Vorgeschichte im Bilde war.

Wir hatten uns dann bald aus den Augen verloren, und ich war nicht besonders unglücklich darüber. Und nun stand er vor mir auf dieser Wiese auf dem Killesberg. Was für ein dummer Zufall …

»Bist du auch rausgeflogen?«, fragte er.

»Ging nicht, ich hab's nicht mal bis hinein geschafft.«

»Ist das nicht dein Stammlokal?«

Didi musste ein Gedächtnis haben wie ein Elefant, denn mehr als einmal konnte ich in unseren Abbruchhaus-Gesprächen den Perkins Park kaum erwähnt haben.

»Mir fehlt heute wohl das passende Outfit«, brummte ich.

»Ach, in der Raucherecke würde es schon gehen«, sagte Didi und grinste breit.

»Wieso in der Raucherecke?«

»Na ja, du müffelst etwas. Der Zigarettenrauch würde das vielleicht ein wenig überdecken.«

»Danke auch«, schnappte ich. »Das habe ich jetzt noch gebraucht …«

»Na, komm – du warst früher nicht so zimperlich.«

»Früher?«

Mir kam wieder der Verdacht in den Sinn, Didi könnte von meinen Uhlbacher Wurzeln wissen, und ich sah ihn misstrauisch an.

»Früher halt, damals, in dem Abbruchhaus.«

Ich atmete auf und versuchte, es möglichst unauffällig zu tun.

»Heute ist einfach nicht mein Tag«, sagte ich schließlich und wandte mich zum Gehen.

»Schon wieder Termine? In dieser Aufmachung?«

»Ja, ich … äh …«

Ich zögerte kurz, aber mir fiel keine Ausrede ein, mit der ich meinen Abgang freundlicher hätte gestalten können. Also winkte ich ihm noch einmal knapp zu, marschierte weiter in die Wiese hinein und ließ Didi einfach stehen.

Erst etwas später fiel mir ein, dass ich ihn ja hätte fragen können, ob er übergangsweise einen Platz auf seinem Sofa für mich frei hätte – aber als ich mich umdrehte, war er nicht mehr zu sehen. Und irgendwie war ich auch ganz froh, nicht auf die Hilfe dieses Losers angewiesen zu sein.

Was mir aber blieb, war mein aktuelles Problem: Ich hatte Hunger, ich hatte Durst, ich hatte geschwitzt und das konnte man riechen, ich war müde – und ich hatte weder Geld in der Tasche noch ein Dach über dem Kopf.

Mit etwas Mühe bekam ich die Situation fürs Erste in den Griff. Hunger und Durst redete ich mir mit derselben Konzentration aus, mit der ich sonst besonders knifflige Projekte anging. Und da die Nacht lau und trocken zu werden versprach, suchte ich mir zwischen einigen Büschen in der Nähe des Killesbergturms ein Plätzchen, das windgeschützt und noch nicht als Hunde- oder Menschentoilette eingesetzt worden war.

Ich schlief überraschend schnell ein, wurde aber dreimal wach in dieser Nacht.

Das erste Mal hörte ich ganz in der Nähe meines Lagerplatzes lautes Keuchen; die anfeuernden Rufe der Frauenstimme erinnerten mich mit ihrer sächsischen Einfärbung unangenehm an Kathleen. Doch dann waren die beiden fertig und trollten sich wieder.

Ein paar Stunden später machte sich jemand an meinem Jackett und meiner Hose zu schaffen, wahrscheinlich wurde ich nach Geld durchsucht – also blieb ich einfach ruhig liegen und wartete, bis der Unbekannte unverrichteter Dinge von dannen ziehen würde. Dann spürte ich ein Ziehen am Handgelenk – Mist, meine Uhr hatte ich ganz vergessen.

Noch weniger glimpflich kam ich beim dritten Mal davon: In der beginnenden Morgendämmerung hörte ich, wie sich unsichere Schritte näherten, dann bog eine unbekannte Gestalt die Büsche neben mir auseinander, beugte sich nach vorne und erbrach sich lautstark und ergiebig auf meine Cowboystiefel.

Kapitel 3 | *Der neue Freund*

Als ich am Donnerstagmorgen gegen acht aus meinem Gebüsch kroch, schien die Sonne. Eine Gruppe kleiner Kinder spielte Fangen und füllte die Parkkulisse mit Gelächter und Jauchzen.

Mir war nicht zum Mitlachen zumute. Meine Stiefel hatte ich gleich nach dem frühmorgendlichen Zwischenfall mit Gras geputzt, und von ein paar Spritzern abgesehen, die offenbar den Weg in einen Schaft gefunden hatten und nun an meinem Hosenbein klebten, war von den Hinterlassenschaften meines frühmorgendlichen Besuchers nichts mehr zu bemerken.

Aber aus dem Gebüsch roch es streng, womit mein nächtlicher Rastplatz doch viel von seinem Charme einbüßte. Unschlüssig stand ich da, bis ich bemerkte, wie mich zwei Mütter argwöhnisch beobachteten. Also ging ich los, ohne recht zu wissen wohin, und achtete darauf, den spielenden Kindern nicht zu nahe zu kommen. In meinem aktuellen Outfit würden mir die beiden Frauen vermutlich alles Schlechte zutrauen.

Schließlich stand ich am Fuß des Aussichtsturms, und weil ich ohnehin nichts Besseres vorhatte, kletterte ich die Stufen hinauf. Zwischen den Stahlseilen hindurch arbeitete ich mich Plattform um Plattform nach oben – an das seltsame Gefühl, dass der Turm jeden meiner Schritte mit leichtem Schwingen quittierte, hatte ich mich noch nie gewöhnen können.

Die Aussicht machte das leichte Schwindelgefühl wie immer mehr als wett. Um mich herum lagen Wiesen, Häuser und Straßen ausgebreitet. Stuttgart schwang sich aus dem Kessel die umgebenden Hänge hinauf.

Nach und nach gingen die wenigen anderen Turmbesucher wieder nach unten, und neue kamen herauf, hielten sich aber meist ein Stück von mir entfernt. Ein leichter Wind war zu spüren, vermutlich nicht stark genug, um meinen inzwischen noch intensiveren Geruch komplett zu verwehen.

Schließlich blieb mein Blick am Fernsehturm hängen, der sich mir gegenüber auf der anderen Seite des Talkessels aus dem Wald erhob. Die Innenstadt dazwischen wurde größtenteils durch Baumkronen verdeckt. Das sah schön aus, aber es half mir wenig, und so zog es mich trotzdem wieder zurück in die Stadt. Vielleicht konnte ich drunten am Bahnhof etwas zu essen auftreiben.

— o —

Die Bahnhofshalle war gut besucht. Passanten eilten von und zu den Bahnsteigen, hasteten die Treppen zur S-Bahn hinunter oder holten sich noch schnell etwas vom Bäcker. Und die meisten, die in meine Nähe kamen, sahen mich prüfend an und wichen dann ein wenig zur Seite.

Die Halle war wahrscheinlich so hoch und groß wie immer, aber nach der Nacht im Freien schien sie mir kleiner zu sein als zuvor. Ich schaute zu den frischgeputzten und blinkenden Glasscheiben hinüber, hinter denen sich Leberkäswecken, Schinkenhörnchen und Obst stapelten, und schlenderte langsam darauf zu. Wenige Meter davor und schon ganz vom Duft der Heißtheken umgeben, überlegte ich fieberhaft, wie ich ohne Geld an eine fette Beute kommen konnte.

Ich versuchte, mich total unauffällig umzusehen – und damit war mein Unternehmen auch schon gescheitert: Ein bulliger Mann in schwarzer Uniform hatte mich aufmerksam und ziemlich misstrauisch beobachtet. Zügig nahm ich die Treppe zur Klettpassage und passierte den Ausgang. Sattgrün breitete sich vor mir der Mittlere Schlossgarten in der Frühlingssonne aus, einige Besucher lümmelten auf der Wiese auf Handtüchern, Kinder saßen mit ihren Eltern im Schatten der alten Bäume.

Auf den Wegen gingen Männer und Frauen auf und ab, die sich Plakate umgeschnallt hatten, auf denen mal gereimte, mal einfach nur wütende Slogans gegen Stuttgart 21 und die Folgen für den Schlosspark wetterten. Die Gegner des neuen Tiefbahnhofs sammelten noch immer Unterschriften, hatten aber keine Chance mehr – das Projekt war längst beschlossene Sache. Vom Bahnhofsgelände her waren Baugeräusche zu hören.

Ich ging auf den Biergarten zu. Rechts zwischen einigen Bäumen, auch voller Zettel, schimmerte die Silhouette des Planetariums. An der Lusthausruine vorbei erreichte ich den Schlossgartensee – nicht weit von hier war es gestern passiert ...

Das war erst einen Tag, aber im Moment verdammt lange her.

Nachdenklich schaute ich zu den Büschen und Bäumen hinüber, hinter denen das beständige Rauschen der B 14 hing. Nachdenklich schlenderte ich den Uferweg entlang. Nach ein paar Metern kam ich an eine Stelle, wo man durch eine Lücke zwischen den Büschen gut das Seeufer erreichen konnte. Die Stelle war frei und lag sonnig und ruhig vor mir. Ich zog Schuhe und Strümpfe aus, setzte mich ans Ufer und ließ die Beine im kalten Wasser baumeln. Von gegenüber hörte ich Stimmen von Spaziergängern und von Gästen des Cafés am Seeufer. Zwei Schwäne zogen ihre Bahnen durch das Wasser.

Ich sah mich um und entdeckte einige Meter entfernt ein Kondom und drei leere Bierflaschen. Auf der anderen Seite ragte eine weiße Plastiktüte unter einem Busch hervor. Ich zog die Tüte zu mir heran. Neben zerknülltem Schokoladenpapier und zwei leeren Dosen fanden sich in der Tüte auch ein eingeschweißtes Schinkensandwich, zwei vakuumverpackte Minisalami und eine Flasche Trollinger.

Ich legte meine Beute neben mir ins Gras und sah hinüber zu der Café-Terrasse, aber es beobachtete mich niemand. Kurz dachte ich darüber nach, was es über meinen derzeitigen Zustand aussagen mochte, wenn ich begann, den Müll anderer Menschen aufzuessen. Doch dann machte mir das flaue Gefühl in meinem Magen klar, dass ich mir solche Gedanken jetzt nicht leisten konnte.

Ich schaute das Sandwich noch einmal an. Es sah leidlich lecker aus, Tankstellenfutter vermutlich, und es war offensichtlich noch originalverpackt. Dasselbe galt für die beiden kleinen Salami. Also riss ich die Verpackungen auf und roch vorsichtig an Sandwich und Wurst. Was es an meinem eigenen Geruch vorbei bis in meine Nase schaffte, war nicht allzu bedrohlich.

Zwei große Bissen später waren alle Bedenken verflogen. Der Schinken schmeckte ein wenig fad und nicht mehr allzu frisch, aber ich war mir nicht sicher, ob das je viel anders gewesen war. Die kleinen Würste waren so fett und überwürzt, wie ich sie aus meiner Jugend in Erinnerung hatte. Kurz darauf war alles verputzt, ich hatte fürs Erste keinen allzu großen Hunger mehr und sah zufrieden auf den See hinaus, während ich mir die Lippen leckte.

Einer der Schwäne glitt am Ufer gegenüber auf die Terrasse des Cafés zu, vermutlich in der Hoffnung, ein paar Krümel Kuchen oder Toast zu ergattern. Der andere Schwan war nicht mehr zu sehen.

Eine Weile saß ich still da und ließ mir die Sonne ins Gesicht scheinen. Dann machte sich der Durst bemerkbar – und ich besah die Flasche Trollinger etwas genauer. Eine Lage war nicht auf dem Etikett verzeichnet, aber die Flasche hatte noch die unversehrte Kunststoffhaube über dem Schraubverschluss – aus dieser Flasche hatte also noch niemand getrunken.

Ich riss das Plastik ab, schraubte den Verschluss auf und roch vorsichtig. Na ja, ein Grand Cru war es nicht gerade, aber mit etwas Glück war der Wein nicht nur billig, sondern auch dünn – ich hatte keine rechte Lust, am helllichten Tag betrunken in der Stadt herumzulaufen.

Ich nahm einen kleinen Schluck. Es ging. Dieser namenlose Trollinger war kein Fall für den »Kleinen Johnson«, aber er musste auch nicht zwingend in den Schrank mit den Putzmitteln. Ich trank noch einmal, unterdrückte einen aufkeimenden Rülpser und spülte einen dritten Schluck hinterher.

Als ich die Flasche wieder zugeschraubt hatte und sie neben mich stellte, sah ich den zweiten Schwan. Er hatte beide Flügel erhoben und kam zischend auf mich zu gewatschelt. Nun bin ich kein Experte für Schwäne, aber dass dieses Mistvieh nichts Gutes für mich im Sinn hatte, erkannte sogar ich.

Mit einem Satz war ich auf den Beinen und hielt dem Vogel die Trollingerflasche entgegen, was den Schwan aber nur noch wütender zu machen schien. Er fauchte und zischte weiter, kam immer näher und machte nun auch Anstalten, mit seinem Schnabel nach mir zu hacken. Ich schwang die Flasche im weiten Bogen, aber das schreckte meinen Gegner nicht ab, im Gegenteil: Kurz fixierte er die Flasche, dann machte er einen Satz auf mich zu und hackte mir mit dem Schnabel eine ordentliche Schramme in die Hand. Die Flasche fiel zu Boden, und ich wich rückwärts vor dem Schwan zurück, bis ich merkte, wie ich mit dem linken Fuß ins Leere trat.

Kurz darauf fiel ich der Länge nach in den Schlossgartensee – das Wasser wirkte nun deutlich kälter als vorhin, als es in der Sonne nur meine Füße umspült hatte. Ich tauchte kurz unter und bemerkte, als ich mit dem Kopf wieder über Wasser war, wie der Schwan soeben ins Wasser glitt und auf mich zu schwamm.

Mit Müh und Not kam ich vor dem Ungeheuer ans Ufer und rannte ein paar Dutzend Meter, bis ich tropfend und prustend auf dem Asphalt stehen blieb. Der Schwan war mir kurz gefolgt, hatte sich dann aber an meinen Rastplatz begeben und machte sich nun daran, meine Hinterlassenschaften genauer zu inspizieren.

Erst war ich erleichtert, dann fiel mir ein: Dort am Ufer lagen auch meine Strümpfe und vor allem meine Stiefel. Und vor allem die teuren Cowboystiefel wollte ich nun wirklich nicht diesem gefederten Raufbold überlassen. Langsam näherte ich mich wieder der Stelle am Ufer. Als zwischen dem Schwan und mir nur noch wenige Meter lagen, sah ich das Vieh genießerisch auf einem meiner Stiefel hocken und stolz wie Oskar in die Runde blicken.

Was tat dieser Vogel da? Hatte er sich womöglich in einen meiner schönen Stiefel verliebt und versuchte nun eine Familie zu gründen? Völlig unpassend kam mir die schöne Leda in den Sinn, die in der griechischen Mythologie dadurch ihren prominenten Platz bekam, dass der liebestolle Zeus in Gestalt eines Schwans mit ihr schlief.

Meine Stiefel waren natürlich aus Leder, aber ich durfte doch wohl davon ausgehen, dass auch in Stuttgart Schwäne weder etwas mit der griechischen Mythologie noch mit plumpen Wortspielen anfangen konnten. Und vor allem: Was war in dem Trollinger, was mich zu so eigenartigen Gedanken trieb?

Genau: der Trollinger! Die Flasche sollte mir dabei helfen, den blöden Vogel zu vertreiben und meine Stiefel zurückzuerobern. Ganz vorsichtig schlich ich mich so nahe heran, dass ich die Flasche greifen konnte – dann erhob ich ein lautes Geheul, stampfte auf den Boden und schwang die Weinflasche über meinem Kopf.

Der Schwan blieb ruhig sitzen, drehte aber seinen Hals so zu mir hin, dass er mit Interesse meine Tanzaufführung verfolgen konnte. Schließlich kam er wohl zu dem Schluss, dass ich noch einige Unterrichtsstunden vertragen konnte. Jedenfalls erhob er sich gemächlich, kam einen Schritt auf mich zu und hob wieder seine Flügel.

Ich nahm Maß und wollte gerade mit dem Mut der Verzweiflung versuchen, dem Schwan mit der Flasche eins überzubraten, da fiel mir ein Mann in den Arm. Verblüfft sah ich ihn an: Es war Peer, der Bäckereibettler. Hatte er Pause oder war ich schon wieder auf einem seiner Arbeitsplätze gelandet? Jedenfalls war er heute anders angezogen als gestern vor der Bäckerei: Er trug einen dunkelgrauen Anzug, einen Dreiteiler mit Jackett, Weste und Hose, der wahrscheinlich vor langer Zeit mal teuer gewesen war. Dazu ein relativ weißes Hemd und schwarze Schuhe, die nach einer guten Marke aussahen, an den Absätzen aber heillos abgelaufen waren.

»Das würde ich lieber nicht machen«, sagte er und wand mir die Flasche aus den Fingern.

Ich starrte ihn fragend an.

»Schau mal da rüber«, meinte er nur und schraubte die Flasche auf. Auf der gegenüberliegenden Seite stand ein altmodisch gekleideter Mann Ende fünfzig. Er hatte einen Fotoapparat mit riesigem Objektiv auf mich gerichtet.

»Was ist das denn für einer?«

Peer trank erst noch kurz zu Ende, wischte sich mit einem Handschuh den Mund trocken und erklärte dann: »Wir nennen ihn nur Peter Pingelig.«

»Aha …?«

»Sorry, vielleicht nicht so wahnsinnig originell – aber der Name passt haargenau. Der Typ streift ständig durch die Stuttgarter Parks und fotografiert alles, was seiner Meinung nach der Natur schadet. Und dann wird angezeigt.«

»Aber der Schwan hat *mich* angegriffen, nicht umgekehrt!«

»Na ja, du darfst ruhig davon ausgehen, dass er seiner Strafanzeige nicht alle Bilder beifügt, sondern nur diejenigen, die ihm in den Kram passen.«

Peer winkte dem Mann, woraufhin der sofort seine Kamera herunternahm, sich nach allen Seiten umsah und schließlich eilig verschwand.

»Was war das denn nun wieder?«, fragte ich und musterte Peer, der verschmitzt grinste.

»Ach, der Typ mag uns nicht, und wir mögen ihn nicht. Und wir haben ihm das schon ein paar Mal zu erkennen gegeben.«

»Wer ist ›wir‹?«

»Wir Penner.«

»Penner?« Ich hob eine Augenbraue. »Darf man das denn sagen?«

»Ich schon, ich bin ja einer.«

»Verstehe. Wenn ich meinen Freunden von ›Pennern‹ erzählt habe, brachte mir das meistens Minuspunkte und tadelnde Mienen ein.«

»Na ja, du bist ja auch kein Penner, also darfst du es auch nicht sagen. Wobei …« Er musterte mich und schnüffelte ein wenig. »Sagen wir es mal so: Du bist auf einem guten Weg.«

Er klopfte mir auf die Schulter und lächelte mich gutmütig an, aber ich wusste nicht so recht, ob ich mich über dieses Kompliment freuen sollte.

Warum stehe ich eigentlich hier mit einem Penner und rede über Freunde, die es nicht gibt?

»Und wo sind deine Freunde jetzt?«, fragte er schließlich.

»Wieso?«

»Du hast gerade gesagt: ›Wenn ich meinen Freunden von Pennern erzählt habe‹ – und du kommst mir vor, als hättest du deine Freunde jetzt bitter nötig. Aber ich sehe hier niemanden, der sich um dich kümmert.«

Peer hatte recht, Freunde hätte ich in meiner Situation nun wirklich gut brauchen können. Tja, wo waren meine Freunde? Ich ging in Gedanken die Menschen durch, mit denen ich in den vergangenen Jahren die meiste Zeit verbracht hatte – und ich musste mir eingestehen, dass eigentlich keine Freunde darunter waren. Wie schon erwähnt: Ich hatte keine Freunde gebraucht, also hatte ich auch keine.

»Jetzt lass mal den Kopf nicht hängen, Alter«, knurrte Peer, der wohl nicht viel übrig hatte für große Gefühle. »Außerdem sollten wir für den Schwan und deinen Stiefel allmählich die Scheidung in die Wege leiten.«

Das Mistvieh saß tatsächlich wieder auf meinem teuren Stiefel, wackelte ab und zu ein wenig mit dem Bürzel und sah ansonsten ungerührt und zutiefst mit sich zufrieden auf den See hinaus.

Peer übergab mir die halbleere Weinflasche, ging schnurstracks auf den Schwan zu und beförderte ihn mit einem kräftigen Tritt von meinem Stiefel herunter. Der Vogel landete laut platschend im Schlossgartensee, sah sich verblüfft nach seinem Bezwinger um und beeilte sich dann, Abstand zwischen sich und den Mann zu bringen.

»Wieso darfst du eigentlich all das, was ich nicht darf?«, maulte ich.

»Pingelig ist weg, oder? Außerdem mag ich keine Schwäne. Was die sich drüben von der Terrasse nehmen, hätte mir auch noch geschmeckt. Oft jedenfalls.«

Peer setzte sich und begutachtete den Stiefel, auf dem der Schwan gesessen hatte.

»Scheint noch okay zu sein«, befand er schließlich. »Zumindest hat der Schwan nicht noch mehr Schaden angerichtet.«

Ich setzte mich neben Peer, zog meine Strümpfe an und schlüpfte in die Stiefel.

»Was ist eigentlich mit dir passiert?«, fragte Peer nach einer Weile.

»Lange Geschichte«, sagte ich und verstummte wieder.

Ich rede schon wie ein Penner.

Wir saßen zehn Minuten still nebeneinander und sahen auf den See hinaus. Dann schraubte Peer die Weinflasche auf und hielt sie mir hin.

»Ich habe Zeit, wie du vermutlich schon gemerkt hast.«

Ich sah ihn nachdenklich an. Er grinste, rieb die Flaschenöffnung mit einer Ecke seiner Weste trocken.

»Kannst ruhig trinken. Ich bin kerngesund, habe nicht einmal Lippenbläschen. Das Schlimmste, was dir passieren kann, ist ein wenig Sodbrennen – und das musst du mit dem Winzer klären, der dieses Tröpfchen verbrochen hat.«

Er lachte rau und hielt mir wieder die Flasche hin.

Ich trinke billigen Wein mit einem Penner. Was ist eigentlich los mit mir?

Ich nahm einen Schluck.

»Wie hat es dich eigentlich aus der Bahn geworfen?«, fragte ich nach einer weiteren Pause.

Wahrscheinlich auch eine lange Geschichte …

Peer lachte. »Lange Geschichte, du weißt schon.«

Na, bitte. Nur: Die Geschichte interessiert mich tatsächlich.

»Ich habe Zeit«, gab ich zurück.

Wir mussten beide lachen und tranken abwechselnd die Trollingerflasche leer. Ich wollte sie gerade im hohen Bogen ins Gebüsch schleudern, als mich Peer daran hinderte.

»Nicht!«, sagte er. »Hier wird in den nächsten Jahren schon genug kaputtgemacht, da müssen wir nicht auch noch den Park belasten.«

»Oh«, staunte ich. »Ein Naturfreund …«

»Ja, unbedingt.« Er nickte ernsthaft, was allerdings ein klein wenig übertrieben wirkte. Dann grinste er wieder und fügte hinzu: »Außerdem ist Flaschenpfand drauf.«

Er stopfte die leere Flasche in die Plastiktüte, in der ich sie vorhin entdeckt hatte.

»In der Nähe von Hamburg hatte ich einen kleinen Laden«, begann er schließlich. »Ich handelte mit Wein, teurer als unser Trollinger hier – dafür war auf den Flaschen kein Pfand …«

Er lächelte und sah dabei etwas wehmütig aus.

»Um ehrlich zu sein: Mein Laden war nicht sehr klein. Ich hatte vor Jahren begonnen, Kontakte zu Winzern zu knüpfen. Am Anfang vor allem in Frankreich und Spanien, später auch in Chile, Südafrika, Neuseeland – und irgendwann hatte sich mein Handel ordentlich ausgewachsen. Ich beschäftigte eine ganze Menge Leute, verschickte meine Weine in ganz Deutschland und verdiente prima damit. Dann lief mir meine Frau davon.«

»Tja, die alte Leier«, warf ich ein und versuchte so zu klingen, als sei ich in solchen Dingen ein erfahrener Zuhörer. Dabei hatte ich in den vergangenen Jahren weder jemandem wirklich zugehört, schon gar nicht, wenn er mir private Sorgen erzählte – noch hatte ich es in einer Beziehung so weit gebracht, dass mir negativ aufgefallen wäre, wenn eine bestimmte Frau aus meinem Leben verschwand.

»Falsch geraten«, sagte Peer. »Dein Klischee kannst du knicken. Ich bin ihr nachgefahren bis ins tiefste Bayern, habe sie bequatscht und dabei wohl so überzeugend geklungen, dass sie sich wieder auf mich einließ. Also haben wir all ihre Sachen eingepackt, sind zu ihren Eltern nach Frankfurt gefahren und haben dort unsere beiden Töchter abgeholt. Die sollten dort ein, zwei Wochen verbringen, damit sich meine Frau allein über ihre weiteren Pläne klar werden konnte.«

»Gut, und wie ging es weiter?«

»Nicht lange.«

Ich sah ihn ratlos an. Peers Augen waren starr auf den See gerichtet, sie wirkten feucht.

»Wir sind alle vier ins Auto gestiegen und haben uns auf den Weg in den Norden gemacht. Zurück nach Hause. War schön. Meine Frau und ich haben Pläne geschmiedet und darüber geredet, dass ich mir vor allem mehr Zeit für die Familie nehmen solle. Solche Sachen eben.«

Peer seufzte.

»Hinter Kassel erzählte ich irgendeinen albernen Witz, und die Mädels hinten auf dem Rücksitz kriegten sich kaum ein vor Lachen. Dann fiel mir ein Geräusch auf, das sich in ihr Lachen mischte. Mir schoss noch der Gedanke durch den Kopf, dass ich nach dem letzten Reifenwechsel die Radmuttern nicht nachgezogen hatte – du weißt doch: Es steht immer auf der Rechnung, dass man nach 50 Kilometern die Muttern nachziehen soll, und nie macht man es.«

Ich nickte.

»Dieses eine Mal hätte ich es machen sollen. Wir verloren das rechte Hinterrad, als wir gerade fast an einem Sattelschlepper vorbei waren. Der Wagen brach aus, ich hätte ihn beinahe unter Kontrolle gebracht, da erfasste uns die Zugmaschine des Sattelschleppers. Aus dem Knäuel, das daraus wurde, zerrten sie nur mich noch lebend heraus. Meine Frau und die Mädchen, der Fahrer des Lasters und sein neunjähriger Sohn auf dem Beifahrersitz, der sich so gefreut hatte, in den Ferien endlich mit seinem Papa eine Tour zu fahren – alle tot.«

Hinter uns ging ein fröhlich plauderndes Pärchen vorbei. Wir saßen wortlos nebeneinander, bis die beiden nicht mehr zu hören waren.

»Ich bin dann gar nicht mehr nach Hamburg hochgefahren. Tja, und nun bin ich hier. Mein Laden läuft wohl noch ganz gut, ein Mitarbeiter hat die Leitung übernommen. Überschrieben habe ich die Firma einer Stiftung, die Leute unterstützt, die durch einen Unfall oder ein Verbrechen oder ein ähnliches Unglück aus der Bahn geworfen wurden. Aber eigentlich interessiert mich das alles auch gar nicht mehr.«

»Kann ich verstehen«, sagte ich, und das stimmte diesmal auch. Was für eine Tragödie – dagegen kam ich mit den Lappalien, die mir widerfahren waren, nicht ansatzweise an.

Als ich wieder zu Peer hinsah, musterte er mich von oben bis unten. Er hatte sich offensichtlich wieder gefasst.

»So«, sagte er, »nun bist du dran.«

»Das ist nicht dein Ernst, oder?«

»Natürlich!«

»Im Vergleich zu allem, was du erlebt hast, komme ich mir mit meiner kleinen Geschichte einfach nur albern vor.«

»Um so besser, dann munterst du mich ein bisschen auf. Kann ich im Moment gut gebrauchen.«

»Meinetwegen.«

Ich überlegte, wo ich am besten begann, und erzählte ihm in gekürzter Form die Geschichte, die Sie schon kennen. Er fand sie wohl recht spaßig, kicherte zwischendurch immer wieder ein wenig – und als ich an die Stelle kam, an der mein Mercedes neben den Schumacher-Gemälden im Schaufenster landete, klatschte er sich laut lachend auf die Schenkel.

»Ach, *du* warst das?«

Ich sah ihn entgeistert an.

»Wie: *Ich* war das? Du kennst die Story schon?«

»Klar«, prustete Peer und wischte sich Lachtränen aus den Augenwinkeln. »Einer von uns, der schräge Winnie, wollte gerade Zigarettenstummel vor dem Nobelhotel nebenan einsammeln – die schmeißen die immer weg, wenn sie ins Auto steigen, und die meisten müssen nicht lange genug warten, um ihre Zigaretten zu Ende zu rauchen. Da hat er den Knall gehört, ist hingelaufen und hat das ganze Elend gesehen.«

»Und hat er auch gesehen, wohin sie meinen Wagen gebracht haben?«

»Ach, stimmt, du bist ja abgehauen – das hat mir Winnie auch erzählt.«

»Ja, ich hatte einen dringenden Termin im Graf Zeppelin. Und als ich zurückkam, war mein Wagen weg – und alle Papiere, Kreditkarten, das Handy, mein Geld, die Schlüssel und die Geschäftsunterlagen waren mit dem Wagen weg. Hat dieser Winnie gesehen, wo sie das Auto hingebracht haben?«

»Nein, das kannst du vergessen. Winnie ist nicht der hellste. Fürs Stummelsammeln reicht's, aber sein Gedächtnis ist nicht mehr das beste – und ich glaube auch nicht, dass ihn das genug interessiert hatte. Er ist wohl zurück zu seinen Stummeln, hatte übrigens eine schöne Ausbeute an diesem Tag.«

Es war zum Verrücktwerden. Da hatte nun schon einer den Unfall beobachtet, und dann konnte er nichts sagen, was mich zu meinem Wagen und meinem bisherigen Leben zurückbringen konnte.

»Geh halt einfach zur Polizei. Die wissen sicher, wo dein Wagen ist. Und dann hast du ja auch alles wieder und kannst in dein altes Leben zurückkehren.«

»Das ist mir auch schon durch den Kopf gegangen. Aber ich weiß nicht so recht: Immerhin habe ich Fahrerflucht begangen oder Unfallflucht, was weiß ich, wie das heißt – mein Führerschein dürfte auf jeden Fall weg sein, und eine saftige Strafe kommt wohl noch obendrauf.«

Peer nickte.

»Außerdem siehst du gerade nicht so aus, als würde dir eine getunte Luxuskarre gehören. Vielleicht hast du Pech und sie behalten dich erst einmal über Nacht in der Zelle bei sich, bevor sie prüfen, ob du trotz deines Aussehens womöglich doch der reiche Schnösel aus dem Loft bist.«

»Du machst mir ja richtig Mut«, schnappte ich. Ich war etwas bleich geworden und mir war mulmig zumute. Vielleicht hatte ich ja Recht damit, dass ich mich bisher nicht bei der Polizei gemeldet hatte – und vielleicht sollte ich den Besuch auf dem Revier erst einmal auf morgen verschieben. Ich biss mir auf die Unterlippe und dachte angestrengt nach, aber mir fiel keine vernünftige Lösung ein.

»Entspann dich«, sagte Peer und legte mir die Hand auf den Arm. »Du wirst deine Karre und den ganzen Papierkram auch ohne Polizei wiederfinden.«

»Du hast gut reden …«

»Findest du?«

Mir wurde heiß, ich spürte regelrecht, wie mein Gesicht puterrot aufglühte.

»Tut mir leid, so habe ich das nicht gemeint …«

»Ich weiß ja, ist schon in Ordnung. Außerdem ist der eigene Schnupfen immer schlimmer als die Cholera des anderen.«

Da war was dran. Ich sah Peer an, aber er schien tief in Gedanken versunken und schaute wieder auf den See hinaus. Da saß ich ohne Geld und ohne erreichbare Bleibe im Schlossgarten und philosophierte mit einem Obdachlosen, der sich benahm, als sei er mein bester Freund. Der Gedanke an einen Freund wärmte mich ein wenig – ich war derzeit wohl schon mit sehr wenig Tröstendem zufrieden.

Einmal im Park schlafen und schon wird man rührselig? Ich staune über mich selbst!

Heute Abend würde ich sicher jemanden vor dem Perkins Park treffen, der mich noch kannte und der mir half. Der mich bei sich übernachten ließ, der mir etwas Geld lieh – zum Beispiel für ein paar saubere und nicht ramponierte Klamotten. In meinem jetzigen Outfit würde mir keiner mehr glauben, dass mir ein schickes Loft und ein teurer Flitzer gehörten. Und dann sähe alles schon wieder viel besser aus, da war ich mir sicher.

»Kannst du mir diese rothaarige Tante etwas genauer beschreiben, die du in der S-Bahn getroffen hast?«, fragte Peer schließlich.

»Frau Späth?«

»Heißt sie so?«

Ich nickte.

»Das müsste sie sein.«

Ich wartete auf Peers Erklärung, aber er verstummte wieder und sah grübelnd auf den See hinaus.

»Es gibt da nämlich eine Geschichte, zu der das gut passt.«

Ich erschrak richtig, als Peer plötzlich weiterredete. Wir hatten sicherlich fünf Minuten lang ohne ein einziges Wort am Seeufer gesessen.

»Die fuchtelt also mit einer Laugenstange vor deiner Nase herum, und danach bekommst du immer dann Schwierigkeiten, wenn du zum Beispiel eine Brezel isst?«

Ich nickte.

»Wenn du eine Seele isst?«

Ich nickte.

»Was genau hast du denn gemacht, getrunken oder gegessen, als du plötzlich deinen Schaltknopf in der Hand hattest?«

Ich dachte angestrengt nach, schüttelte dann den Kopf.

»Nichts eigentlich. Ich trinke und esse nicht so gern im Auto, wegen der Sitze.«

Peer verdrehte die Augen.

»Wart mal …«, sagte ich, dann fiel es mir wieder ein. »Ich hatte gerade telefoniert. Die VfB-Geschäftsstelle hat mir die Reservierung meiner VIP-Tickets bestätigt.«

»VfB?« Peer wiegte den Kopf. »Ich bin ja nun nicht von hier, aber ich glaube, den VfB lassen Stuttgarter schon als schwäbisch gelten.«

»Was willst du mir damit sagen?«

»Und dieser blöde Schwan hier ist auf dich losgegangen, als du gevespert hast. Was gab's denn Feines?«

»Schinkensandwich und zwei kleine Salami.«

»Tja, da bleibt dann wohl nur der Trollinger.«

Ich wurde nicht schlau aus dem, was Peer sagte. Und das sah er mir wohl auch an, denn plötzlich redete er geduldig auf mich ein wie auf einen kleinen Jungen, dem man ein Erwachsenenthema so erklärt, dass er es ungefähr erfassen kann.

»Also«, begann Peer. »Deine Frau Späth ist keine gewöhnliche alte Frau – zumindest nicht nach dem, was ich so gehört habe.«

Nun war ich aber gespannt.

»Sie lebt beim Nordbahnhof in einem alten Haus.«

»Weiß ich, da versuche ich sie ja seit einiger Zeit schon rauszukriegen – ich betreue ein Neubauprojekt, dem das Haus im Weg steht. Und Frau Späth ist die letzte Mieterin.«

Peer nickte ernst.

»Und dann seid ihr in der S-Bahn noch einmal aneinander geraten – damit hast du das Fass wohl zum Überlaufen gebracht.«

»Stimmt«, spottete ich. »Und dann hat sie, wütend wie sie war, ihre Zauberlaugenstange aus der Tasche gezogen und mich verflucht!«

Ich lachte hämisch, aber Peer sah mich ganz ernsthaft an: »Du weißt es schon?«

Mir blieb das Lachen im Hals stecken.

»*Was* weiß ich schon?«

Ich musterte Peer und runzelte die Stirn. Bisher hatte er ziemlich clever gewirkt, vernünftig, logisch denkend – doch nun kamen mir erste Zweifel. Aber vielleicht hatte ich ihn ja auch nur falsch verstanden. Er betrachtete mich forschend, dann legte sich ein enttäuschter Zug auf sein Gesicht.

»Frau Späth …« Peer seufzte. »Du wolltest dich gerade über sie lustig machen? Oder über mich, was weiß ich.«

Ich nickte. Das wurde allmählich zum festen Bestandteil dieser Unterhaltung.

»Tja, dieser Gag war sozusagen der ideale Rohrkrepierer.«

»Aha?« Mehr fiel mir dazu nicht ein.

»Ja, als Gag ging er leider nach hinten los – du hast aus Versehen genau die Wahrheit getroffen.«

Nun sagte ich lieber gar nichts mehr.

»Frau Späth verdient sich ihr Geld seit vielen Jahren als Märchenerzählerin. Sie ist recht bekannt dafür, hat schon reichlich Märchen und Sagen aus allen Epochen zusammengetragen, hat viele Bücher veröffentlicht und stößt unermüdlich neue Projekte, neue Märchenwochen und all so etwas an.«

»Woher weißt du das denn alles? Kennst du sie denn näher?«

»So ein Tag in Parks und vor Bäckereien kann ziemlich lang sein, da braucht man etwas, um sich die Zeit etwas zu vertreiben. Durch meine Liebe zu gutem Wein habe ich mir das Talent verbaut, mich täglich mit billigem Fusel zu betrinken. Also lese ich Zeitung. Nicht die von heute, sondern was die Leute so wegwerfen. Aber mit ein, zwei Tagen oder auch mal einer Woche Verspätung bin ich durchaus auf dem Laufenden – die Leute hier in Stuttgart haben es wohl gern ordentlich in ihren Wohnungen, also bringen vor allem die Älteren ihre Zeitungen regelmäßig zum Container. Dort geben sie sie mir entweder direkt oder ich fische sie hinterher wieder raus. Mit etwas Übung ist das kein Problem.«

»Schön, aber ich glaube, du schweifst gerade etwas ab.«

»Ja, und? Hast du dringende Termine?«

»Jetzt sei nicht gleich beleidigt. Ich will halt wissen, was du mir über Gunda Späth erzählen kannst.«

»Was ich aus der Zeitung weiß, habe ich dir schon erzählt.«

»Okay, sie erzählt Märchen. Das ist ja großartig – aber du hast behauptet, dass sie zaubern kann. Zwischen ›Froschkönig‹ und magischen Laugenstangen scheint mir doch noch ein gewisser Unterschied zu bestehen.«

»Ich muss das nicht behaupten, ich habe es schon erlebt.«

»Erlebt?«, echote ich, und mein Tonfall kam mir selbst ausgesprochen dämlich vor.

»Oder beobachtet, ganz wie du magst.«

Zufrieden darüber, dass er wieder meine ganze Aufmerksamkeit hatte, setzte sich Peer etwas bequemer hin und blickte seelenruhig zum Schlossgartensee hinaus. Gegenüber trieben die beiden Schwäne in Ufernähe auf dem Wasser, einer von ihnen schien misstrauisch zu uns herüber zu schauen.

Fünf Minuten ließ mich Peer zappeln, dann räusperte er sich und begann.

»Du bist doch vorhin am Lusthaus vorbeigekommen.«

»An der Ruine des Treppenaufgangs, meinst du?«

Peer nickte.

»Ich hatte mir vor ein paar Jahren mal angewöhnt, dort oben die Nacht zu verbringen. Ich weiß gar nicht mehr genau warum, und als das Gerüst für die Renovierungsarbeiten angebracht wurde, war es damit auch vorbei. Ständig turnten dann nachts irgendwelche Jugendlichen auf dem Gerüst herum – da kommst du ja nicht mehr vernünftig zum Schlafen.«

Nicht schon wieder abschweifen!

Ich platzte fast vor Ungeduld, aber ich beherrschte mich. Nach einer kurzen Pause kam er wieder auf die eigentliche Geschichte zurück.

»Eines Abends lag ich also dort oben zwischen den alten Säulen und schlief. Es war eine trockene Nacht, recht mild auch, aber ich hatte einen ziemlich unruhigen Schlaf. Als ich mich wieder einmal herumwälzte und zum weißichwievielten Mal wach wurde, hörte ich unten vor dem Treppenaufgang Stimmen. Ein Mann und eine Frau schienen sich zu streiten. Erst versuchte ich noch, wieder einzuschlafen – aber das war für diese Nacht wohl gegessen. Schade eigentlich: Es war, glaube ich, höchstens Mitternacht. Also kroch ich aus meinem Schlafsack und robbte bis zur Kante vor, um auf die beiden Streitenden hinuntersehen zu können.«

»Und drunten stand Gunda Späth?«

»Ja, wobei ich sie damals noch nicht kannte. Einer meiner Kollegen hatte sie wohl blöd angemacht.«

»Kollegen?«

»Na ja«, er machte eine großzügige Geste, die den ganzen Park um uns herum einzuschließen schien.

Er nennt die anderen Penner Kollegen. Nett …

»Ach so, ja: Kollegen. Gut, und wie ging's weiter?«, drängte ich. Ich war gespannt wie ein Flitzebogen.

Peer schüttelte den Kopf und sah mich mitleidig an.

»Ich bin echt froh, dass ich nicht mehr in eurem Hamsterrad mitstrampeln muss. Viel zu stressig, ehrlich!«

»Tja, aber Kollegen hast du immer noch«, grinste ich.

»Oh …« Er lachte heiser. »Du hast recht.«

Die beiden Schwäne näherten sich der Café-Terrasse und sammelten einzelne Brocken von der Wasseroberfläche.

»Jedenfalls hatte mein Kollege wieder einmal zu viel getrunken. Und nun lallte er frech auf die alte Frau ein. Er machte sich über ihre knallrote Frisur lustig, über ihre Statur und irgendwann, nachdem die Frau schimpfend wie ein Rohrspatz auf ihn zugegangen war, auch über ihr breites Schwäbisch.«

»Und das war ein Fehler, nehme ich an?«

»Unbedingt. Der Streit ging ein wenig hin und her, und schließlich zog die Frau etwas aus ihrer Handtasche.«

»Schon wieder eine Laugenstange?«

»Das konnte ich in der Dunkelheit nicht erkennen – aber ich glaube nicht, dass deine Frau Späth in ihrem Talent von einer bestimmten Brötchensorte abhängig ist.«

»Sie ist nicht *meine* Frau Späth, ja?«

»Wie auch immer: Sie hielt etwas in der Hand und fuchtelte dem Kollegen damit vor dem Gesicht hin und her. Dabei murmelte sie unablässig vor sich hin.«

»Konntest du irgendetwas verstehen?«

»Ich? Hör mal: Ich bin aus Hamburg, und da ging es ganz offensichtlich sehr schwäbisch zur Sache.«

»Schade.«

»Und schließlich fuhr ihre Hand nach vorne – ich bin richtig erschrocken. Es sah fast aus, als wolle sie die Nase des Kollegen aufspießen. Aber dann ging sie weg, der Kollege blieb noch kurz regungslos stehen, dann sank er zu Boden und rührte sich nicht mehr.«

Das kannte ich nur zu gut. Und Peer hatte auch Details beschrieben, von denen ich ihm nichts erzählt hatte. Er schien also nicht zu flunkern.

»Ich habe ein paar Minuten gewartet, dann habe ich wieder über die Kante nach unten gesehen: Die alte Frau war verschwunden, auch sonst war niemand in der Nähe – nur mein Kollege lag auf dem Weg. Also ging ich hinunter und sah nach.«

»Ob du ihm helfen konntest?«

»Ja, auch. Und ich wusste, dass zwei Kartenspiele und ein altes Opernglas unter dem Krimskrams waren, den er immer in seinem Mantel mit sich herumtrug. Das hätte mir schon gefallen.«

»Also, bitte!«, warf ich empört ein.

»Na, wenn er es doch nicht mehr braucht?« Peer sah mich verständnislos an. »Ich habe ein bisschen an ihm gerüttelt, da ist er dann leider auch schon wieder aufgewacht.«

»Und dann?«

»Dann ist er aufgestanden, hat sich geschüttelt wie ein nasser Hund und ist in der Dunkelheit verschwunden. Ohne ein Wort, aber mit seinen Kartenspielen und seinem Opernglas.«

»Du hast also beobachtet, wie Gunda Späth deinem … Kollegen zu einer Ohnmacht verholfen hat. Aber dafür muss sie ja echt nicht zaubern können – der Typ kann ja auch einfach nur sternhagelvoll im Stehen eingeschlafen sein.«

»Ja«, lachte Peer. »Das ist dem sogar schon einmal passiert, mitten auf der Rolltreppe im Kaufhaus. War ein schöner Auflauf damals, und es dauerte ein Weilchen, bis sie ihn wieder wach hatten.«

»Na, also!«

»Im Park war's anders, auch die Folgen waren anders.«

»Welche Folgen?«

»Am nächsten Tag traf ich den Kollegen wieder. Er sah scheiße aus. Außerdem war er stocknüchtern, das verblüffte mich am meisten.«

»Schön. Aber das muss nicht mit einem Fluch zusammenhängen.«

Peer beachtete meine Bemerkung gar nicht.

»Er hatte Bisswunden an einer Hand, eine Beule am Kopf und an seiner Jacke fehlte ein Ärmel.«

»Und? Was hat er dir dazu erzählt?«

»Er war am Morgen nach dem Zusammentreffen mit deiner … 'tschuldigung: mit dieser Frau Späth zum Bahnhof gegangen, wie jeden Morgen. In den Abfalleimern suchte er nach Lesestoff – manchmal werfen Leute sogar aktuelle Zeitungen gleich am Bahnsteig weg, wenn sie aus dem Zug kommen.«

»Ach, dein Kollege liest Zeitung?«

»Ja, gewissermaßen. Wenn sie rote Überschriften hat, wird auf einer der vorderen Seiten ja auch ein nacktes Mädel gezeigt. Und wenn sie schwarze Überschriften hat, reißt er einzelne Streifen raus und dreht sich aus Tabakresten seine Zigaretten.«

»Aha, ein echter Pressefan …«

»Jetzt lass doch mal deine blöden Bemerkungen, ich komm ja gar nicht zu meiner Geschichte!«

»Ja, ja, ist okay – aber du schweifst doch selbst ständig ab.«

Peer verdrehte die Augen.

»Wenn *ich* erzähle, bestimmte *ich* das Tempo, okay?«

Ich nickte. Peer machte noch eine kleine Kunstpause, wahrscheinlich um mich zu testen – dann fuhr er fort.

»So. Der Kollege schaute also am Bahnhof in den Papierkörben nach, ob neue Zeitungen drin lagen. Und tatsächlich fand er eine Tageszeitung, er griff in den Papierkorb, zog die Zeitung raus, blieb aber mit dem Stoff seiner Jacke irgendwo im Papierkorb hängen und riss sich den Ärmel ab.«

»Das ist Pech.«

»Oder Schicksal, denn die Zeitung war so gefaltet, dass ein ganzseitiges Interview mit Reinhard Greiff obenauf gelegen hatte.«

»Greiff? Ist das nicht dieser Typ aus Degerloch, der diese Dialektkolumnen schreibt?«

»Genau der. Merkst du was? Schwäbischer geht's kaum, oder?«

»Zufall«, sagte ich.

»Wart's ab. Der Kollege bekam seinen abgerissenen Ärmel wieder los und stopfte ihn sich für alle Fälle in die Jackentasche. Blöderweise nahm er auch die Zeitung mit, er war ja noch ahnungslos. Auf dem Weg hinunter zur Klettpassage fiel ihm mitten auf der Treppe eine Brezel auf, die wohl jemand verloren hatte. Hungrig war er, und die Brezel hätte er wahrscheinlich selbst mit vollem Bauch aus reiner Gewohnheit eingesteckt. Doch als er sich gerade bückte und die Brezel schon in der Hand hatte, rempelte ihn eine ältere Dame an, und mein Kollege knallt vornüber mit der Stirn auf die Stufe.«

»Die Beule«, nickte ich.

»Danach ging's für ihn natürlich holterdipolter die ganze Treppe hinunter, unten blieb er eine Weile liegen, weil er sich wohl ziemlich wehgetan hatte. Irgendwann war ihm das ständige Gezeter und Gemurmel der Passanten zu nervig, und er rappelte sich wieder auf, hatte nun die Brezel halb gegessen – natürlich verschluckte er sich immer wieder, dachte sich aber noch immer nichts dabei – und ging auf die Königstraße hinaus.«

»Fehlen nur noch die Bisswunden, richtig?«

Peer sah mich kurz genervt an, dann sagte er: »Kommt jetzt.«

Ich war inzwischen tatsächlich schon ein wenig gespannt, wie es weiterging.

»Auf dem Weg zum Eckensee kam der Kollege an einer Gruppe vorbei, die auf der Wiese einige Decken ausgebreitet hatte und offensichtlich viel Spaß mit einem Picknick hatte. Der Kollege blieb ein Weilchen in der Nähe stehen und bekam fast Stielaugen, als er sah, was diese Leute sich alles einverleibten: gegrillte Hähnchenschlegel, Würste, geräuchter Schinken, Brot und Brötchen, dazu Bier, Wein, Saft, Sprudel – das muss das reinste Schlaraffen-Open-Air gewesen sein.«

Peers Augen hatten einen schwärmerischen Glanz bekommen, und mir lief inzwischen dank seiner intensiven Schilderung das Wasser im Mund zusammen.

»Irgendwann fiel mein Kollege den Picknickern auf, und einer der Männer erhob sich und kam mit vollen Händen auf ihn zu. Er drückte ihm ein Stück Schinken, eine Hähnchenkeule und ein dick mit Leberwurst bestrichenes Brot in die Hand, versicherte ihm noch, die Leberwurst sei hausgemacht und ein besonderer Leckerbissen – und dann machte sich der Kollege auch schon aus dem Staub, damit es sich sein Wohltäter nicht noch anders überlegen konnte. Auf einem vor Blicken gut geschützten Platz zwischen einigen Büschen setzte er sich mit seiner Beute hin und vertilgte erst einmal die Keule und den Schinken. Als er sich gerade über das Leberwurstbrot hermachen wollte, hörte er das Bellen von näherkommenden Hunden.«

»Das war natürlich nicht so günstig.«

»Und: überzeugt?«

Ich zuckte mit den Schultern.

»Fest steht, dass dein Kollege Pech hatte und dass immer in solchen Momenten etwas Schwäbisches in der Nähe war. Aber das kann auch Zufall sein.«

»Kann, muss aber nicht.«

Wir saßen ein Weilchen stumm nebeneinander. Dann fiel mir noch etwas ein.

»Sag mal, Peer, was ist denn aus dem Kollegen geworden? Ich meine: Hat er den Fluch – nehmen wir einfach mal an, die Späth hat ihm einen aufgedrückt – irgendwie wieder losbekommen?«

Peer zuckte mit den Schultern.

»Ich habe ihn noch zweimal getroffen, zum letzten Mal an einem Freitag. Er sah jedes Mal noch schlimmer aus, und er hatte schon selbst den Verdacht, dass er nichts Schwäbisches mehr vertrug. Der ist schon nervös geworden, wenn nur jemand in der Nähe schwäbisch sprach.«

»Hm …«

»Dann hat er mir seinen Rucksack gezeigt. Er hatte dort allerhand schwäbischen Kram gesammelt. Bücher, Prospekte und solche Sachen, in denen im Titel oder sonst an prominenter Stelle das Wort ›Schwaben‹ oder ›Schwäbisch‹ vorkam. Der Rucksack war wirklich bis obenhin voll mit dem Zeug. Mein Kollege verabschiedete sich an diesem Abend von mir, schaute ziemlich bedröppelt drein und ging dann durch den Park davon. Ich habe seither nichts mehr von ihm gehört.«

Ich schluckte.

— o —

Am Abend marschierte ich wild entschlossen wieder auf den Vorplatz des Perkins Park, um mein Glück noch einmal zu versuchen. Oben auf dem Killesberg warteten eine gute und eine schlechte Nachricht auf mich. Die gute Nachricht: Der Türsteher von gestern hatte heute keinen Dienst. Die schlechte: Donnerstags war die Disco geschlossen – und dass ich das vergessen hatte, verunsicherte mich. Hieß das, dass ich nun auch geistig auf dem absteigenden Ast war und schon bald gar keine Chance haben würde, in mein altes, spannendes und erfolgreiches Leben zurückzukehren?

Mit hängenden Schultern stand ich vor dem verschlossenen Eingang und dachte über die nächsten Schritte nach.

»Hey, Ronald!«

Ich schreckte hoch und sah zur Steinmauer hinüber: Dort saß Didi in aller Seelenruhe mit ausgestreckten Beinen und einem breiten Grinsen.

»Was machst du denn hier?«

Zu meiner Verblüffung grinste er siegesgewiss.

»Ich habe auf dich gewartet.«

Didi stand auf und kam zu mir herüber, ließ aber – nachdem er kurz geschnuppert hatte wie ein Hund, der Witterung aufnimmt – etwas mehr Abstand zwischen uns als sonst.

»Du hast es schon früher nie kapiert, wenn ein Spiel verloren war. Also war ich mir ziemlich sicher, dass du es wieder versuchen würdest.«

»Wieder versuchen? Was denn?«

Habe ich Didi gestern etwas von meinen Problemen erzählt?

»Na, schau dich doch an!«

Didi deutete auf meine abgerissenen Klamotten.

»Die sehen aus wie frisch aus der Altkleidertonne, du stinkst wie lange nicht gewaschen ...«

Ich roch reflexartig unter meinem rechten Arm: Stimmt, mein kurzes Bad im Schlossgartensee hatte wenig gebracht.

»... und wirklich wach wirkst du auch nicht.«

Ich sah ihn erstaunt an.

»Ich nehme an, dass du aus irgendeinem Grund gerade kein Dach über dem Kopf hast. Und: richtig kombiniert?«

Ich nickte und fragte mich, ob ich Didi bisher wohl unterschätzt hatte.

»Was ich aber nicht verstehe: Hier in der Disco wirst du wohl kaum unterkommen – und deine frühere Freundin hat dich gestern ganz schön abblitzen lassen. Das dürfte dann wohl auch heute nichts werden.«

»Eh nicht«, brummte ich. »Die Disco hat heute zu.«

»Ach?« Er drehte sich zum Eingang um. »Oh, stimmt ja – ich dachte, die öffnen vielleicht erst später. Ich kenne mich da nicht so aus, weißt du?«

Das konnte ich mir gut vorstellen. Als Szenehirsch hatte ich Didi wirklich nicht eingeschätzt.

»Also: Suchst du noch eine Bleibe?«

»Ja, leider.«

»Dann komm mal mit mir. Und: Erzählst du mir, was passiert ist?«

»Eigentlich nicht. Lange Geschichte.«

»Ich hätte zwar gerade Zeit, aber egal: Erzähl's mir ein andermal. Und jetzt komm!«

Didi ging los und drehte sich nach einigen Schritten noch einmal zu mir um: »Aber du läufst in meinem Windschatten, dass das klar ist!«

Ich zog einen Schmollmund, fügte mich aber und hielt sogar das schallende Lachen aus, mit dem sich Didi auf den Weg machte.

Als wir später in der Stadtbahn saßen – er hatte natürlich eine Netzkarte, und mir spendierte er ein Einzelticket –, erklärte mir Didi, wie er mir aushelfen wollte.

»Wir fahren jetzt runter in die Innenstadt, dort erkläre ich dir den Weg zu meinem Ferienhaus am Bopser. Und morgen bringe ich dir ein Fahrrad vorbei, damit du nicht alles laufen musst.«

Ich traute meinen Ohren kaum: Ferienhaus am Bopser? Der Bopser war ein Hügel, der im Südosten der Innenstadt den Stuttgarter Talkessel begrenzte.

Wie sehr muss ein Leben schieflaufen, damit jemand, der in Stuttgart lebt, sich ausgerechnet in Stuttgart auch ein Ferienhaus zulegt?

Didi zog seine Stirn kraus und wirkte plötzlich etwas traurig. Konnte denn plötzlich jeder in dieser blöden Stadt meine Gedanken lesen? Ich hatte schon bei Nina diesen Eindruck gehabt.

»Meine Eltern«, begann Didi und zerstreute meinen Verdacht schnell wieder, »sind früher jedes Jahr zum Urlaub in ihre Ferienwohnung ins Allgäu gefahren. Irgendwann fühlten sie sich zu alt dafür, also habe ich die Ferienwohnung für sie zu Geld gemacht und davon das Häuschen am Bopser für sie gekauft. Inzwischen sind beide tot, aber das Ferienhaus habe ich noch.«

»Aha«, machte ich.

»Dort kannst du erst mal wohnen. Die Bude ist beheizt, es gibt ein einfaches Bad, Strom und fließendes Wasser, auch eine Küche mit den nötigsten Geräten ist drin.«

Das war eindeutig mehr, als mir das Gebüsch auf dem Killesberg zu bieten hatte. Und dort würde ich mir dann frisch gewaschen und einigermaßen ausgeschlafen darüber Gedanken machen, wie ich mir mein altes Leben zurückholen konnte. Ich sah hinter dem Fenster, wie in der Dämmerung die ersten Lichter in den Häusern eingeschaltet wurden.

Die Welt sah schon ein bisschen heller aus.

Kapitel 4 | *Das Ferienhaus*

Dann ging es mit der Stadtbahn unter die Erde und Didi hielt mir einen alten Rucksack hin, der mir bisher noch gar nicht an ihm aufgefallen war.

»Hier ist alles drin, was du fürs Erste brauchst«, sagte er und sah aus, als würde er meinen dämlich fragenden Gesichtsausdruck geradezu körperlich genießen.

»Ich hatte dir ja vorhin schon gesagt, dass ich mir schon so meine Gedanken über dein Problem gemacht habe. Und deshalb habe ich auch schon ein bisschen was vorbereitet.«

»Vorbereitet?«

Didi schnürte den Rucksack auf und kramte im Inneren herum. Nach kurzem Stöbern schien er gefunden zu haben, was er suchte: Er zog eine Papiertüte hervor, auf der ein Name und einige stilisierte Wurst- und Fleischstücke abgedruckt waren.

»Da, bitte!«

Ich nahm die Tüte und öffnete sie vorsichtig. Normalerweise verließ keine Ware lebend eine Metzgerei, aber mir waren zuletzt ja die unglaublichsten Dinge passiert. Ein erster Blick verriet mir aber: Hier drin lebte nichts mehr. Der zweite Blick führte zu einem weniger positiven Urteil: Die Auswahl an Wurstwaren entsprach nicht so ganz meinem üblichen Geschmack.

Ich zog je eine Scheibe Leberwurst, Roten Schwartenmagen und Weißen Presssack hervor, jeweils etwa einen Zentimeter dick und fein säuberlich vakuumiert.

»Soll das für mich sein?«, fragte ich ratlos.

»Ja, du hast sicher Hunger«, strahlte mich Didi an.

Das stimmte schon, aber ob ich genügend Hunger für Schwartenmagen und Presssack hatte? Ich war mir nicht ganz sicher.

»Rauchfleisch ist auch noch drin«, plapperte Didi drauflos. »Und Landjäger. Und Fleischwurst.«

Erst später, im Ferienhaus, bemerkte ich, dass er ganz vergessen hatte, die Scheibe Schweinskopfsülze zu erwähnen.

Der Geruch der Wurst stieg mir in die Nase und brachte mich sofort zum Niesen.

»Ist das Zeug … Ich meine: Sind die Sachen von einer hiesigen Metzgerei?«

»Natürlich«, empörte sich Didi. »Glaubst du, ich würde Wurst im Supermarkt kaufen?«

»Das wäre mir diesmal sogar lieber gewesen, ich habe zur Zeit einige Probleme mit allem, was Schwäbisch ist.«

Nun schaute Didi fragend drein, aber ich winkte nur ab.

»Das gehört zu meiner längeren Geschichte.«

»Ach«, machte Didi und sah enttäuscht aus.

»Tut mir leid, Didi«, sagte ich und legte meinen tröstendsten Tonfall auf. »Ich erzähl's dir schon noch. Und danke auch für die Wurst – ich habe nämlich wirklich Hunger.«

Didi lächelte schon wieder ein wenig.

»Wir müssen jetzt auch raus hier«, sagte er und zog mich zum Ausgang. Er trug den geöffneten Rucksack, ich hielt die Wurstpäckchen in der Hand – wir waren in diesem Moment zweifellos ein besonders schönes Paar.

Kurz darauf standen wir an der Station Charlottenplatz, und Didi erklärte mir, was ich sonst noch wissen musste.

»Hier ist der Schlüssel drin.«

Er tippte auf eine kleine Seitentasche des Rucksacks.

»Außerdem habe ich dir den Weg aufgezeichnet.«

Aus der Seitentasche zog er einen mehrfach gefalteten Zettel hervor, der sich als Ausdruck eines Straßenplans entpuppte, auf den mit Buntstift einige Linien gemalt waren.

»Du fährst mit der U15 bis zur Haltestelle Geroksruhe, dann immer dem roten Strich nach. Und hier unten« – er tippte auf eine Stelle am Ende der letzten bunten Linie – »ist das Ferienhaus.«

Auf dem Ausdruck war die Straße mit dem Namen »Im Eulenrain« beschriftet. Bopser, Eulenrain – das wurde ja immer besser. Womöglich wohnte ich Tür an Tür mit Harry Potter.

»Ich habe heute Vormittag ein paar Getränke im Ferienhaus deponiert. Frisches Brot konnte ich leider nicht mehr besorgen, aber es müsste noch Knäckebrot im Schrank sein.«

Ist Knäckebrot nicht eine schwedische Spezialität?

Ich atmete auf.

»Im Bad findest du alles, was du brauchst, um deine Klamotten zu waschen. Bis sie trocken sind, solltest du mit den Joggingsachen auskommen, die ich dir ins Bad gelegt habe.«

Irgendwie wurde mir Didi mit zunehmender Ausführlichkeit seiner Schilderungen ein bisschen unheimlich. Er hatte geahnt, dass ich ein Dach über dem Kopf brauche – erstaunlich genug. Er bot mir dieses Häuschen an und gab mir den Schlüssel, obwohl er mich kaum kannte – seltsam, aber meinetwegen.

Dass er aber so sicher war, mich heute vor dem Perkins Park anzutreffen, und dass er für diesen Fall auch gleich so umfassend vorgesorgt hatte, verblüffte mich doch. Entweder war ich leichter zu durchschauen als ich dachte – oder Didi hatte einen irgendwie gearteten siebten oder achten Sinn.

Aber ich würde dem später auf den Grund gehen, morgen vielleicht oder übermorgen oder … Zunächst einmal hatte ich tatsächlich Hunger und Durst, Lust auf weniger unfrisch riechende Kleidung und das dringende Bedürfnis, mich heute Abend schon ganz früh in ein vernünftiges Bett zu legen.

»Morgen komme ich dann vorbei und bringe dir ein Fahrrad, dann musst du nicht ständig zu Fuß unterwegs sein.«

Wir verabschiedeten uns, und ich stieg in die U15, die gerade einfuhr. Als ich mich auf einen freien Platz gegen die Fahrtrichtung setzte, konnte ich Didi noch sehen, wie er sich mit einem geheimnisvollen Grinsen umdrehte und in der Menge verschwand. Fast schien es mir, als würde ich inmitten der Wartenden auch den knallroten Schopf von Gunda Späth entdecken – aber da spielten mir vermutlich meine überreizten Nerven einen Streich.

— o —

Natürlich war ich Didi dankbar dafür, dass er mir eine feste Bleibe anbot. Aber »Ferienhaus am Bopser« – das klang trotz seiner irgendwie schlüssigen Erklärung noch immer etwas eigenartig.

Die Stadtbahn fuhr die Pischekstraße hinauf, und ich hatte einen verwackelten Blick auf Straßenlaternen, hinter denen sich die Innenstadt in den Kessel duckte. Ich kramte den Schlüssel aus dem Rucksack heraus. Es war ein altertümlicher Bartschlüssel, und ich konnte ihn mir nur passend zu einem Gartenhäuschen oder einer baufälligen Remise vorstellen.

Nun ja: Noch habe ich das Ferienhaus nicht gesehen …

An der Haltestelle Geroksruhe stieg ich aus, überquerte die Jahnstraße, ließ den überfüllten Parkplatz links liegen und folgte der Straße auf den lichten Wald zu. Das Sackgassenschild irritierte mich kurz, aber dann war ich schon abgelenkt durch eine Einfahrt, die sich zu einem Zaun hin öffnete, der von kleinen hölzernen Türchen unterbrochen war – keine Türen zum Öffnen, eher Zierrat im Stil von Tausendundeiner Nacht. Dahinter allerdings war eine Villa zu sehen im allerfeinsten Stuttgarter Betonbarock: schnörkellos, geschmacklos und zweifellos sehr teuer.

Kurz vor der finalen Wendeplatte zweigte nach rechts ein steiles Stäffele ab, dem ich abwärts folgte. Nachdem ich um die nächste Ecke gebogen war, bot sich mir ein so skurriler Blick, wie er für Stuttgart abseits der gängigen Besucherpfade typisch ist: Der Eulenrain strebte mit beachtlichem Gefälle dem Talkessel zu, und nach rechts öffnete sich der Blick hinauf zur Pischekstraße, mit dichtem Verkehr geschlagen und von zahlreichen Laternen und den Scheinwerfern der Autos erleuchtet.

Davor waren trotz der Dunkelheit weite Gartenflächen zu erkennen. Grundstücke mit zwanzig oder dreißig Ar, kunstvoll verwildert und lässig vernachlässigt – auf eine Art, die nur jemand beherrscht, dem es beim Grundstückskauf in Halbhöhenlage nicht auf zweihundert, dreihundert Quadratmeter ankommt. Das, ganz ehrlich, hätte ich selbst mit all meinen Papieren, Kreditkarten und Schlüsseln anders gesehen. Kurz flammte mein professionelles Immobilien-Ich auf und schnupperte, ob irgendwo ein gutes Geschäft zu wittern sei. Aber dann kehrten meine Gedanken in die aktuelle Wirklichkeit zurück, und der Spuk war ausgestanden.

Ferienhaus am Bopser …

Ich konzentrierte mich und versuchte, aus Didis Wegskizze die genaue Position des Häuschen abzuleiten.

Zunächst kam ich an der Rückseite eines recht großen Wohnhauses vorbei, an der die Hintertreppe zu einer Art Balkon hinaufführte. Daran schloss sich ein kleineres Haus an, das nicht viel mehr als zwei, drei Zimmer beinhalten konnte und vor dem ein Transporter mit ostdeutschem Kennzeichen und der Firmenaufschrift eines Stuckateurbetriebs stand.

Gegenüber führte eine Treppe quer durch eine verwilderte Hecke steil bergan – das Gartenhäuschen am oberen Ende der Stufen konnte man zwischen den Büschen und Bäumen eher erahnen als sehen.

Ich folgte dem Eulenrain weiter nach unten. Rechts gab in einem weiteren großzügigen Grundstück ein seltsam geschwungenes Dach eine markante Silhouette ab. Ein kleines Stück weiter hinunter fand ich das beschriebene, schräg in seinen rostigen Angeln hängende Gartentor, dahinter war ein kleines Häuschen zu sehen, das ein wenig größer war als die meisten bisherigen – aber die Plastiktonne neben der Eingangstür, in der das Regenwasser von der Dachrinne gesammelt wurde, ließ für die sanitären Einrichtungen wenig Gutes erwarten.

Mein Schlüssel passte, die Tür schwang auf, ich ertastete den altertümlichen Kippschalter für das Zimmerlicht und trat ein. Und ich war gleich doppelt überrascht. Positiv überrascht, weil der Raum hell und großzügig wirkte und damit ganz anders, als ich mir Didis Ferienhäuschen vorgestellt hatte. Und negativ, weil überall an der Wand Brettchen mit eingebrannten Sinnsprüchen hingen, wie sie in den ärgsten Klischees von Ferienwohnungen vorkommen.

»Begrüße froh den Morgen«, stand gleich neben dem Vorhang, der Warmwasserboiler und Besenkammer vom Wohnzimmer abteilte. Falls Sie wissen, dass darauf nur ein fröhliches »der Müh und Arbeit gibt« folgen kann, werden Sie meine Qual verstehen. Gemeinsam können wir nun vollenden: »Es ist so schön zu sorgen für Menschen, die man liebt«.

Es sind Momente wie diese, die ernsthafte Zweifel nähren, ob der Mensch wirklich die Krone der Schöpfung ist. Den nächsten Moment dieser Art läutete die Kuckucksuhr an der Wand ein: Ein kleines Türchen öffnete sich unter dem Dach, und ein hölzerner Vogel schnellte unter großem Radau hervor.

Kopfschüttelnd ging ich zur Toilette, dort erwartete mich das Nonplusultra der Brettchenwelt: »Wenn's Arscherl brummt, ist's Herzerl gsund!«

Ich tat dem Brett den Gefallen und fühlte mich tatsächlich gleich viel besser. Die Klospülung gluckste erbarmungswürdig. Das Wasser kam mit wenig Druck aus dem Hahn, aber immerhin kam es – die Plastiktonne neben der Tür war wohl zu meinem Glück für Gießwasser gedacht.

Ich ging zurück ins Wohnzimmer, das den Hauptraum auf der Etage darstellte. In einer Ecke war an der Decke ein Metallring zu sehen, darunter stand ein Holzstab mit Haken, und damit klappte ich eine Holztreppe herunter. Ich stieg hinauf, aber oben war in einem einzigen Raum nur Gerümpel gestapelt. Das Erdgeschoss stellte offenbar mein ganzes Refugium dar.

Als Bett würde die Couch herhalten müssen, die sich wahrscheinlich zu einer Liege ausklappen ließ. Gegenüber stand ein Tisch in einer Nische, die von der Badwand begrenzt wurde: die Küche. Ein Herd mit Backofen und zwei altertümlich wirkenden Kochplatten, darüber eine nicht sehr appetitanregende Abzugshaube, daneben ein Kühlschrank.

Als ich den Kühlschrank öffnete, wehte mir kalte Luft entgegen – Didi musste alles schon recht früh am Tag vorbereitet haben. Ich sah Butter, Joghurt, Milch und ein paar Flaschen Bier, allerdings eine sehr billige Sorte. Ich kannte die dünne Brühe, weil Frau Pfleiderer früher zu Weihnachten jedem Mieter im Haus eine Flasche davon vor die Tür gestellt hatte. Über den ersten Schluck war ich damals nicht hinausgekommen, und danach hatte es mich interessiert, was die Läden für so ein Gebräu zu berechnen wagten.

Viel war es nicht, der Preis der gefüllten Flasche lag nicht allzu deutlich über den paar Cent, die ich für das Pfand bekam. Übrigens stellte Frau Pfleiderer mir nie wieder eine solche Weihnachtsflasche vor die Tür. Erst hatte ich gedacht, sie habe irgendwie mitbekommen, dass mir die Plörre nicht geschmeckt hatte – dann erfuhr ich, dass außer mir alle anderen Mieter die leere Flasche wieder vor ihre Wohnungstür gestellt hatten. Durch hartnäckige Recherche hatte sie mich als den Einzigen ermittelt, der das Flaschenpfand für sich behalten hatte.

So jedenfalls erzählte es mir Nina eines Abends.

Ach, Nina …

Ich machte mir ein paar schöne Gedanken und spülte Knäckebrot mit dem dünnen Bier hinunter, das im Kühlschrank so kalt geworden war, dass der Billigbiergeschmack nicht mehr allzu sehr auffiel.

Auf dem Etikett fand ich im Kleingedruckten einen Hinweis auf eine Brauerei in Niedersachsen – lächelnd nahm ich noch einen Schluck. Damit und mit dem Knäckebrot sollten fürs Erste keine weiteren Katastrophen zu befürchten sein. Die durch ihre Herkunft potenziell riskante Wurst hatte ich gleich ins unterste Fach des Kühlschranks weggepackt, zur Sicherheit.

Nach einer Weile ging ich ins Bad hinüber und ließ auf dem Weg dahin nach und nach meine Kleider fallen, die eine markant riechende Spur von der Küche zur Dusche legten. Das

Wasser kam in einem dünnen Strahl aus dem Duschkopf, allerdings war es kalt. Ich sah mich um und entdeckte den Stecker eines kleinen Boilers, der zum Glück schon nach einigen Minuten für ein wenig lauwarmes Wasser sorgte.

Das musste reichen, schließlich war heute kein kalter Tag gewesen. Ich nahm mir reichlich Shampoo aus einer Tube in der Seifenschale und rieb es mir auf die Kopfhaut. Sofort brannte alles, Schaum lief mir in die Augen, und die Duschwanne war durch das Shampoo so glitschig geworden, dass ich keinen sicheren Stand mehr hatte.

Nachher musste ich unbedingt nachsehen, woher das Shampoo stammte – ich tippte auf einen Hersteller im Schwäbischen …

Vorsichtig bugsierte ich den Duschkopf auf Hüfthöhe hinunter, ging in die Hocke und ließ das allmählich kühler werdende Wasser im Sitzen über mich fließen.

Als ich wieder erwachte, lief nur noch kaltes Wasser. Das Shampoo war bis auf ein paar Schaumwölkchen auf meiner Brust und zwischen meinen Beinen abgespült. Ich sah schläfrig an mir hinunter, dachte wieder an Nina – doch offenbar war ich zu müde, nichts regte sich. Etwas enttäuscht schlüpfte ich in die Unterwäsche, die auf dem kleinen Sideboard im Bad bereitlag. Die Unterhose war aus Feinripp, und das ärmellose Unterhemd hatte vorne einen plump spaßigen Umweltslogan aufgedruckt.

Ich holte mir noch ein Bier aus dem Kühlschrank und nahm einen großen Schluck. Der Geruch im Zimmer war nun etwas besser als zuvor, aber ich hatte mir von der Dusche mehr versprochen. Ich hob die Arme, schnupperte – dann fielen mir meine alten Klamotten wieder ein, die unverdrossen ihre Version meiner Story in die Luft verströmten.

Ich packte alles zusammen und schob das Kleiderbündel in eine Ecke hinter der Duschkabine. Didi hatte etwas von Handwäsche erzählt – das musste bis morgen warten. Und vielleicht konnte ich ihn ja überreden, mein Zeug einfach in seine Waschmaschine zu stecken.

Allmählich hob sich meine Laune. Ich hatte ein Dach über dem Kopf, ich war frisch gewaschen, mit ziemlich sicherer Option auf Wiederholung. Ich hatte etwas zu essen und zu trinken, und ein paar Handgriffe später blickte ich zufrieden auf eine aufgeklappte Schlafcouch hinunter. Decken und ein Kissen fand ich in einem Eckschränkchen. Daneben lag eine Taschenlampe, die ich auf den Couchtisch legte.

Mit besserer Laune und mit neuen Gedanken an Nina schlief ich bald darauf ein. Ich träumte schön von meiner bisherigen Freundin, weniger schön von Kathleen und einigen anderen. Mitten in der Nacht wachte ich schweißgebadet auf, weil ich gerade davon geträumt hätte, dass schon wieder jemand durchs Gebüsch brach, um mir meine Cowboystiefel einzusauen.

Ich fuhr schwer atmend hoch, griff im Dunkeln die Taschenlampe und leuchtete um mich. Aber es war niemand zu sehen, auch kein Gebüsch – nur Blümchentapeten, altmodische Möbel und Holzbrettchen mit Sinnsprüchen darauf. Ich nahm eine Bewegung wahr, Holz knarrte und eine Feder schien sich zu lösen – im zitternden Schein der Taschenlampe sah ich den Kuckuck vor seiner Uhr vor und zurück pendeln, bevor er wieder in der Öffnung verschwand.

Nun fiel mir ein, wo ich war. Erleichtert ließ ich mich in mein Kissen sinken und war kurz darauf wieder eingeschlafen.

Kapitel 5 | *Café Büchse*

Irgendwann trat Nina wieder in meine Träume. Und diesmal war sie zielstrebiger und zupackender, als ich sie kannte. Auch wilder. Ich spürte förmlich, wie sich ein breites Lächeln über mein schlafendes Gesicht legte, aber ich hielt meine Augen fest geschlossen, weil ich so gar keine Lust hatte, den Rest dieses Traums zu verpassen.

Nina wurde immer energischer. Sie zerrte und schob an mir herum, dass ich mich allmählich zu wundern begann. Schließlich packte sie mich mit solcher Wucht, dass ich aus der Schlafcouch rollte und mir Kopf und Schulter am Tisch anschlug.

Stöhnend öffnete ich die Augen. Didi stand über mir und schüttelte ungläubig den Kopf.

»Mann«, sagte er, »dich bekommt man ja kaum wach.«

»Didi?«

»Ja, ich bin's. Natürlich. Wer denn sonst?«

»Ich dachte …«

»Ach, du hattest einen schönen Traum, ja?«

Didi grinste anzüglich.

»Von der Frau in deinem Traum würde ich mich aber lieber fernhalten. Ich habe dich nämlich, nachdem Flüstern und Antippen nichts halfen, ziemlich grob herumgerüttelt.«

Didi meinte seinen Rat vermutlich nicht ernst: Er sah eher so aus, als würde er die Frau meiner Träume auch gerne mal treffen.

»Davon abgesehen habe ich ganz gut geschlafen«, brummte ich schließlich, schlüpfte in die viel zu weite Jogginghose und ging zur Küche hinüber. »Übrigens danke für die Sachen im Kühlschrank und die Klamotten. Gibt es hier irgendwo auch eine Kaffeemaschine?«

Didi kam, noch immer oder schon wieder grinsend, auf mich zu und zeigte mir in Schränken und Schubladen, was mir zu einem Kaffee verhelfen sollte: ein Wassertopf, eine frische Packung Kaffeepulver, vergilbt aussehendes Filterpapier, ein Kaffeefilter aus dunklem Plastik und eine Schöpfkelle, mit der wohl die Heilsarmee früher die Suppe ausgeteilt hatte.

Mir schwante, was Didi meinte, und ich versuchte mich zu erinnern, wie in meiner Kindheit in Uhlbach der Kaffee aufgebrüht wurde. Nicht gerade Pad-Technik, aber immerhin jeweils frisch …

Ich begann loszuhantieren und fragte über die Schulter: »Willst du auch einen?«

Ich musste kräftig niesen, was immerhin das Filterpapier auffächerte, das ich in diesem Moment gerade vor mir gehalten hatte.

»Gesundheit!«, sagte Didi, der mich schadenfroh beobachtete, und fügte dann hastig hinzu: »Nein, nein, ich hatte meinen Kaffee heute schon.«

Eine Viertelstunde und mehrere verschüttete Schöpflöffel heißen Wassers später saß ich vor einer dampfenden Tasse und versuchte, das darauf gedruckte Motiv – die kitschige Ansicht einer Kirche vor Gebirgspanorama und darunter der geschwungene Schriftzug »Wunderschönes Heiligenblut« – zu ignorieren.

»Drunten steht das Fahrrad«, sagte Didi.

So verstohlen, wie er immer wieder im Kaffeeduft schnupperte, fragte ich mich, warum Didi vorhin mein Angebot nicht angenommen hatte. Ich würde mit meinem rabenschwarzen Gebräu vermutlich nicht zum Edelgaumen einer Kaffeerösterei taugen, aber für meinen ersten Versuch seit Jahrzehnten war es gar nicht so übel, fand ich. Außerdem hatte ich ordentlich Einsatz gezeigt: mein Kaffee war nicht nur handgebrüht, sondern auch handverbrühend … Morgens war ich manuell eben noch nicht so wahnsinnig geschickt.

»Prima«, antwortete ich und stopfte mir noch ein Stück Knäckebrot in den Mund.

»Magst du nicht auch etwas Wurst nehmen?«, hakte Didi nach und nickte zum Kühlschrank hinüber.

»Stimmt eigentlich«, sagte ich lahm und holte mir Didis Spezialitätenauswahl. Ich wollte ihn nicht schon wieder vor den Kopf stoßen und schnitt mir ein Stück vom Schwartenmagen ab. Dummerweise hörte das Messer vor meinem Finger nicht zu schneiden auf.

»Aua!«, machte Didi und zog zischend Luft zwischen den Zähnen hindurch.

»Du weißt aber schon, Didi, dass *ich* mich geschnitten habe, oder?«

»Sieht nicht gut aus, wenn du mich fragst«, sagte Didi. Er sah bleich aus.

»Habt ihr Heftpflaster hier?«

»Ja, Moment.«

Damit tauchte Didi unter dem Tisch ab, machte sich an einer Sitzfläche der Eckbank zu schaffen und zauberte einen uralt aussehenden Verbandskasten hervor.

»War fürs Auto nicht mehr gültig«, sagte er, »aber …«

»Aber für mich wird's noch reichen?«

»Äh … ich meine: Hier im Ferienhaus ist es ja nur für den Notfall.«

»Nur? Meinetwegen, gib her!«

Inzwischen war der Rote Schwartenmagen noch etwas röter geworden und Didi noch etwas bleicher. Ich bekam den Verbandskasten nicht gleich auf, und als es dann klappte, schubste der etwas zu weit aufspringende Deckel meine fast volle Tasse über die Tischkante und auf meinen rechten Oberschenkel. Erstaunlich, wie lange handgebrühter Kaffee heiß bleibt …

Umständlich säbelte ich mit meinem Vespermesser einen Streifen von der Pflasterrolle ab. Als Didi endlich kapierte und eine altmodische Schere aus einer Schublade hervorzauberte, war ich schon fertig und klebte das Pflaster auf die blutende Wunde. Es war nur ein winziger Schnitt, der obendrein noch nicht einmal schmerzte – aber warum sollte die Chance ungenutzt verstreichen, mich von Didi ein wenig bemitleiden zu lassen?

Ein bisschen Blut schimmerte noch durch, dann schien die Wunde Ruhe zu geben und ich konnte mich um meinen Oberschenkel kümmern. Ich ließ kaltes Wasser über den Spüllappen laufen und drückte ihn auf den großen Kaffeefleck auf meiner Hose. Der kalte Lappen tat gut.

»Ist nicht dein Tag, was?«

Didi war offenbar von der ganz schnellen Truppe.

»War es auch gestern nicht«, sagte ich.

»Hat das mit deinen Schwäbisch-Problemen zu tun?«

»Welchen Schwäbisch-Problemen?«, fragte ich misstrauisch zurück.

Was weiß Didi denn nun davon schon wieder?

»Hast du mir gestern in der Stadtbahn erzählt. Oder nein: Erzählt hast du es nicht, nur angedeutet.«

Dabei machte Didi ein Gesicht, dass ich genau wusste, wie gern er diese Geschichte endlich hören würde – und wie wenig nett er es von mir fand, dass ich ihn bisher noch hatte warten lassen. Ihn, meinen Retter. Ich grinste. Wobei … irgendwie stimmte es ja schon mit Didi, dem Retter.

»Okay, dann will ich dich mal nicht länger auf die Folter spannen«, begann ich und erzählte ihm von meiner Begegnung mit Gunda Späth, von meinen Missgeschicken und von Peer, der mir gestern im Schlossgarten allen Ernstes von den Zaubertalenten der alten Dame berichtet hatte.

Didi machte große Augen, entpuppte sich aber bis auf wenige dämliche Anmerkungen als richtig guter Zuhörer.

»Das ist ja ein Ding!«, sagte er schließlich, als ich ihm alles erzählt hatte. »Verflucht …«

Er sah mich an.

»Und du glaubst das?«

Ich zuckte mit den Schultern.

»Hm«, machte er und sah nachdenklich auf das Stück

Roten Schwartenmagen, auf dem noch immer Blut von mir zu sehen war.

— o —

Didi hatte mir das Rad, das vor der Tür stand, mit den Worten angepriesen: »Da brauchst du kein Schloss, das klaut dir keiner.«

Ich muss sagen: Das traf es ziemlich gut.

Der Rahmen, die Speichen und sogar der vorne anmontierte Gitterkorb waren von undefinierbarer Farbe – hier hatten Rost und Staub ganze Arbeit geleistet. Nur die Reflektoren, die vorschriftsmäßig an Vorder- und Hinterrad angeschraubt waren, hatte Didi blitzblank geputzt. Außerdem war der Rahmen mit einigen recht neu wirkenden Anti-Atomkraft-Aufklebern verziert – ich wusste gar nicht, dass man die heute noch bekommen konnte.

»Und?«

Didi strahlte mich an, als müsse ich weinend vor Dankbarkeit vor ihm auf die Knie sinken und mich stammelnd an seine Beine klammern.

»Äh … danke«, murmelte ich.

Didi sah mich noch kurz an, aber dann begriff er, dass viel mehr im Moment wohl nicht zu erwarten war. Er verabschiedete sich und trollte sich zur Stadtbahn.

Als ich später am Vormittag mit dem Drahtesel hinunter zur Stadt radelte, war ich zunächst bester Dinge. Ich hatte im Ferienhaus neben einigen Wanderkarten der Region auch eine alte Straßenkarte von Stuttgart gefunden und ein wenig drin gestöbert: Der Weg zur Innenstadt war demnach an die zwei Kilometer lang, und ich konnte tatsächlich froh sein, dass ich das nicht laufen musste.

Der Eulenrain verlief recht steil bergabwärts, und das Fahrrad kam gut in Schwung. Der Fahrtwind streichelte mir über den Kopf, und immer wieder fuhr auch eine kleine Bö in meine Jacke und vertrieb den ärgsten Geruch. Ich hatte es nun doch nicht mehr geschafft, meine Klamotten zu waschen. Erst hatte ich kein Waschmittel, und als ich die Tube endlich fand, war mir dummerweise die Lust abhanden gekommen. Aber es war wahrscheinlich auch egal, wenn ich nun einen Tag mehr müffelte – ich hatte ohnehin vor, Peer in der Stadt zu treffen, und ihn schien meine persönliche Note nicht zu stören. Kunststück: Er war selbst nicht gerade eine Galionsfigur der Körperpflege.

Schwungvoll flitzte ich um die letzte Kurve des Eulenrains und dann scharf links in die Sonnenbergstraße hinein. Ein älteres Pärchen, das sich an der Straßenecke gerade darauf vorbereitet hatte, die Fahrbahn zu überqueren, sah tadelnd zu mir hin. Aus dem Augenwinkel sah ich noch, wie er den Stock hob und mir irgendetwas hinterherrief.

Kurz drehte ich mich zu den beiden um und rief ihnen zu: »Ist das Leben nicht eine Lust?« Dann wandte ich mich wieder nach vorn und dachte: »Scheiße!«

Die Sonnenbergstraße führte geradeaus weiter talwärts, aber aus irgendeinem unerfindlichen Grund hatte die Richard-Wagner-Straße, die von rechts kam, Vorfahrt. Und just auf dieser Straße rollte ein großer weißer Transporter mit der Aufschrift »Schwaben-Wäsche Möhrle« heran.

»Schwaben-Wäsche Möhrle« – viel schwäbischer ging es ja nun wirklich nicht mehr, und ich machte mich schon auf das Schlimmste gefasst. Dabei stieg ich aus dem Sattel und legte mein ganzes Gewicht in die Rücktrittsbremse – wenig später wusste ich, was diesmal das Schlimmste sein würde: Die Kette sprang vom Zahnrad und ich schloss die Augen, denn nun würde sie sich irgendwo verfangen, die Räder blockieren und mich im hohen Bogen von meinem Drahtesel schleudern.

Als ich die Augen wieder öffnete, schwante mir, dass der Späthsche Fluch noch eine andere Variante parat hatte. Die Kette hatte das Hinterrad nicht blockiert, aber eine funktionierende Rücktrittbremse gab es nun natürlich nicht mehr.

Mit letzter Not konnte ich dem Transporter ausweichen, kam dadurch aber so heftig ins Schlingern, dass ich die Sonnenbergstraße gleich danach schwungvoll nach links verließ. Vor mir, zwischen zwei Häusern, standen Mülleimer, Kehrutensilien und ein alter Motorroller, aber das Gartentor war offen – ich mitten hindurch und über die Wiese hinter dem Haus weiter talwärts. Einem kleinen Gewächshaus konnte ich nicht mehr ausweichen, aber die Wandelemente aus transparentem Plastik, die ich durchbrach, verpassten mir nicht mehr als ein paar Schrammen. Über Gras, kniehohe Trockenbaumauern und eine Gartentreppe ging es weiter nach unten, bis ich mit halsbrecherischem Tempo auf einen Holzzaun zuflitzte.

Der war altersschwach, und ich durchfuhr ihn ohne große Umstände, die kniehohen Latten spritzten nach links und rechts weg. Ich wollte schon aufatmen, da kam mir der Untergrund abhanden. Das letzte Stück Böschung legte ich senkrecht über dem Vorderrad zurück, dann machte ich auf der unversehens erschienenen Straße meinen Vorwärtssalto komplett und rutschte Kopf voraus in einen sorgfältig aufgeschichteten Grünguthaufen.

Ich hatte, wie ich später erfuhr, meine Stuttgart-Kenntnisse soeben um eine neue Straße erweitert: die Dobelklinge.

— o —

Mein Damenrad hatte die Irrfahrt überraschend gut überstanden. Besser jedenfalls als ich. Die Kette hatte ich nach ein paar Minuten wieder an die richtige Stelle gefummelt. Und während das Rad nur vorne einen leichten Achter aufwies – der vielleicht schon vorher das Gesamtbild verschönert hatte – war ich ordentlich verschrammt.

Mein Jackett hatte nun zwei Flicken an den Ärmeln nötig, die Hose war am linken Bein mehrfach aufgerissen, und meine Stiefel zeigten an den Spitzen unschöne Kratz- und Schleifspuren.

Humpelnd schob ich mein Rad ein Stück, da hörte ich hinter mir lautes Schimpfen. Offenbar hatte der Grüngutstapler bemerkt, wo ich aufgeschlagen war. Also schwang ich mich doch wieder in den Sattel und trat in die Pedale.

Mir tat alles weh, und ich fuhr nun viel vorsichtiger. Für die restliche Fahrt blieb ich von weiteren Zwischenfällen weitgehend verschont. Nur einmal noch tauchte »Schwaben-Wäsche Möhrle« in meiner Nähe auf, aber ich hatte es instinktiv geahnt, wechselte in eine Seitenstraße und rutschte nur kurz mit dem Vorderrad auf einem kleinen Hundehaufen aus.

Peer traf ich diesmal am Eckensee. Er saß auf der Umfassungsmauer und sah zum Großen Haus hinüber.

»Du hast ein Fahrrad?«

»Ja, hat mir …«

Ich räusperte mich und hustete, um die Pause zu überbrücken, die ich zum Nachdenken brauchte. Wenn ich Peer von Didi erzählte, der mir das Rad geschenkt hatte, dann erzählte ich irgendwann auch von dem Ferienhaus, von der Schlafgelegenheit und von dem immer wieder aufgefüllten Kühlschrank. Das wollte ich gerne vermeiden.

»… hat mir einer geschenkt.«

Peer sah mich an, musterte dann das Rad und lächelte nachsichtig.

»Kann ich mir vorstellen.«

»Ja?«, fragte ich.

»Klar«, lachte er scheppernd. »Dieses alte Teil hätte der Typ sonst wohl zum Sperrmüll bringen müssen. Das musst du nirgends abschließen, glaub mir.«

»Genau das hat der Typ auch gesagt.«

Wir lachten, aber ich fühlte mich elend. War Peer inzwischen nicht irgendwie mein Freund? Hatte er mir nicht gegen den Schwan geholfen und von Gunda Späths Zauberkünsten erzählt? Warum hatte ich dann gerade ihn belogen?

Andererseits konnte ich mich gut daran erinnern, wie enttäuscht er gewesen war, dass sein ohnmächtiger »Kollege«, der

Mann mit dem Opernglas und den Kartenspielen, wieder aufgewacht war.

Musste ich nun ein schlechtes Gewissen haben? Oder war ich schlicht clever genug, Peer nicht alles zu erzählen? Und warum machte ich mir überhaupt solche Gedanken? Noch vor drei Tagen wäre dieses »Dilemma« für mich noch keines gewesen.

Mann: drei Tage …

Erst drei Tage war das alles her, und schon … Tage ohne Arbeit, ohne Termine und ohne den Druck, alte Leute termingerecht aus alten Häusern zu ekeln, taten mir offenbar nicht gut.

Jemand schlug mir auf die rechte Schulter, und ich schreckte aus meinen Gedanken auf. Peer war aufgestanden, hatte sich vor mir aufgebaut und sah mich an.

»Geht's?«, fragte er.

Ich nickte, zuckte mit den Schultern, nickte wieder.

»Du hast Hunger«, stellte Peer fest. »Ich kenne diesen leeren Blick. Hatte ich selbst, früher – sieht scheiße aus, wenn dir das so aus den schlierigen Metallspiegeln im Bahnhofsklo entgegenglotzt.«

»Und jetzt hast du keinen Hunger mehr?«

Erleichterung machte sich in mir breit. Ich hatte heute morgen – nachdem Didi mir geholfen hatte, den blutverschmierten Schwartenmagen zu entsorgen – mit Schwarzbrot, Margarine und Orangenmarmelade geradezu fürstlich und vor allem kein bisschen schwäbisch gefrühstückt. Was nun in meinem Bauch rumorte, war alles andere als Hunger – auf die Toilette hätte ich dringend müssen, aber hätte ich dann Peer nicht auch erklären müssen, wovon?

Tja, wovon? Schließlich war ich obdachlos, hungrig, durstig und ohne vernünftige Waschgelegenheit. Glaubte Peer, und sollte er auch glauben. Wobei …

Ich habe doch geduscht, fällt ihm das nicht auf?

Noch immer sah er mich an, freundlich und fragend.

Nein, Peer schien nichts zu merken. Wahrscheinlich hatte er seinen Geruchssinn auf Standby gestellt – was in den meisten Situationen für ihn sicher auch das Beste war.

»Und? Gehen wir was essen?«

Peer strahlte mich inzwischen geradezu an.

»Tut mir leid«, sagte ich, »für den Italiener habe ich gerade nicht genügend Geld in der Tasche.«

»Du gefällst mir!«, rief Peer und klopfte mir noch einmal auf die Schulter, während er lachend losging. Ich schnappte mein eierndes Damenrad und überquerte mit ihm in der auch heute wieder überraschend warmen Frühlingssonne den Schlossplatz. Einem Brezelstand in der Königstraße wich ich noch aus, indem ich direkt an den Schaufenstern der großen Buchhandlung entlangging. Peer, der von meinem magischen Schwabenpech wusste, beobachtete mich amüsiert.

Im Vorübergehen überflog ich einige Buchcover. Zwischen großformatigen Bildbänden und den üblichen Thrillern hatte jemand ein Plakat vom Fernsehturm aufgehängt, davor stand ein Tisch, der mit Äffle-und-Pferde-Bettwäsche behängt war und auf dem sich Bücher stapelten, die wohl irgendwie Stuttgart zum Thema hatten. Mörikes »Hutzelmännlein« in einer Billigausgabe, dicke und dünne Ausgaben zu Stadtgeschichte und Stäffele, und auf einem dünnen Hardcover war Vincent Klink zu sehen – der bekannte Nobelkoch hatte sich und seinen Bauch sehr zufrieden, aber nicht sehr vorteilhaft in Position gestellt.

Die Taschenbücher daneben waren eine ziemlich bunte Mischung: Ein paar Krimis waren darunter, zeigten auf dem Umschlag ein Trollingerglas vor dem Rotenberg, eine Peitsche vor dem Stammheimer Gefängnis, den nächtlichen Hölderlinplatz, eine Kugel auf dem Serviertablett oder eine im Wasser treibende Frau. Ein besonders hoher Bücherstapel strahlte in Pink, auf dem obersten Buch war eine Espressotasse abgebildet. Die Autorennamen sagten mir in den meisten Fällen nichts.

Ich sollte mehr lesen.

»Nun komm schon!«, rief Peer zu mir herüber.

Das Lesen muss wohl noch etwas warten.

Inzwischen war Mittagszeit, und Beamte und Angestellte eilten von ihren Büros zu ihren Stammkneipen, um bei Tagesessen, Apfelschorle und Espresso den neuesten Klatsch auszutauschen. Auf der Königstraße war ordentlich Betrieb, hektische Menschen in dezenten Anzügen und Kostümen umkurvten weniger hektische mit prall gefüllten Einkaufstaschen. Die Plätze zwischen den Eingangstüren zu Läden und Gaststätten waren aufgeteilt unter flötenden Peruanern, stumm flehenden Bettlern und lustlos Senf ins Brötchen stopfenden Hot-Dog-Verkäufern.

Wir bogen nach rechts in die Büchsenstraße ab, kreuzten die Kronprinz- und die Calwer Straße und gingen die Fußgängerrampe hinunter, die zur S-Bahn-Station Stadtmitte führte.

Ich hatte keine Ahnung, wohin Peer mich führen wollte. Auf dem Schlossplatz und der Königstraße hatte ich mich noch gewundert, dass wir niemanden um Geld baten. Inzwischen wunderte ich mich nicht mehr, sondern folgte gespannt – es würde wohl eine Überraschung geben.

Als wir aber die Unterführung erreichten, wurde ich doch etwas unruhig. Auf der anderen Seite der Theodor-Heuss-Straße lag mein Loft, und da fiel mir wieder ein, dass sich gegenüber die Bäckerei befand, vor der er einen seiner Stammplätze hatte. Ob wir wohl wieder ein Brötchen schnorren würden? Und was die Verkäuferin wohl sagen würde, wenn ich gemeinsam mit Peer auftauchen würde?

Unter Tage umwaberte uns sofort die Duftmischung »Stuttgarter Untergrund«: je eine kräftige Note Brutzelfleisch, Kaffee, Aufbackbrötchen und Rolltreppenschmieröl, in die sich mal mehr, mal weniger Urin schlich.

Es musste ein angeborener Reflex sein, der manche Männer zum Wasserlassen zwang, sobald sie eine Unterführung betraten, denn in den Fußgängertunnels der Stadt variierten eigentlich nur die zivilisierten Bestandteile der Duftmischung, je nach den Verkaufsständen, die aufgebaut waren oder eben nicht. Nur der Uringeruch fehlte nie. Ich hatte mich schon früher immer wieder mal gefragt, ob das nur ein Stuttgarter Phänomen war – oder roch es in ganz Deutschland so?

Jedenfalls war ich froh, dass wir nicht vor einer der Verkaufstheken unter der Theodor-Heuss-Straße stehen blieben – mir war der Appetit im Moment ein wenig vergangen.

Wieder oben, wirkte die Luft etwas frischer. Von der Bäckerei her kam ein pausbäckiger Junge mit einer Butterbrezel auf uns zu. Ich trat sicherheitshalber einen Schritt zur Seite, kam dadurch aber einem heranstürmenden Mann in dunklem Anzug in die Quere, der mich rüde anrempelte und dann ohne weitere Reaktion weiterstürmte.

Wir bogen nicht zur Bäckerei ab, sondern folgten der Büchsenstraße noch ein Stück in Richtung Liederhalle. Schließlich steuerte Peer eine Tür an, neben der eine breite Glasfront den Blick auf eine Art Kaffeestube freigab. Auf eines der Fenster hatte jemand in krakeliger Schrift »Café Büchse« gemalt.

»Komm«, sagte Peer, »hier geht's rein. Da bekommen wir Tippelbrüder etwas zu essen und zu trinken, ohne dafür bezahlen zu müssen.«

Damit war er auch schon drin, und ich lehnte das Rad an die Wand und schob mich hinterher. Innen war es viel zu warm für diesen sonnigen Tag, aber ich konnte mir gut vorstellen, dass dieser warme Platz im Winter eine beliebte Anlaufstelle war.

Voll war es auch heute. Nur in einem Eck neben der Theke waren noch zwei Plätze frei. Die anderen Stühle waren besetzt, von vielen Männern und wenigen Frauen, ganz offensichtlich durchweg »Kollegen«. Neben den meisten lagen Rucksäcke oder geräumige Taschen auf dem Boden, auf den Tischen standen Tassen und Teller, und die meisten aßen und tranken wortlos.

Peer nickte grüßend hierhin und dorthin, klopfte mit den Knöcheln auf die Tische, an denen wir vorbeikamen und schubste eine große Tasche von einem der beiden Stühle, die wir im Visier hatten.

Ihr Besitzer schaute kurz auf, legte mit einem hämischen Grinsen eine Reihe tadellos geschwärzter Zähne frei und brummelte Peer einen Kommentar zu, den ich nicht verstand.

»Schon recht, Albin!«, knurrte Peer zurück.

»Was hat er gesagt?«, fragte ich.

»Ach, das willst du nicht wissen.«

Peer sah etwas angefressen aus, und sein Sitznachbar grinste noch immer hämisch. Peer hatte wohl recht: Das wollte ich, glaube ich, wirklich nicht wissen. Statt dessen sah ich zu, dass ich zur Toilette kam.

Als ich wieder zurück war, stand eine junge Frau an unserem Tisch, begrüßte Peer freundlich und musterte mich kurz, als wolle sie sich ein erstes Urteil über mich bilden. Dann wandte sie sich an Peer – ich hatte wohl höchstens mittelprächtig abgeschnitten.

»Und? Wie immer?«

»Ja, wenn's geht«, strahlte Peer sie an. »Was habt ihr denn heute da?«

»Brötchen, Landjäger, Streuselkuchen.«

»Prima, und einen Kaffee bitte, ja?«

»Geht klar, Peer.« Sie wandte sich zu mir. »Und Sie?«

»Kaffee wäre prima, und vielleicht ein trockenes Brötchen.«

»Ein trockenes Brötchen?«

Ich nickte. Die Frau sah mich forschend an, als wolle sie herausfinden, ob ich sie womöglich auf den Arm nehmen wollte.

»Keine Wurst? Kein süßes Stückle?«

»Äh … nein, danke.«

Dann zuckte sie mit den Schultern, sagte: »Kommt sofort!« und war wieder hinter der Theke verschwunden.

Ich atmete erleichtert aus. Zum einen kamen mir Streuselkuchen und Landjäger – hießen die bei uns hier nicht eher Peitschenstecken? – doch ziemlich schwäbisch vor. Und zum anderen hatten mich die Frau mit ihrem festen Blick aus großen dunklen Augen etwas verwirrt.

»Ist eine Nette, was?«

Peer hatte sich zu mir vorgebeugt und nickte zu der Frau hinüber, die gerade unsere Bestellung aufgenommen hatte.

»Ja, ganz nett«, sagte ich lahm. Ich sah zur Theke hinüber und fand meinen ersten Eindruck bestätigt: Sie war normal groß, normal schlank, soweit man das trotz ihres weit fallenden Sweatshirts beurteilen konnte, und mit den knapp schulterlangen braunen Haaren, die sie mit einem lila Gummiband zu einem Pferdeschwanz zusammengebunden hatte, und den nicht gerade ausgesucht schicken Klamotten passte sie nicht so ganz in mein übliches Beuteschema.

Als sie zwei Tassen Kaffee auf ein Tablett stellte, sah sie kurz hoch und fing meinen Blick auf. Ich sah schnell weg und betrachtete sehr aufmerksam die Einfassung der großen Fensterfront.

»So, bitteschön!«, sagte sie kurz darauf und stellte Tassen, Teller und Zuckerdose vor uns hin.

»Danke, Tina«, sagte Peer und klaubte sich eine Handvoll Zuckerwürfel aus der Dose, die er danach langsam in seinem Kaffee versinken ließ. Tina? Prompt fiel mir wieder Nina ein, meine – Stand: heute – letzte heiße Bekanntschaft.

»Bitte, Peer«, erwiderte sie freundlich, blieb aber bei uns am Tisch stehen.

Ich schaute hoch, sie sah mich an.

Will sie mit mir flirten?

Ich lächelte, um freundlich zu sein – und, na ja, einen Flirt konnte man auch mal mit jemandem riskieren, der nicht so ganz ins Beuteschema passte. Ich war ja auch ein toller Typ, und es sprach für diese Tina, dass sie das trotz meines etwas ramponierten Äußeren erkannte.

»Zwei fünfzig«, sagte sie schließlich.

Fieberhaft versuchte ich die Nachricht zu entschlüsseln: »Zwei fünfzig« war zu kurz für eine Telefonnummer und auch eindeutig keine Uhrzeit für ein Date … Dann fiel der Groschen, und ich hatte schon Angst, jemand könnte den lauten Knall hören, mit dem meine Illusion vom belanglosen Flirt zerplatzte.

»Äh …«

»Zwei fünfzig«, wiederholte sie.

Allzu freundlich blickte sie inzwischen nicht mehr drein, und ich konnte um die Augen herum zwar ein paar Lachfältchen ausmachen – aber die waren im Moment ganz offensichtlich nicht in Betrieb.

»Ja, äh …«, machte ich und berührte in einer hilflosen Geste die Außentaschen meines Jacketts. »Ich habe nur leider kein Geld bei mir.«

Ich hielt sogar mein Jackett auf, um ihr zu zeigen, dass in der Innentasche keine Brieftasche steckte. Prompt trat sie einen Schritt zurück – da hatte sich im Jackett wohl etwas alte Luft aufgestaut.

»Aber Tina«, schaltete sich nun endlich Peer ein. »Ich komme schon so lange her, und nie wolltest du Geld von mir. Was soll das denn jetzt? Du siehst doch, dass wir nichts haben.«

»Ach, Peer«, sagte Tina und sah ihn tadelnd an. »Ich weiß sehr wohl, dass du Geld in der Tasche hast, wenn du hier zum Essen kommst – du hockst doch nicht vergeblich stundenlang drüben vor der Bäckerei, oder?«

Peer schluckte, eine leichte Röte zog sich über sein stoppeliges Gesicht.

»Aber das sei dir gegönnt, du bist hier immer willkommen und musst natürlich auch weiterhin nichts zahlen für deine Mahlzeit. Für dich und deine Kollegen ist das hier ja auch gedacht. Aber er hier …«

»Entschuldigen Sie bitte«, stammelte ich, »ich habe wirklich kein Geld im Moment.«

»Stimmt, Tina«, pflichtete Peer mir bei. »Ronald hier geht's echt übel zur Zeit. Lange Geschichte, du weißt schon.«

Tina rollte die Augen, schien sich aber allmählich ein wenig zu entspannen.

»Habe ich das nicht schon mal irgendwo gehört?«

Peer grinste.

»Na siehst du, Tina, geht doch. Außerdem bist du viel hübscher, wenn du nicht so verbissen schaust. Stimmt doch, Ronald, oder?«

Sie schaute nun wieder mich an, und ich fühlte, wie sich mein Gesicht aufheizte. Ich würde doch wohl nicht rot werden?

Sah sie jetzt tatsächlich etwas spöttischer auf mich herab? Na, prima: Offenbar *war* ich rot geworden …

»Ronald heißen Sie?«

»Ich … äh … ja, Ronald.«

Ihr Lächeln verschwand wieder. Hatte Sie ein Problem mit meinem Vornamen?

»Und wie kommt es, dass Sie kein Geld haben, hier einen Kaffee umsonst wollen, aber Cowboystiefel für 800 Euro tragen?«

Peer riss die Augen auf und beugte sich zur Seite, um einen Blick auf meine Schuhe zu werfen.

Mochte sie keine Cowboystiefel? Oder waren alle Typen in Cowboystiefeln für sie automatisch üble Machos? Nicht, dass ich bisher kein Macho gewesen wäre – bis vor ein paar Tagen war ich ganz prima damit gefahren, aber …

Und: Woher wusste diese Tina, wie teuer meine Stiefel waren, wenn sie Cowboystiefel doch so sehr verabscheute?

Ich stand auf.

»Komm, Peer, wir gehen. Mir wird das hier zu blöd. Ich habe zwar kein Geld, aber ich muss mich hier auch nicht wegen einer Tasse Kaffee so anpampen lassen.«

»Setz dich, Ronald!«, kommandierte Peer. Sein Tonfall ließ keinen Widerspruch zu, und ich ließ mich wieder auf meinen Stuhl sinken.

»Und du, Albin, wolltest doch eh grad raus, oder?«

Peer hielt seinem Nebensitzer die Tasche hin und nickte zur Ausgangstür hinüber. Albin schnappte seine Tasche, brummte noch einmal etwas Unverständliches und grinste, während er sich trollte. Peer rutschte auf den frei gewordenen Stuhl hinüber und bot Tina seinen an. Zögernd setzte sie sich.

»Also, Tina, was ist los?«

»Wieso, was soll los sein?«

»Glaubst du, ich würde meinen Kollegen« – er deutete auf mich – »hierher bringen und dir vorstellen, wenn du immer so unfreundlich wärst?«

Tinas Augen schimmerten ein wenig. Peer sah zu mir herüber und legte den Zeigefinger an die Lippen. Dann warteten wir. Um uns herum waren alle mit Essen und Trinken versorgt, und wenn doch jemand was wollte, kam Tinas Kollege hinter der Theke vor und kümmerte sich darum.

»Und?«, hakte Peer nach einer Weile nach.

»Ich hatte Ärger«, stieß Tina hervor. Sie zog ein Papiertaschentuch aus ihrer Jeans und tupfte sich Augen und Nase trocken.

»Dein Typ?«, fragte Peer.

»Ja, mein Typ«, murmelte Tina. »Mein früherer Typ, um genau zu sein. Der hat mich eiskalt betrogen, machte mit seiner Sekretärin rum. Die Tussi stand wohl mehr auf teure Klamotten als ich, und sie hatte auch mehr Zeit als ich für ein paar Tage Nizza oder Davos oder was weiß ich.«

Peer trank geräuschvoll aus seiner Tasse und saß die kleine Pause in ihrer Erzählung einfach aus.

»Der hatte immer nur Kohle im Kopf«, fuhr Tina schließlich fort. »Und Sex natürlich. Teuer essen gehen, Austern schlürfen, und Chardonnay selbstverständlich nur von seiner liebsten Sorte. Mein Gott, wie mich das angekotzt hat.«

Sie hob den Kopf und sah Peer an. Ihre Augen funkelten vor Wut.

»Weißt du, Peer: Da schenke ich euch tagsüber gratis Kaffee und Wasser aus, bringe euch Backzeug an den Tisch, das irgendwo noch vom Vortag übrig ist, damit ihr ohne Magenschmerzen in der Stadt herumlaufen könnt – und solche Arschlöcher wie mein Ex hauen sich abends die 200-Euro-Menüs rein. Und dazu – Stößchen! – eben noch kurz einen sauteuren Champagner. Ist das gerecht?«

»Ach, Gott«, seufzte Peer. »Gerecht …«

Tina schniefte und tupfte sich noch einmal die Nase trocken.

»Und weißt du, worauf dieser Blödmann am meisten stolz war?«

Sie sah Peer herausfordernd an, aber der zuckte nur hilflos mit den Schultern.

»Auf seine schicke Wohnung, auf seinen getunten Wagen und – auf seine dämlichen Cowboystiefel!«

Zack! Zack! Zack! Tina hatte jeden dieser drei Punkte an den Fingern aufgezählt und jedes Mal ihre Hand mit Wucht auf die Tischplatte sausen lassen.

Ich schreckte dreimal zusammen, dann studierte ich ihr Gesicht etwas genauer, kramte fieberhaft in meiner Erinnerung: War *ich* womöglich der Typ, über den sich diese Frau so aufregte? Hatte *ich* Tina abserviert? War sie deshalb so schlecht auf mich zu sprechen? Gut, ich konnte mich nicht mehr an ihr Gesicht erinnern – aber Gesichter waren mir nicht so wichtig, und vielleicht hatte ich sie ja einfach auch nicht so wichtig genommen. Und hätte sie mich dann nicht trotz der vergangenen Tage erkennen müssen?

Ich glaube, ich drehe schon langsam durch.

Sie wandte sich zu mir um und fing erneut meinen Blick auf, mit dem ich sie musterte.

»Ist was?«, fragte sie mich.

Ich schüttelte den Kopf und räusperte mich.

»Tom hieß der Idiot«, erzählte sie schließlich weiter. »Vor zwei Tagen habe ich ihn rausgeschmissen. Da kam er nach ein paar Tagen Pause wieder angekrochen, vielleicht hatte ja seine neue Tussi an diesem Abend keine Zeit. Ich habe ihm verraten, dass ich sie beide in den Anlagen gesehen hatte. Sie saß halbnackt vor einem Busch, rief ständig ›Tom! Tom!‹, als würde sie den Weg nicht finden, und unter ihr ragten diese blöden Stiefel hervor. Natürlich bestand er darauf, dass das alles nicht so sei, wie es scheine. Aber als seine Zahnbürste im Treppenhaus auf ihn zuflog, hat er wohl kapiert, dass ich ihm kein Wort glaubte. Runter wie der Blitz, und unten mit quietschenden Reifen weg …«

»Gut gemacht«, sagte Peer und klopfte ihr leicht auf die Schulter.

»Tja, und dann kommt ihr beiden Pappnasen hier rein, und Sie tragen dieselben Stiefel wie Tom: Sendra, Kaimanleder, 800 Euro … Da ist es wohl mit mir durchgegangen.«

»Wenn das eine Entschuldigung sein soll: angenommen«, sagte ich. »Klingt wirklich nicht, als hätten Sie gerade eine gute Zeit.«

Sie hielt mir die Hand hin. »Tina, nicht Sie.« Sie hatte warme, weiche, trockene Haut und einen festen Händedruck.

»Ronald«, sagte ich überflüssigerweise und brachte sie damit immerhin ein wenig zum Lächeln.

»Ja, ich weiß.«

»Ich kann Ihnen … ich kann dir ja mal irgendwann erzählen, warum ich solche Stiefel habe, aber kein Geld.«

»Lange Geschichte, oder? Das kenne ich.« Sie stand auf. »Ich muss jetzt wieder. Und euch beiden danke fürs Zuhören.« Sie nickte uns lächelnd zu.

»Und der Kaffee und das Brötchen?«, fragte ich.

»Die gehen aufs Haus«, grinste sie. »Außerdem kommt es hier nicht so oft vor, dass sich ein Gast nicht alles bringen lässt, was wir anbieten.«

Sie drehte sich um und ging auf die Theke zu.

»Noch etwas!«, rief ich ihr hinterher.

Sie machte auf dem Absatz kehrt und sah überrascht, wie ich die Zuckerdose hochhielt.

»Peer hat alles verbraucht – hättest du noch ein paar Würfel für mich?«

Sie lachte.

»Gibt man euch den kleinen Finger, Jungs, wollt ihr immer gleich die ganze Hand – stimmt's?«

— o —

Als Peer und ich vor die Tür traten, bemerkte ich an der Stelle, an der ich mein Rad an die Wand gelehnt hatte, einen kleinen Auflauf. Vier »Kollegen« von Peer hatten sich da versammelt und diskutierten engagiert, welches Teil wohl als nächstes abfallen würde.

»Jetzt geht mal zur Seite, Leute«, sagte Peer und drängelte mir den Weg zu meinem Rostesel frei.

»He, Peer«, krächzte ein alter Mann, »gehört das Ding hier dir?«

»Nee, das ist das Rad von Ronald, meinem neuen Kumpel.«

»Da hat Ronald ja was ganz Feines an Land gezogen«, spottete ein anderer, ein klapperdürrer Kerl mit Schiebermütze.

Ich zuckte nur mit den Schultern.

»Hat mir einer geschenkt.«

»Schon klar«, feixte der Klapperdürre.

»Doch, ehrlich.«

»Keine Angst«, beschwichtigte mich der Alte und beugte sich vertraulich so weit zu mir herüber, dass ich deutlich Zwiebeln und Knoblauch aus seinem säuerlichen Atem herausriechen konnte. »Wir glauben dir das – so einen Göppel klaut nicht einmal ein Frischling wie du.«

Alle Männer lachten herzhaft, und auch Peer amüsierte sich offenbar prächtig.

»Was heißt hier Frischling?«, begehrte ich kurz auf, aber unter den mitleidigen Blicken der anderen verstummte ich wieder.

»Jungchen, wir sind Profis, verstehst du?«, sagte der Alte und grinste mir zwinkernd zu.

Ich verstand nicht, nickte aber aus Höflichkeit.

»Wir sehen schon, ob einer seit Jahren draußen schläft oder eben erst seit ein paar Tagen. Und du siehst nach Tagen aus, würde ich sagen. Höchstens!«

Er zwinkerte mir noch einmal zu.

»Stimmt's?«

»Ja.«

»Na also, Frischling!«, versetzte der Klapperdürre und lachte in die Runde. Er hatte eine fiese Visage und war mir herzlich unsympathisch.

»La-la-lasst ihn do-doch«, mischte sich ein kleiner schmächtiger Typ ein, der bisher nur still dagestanden und mich aufmerksam gemustert hatte.

Der Klapperdürre verdrehte die Augen.

»Immer mü-mü-müsst ihr einen haben, auf de-dem ihr r-rumhacken k-k-könnt!«

»Mensch, Stotterfresse, halt doch mal die Klappe!«, fuhr ihn der Dürre an. »Da wackeln mir ja die Ohren.«

Er grinste in die Runde, um sich Bestätigung von den anderen zu holen, aber die sahen ihn nur genervt an, und der Alte schüttelte den Kopf und sah ihn tadelnd an.

»Du lernst es auch nicht mehr«, murrte er. »Wir stecken hier alle in der Scheiße. Und nur, weil du so ein langes Elend bist, schaust du auch nicht weiter oben raus als wir.«

Der Klapperdürre sah betreten zu Boden. Der alte Mann schien hier das Sagen zu haben.

»Kevin kann vielleicht nur zerhackt reden – aber er denkt am Stück, und das kann man von dir nicht gerade behaupten!«

Der Klapperdürre spuckte auf den Gehsteig und konzentrierte sich darauf, die kleine Pfütze mit seinem Schuh in den Straßenstaub zu reiben.

»Und?«, sagte der Alte etwas lauter als bisher.

Der Klapperdürre sah hoch.

»Und? Was und?«

»Na, hast du dich schon bei Kevin entschuldigt?«

»Ich soll mich …«

Kurz sah es aus, als wolle der Klapperdürre aufbrausen. Doch dann zuckte er mit den Schultern, drehte sich halb um und reichte Kevin die Hand.

Ich musterte den alten Mann, konnte aber beim besten Willen nichts erkennen, was ihn von Natur aus zum Anführer dieser Gruppe gemacht hätte. Er war klein, sah weder stark noch flink aus – und doch kuschte der Klapperdürre, der ihn locker um ein, zwei Köpfe überragte, vor ihm.

»Tja, Ronald«, wandte sich der Alte nun an mich, »jetzt hast du schon ein paar Kollegen von unserem Peer kennengelernt.«

Er hakte sich bei mir unter und stellte mir seinen Haufen vor.

»Kevins Namen hast du ja schon gehört. Ich bin Hannes. Hier haben wir noch Klaus, der normalerweise gar nichts sagt. Und der lange Kerl da ist Kalle – bei ihm wäre es manchmal besser, er würde nichts sagen.«

»Ja, ja, ist gut jetzt …«, maulte Kalle.

»Und dein Rad ist schon okay«, fuhr der Alte fort. »In der Stadt kann man es zwar nicht überall gebrauchen, aber wenn du mal am Neckar entlang willst oder ein Stück raus aufs Land: feine Sache.«

Er nickte ernsthaft, aber es schien ein Grinsen um seinen Mund zu spielen.

»Außerdem halten sie dich auf dem Rad vielleicht gar nicht für einen Penner. Möglicherweise hast du ja Glück und gehst als Punker durch.«

Nun grinste die ganze Runde.

»Ist das denn besser?«, fragte ich vorsichtig.

»Nein!«, brüllte Hannes los vor Lachen, und die anderen stimmten mit ein.

»Der Typ, der mir das Rad geschenkt hat, meinte noch, dass ich das nirgends abschließen muss – das würde mir keiner klauen.«

Die Männer hielten sich die Bäuche vor Lachen.

»Da hatte er recht, der Typ«, prustete Hannes.

Lachend gingen wir in Richtung Königstraße. Ich schob mein Rad und plauderte mal mit dem einen, mal mit dem anderen. Von unserem Äußeren einmal abgesehen, mussten wir sehr einer Abteilung ähneln, die gemeinsam irgendwohin zum Essen ging. Allmählich wurde mir klar, warum Peer die anderen »Kollegen« nannte.

— o —

Kapitel 6 | *Der Wagen*

Am nächsten Morgen war dem Kalender an der Küchenwand zufolge Samstag. Ich nahm mir vor, endlich nach meinem Auto zu suchen, und wunderte mich selbst darüber, dass mir das erst jetzt einfiel. So ausgefüllt waren meine Tage ja nun auch nicht gewesen – aber wahrscheinlich hatte ich die Ereignisse vom vergangenen Mittwoch einfach nur verdrängt. Es hatte ja auch geholfen: Ich kam inzwischen in meinem seltsamen neuen Leben mehr oder weniger zurecht.

Jedenfalls, solange mir nichts allzu Schwäbisches begegnete.

Ich kam ohne größeren Zwischenfall in der Innenstadt an und radelte durch den Schlossgarten zum Neckartor. Das letzte Stück aus dem Park heraus zur Kreuzung schob ich das Rad. Gegenüber war das Schaufenster noch immer mit einer Plastikplane abgedichtet, sonst erinnerte nichts mehr an meinen Unfall.

Brav blieb ich stehen, bis die Fußgängerampel auf Grün sprang, dann schwang ich mich wieder in den Sattel und fuhr die Neckarstraße entlang. Mir fielen vier zu meiner Automarke passende Händler ein, die sich nicht allzu weit von dem Unfallort entfernt befanden. Zwar kannte ich den Mann nicht näher, dem ich in meiner Zeitnot überlassen hatte, sich um meinen Wagen zu kümmern. Aber offenbar hatte er meinen Flitzer ja wirklich wegbringen lassen – oder hatte das die Polizei übernommen? Wie auch immer: Ich durfte wohl erwarten, dass niemand meine teure Nobelkarosse irgendeinem Hinterhofschrauber überlassen würde.

Deshalb achtete ich auch nicht besonders darauf, ob entlang meines Wegs noch andere Werkstätten lagen. Ich überquerte den Berger Steg und radelte über den Wasen, wo schon die ersten Besucher zwischen den noch geschlossenen Buden des Frühlingsfests herumspazierten.

Zwei Stunden später hatte ich die vier Niederlassungen zwischen Wangen und Feuerbach abgeklappert, aber nirgendwo meinen Wagen entdeckt. Nur zwei der Händler führten auch Reparaturen aus, und einer ließ samstags zwar seine PKW-Werkstatt geschlossen, aber ich konnte trotzdem kurz einen Blick in den Hof werfen.

Um die Mittagszeit kehrte ich wieder zum Schlossplatz zurück, wo ich Peer wie erhofft antraf. Er hatte trotz des schönen Wetters eine Bank für sich und ließ sich die Sonne ins Gesicht scheinen.

»Ist hier noch frei?«, fragte ich ihn.

Er blinzelte verblüfft und grinste, als er mich erkannte.

»Auch schön, wenn man mal gefragt wird«, sagte er und reckte sich. »Sonst kommt immer irgendein Muttchen und will mich wegscheuchen.«

Wir saßen eine Weile in der Sonne und sahen Kindern beim Spielen, Eltern beim Schimpfen, Kunden beim Taschenschleppen und schließlich Hannes und seinen Jungs beim Näherkommen zu.

»Na, ihr beiden seid aber ein schönes Paar«, spottete der und setzte sich zu uns. Die anderen bildeten einen Halbkreis um uns herum. »Hat jemand Hunger?«

Peer sah mich an; ich nickte.

Wenig später drängten wir uns um den letzten freien Tisch im Café Büchse und ließen uns von Tina erzählen, was im Angebot war. Ich hatte heute keine Mühe, meinen Kaffee und zwei altbackene Croissants gratis zu bekommen, und als sie zwischendurch ein wenig Zeit hatte, setzte sie sich zu uns an den Tisch und wir plauderten ein wenig.

Um genau zu sein: Vor allem unterhielten sich Tina und ich, während Peer, Hannes und die anderen uns zuhörten und sich ab und zu feixend anstießen.

Nach einer Weile trollten wir uns wieder. Draußen waren dunkle Wolken aufgezogen, und die ersten Regentropfen fielen genau in dem Moment, in dem wir das Café verließen.

Mein Rad hatte ich an einer Hauswand nahe der Fußgängerzone abgestellt, also rannte ich mit den anderen bis zur Unterführung.

Hannes begrüßte einen unglaublich dürren Mann in knallroter Weste, der an der Ecke neben der Rolltreppe stand und die hiesige Obdachlosenzeitung verkaufte, und umarmte ihn herzlich.

»Fred«, raunte Peer mir zu und nickte zu dem Dürren hinüber. »Ein alter Kumpel von Hannes. Verkauft das Blättle seit ein paar Jahren, und seit diesem Monat hat er eine volle Stelle.«

Ich sah ihn fragend an.

»Wenn du 1000 Zeitungen oder mehr im Monat verkaufst, kannst du sie billiger einkaufen«, erklärte er, »und der Verlag legt noch Fahrtkosten, einen Hunderter für die Altersvorsorge und noch allerhand für Arztkosten und so obendrauf.«

»Können wir wieder?«, fragte Hannes munter und ging uns auf die andere Seite der Unterführung zu voraus. Der Regen schien ihn nicht mehr besonders zu stören. Ich schloss zu ihm auf.

»Kommt Fred denn mit dem Verdienst von der Zeitung aus?«, fragte ich.

»Mit dem Geld auf jeden Fall besser als vorher ohne. Und eine Wohnung hat ihm das auch beschert. Ganz gut, oder?«

»Ja. Aber irgendwie sieht er trotzdem verdammt dünn aus.«

Hannes lachte.

»So sah er schon aus, als er noch Busfahrer war und mit Frau und zwei Kindern im Reihenhäuschen lebte.«

Hannes musterte mich, während er gleichbleibend flott auf die Fußgängerzone zuhielt. Eine Mutter mit zwei kleinen Kindern zog ihren Kleinsten gerade noch rechtzeitig zur Seite, bevor der Junge mit Hannes zusammenstieß.

»Peer hat nicht viel von dir erzählt, obwohl ich glaube, dass er deine Geschichte kennt. Aber ich habe so das Gefühl, dass du nicht lange zu uns gehören wirst.«

»Warum das denn?«

»Du bist kein Penner, und du hast auch nicht das Zeug dazu.«

»Aber ich …«

Hannes legte mir eine Hand auf den Arm.

»Das sollte ein Lob sein, mein Junge!«

Er kicherte.

»Weißt du, wir tippeln hier tagaus, tagein durch die Stadt. Wir haben uns mehr oder weniger gut eingerichtet, und meine Jungs fahren ganz gut damit, dass wir als Gruppe einigermaßen zusammenhalten. Aber allzu romantisch solltest du dir unser Leben nicht ausmalen.«

»Kann ich mir vorstellen.«

»Nein, kannst du nicht. Wir haben jetzt April, und wir haben im Moment Glück mit dem Wetter. Es könnte kälter sein, es könnte schneien – und wir haben das alles auch noch nicht so lange hinter uns. Klirrende Kälte, gefrorene Straßen, Schnee, der in die Unterführung geweht wird: Unsere lieben Spießbürger jammern dann, dass sie ihr Auto freikratzen und dass sie dickere Stiefel anziehen müssen. Das mit dem Auto bleibt uns erspart, aber wir haben nicht noch ein Paar dicker gefütterte Stiefel in petto, und wenn du irgendwo deinen Schlafplatz hast, wo es den Schnee hinweht, hast du eben Pech gehabt.«

»Aber ihr könnt doch in diese Wohnheime gehen – gibt es davon denn nicht genug in der Stadt?«

»Es gibt schon einige Plätze, wo wir unterkommen könnten. Aber wir alle duften halt nicht wie die Veilchen, das hält sich im Freien leichter aus.«

Er lachte bitter.

»Außerdem bilde ich mir gerne ein, dass ich ein freies Leben führe – meinetwegen auch vogelfrei. Aber wenn ich ins Wohnheim gehen muss, dort um einen Schlafplatz bitten und mich dann an alle möglichen Regeln halten muss … Das tue ich mir nur in den allerkältesten Nächten an.«

Als wir den Schlossplatz erreichten, blieb Hannes vor dem Schaufenster der Buchhandlung stehen und hielt mich am Ärmel zurück.

»Schau«, sagte er und deutete auf einige Bildbände, die in einer Ecke des großen Schaufensters zu einer recht edel wirkenden Dekoration arrangiert waren. »Große Weine des Trentino, Cognac und Malt Whiskey, Rindfleisch garen leicht gemacht, Biofleisch für jeden Tag – solche Themen würden uns schon auch interessieren.«

Er sah zu dem Brezelstand in der Mitte der Königstraße hinüber. Kalle hatte sich so vor der Verkaufstheke aufgebaut, dass sich Kunden direkt neben ihm anstellen mussten. Ein Mann im Businessanzug kam auf den Stand zu, sah Kalle und drehte schnell wieder ab.

»Na ja«, grinste Hannes, »unseren Freund Kalle interessiert das alles natürlich weniger. Solange der sein Essen, sein Bier und ab und zu seinen Schnaps hat, braucht der sonst nicht viel.«

Der Brezelverkäufer kapitulierte und reichte Kalle eine Brezel über die Theke. Kalle blieb stehen, deutete auf uns und nahm noch weitere fünf Brezeln in Empfang, bevor er sich spöttisch verbeugte und den genervten Verkäufer von seinem Verkaufshindernis befreite.

Der lange „Kollege“ verteilte seine Beute. Als er mir eine Brezel hinhielt, lehnte ich dankend ab – ich musste meinen Fluch im Auge behalten. Kalle zuckte die Schultern und behielt sie für sich. Hannes steckte die seine in die Jackentasche.

»Tja, wir können uns die Bücher ansehen, zum Kaufen reicht es nicht – und an die Sachen, die da beschrieben werden, kommen wir schon gar nicht ran.«

Ich sah einige Reiseführer, die daneben aufgestellt waren. Hannes folgte meinem Blick.

»Genau: Verreisen ist auch nicht drin. Feuerbach statt Formentera, Neugereut statt Neuseeland, Münster statt Malle …«

»Wangen statt Wien, Bopser statt Bad Boll …«

Hannes lachte: »In Bad Boll war ich sogar schon mal!«

»Aber ihr könntet ja auch mal eine Zeitlang in einer anderen Stadt leben, ich meine: Obdachlos kann man doch überall sein, oder?«

»Im Prinzip schon«, seufzte Hannes. »Aber überall sind schon Reviere markiert, da hast du es als Neuling nicht einfach. Und hier in Stuttgart kennen wir uns aus, wissen, wo uns geholfen wird und wo auch mal mit dem ausgelegten Hut was zu holen ist. Und wenn was schiefgeht, wissen wir, wen wir um Hilfe bitten können.«

»Was sollte denn schiefgehen?«

»Zahnschmerzen? Ein Beinbruch? Na, und dann mögen uns halt auch nicht alle Spießbürger so furchtbar gerne.«

»Und dann?«

»Es kommt schon mal vor, dass einer eine Abreibung bekommt.«

»Jugendliche?«

»Klar, auch. Punker, was weiß ich. Aber täusch dich da nicht: Das sind nicht die Einzigen – und nicht jedem, der Penner klatscht, siehst du es vorher an …«

Hannes war nachdenklich geworden, dann seufzte er.

»Ach was, wir sollten das nicht beschreien. Komm, wir gehen ins Kunstmuseum.«

Damit marschierte er los, und wir anderen folgten ihm. Ich hatte keine Ahnung, was er dort wollte.

Kostet das nicht Eintritt?

Wir betraten den imposanten Quader, Hannes strebte direkt auf den gläsernen Aufzug im hinteren Teil des Foyers zu. Vor dem Aufzug stand eine kleine Gruppe von Besuchern, zwei Familien mit kleinen Kindern und ein älteres Ehepaar. Wir hatten uns kaum hinter den Leuten angestellt, als sich auch schon einige der Besucher zu uns umdrehten. Die ältere Frau musterte uns interessiert, aber nicht unfreundlich. Ihr Mann hakte sie unter und presste die Lippen aufeinander. Einer der Familienväter drängte sich mehr oder weniger unauffällig zwischen uns und seine Tochter, ein hübsches Mädchen mit rosa Spangen im langen blonden Haar.

Hannes grinste, aber seine Augen wirkten dabei wehmütig. Als sich die Aufzugtüren öffneten, machte Kalle Anstalten, sich an den Leuten vorbeizudrängen, aber Hannes hielt ihn mit einer knappen Geste zurück.

»Wir nehmen den nächsten«, sagte er und nickte der älteren Frau lächelnd zu.

Ein paar Minuten später standen wir in einem Gang in der obersten Etage des Museumsgebäudes und sahen durch die gläserne Außenwand auf die Innenstadt hinunter. Geschäftig wuselten die Menschen unten durcheinander und beeilten sich, um möglichst wenig nass zu werden. Das Neue Schloss schien sich unter dem stärker werdenden Regen zu ducken, auf der Planie scherte ein Gelenkbus aus der Haltestelle aus, folgte der Wendeschleife und fuhr in Richtung Charlottenplatz davon.

Hinter uns im Lokal saßen einige Geschäftsleute und zwei, drei Familien beim Essen. Kalle und Klaus hatten sich an der Aussicht schnell satt gesehen und stand nun mit spöttischem Grinsen an den Fensterscheiben zwischen uns und dem Lokal. Zwei kleine Kinder sahen zu ihnen hin, eine der Managerrunden unterbrach ihr Gespräch, die Krawattenträger sahen ebenfalls herüber. Und hinter der Theke versuchte ein Ober mit wedelnden Gesten, Kalle und Klaus davon abzubringen, seine Gäste weiter anzustarren.

»He, kommt da weg«, rief ihnen Hannes zu. »Wir wollen hier doch nicht rausfliegen, oder?«

Enttäuscht wandten sich die beiden um und sahen mit gelangweilter Miene wieder auf die Stadt hinaus. Der Regen war inzwischen so stark geworden, dass in der Ferne sogar die Konturen des Bahnhofsturms verschwammen.

Wir blieben lange, fuhren zwischendurch mit dem Aufzug rauf und runter und wieder rauf, bis wir schließlich kurz vor vier die Treppe nach unten nahmen.

Der Regen hatte aufgehört, und die nassen Bodenplatten glänzten in der Sonne, die vereinzelt schon wieder durch die aufgerissene Wolkendecke schien.

»Wo geht's jetzt hin?«, fragte ich Peer.

Hannes war schon vorausgegangen, und Peer und ich gingen am Ende der Gruppe.

»Jetzt gehen wir in die Markthalle.«

»Macht die nicht um diese Zeit zu?«

»Eben«, sagte Peer und schloss zu den anderen auf.

Ich hatte früher gerne in der Markthalle eingekauft, und ich war meistens eher spät dran gewesen. Samstags, das hatte ich mir gemerkt, wurde nachmittags um vier geschlossen. Ein Pfund Butterfisch oder ein paar exotische Früchte – Geld genug hatte ich ja, und die besondere Atmosphäre machte mir jedes Mal mächtig Appetit.

Das funktionierte auch diesmal. Kaum war ich durch die Tür ins Innere getreten, umgaben mich die vertrauten Gerüche, würzige, frische, blumige – und ein Hauch von sehr gut abgehangenem Fleisch. Allerdings half mir der Appetit nichts: Ich hatte kein Geld in der Tasche, und ich hatte die Händler nicht so kennengelernt, dass sie gerne etwas verschenkten.

Wir blieben eine Weile in der Nähe des Eingangs stehen. Hannes und die anderen besprachen irgendetwas, dann gingen Kevin, Kalle und Klaus zur anderen Seite hinüber, während Peer und Hannes bei mir stehen blieben.

Die letzten Kunden strebten durch die Ausgänge davon, und erste Verkäufer machten sich daran, ihre Auslage aufzuräumen. Wir warteten noch einen Moment, dann setzten wir uns in Bewegung. Beim Pferdemetzger hatte sich schon eine kleine Gruppe von drei Männern postiert, die der Verkäuferin nun zur Hand gingen und Kisten voller Fleisch und Wurst aus der Halle schleppten

Wir fanden Arbeit an einem der Obststände.

»Auf gar keinen Fall etwas klauen!«, zischte mir Peer noch zu, dann war er mit einer Kiste Zitronen im Gewimmel verschwunden. Ich schnappte mir eine Kiste Eisbergsalat und war überrascht, wie schwer sie war. Unten tropfte etwas Wasser heraus, und ich hatte Mühe Peer wiederzufinden. Er schob die Zitronenkiste gerade durch die offene Seitentür eines Transporters und kam mir dann schon wieder entgegen. Etwa eine Viertelstunde lang trugen wir Kisten zum Wagen, dann »bezahlte« uns der Verkäufer: Obst nahmen wir gern, im Tausch für den angebotenen Salat handelte Hannes noch ein paar Karotten aus.

Dann fuhr der Transporter weg und wir gingen um die Markthalle herum, wo auf der anderen Seite der Rest unserer kleinen Kolonne auf uns wartete. Kalle, Kevin und Klaus hatten einen Laib Brot und zwei Tüten Brötchen ergattert. Die drei Helfer des Pferdemetzgers tauschten mit uns eine Handvoll Salami gegen eine Tüte Äpfel, und zufrieden schlenderten wir über den Schlossplatz und suchten uns zwischen Kunstgebäude und Eckensee ein ruhiges Plätzchen.

Wir breiteten unsere Jacken auf dem feuchten Gras aus, setzten uns darauf und verschafften uns einen Überblick über unseren »Einkauf«. Obst, Gemüse, Brot und etwas Wurst – es hätte schlechter laufen können, fand ich.

»Und hier seid ihr dann unter der Woche eher am frühen Abend?«, fragte ich, während ich mir ein Stück vom Brot abbrach. Hannes zog seine Brezel aus der Jacke, wickelte zwei Scheiben Pferdewurst darum und nahm einen großen Bissen.

»Nein«, sagte er dann – wahrscheinlich, denn er war mit vollem Mund kaum zu verstehen. Danach wartete er zum Glück, bis er den Mund wieder leergegessen hatte. »Unter der Woche lohnt sich das nicht, da können sie die übrige Ware oft noch gut am nächsten Tag loswerden. Aber sonntags ist die Halle eben zu.«

Ich muss noch viel lernen. Aber will ich das überhaupt?

Hannes gab mir einen Apfel. Ich roch daran und achtete erst nicht auf das leichte Jucken in der Nase, das sofort danach einsetzte. Als ich in den Apfel biss, fiel es mir dann doch auf und ich rechnete schon fest damit, mich gleich böse zu verschlucken. Doch nichts geschah. Zunächst.

Nicht weit von uns balgten sich zwei Jungs, der Größere war zudem etwas dicker und schien in der Rauferei Oberwasser zu haben. Der Kleinere riss sich los und rettete sich auf den Kiesweg, von wo aus er seinen Gegner mit Steinchen unter Beschuss nahm. Getroffen wurde allerdings ich, einmal am Oberarm, einmal an der Stirn.

Wir sprangen auf, schnappten unsere Siebensachen und schauten, dass wir aus der Schusslinie kamen – doch außer mir hatte es keinen erwischt, und die beiden Jungen kümmerten sich auch nicht weiter um uns.

Ich rieb mir die Stirn und sah den angebissenen Apfel an.

»Weißt du zufällig, was das für eine Sorte ist?«, fragte ich Hannes.

»Brettacher stand auf dem Schild«, meinte er und musterte mich nachdenklich.

— ○ —

Als ich die Augen öffnete, schien draußen schon wieder die Sonne. Gestern hatte Hannes noch gemeint, wir hätten im Moment Glück mit dem Wetter – das stimmte wirklich. Der April legte sich mit Sonne und trockenen Tagen ins Zeug, als wisse er, dass ich mich im Moment viel draußen aufhielt. Und als es gestern geregnet hatte, war es doch auch mild gewesen.

Das Ferienhaus sah ziemlich chaotisch aus. Ich räumte ein wenig auf, denn alle ein, zwei Tage kam ja Didi vorbei, um meinen Kühlschrank nachzufüllen. Meistens war ich nicht da, wenn er kam, aber dass er da gewesen war, sah ich hinterher. Irgendwie wollte ich nicht, dass mich Didi für unordentlich hielt – er konnte von früher her zwar keine besonders gute Meinung von mir haben, aber als schlampig sollte er mich nicht auch noch einstufen.

Warum juckt mich das eigentlich?

Schon nach einer Viertelstunde sah es wieder halbwegs manierlich aus, und während ich einen Billigkaffee von einer norddeutschen Großrösterei aufbrühte, dachte ich darüber nach, warum ich mir Gedanken über das Bild machte, das Didi von mir hatte. Früher hatte mich das nicht gekratzt, früher hatte mich das nicht die Bohne interessiert – und früher war gerade mal ein paar Tage her.

Ich aß Knäckebrot und einen irgendwo im Hessischen in kleine Hotelpackungen gepackten Honig und dachte dankbar an Didi, der so schnell auf meine Schwäbisch-Allergie reagiert hatte. Dann wollte ich mich schon auf den Weg in die Stadt machen, als mir einfiel, dass es Sonntag war. Sonntags war das Café Büchse geschlossen, also würde ich dort auch Tina nicht treffen können – also hatte ich auch eigentlich gar keinen Grund, mir Appetit für dort übrig zu lassen.

Ein paar Scheiben Knäckebrot später – mit spanischen Oliven, bayrischen Rauchwürstchen und einigen Scheiben Edamer – zog ich mein Jackett über und ging vor die Tür. Um den Bund herum spannte meine Hose ein wenig. Ich hatte mir das Leben ohne mein altes Leben irgendwie hungriger vorgestellt, entbehrungsreicher.

Spinne ich? Ich muss auf Frauen wie Nina verzichten, auf mein Loft, auf Espressopads, Prosecco und schweren Bordeaux!

Ich zuckte mit den Schultern. Irgendwie wollte sich in mir trotzdem nicht das rechte Gefühl für Not und Elend einstellen.

Und ich bin meinen Wagen los!

Der Gedanke an meinen getunten Flitzer versetzte mir dann doch einen Stich. Ich stand vor Didis ausrangiertem Damenrad und begann ein wenig zu leiden.

Die Polizei wusste ziemlich sicher, wo mein Wagen zu finden war. Doch wenn ich dort hinging, konnte ich mir die Frage auch gleich sparen, denn meinen Führerschein war ich vermutlich erst einmal los – Unfallflucht fanden die Herrschaften vermutlich nicht in Ordnung, und mein anschließendes Meeting würde als Grund für mein Abtauchen wahrscheinlich auch nicht auf Verständnis stoßen.

Es war verzwickt. Ging ich zur Polizei, bekam ich Ärger. Richtig großen Ärger, vermutlich. Ging ich nicht zur Polizei, bekam ich mein Auto nicht zurück – und damit auch nicht meine Wohnungsschlüssel, meine Papiere und mein Geld.

Du musst den Wagen selbst finden!

Doch das war leichter gedacht als getan. Die Markenwerkstätten in der Innenstadt hatte ich ja gestern schon vergeblich abgeklappert. Nach Degerloch oder Möhringen und damit an näheren Vertragswerkstätten vorbei war mein Unfallwagen ja wohl nicht gebracht worden. Und davon, dass sich mein unbekannter Helfer als Kenner der Tuning-Materie entpuppt und meinen Wagen nach Affalterbach hatte schleppen lassen, durfte ich ziemlich sicher nicht ausgehen. Also blieben nur Reparaturbetriebe, die keine Vertragswerkstätten waren.

Mein Auto steht bei einem Hinterhofschrauber …

Mir stellten sich die Nackenhaare auf, obwohl – na ja, auch Werkstätten ohne Markenvertrag konnten gute Werkstätten sein.

Trotzdem!

Sonntags hatten wohl selbst Hinterhofschrauber frei, aber es konnte nicht schaden, in der Umgebung meiner Flugeinlage mal nach ihnen zu suchen. Dann hätte ich am Montag gleich einige Anlaufstellen – und das einzig andere derzeit Interessante, Tina, könnte ich heute sowieso nicht in der Büchsenstraße antreffen.

Draußen auf der Straße hatte ein hageres Männchen Ende sechzig mit Schiebermütze Stellung bezogen und sah aufmerksam zu mir herüber. Wahrscheinlich kannte er Didi oder hatte früher dessen Eltern gekannt, und nun fragte er sich, ob ich mich womöglich unerlaubt hier eingenistet hatte. Ich winkte ihm zu, um seinen Verdacht zu zerstreuen, er nickte zurück und brummte halblaut irgendetwas Schwäbisches.

Ich warf noch ein wehleidigen Blick auf das Damenrad, dann stieg ich mit dem linken Fuß aufs Pedal und schwang mein rechtes Bein – um vor meinem Beobachter einen letzten Rest männlicher Würde zu bewahren – im hohen Bogen über den Sattel hinweg. Das hatte ich wohl zu heftig getan, denn mein rechtes Bein brachte mehr seitlichen Schwung als mein linkes nach vorn.

Danach rappelte ich mich fluchend von der Wiese auf und schob das Rad bis auf den Eulenrain hinaus. Ich nickte dem Mann noch einmal zu, ließ den Drahtesel dann vorsichtig die Straße hinunterrollen und kam tatsächlich ohne Zwischenfall bis zum Bethesda-Krankenhaus. Dort standen zwei ältere Damen, die sich in breitem Schwäbisch unterhielten – und ausgerechnet in dem Augenblick einen Schritt in meine Fahrspur machten, als ich neben ihnen angekommen war.

Immerhin schienen die beiden als nicht ganz so schwäbisch zu zählen wie »Schwaben-Reinigung Möhrle«. Ich machte einen eiligen Schlenker um sie herum, verlor kurz das Gleichgewicht und holperte über die Randsteine einer kleinen Pflanzfläche, bevor ich den dort vor sich hin wachsenden Baumstamm streifte und einigermaßen weich auf der Erde aufschlug.

Die Damen gingen schwatzend weiter, ohne mich bemerkt zu haben, und verschwanden schließlich im Krankenhaus. Das blieb mir erspart: ein paar Kratzer, ein blauer Fleck am Ellbogen und ein paar Dreckkrümel auf der Hose – es hätte schlimmer kommen können.

Ich klopfte die Hose halbwegs sauber und fuhr weiter bis zum Neckartor. An der B 14 selbst gab es meines Wissens keine kleinen Werkstätten, und mich mit meinem klapprigen Damenrad die Kernerstraße hinaufzuquälen, hatte ich keine Lust. Also versuchte ich mein Glück in der Ebene und radelte wie schon gestern die Neckarstraße entlang – diesmal allerdings achtete ich auf Schilder, die auf eine Werkstatt hinweisen konnten.

Schilder und Werbeplakate waren überall zu sehen, aber sie trommelten für einen Kebabstand oder für ein italienisches Ristorante, für Copyshops, Wettbüros, Handyläden … Als ich die nächste größere Kreuzung erreicht hatte, war ich an keinem Schild vorbeigekommen, das für eine Werkstatt oder auch nur für Motorenöl oder Markenreifen geworben hätte.

Zur Sicherheit, aber leider ebenso erfolglos, fuhr ich noch zwei Seitenstraßen ab, bevor ich meinen Weg fortsetzte.

Ein Stück weiter kamen die U-Bahngleise ans Tageslicht. Eine Stadtbahn hielt auf die Haltestelle Stöckach zu, auf dem Bahnsteig wartete eine Handvoll Fahrgäste. Ein älterer Herr hantierte mit seinem Rollkoffer und wollte offenbar den Griff ein wenig länger stellen, um ihn bequemer hinter sich herziehen zu können. Er rüttelte wie verrückt an dem Ding und drückte mit der anderen Hand den Koffer von sich weg. Kurz darauf hielt er staunend den abgerissenen Griff in der Hand, während der Koffer einmal quer über den Bahnsteig rollte und über die Kante auf die Schienen hinunterpurzelte.

Die im selben Moment einfahrende Stadtbahn zermalmte ihn. Ich musste grinsend an den überfahrenen Schulranzen vom vergangenen Mittwoch denken – war das nicht auch die U1 gewesen? – und radelte weiter. Aus dem Augenwinkel sah ich noch den Stadtbahnfahrer auf den Bahnsteig herausrennen und lamentierend auf die Gleise hinuntersehen.

Auch an der nächsten Kreuzung bog ich nach rechts in eine Nebenstraße ein und kam im Bogen wieder zurück auf die Neckarstraße. Ich sah den Stadtbahnfahrer auf der Bank an der Haltestelle sitzen, den Kopf in beiden Händen vergraben. Ich sah den alten Mann wütend auf den Fahrer einreden, während er den abgerissenen Griff wie eine Waffe schwang. Aber ich sah nirgendwo ein Werkstattschild.

Noch ein Stück weiter stieß ich auf eine Tankstelle, aber ein getunter SL war hier nicht geparkt. Ich radelte weiter – und endlich sah ich ein passendes Schild: »Nikitakis Automobile« stand darauf, und es war an eine Hauswand geschraubt. Direkt unter dem Schild führte ein Durchgang in den Hinterhof. Ich ließ mich nicht zweimal bitten und radelte hindurch.

Hinter dem Haus öffnete sich der Hof zu einem Parkplatz, dessen Asphalt schon bessere Tage gesehen hatte. Kreuz und quer waren Autos geparkt, dazwischen lagen Fahrräder, zerschrammt und rostig, aber allemal besser in Schuss als mein

Damenrad. Ich sah mich um. Über mir flatterte auf den Balkonen und vor den Fenstern Wäsche im Wind, neben mir standen Mülleimer in großen Gruppen beisammen.

An einer Seite wurde der Hinterhof von einem alten Eisentor begrenzt, in das oben Glasscheiben eingelassen waren. Ich radelte hin, an einem SL kam ich nicht vorbei. Hier standen überall alte Autos und vor allem kleine. Je näher ich dem Tor kam, desto mehr Autos hatten keine Nummernschilder mehr.

Ich fuhr mit dem Rad direkt ans Tor, lehnte mich daran und richtete mich auf den Pedalen so auf, dass ich einigermaßen durch die Scheiben sehen konnte. Die Scheiben waren geriffelt, wie Sie es vielleicht in Ihrem Badezimmer haben, aber leider nicht so sauber. Nur schemenhaft konnte ich erkennen, dass sich dahinter ein halbdunkler Raum befand, in dem ich mühsam eine Hebebühne und zwei Fahrzeuge erkennen konnte. Das eine stand auf der Hebebühne und war einer dieser dreirädrigen Lieferwagen mit Zweitaktmotor, wie sie manche Handwerker heute wieder schick finden. Und der andere – war ein Mercedes.

Mein Mercedes!

Ob es ein SL war, konnte ich durch die Scheiben nicht erkennen. Auch wegen der Farbe konnte ich mir nicht sicher sein, aber etwas in mir war absolut überzeugt, dass es sich um meinen Wagen handelte.

— o —

Am Montagmorgen saß ich etwas unschlüssig vor meinem Kaffee: Sollte ich zuerst nach meinem Auto sehen – oder sollte ich vorher ganz zufällig im Café Büchse vorbeischauen, um Tina zu treffen?

Schließlich entschied ich mich für Tina, wunderte mich noch kurz darüber und radelte hinunter in die Innenstadt. Das Café Büchse öffnete gerade, aber von Tina war nichts zu sehen.

Ich fragte einen Typen, der hinter der Theke Tassen abtrocknete und den ich bisher noch nicht hier gesehen hatte, nach Tina.

»Och, die hat heute erst später Dienst und wird wohl gegen Mittag kommen.«

Er bemerkte meine enttäuschte Miene.

»So schlimm?«

Sein Ton klang aufmunternd, sein Grinsen wirkte aber etwas herablassend.

»Tina ist schon etwas ganz Besonderes«, plauderte der Typ drauflos. Er war mir von Herzen unsympathisch, aber ich würde das Gelaber einfach mal über mich ergehen lassen. Vielleicht verplapperte er sich ja und ich würde noch das eine oder andere über Tina erfahren.

»Die hat das gar nicht nötig, hier zu arbeiten, weißt du?«

Warum duzt mich eigentlich jeder, nur weil ich keine sauberen Klamotten trage?

»Und auch du solltest dir keine Hoffnungen machen, wenn du verstehst, was ich meine.«

Hält der mich für blöde?

Der Typ zwinkerte mir verschwörerisch zu und grinste weiter hämisch vor sich hin.

Offenbar ja …

»So ein Mädel aus dem Pfaffenweg wird sich ziemlich sicher keinen Typen angeln, der hier seine Brötchen schnorren muss.«

Mit »Pfaffenweg« konnte ich zwar nichts anfangen, aber dass der Depp hinter dem Tresen mich im Stuttgarter Sozialgefüge sehr weit unten und Tina sehr weit oben ansiedelte, verstand ich trotzdem.

»Tina arbeitet hier, weil sie etwas Gutes tun will.«

»Du nicht?«

Die Frage musste raus. Ich war schon zufrieden, dass ich den Satz halbwegs höflich aussprechen konnte.

»Nein«, lachte der Typ, und auch das machte ihn nicht sympathischer. »Ganz sicher nicht!« Er sah sich mürrisch um: »Das hier« – er beschrieb mit seinem Geschirrtuch einen großen Kreis – »ist der Preis, den ich für meine Dummheit bezahlen muss.«

Oh, Mann, deine Dummheit ist ganz gewiss noch viel mehr wert …

Er beugte sich ein wenig über den Tresen zu mir hin und fuhr mit gesenkter Stimme fort: »Ich habe mit ein paar Kumpels ein bisschen gezündelt. Das Wohnheim hat gleich lichterloh gebrannt, aber die Leutchen haben's gleich gemerkt. Und leider können alle meine Kumpels schneller rennen als ich – und die Bullen auch … Die haben mich geschnappt und unter anderem zum Arbeiten verknackt.«

»Ein Wohnheim?«, staunte ich. »Du hast mit deinen Kumpels ein Obdachlosenwohnheim angezündet – und dann stellen die dich ausgerechnet hier hinter den Tresen?«

Ich war etwas lauter geworden, er schaute sich besorgt um – aber noch schien keiner von uns Notiz zu nehmen.«

»Schsch … nicht so laut«, raunte er mir zu. »Das war natürlich kein Obdachlosenheim, sondern nur so eine Asylantenbaracke.«

»Ach – und das findest du besser?«

»Na, klar.«

Ich sah ihn verblüfft an – er schien ganz zufrieden mit sich und der Art, wie er die Welt sah.

Tatsächlich: nur Entengrütze im Kopf!

»Aber hey …«

Der Typ kaute auf seiner Unterlippe herum.

Ich ließ ihn kurz zappeln, dann fragte ich: »Ja?«

»Äh … mir wäre es recht, wenn du das Tina nicht erzählen würdest. Die hat da eher komische Ansichten, glaube ich.«

Die habe ich auch, du Schwachkopf!

»Ich meine, du musst ihr doch nicht unbedingt auf die Nase binden, dass ich Asylanten, also … ich … äh … also, dass ich die nicht sooo toll finde, ja?«

Ich sah ihn ein wenig mitleidig an.

Eigentlich habe ich keine Lust, mit solchem Abschaum einen Deal zu machen …

»Okay«, sagte ich trotzdem und zuckte mit den Schultern, »meinetwegen hat unser Gespräch nie stattgefunden.«

Der Typ lächelte erleichtert. Er begriff noch nicht einmal, dass ich damit zugleich auch herausgehandelt hatte, dass Tina nichts von meinem Besuch hier und meinen Fragen nach ihr erfahren würde.

— o —

Peer hockte auf der Freitreppe zum Großen Haus und warf kleine Steinchen auf ein paar Tauben, die Brotkrumen und Ähnliches aus den Kieswegen pickten. Wir trieben uns eine Zeitlang in den Anlagen herum, dann wollte er sich zum Betteldienst vor der Bäckerei einfinden, und mir fiel wieder ein, dass ich ja noch nach meinem Wagen sehen wollte.

Tina musste ich wohl ein anderes Mal besuchen, oder zumindest später am Tag – mir war die Gefahr zu groß, dass der ausländerfeindliche Strohkopf sich in seiner grenzenlosen Dummheit sonst doch noch verplappern würde.

Kurz darauf traf ich in der Neckarstraße ein, wo ich direkt zu »Nikitakis Automobile« radelte. Der Innenhof roch nach gebratenen Auberginen, nach Knoblauch, Fleischbrühe und Hähnchen, nach Schnitzel und Pfannkuchen. Ich hatte auf der Herfahrt gar nicht auf die Uhr am Bahnhofsturm geachtet, aber alles deutete darauf hin, dass in dem Mehrfamilienhaus überall gerade gekocht oder schon gegessen wurde.

Auch das Metalltor der Werkstatt war geschlossen. Also lehnte ich mein Rad an einen verrosteten Zaun etwas abseits und setzte mich daneben auf den Boden. Es war ungemütlich, es war hart, aber trotz allem nickte ich nach einiger Zeit ein.

Als ich wieder aufwachte, hörte ich durch einige der Fenster Geschirr klappern. Eine dicke Frau stand auf einem der Balkone, rauchte und sah dabei misstrauisch zu mir herunter. Das Werkstatttor war zur Hälfte geöffnet, der SL stand wohl hinter dem geschlossenen Flügel.

Ich stand auf. Schon nach wenigen Schritten konnte ich das untere Ende eines Blaumanns sehen, der unter dem dreirädrigen Lieferwagen hervorlugte. Mir fiel ein, in welcher Situation Tina ihren alten Freund in flagranti erwischt hatte und musste grinsen. Aber hier rief niemand »Tom! Tom!«, sondern es waren nur harte Hammerschläge auf Metall zu hören, und in den kurzen ruhigen Momenten dazwischen plärrte ein Kofferradio im Hintergrund der Werkstatt die Hits und Jingles eines lokalen Radiosenders.

»Hallo?«

Keine Reaktion.

»Hallo!«

Wieder nichts, der Blaumann blieb wo er war.

Ich stieß mit dem Stiefel einen Schuh an, der aus dem Blaumann ragte. Nun endlich kam der Mechaniker auf einem ölverschmierten Rollbrett unter dem Lieferwagen hervorgerumpelt. Der Mann hatte tiefschwarze Haut und wirr nach allen Seiten abstehendes gelocktes Haar.

»Ja?«

»Ich suche den Chef hier, Herrn Nikitakis.«

Der Mann wuchtete sich hoch und sah mich fragend an.

»Das bin ich«, sagte er, wischte sich mit dem Ärmel einen hellen Streifen ins schwarze Gesicht und gab mir die Hand. Der Händedruck war fest, nur das Öl auf der Handfläche störte etwas. »Kyriakos Nikitakis. Und wie kann ich Ihnen helfen?«

Er sah sich um, konnte aber kein Auto sehen, das nicht vor meinem Erscheinen schon im Hof gestanden hätte. Nur das alte Damenrad am Zaun fiel ihm auf.

»Ihres?«, fragte er.

Ich nickte.

»Schön«, log er und legte mit seinem breiten Grinsen eine makellose Zahnreihe frei, die einen starken Kontrast zu seinem ölverschmierten Gesicht abgab – nur das Stückchen Aubergine zwischen den oberen Schneidezähnen trübte die Schönheit ein wenig.

Ich deutete an meinen Zähnen auf die entsprechende Stelle und nickte Nikitakis zu.

»Oh«, sagte der und machte sich mit den schmutzigen Fingern an seinen Schneidezähnen zu schaffen. »Meine Frau meckert immer, dass mir das zu oft passiert – entschuldigen Sie bitte.«

Ich hatte selbst gute Lust mich zu entschuldigen, dass ich ihn dazu verleitet hatte, sich mit all dem Dreck an den Fingern in den Mund zu fassen. Seine Zähne waren nun vorne oben so verschmiert, dass ich nicht sagen konnte, ob die Aubergine noch dort steckte. Immerhin: zu sehen war sie nicht mehr.

»Puh«, machte Nikitakis und spuckte aus. »Ich sollte mal die Schmierölmarke wechseln – schmeckt ja widerlich.«

Dann lachte er schon wieder.

»So, und was kann ich sonst noch für Sie tun?«

Nikitakis schien ein witziger Typ zu sein.

»Es ist so … Sie haben vor ein paar Tagen einen Unfallwagen reinbekommen.«

»Ja, und nicht nur einen!«

Seine Geste beschrieb den ganzen Innenhof.

»Einer davon war ein ziemlich wertvoller Wagen.«

Nikitakis stutzte und musterte mich. Dann fiel ihm etwas ein und er deutete über seine Schulter auf den verschlossenen Torflügel schräg hinter sich.

»Ach so, der – klar.«

Ich nickte.

»Und was ist mit dem?«, fragte Nikitakis. »Wollen Sie mal kurz eine Runde drehen?«

Er deutete meine Miene falsch.

»Nein, war nur Spaß!«, rief er, klopfte mir auf den Arm – und zog seine Hand sofort wieder zurück. »Ich habe Spezialseife da, das müsste wieder rausgehen …«

»Das können wir gerne versuchen, aber eigentlich …«

»Ja, ich weiß: der Wagen. Was ist damit?«

»Der … Der gehört mir.«

Nikitakis stutzte, dann lächelte er nachsichtig.

»Ja, natürlich, mein Herr. Soll ich gleich den Schlüssel holen?«

»Das wäre wirklich nett von Ihnen.«

Doch Nikitakis blieb stehen, grinste erst breit, dann schüttete er sich aus vor Lachen und deutete, als er wieder zu Atem kam, auf mein Damenrad: »Ich nehme an, den Wagen gab's gratis dazu, als Sie sich das Damenrad gekauft haben?«

Und dann lachte er weiter und schaute nach einer Weile zu dem Balkon hinauf. Die dicke Frau stand dort noch immer und steckte sich inzwischen eine neue Zigarette an.

»Mäuschen«, rief Nikitakis hinauf, »hast du das gehört? Der Typ ist gut, oder?«

Mäuschen nickte und lächelte mir noch nach, als ich schon auf dem Damenrad saß und frustriert das Weite suchte.

— o —

Den Rest des Montags und den Dienstag Vormittag verbrachte ich damit, mir den Kopf darüber zu zerbrechen, wie ich vielleicht doch noch an meinen Wagen kommen könnte, ohne die Polizei und damit mein Strafregister zu bemühen.

Den Wagen einfach zu stehlen kam als Möglichkeit nicht in Frage – ich hatte mir schon genug Ärger eingebrockt. Und etwas anderes fiel mir nicht ein.

Aber ich wollte diesem griechischen Hinterhofschrauber zumindest deutlich machen, dass er beobachtet wurde, wenn er sich an meinem teuren Boliden zu schaffen machte. Ich konnte mir geradezu vorstellen, wie er abends nach Feierabend von dem dreirädrigen Lieferwagen zu meinem Mercedes hinüber schlenderte und liebevoll mit den Händen die sportlichen Konturen der glänzenden Karosserie nachfuhr.

Mit den ölverschmierten Händen!

Gleich nachher würde ich wieder bei ihm vorbeiradeln und ihn im Auge behalten. Vorher aber wollte ich noch ins Café Büchse, um endlich Tina wiederzusehen.

Sie war auch tatsächlich da, bediente gutgelaunt wie gewohnt und begrüßte mich mit einem strahlenden Lächeln, das mir gleich den ganzen Tag versüßte. Ich setzte mich zu Hannes und seinen Jungs, die ich hinten in der Ecke entdeckt hatte.

»Wo ist Peer denn?«, fragte ich.

»Keine Ahnung«, zuckte Hannes mit den Schultern. »Manchmal muss der auch mal ein, zwei Tage seine Ruhe haben.«

Tina brachte mir Kaffee und bot mir Brötchen, Marmorkuchen und Saiten an – bis auf die Saiten ließ ich mir das Menü schmecken. Ich hatte extra noch nicht zu Mittag gegessen, um hier nicht einfach nur untätig herumzusitzen und Tina anzuhimmeln. Ich himmelte sie natürlich trotzdem an, und ich versuchte es, halbwegs unauffällig zu tun. Aber immer wieder fing Tina meinen Blick auf, und jedes Mal erwiderte sie ihn ein klein wenig länger.

Manchmal fragte ich mich, warum es mich so schnell erwischt hatte – und warum ich plötzlich offenbar auf einen anderen Typ Frau stand. Aber meistens genoss ich es, wie Tina mich ansah, und ich lächelte selig.

Als sie die Teller von unserem Tisch abräumte, zwinkerte ich ihr zu, sie lächelte zurück – und ich nahm meinen ganzen Mut zusammen.

»Tina«, sagte ich und sie blieb kurz neben mir stehen, »hättest du heute nach Feierabend vielleicht Lust auf einen kleinen Spaziergang?«

Sie lächelte mich weiter an, sah dann hinaus zu dem wolkenverhangenen Himmel.

»Okay«, meinte sie dann, »wenn es trocken bleibt.«

Sie eilte zum Tresen, stellte die Teller ab und kam noch einmal zurück an den Tisch.

»Und bevor du noch vergisst, danach zu fragen: um sechs.«

— o —

Beschwingt radelte ich durch den Park und rollte bald darauf schwungvoll unter dem Blechschild »Nikitakis Automobile«

durch. Als ich um die Ecke flitzte und Kurs auf das Werkstatttor nahm, sah ich den molligen Jungen, der neben der Hauswand stand, einen Tick zu spät.

Ich streifte ihn, kam aus dem Tritt, bekam die Kurve nicht mehr ganz, blieb am ohnehin schon halb abgebrochenen Außenspiegel eines rostigen Kleinwagens hängen und landete schließlich schmerzhaft genau hinter dem dreirädrigen Lieferwagen.

Hinter mir drehte das Vorderrad meines Drahtesel quietschend noch ein paar Runden, dann war es still. Na ja, fast: Unter dem Lieferwagen drang ein unterdrücktes Kichern hervor. Ich wandte den Kopf und stellte fest, dass ich keine zwei Meter von Nikitakis entfernt lag, der mittlerweile einen großen Schraubenschlüssel neben sich auf dem Boden abgelegt hatte und auf dem Rücken liegend vor sich hin kicherte.

»Ich hoffe, Sie haben Ihren Spaß«, brummte ich und erhob mich schwerfällig. Der Junge stand nach wie vor an seinem Platz an der Mauer, biss ein großes Stück von einer Maultasche ab und sah mir interessiert zu.

Ich sah ihn finster an und machte dann – »Buh!« – eine Geste, als wolle ich auf ihn losrennen. Der Junge erschrak, flitzte durch die offenstehende Tür ins Treppenhaus und ich hörte ihn zwischen seinen lauten Schritten auf der Treppe immer wieder »Mami!« rufen.

Eine Maultasche, das war ja wieder klar.

»Na, nun seien Sie nicht gleich beleidigt«, sagte Nikitakis, der hinter mir neben den dreirädrigen Lieferwagen getreten war und sich nun die Hände an einem Knubbel Putzwolle abwischte.

Ich sah ihn wütend an, aber er lächelte entwaffnend.

Wahrscheinlich setzt er dieses Lächeln immer ein, wenn ihm wieder einmal ein Kunde zu Recht Murks vorwirft.

»Nehmen Sie sich doch ein Bier!«

Er deutete nach hinten, wo neben meinem SL ein Kasten Export stand.

»Haben Sie auch Wasser? Oder Cola?«

»Ah, Cola – klar, gleich daneben. Bringen Sie mir auch gleich eine mit.«

Ich nahm zwei Flaschen aus dem Kasten und sah mich nach einem Öffner um.

»Nicht nötig«, meinte Nikitakis und öffnete beide Flaschen an einer Kante der Hebebühne. »Yamas!«

Ich schaute verstohlen zu meinem Wagen hinüber. Er war auf Hochglanz poliert und es waren keine Ölschlieren auf der Karosserie zu sehen.

»Wollten Sie wieder nach Ihrem Wagen sehen?«, fragte Nikitakis.

»Ja«, nickte ich. »Aber Sie glauben doch eh nicht, dass es meiner ist.«

Er zuckte mit den Schultern.

»Ach, wissen Sie: Ob ich Ihnen glaube oder nicht, ist eigentlich egal. Die Polizei hat die Hand auf dem Wagen, ohne Genehmigung darf ich den ohnehin nicht rausgeben. Da kann ich Ihnen gegenüber auch ebenso gut höflich sein und Ihnen einfach alles glauben.«

Ich musterte ihn. Das Gesicht war heute nicht so ölverschmiert wie gestern, es waren sogar Lachfalten an den Augen auszumachen.

»Mir wäre es trotzdem recht, wenn Sie mir wirklich glauben würden.«

»Tja …«

»Sie können mich ja testen.«

»Testen?«

»Na ja, ich weiß ja alles über diesen Wagen und seinen Besitzer, also mich.«

Nikitakis grinste.

»Okay. Wie viel PS?«

Ich ratterte alle technischen Daten herunter, die mir spontan einfielen.

»Gut gelernt«, nickte er. »Aber das kann man auch aus dem Internet wissen.«

»Mein Name ist Ronald D. Wimmer, ich wohne in der Firnhaberstraße, bin Immobilienmakler.«

»Alles prima, danke. Aber ganz im Ernst: Sehen Sie aus wie ein Immobilienmakler?«

»Der Wagen war in einem Schaufenster am Neckartor gelandet, und der Fahrer ist gleich nach dem Unfall abgehauen.«

Nikitakis nickte. »Das war dumm von Ihnen.«

Ich wollte schon weitermachen, da fiel mir auf, was er gesagt hatte.

»Sie glauben mir also?«

»Vielleicht«, sagte Nikitakis und legte sich wieder unter den dreirädrigen Lieferwagen.

— o —

Kurz vor sechs kam ich wieder in der Büchsenstraße an. Mein Fahrrad lehnte ich auf der gegenüberliegenden Straßenseite an eine Hausmauer, dann stellte ich mich neben den Café-Eingang.

Fünf Minuten später begann es zu regnen, und zehn nach sechs kam Tina heraus. Sie sah kurz zu den Wolken hoch.

»Wollten wir nicht nur spazieren gehen, wenn es trocken bleibt?«

Mir fielen die Mundwinkel nach unten. Ich hatte heute Mittag gedacht, Tina würde nur Spaß machen. Traurig drehte ich mich um und trottete über die Straße zu meinem Rad.

»Hey«, rief Tina hinter mir her, »das war doch nur Spaß! Jetzt komm schon.«

— o —

Kapitel 7 | *Der Hund*

Der Spaziergang am Dienstag war schön, ganz beseelt ging ich danach heim. Und noch am nächsten Vormittag, als ich mich auf den Weg zum Frühlingsfest machte, verschaffte mir die Erinnerung ein schön warmes Gefühl.

Tja, das Frühlingsfest … Wissen Sie noch, wann Sie zuletzt auf dem Frühlingsfest waren? Und sehen Sie noch vor sich, wie das damals war?

Als Kind hatte ich immer nur ein Bild von Volksfesten auf dem Cannstatter Wasen: ein quengelndes Kind, das sich zwischen Geisterbahnen und Petersburger Schlittenfahrt so eifrig mit Zuckerwatte und Magenbrot vollstopft, dass es schließlich vom Rücken eines stupide im Kreis trampelnden Ponys herunter kotzen muss.

Als Erwachsener waren Volksfest und Frühlingsfest für mich ein grellbuntes, lautes Drängeln bis zum Festzelt, wo ich im VIP-Bereich zu Sekt und Schnittchen Leute mit wissendem Lächeln und Wangenkuss begrüßte, zu denen mir partout kein Name einfallen wollte – aber ich konnte ja nie mit Sicherheit ausschließen, dass es nicht ein potenzieller Kunde für ein Objekt in Halbhöhenlage war.

Nun lernte ich eine dritte Variante des Frühlingsfests kennen: Wasenrummel ohne Geld in der Tasche. Das ist übrigens keine Variante, die ich Ihnen empfehlen möchte – denn ohne Geld in der Tasche sind Sie auf dem Wasen allenfalls geduldet.

Erst schlenderte ich durch die Festzelte und verlangsamte meine Schritte vor den Hähnchen und Haxen, die sich duftend auf den Spießen drehten – dann scheuchten mich gestresste Bedienungen davon, denen ich wohl im Weg stand.

Ich ging an Geisterbahnen und Buden mit Magenbrot und Popcorn vorbei, sah einer Achterbahn zu, wich einem Hut aus, der vom Riesenrad heruntergeweht kam und stellte mich mit knurrendem Magen neben eine Pommesbude. Doch der Frittenstürzer behielt mich so aufmerksam im Auge, dass ich jede Hoffnung aufgab, mir vielleicht ein Brötchen von der Auslage greifen zu können.

Um mich herum gingen, drängten, spazierten und torkelten Jugendliche und Erwachsene, die allesamt zu viel gegessen und getrunken hatten – nichts, was man gerne mit leerem Magen beobachtet.

Irgendwann landete ich bei Emil.

Dieser hagere Typ im fadenscheinigen dünnen Anzug hatte einen kleinen Stand ganz am Rand des Wasens und drehte dort für Kinder die aberwitzigsten Figuren aus Luftballons. Ich landete täglich dort an und sah ihm zu, wie er längliche Ballons zu Hasen oder Herzen formte, und hinterher sah er manchmal den Leuten ganz versonnen nach, wenn sie eine seiner Figuren in die Luft hielten und sich im Weggehen lachend aneinander schmiegten.

Ich bin ihm eines Tages aufgefallen, wir kamen ins Gespräch, und seither weiß ich von ihm … na ja: nur, dass er halt Emil heißt.

Heute wollte offenbar jedes Kind von ihm Spongebob oder Harry Potter. Ich habe nie begriffen, woran man in einigen verknoteten Luftballons ausgerechnet Harry Potter erkennen kann – aber Emil schaffte es, seine kleinen Kunstwerke allem Möglichen ähnlich sehen zu lassen.

Ein Kind nach dem anderen ging glücklich von dannen, aber eine Figur blieb immer übrig: ein Königspudel in Lebensgröße, aus schwarzen Luftballons wirklich kunstvoll geformt. Das Teil sah aus wie echt – zumal es offenbar schon ein paar Stunden alt war und mit weniger Gas inzwischen dicht über dem Boden schwebte. Dabei sah die Schnur, an der Emils Ballonpudel festgezurrt war, fast aus wie eine Leine.

Ich sah ihm eine Weile zu, eine Stunde oder zwei. Emil knotete Potter um Potter, Spongebob um Spongebob, zwinkerte mir zwischendurch zu und knotete weiter. Irgendwann versiegte der Strom der Kinder, und in der Menge, die an Emils Stand vorbeiwogte, nahm der Anteil schwankender Erwachsener merklich zu.

Emil begann seine Sachen zusammenzupacken und schulterte schließlich den großen Rucksack, in dem er bis auf den Stand selbst alle seine Utensilien untergebracht hatte. Nur der Pudel war noch übrig.

»Magst du?«

Ich verstand erst gar nicht, was Emil von mir wollte.

»Magst du ihn haben?«, fragte er noch einmal und nickte zu dem Pudel hinüber.

»Klar, aber …«

Ich zog das Futter meiner rechten Hosentasche nach außen, Emil lachte.

»Nimm ruhig«, sagte er, »den will heute keiner mehr kaufen. Und morgen liegt er schlaff auf dem Asphalt. Wäre doch schade, geh doch du einfach noch einmal mit ihm Gassi, ja?«

Er hielt mir die Schnur hin, an dem der Ballonpudel hing, nickte mir noch einmal freundlich zu und verschwand im Gewimmel.

Kurz sah ich ihm noch nach, dann trottete ich zur Unterführung hinüber. Der Cannstatter Bahnhof war voller Leute. Viele drängten mit leuchtenden Augen zum Fest hin, viele drängten mit trüben Augen vom Fest weg. Ich tappte mittendurch und wunderte mich selbst, warum ich fast ohne Rempeleien bis auf die andere Seite des Gebäudes kam.

Ich trat hinaus auf den Vorplatz, ging nach rechts, schließlich nach einer Weile an der Daimlerstraße wieder nach links … Ich wollte nirgendwo Bestimmtes hin, ich wollte einfach nur gehen, immerzu. Ich hatte keine Termine, und so wahnsinnig stark zog es mich auch nicht in die Ferienwohnung mit all den Sinnsprüchen auf geräuchtem Holz.

Dann bog ich wieder nach rechts ein und schlenderte kreuz und quer durch ein Wohngebiet, bis ich an einer Kirche vorbei den Rand eines Friedhofs erreichte. Ab und zu ging jemand, der mir auf dem Gehweg entgegen kam, kurz in die Hocke und stand dann verblüfft wieder auf. Der Ballonpudel schien ziemlich echt zu wirken.

Ich grinste und ging weiter.

Dass ich mittlerweile die Waiblinger Straße erreicht hatte, fiel mir nicht auf. Dass rechts von mir eine Stadtbahn heranrauschte und mit quietschenden Rädern zu bremsen versuchte, bemerkte ich nicht. Ich sah nicht die entsetzen Blicke der Leute an der Haltestelle, ich hörte nicht die Schreckensrufe einiger Passanten, ich spürte nicht einmal den Lufthauch der direkt hinter mir vorüberfahrenden Stadtbahn.

Dass meine Schnur aber plötzlich irgendwo festhing und ich mitten im Schritt zurückgerissen wurde – das fiel mir auf.

Ich schaute irritiert hinter mich: die Schnur verlief von meiner Hand direkt unter eines der Räder der hinter mir stehenden Stadtbahn. Von meinem Ballonpudel war nichts mehr zu sehen. Ich zog kurz an dem Seil, aber natürlich gab es nicht nach.

Dafür stürmte nun ein uniformierter Mann auf mich zu. Zumindest wirkte er auf mich uniformiert, mit seinem Pullunder und der Anzughose.

»Ist Ihnen …?«

Seine Stimme kippte ihm nach oben weg, offenbar war er sehr aufgeregt, was ich allerdings nicht ganz verstand. Ich wusste ohnehin nicht, was hier gerade los war. Schließlich wollte ich einfach mit einem aus Luftballons geformten Königspudel ziellos durch Stuttgart schlendern.

»Ist Ihnen etwas passiert?«

Ah, der Satz ist geschafft.

»Bravo!«, sagte ich und meinte das auch so, weil der Mann ganz offensichtlich Schwierigkeiten hatte, mit seiner Aufregung fertig zu werden.

»Bravo?«, echote der Mann. »Machen Sie sich lustig über mich?«

»Ich …«

»Geht es Ihnen gut?«

Ich sah ihn verstört an und nickte, damit er endlich Ruhe gab. Da fiel ihm die Schnur auf, die ich in der Hand hielt. Sein Blick folgte der Schnur nach unten, bis unter das Rad der Stadtbahn. Und er wurde bleich.

»Oh nein«, stammelte er, »nicht schon wieder …«

»Schon wieder?«, fragte ich und überlegte, wie oft es wohl vorkommen konnte, dass eine Stuttgarter Stadtbahn einen Königspudel aus Luftballons überfuhr.

»Ihr Pudel … Ich meine … hatten Sie den Hund schon lange?«

»Ich … nein … die Luft war schon etwas raus …«

»Ach, Gott«, machte der Mann und sah betrübt zu dem Rad hin. »Ein alter Pudel, und ich habe ihn … Es tut mir so leid!«

»Ja, ja«, sagte ich, aber ich wusste nicht recht, warum ich einen fremden Mann trösten sollte, nur weil ein Ballonpudel, den heute keiner hatte kaufen wollen und der morgen schlaff und halb leer auf dem Zimmerboden liegen würde, unter einer Stadtbahn steckte.

»Ich fahre Stadtbahn seit Jahrzehnten«, begann der Mann. »Na ja, erst Straßenbahn, jetzt Stadtbahn. Und immer war alles wunderbar. Genauso, wie es sein sollte. Leute steigen ein, Leute steigen aus. Ich fahre hin, ich fahre her – alles pünktlich nach Fahrplan.«

Ich begann fieberhaft darüber nachzudenken, wie ich dieser etwas peinlichen Situation entkommen konnte. Die ersten Leute schauten schon neugierig zu uns herüber.

»Und seit ein paar Tagen ist der Wurm drin.«

Der Mann drückte meine Schulter und sah mich an, als müsste mir das etwas sagen.

»Erst ein Schulranzen, dann ein Regenschirm, dann ein Rollkoffer. Und jetzt Ihr Hund.«

Ranzen? Rollkoffer? Woran erinnerte mich das nur?

»Aber die Luft …«, versuchte ich ihn zu beruhigen, doch er legte nur traurig die Hand auf meinen Arm.

»Das kostet mich den Job.«

Er sah mich an, die Augen wurden feucht, und er nickte sehr bedeutungsschwer.

»Schon als kleiner Junge wollte ich immer nur …«

Er schluchzte.

»Stadtbahnführer werden?«, assistierte ich.

Er nickte und lehnte sich mit seinem nassen Gesicht auf meine linke Schulter.

»Wenn das rauskommt, bin ich erledigt«, sagte er und begann sofort wieder zu weinen. Zwei ältere Damen näherten sich und streichelten ihm mechanisch über die Oberarme.

»Dorothea«, sagte die eine zu mir und nickte.

»Hilde«, murmelte die andere, dann wandten sich die beiden wieder dem schluchzenden Stadtbahnfahrer zu.

»Aber muss das denn jemand erfahren?«, fragte ich, um irgendetwas zu sagen. Mir war die Szene inzwischen ziemlich peinlich und ich wäre gerne einfach weiter durch die Stadt geschlendert.

»Muss es nicht?«, stieß der Fahrer hervor.

Die beiden Damen sahen uns zu und warteten interessiert die weitere Entwicklung ab.

»Nein«, sagte ich.

Er taxierte mich mit tränenschweren Augen, als müsse er meinen Preis bestimmen.

»Und … was wollen Sie dafür?«

»Wie, was ich will?«

»Na ja: Sie sagen niemandem etwas – und ich mache dafür … was?«

»Sie fahren weiter mit der Stadtbahn durch die Stadt?«, versuchte ich einen Schuss ins Blaue.

Der Mann mit dem Pullunder sah mich kurz mit weit aufgerissenen Augen an, dann begann er zu lachen. Erst leise und von Schluchzen unterbrochen, dann lauter. Und schließlich trat er einen Schritt zurück, musterte mich noch einmal von oben bis unten und sagte: »Echt?«

»Ja, klar. Ich würde nur einfach gern weitergehen.«

»Einfach nur … weitergehen …«, wiederholte der Mann. »Und Ihr Hund?«

»Ja«, machte ich, »der Hund …« Ich blickte etwas ratlos zum Rad hinunter, unter dem meine Schnur verschwand.

Plötzlich hellte sich das Gesicht des Mannes auf.

»Warten Sie!«, rief er. »Warten Sie bitte einen Moment.«

Und weg war er. Dorothea und Hilde schauten ihm verwirrt hinterher, und ich wollte gerade meinen Weg fortsetzen, da stand der Mann schon wieder vor mir.

»Halt, halt, warten Sie!«, rief er. »Nehmen Sie das!«

Er hielt mir einen farbigen Karton hin, etwa in der Größe einer Scheckkarte. Rechts oben war Platz für ein Passfoto, daneben musste noch ein Name eingetragen werden. Über allem aber stand: »Netzkarte«. Und darunter etwas kleiner: »VVS-Aktion Autolose Innenstadt«.

Ich las und schaute den Mann erwartungsvoll an, ob er mir vielleicht erklären wolle, was es mit all dem auf sich hatte. Doch der Mann strahlte mich nur an.

»Eine Netzkarte«, sagte er schließlich. »Überall fahren, nirgendwo bezahlen – und das einen ganzen Monat lang – ist das ein Angebot?«

Einen Monat lang? Ich hatte VVS-Netzkarten teuer in Erinnerung, also war der Stadtbahnführer wohl zu Recht ganz aus dem Häuschen.

»Für mich?«, fragte ich, und musste dabei wohl etwas blöde gewirkt haben.

»Ja, klar: für Sie«, sagte der Fahrer und hielt mir die Karte noch einmal hin. »Kleben Sie ein Foto von sich rein und schreiben Sie Ihren Namen in das Feld hier – und dann gilt das einen Monat lang ab heute.«

Er zog die Karte noch einmal zurück, zauberte einen Kugelschreiber aus seinem Pullunder, schrieb das heutige Datum in ein Feld, unterzeichnete die Karte und verpasste dem Ganzen mit einem VVS-Stempel, den er ebenfalls unter seinem Pullunder hervorkramte, den letzten offiziellen Anstrich.

Grinsend hielt er mir die Karte wieder hin, aber ich war noch ganz mit dem Gedanken beschäftigt, wo er denn so plötzlich den Stempel hergehabt und wie er ihn auch noch mit Stempelfarbe benetzt hatte.

»Ich hatte noch eine Karte übrig von unserer aktuellen Aktion – die sollen Sie bekommen!«

»Ja, danke«, brummte ich und wollte immer noch nur weg. »Und mein Hund …«

»Oh, entschuldigen Sie«, sagte der Mann und fingerte noch zwei Fünfziger aus seiner Hosentasche. »Das ist natürlich kein Ersatz, aber Sie werden nach dem Tod Ihres Hundes ja auch Auslagen haben …«

»Auslagen«, wiederholte ich. »Hund …«

Der Mann zog noch einen Fünfziger aus der Tasche, steckte ihn mir zu und eilte dann in sein Führerhaus, um die Stadtbahn ein, zwei Meter nach vorne rollen zu lassen. Dadurch wurde meine Schnur frei und ich zog die Kette inzwischen zerplatzter Luftballons unter der Stadtbahn hervor.

Der Fahrer, der genau in diesem Moment bei mir ankam, verstand nun wohl endlich auch, was es mit meinem Königspudel auf sich hatte – doch die Sache schien ihm peinlich zu sein. Er riss mir noch schnell die Geldscheine aus der Hand, bugsierte seine neuen Bekannten Dorothea und Hilde in die Stadtbahn, warf mir noch einen bitterbösen Blick zu und zog sich aus der Affäre, indem er seine Bahn beschleunigte und in Richtung Neckarbrücke davonrauschte.

— o —

Kapitel 8 | *In der U15*

Didi kam im Ferienhaus vorbei, als ich gerade das Frühstücksgeschirr spülte. Ich machte uns frischen Kaffee, erzählte Didi mein Erlebnis auf dem Frühlingsfest und zeigte ihm die Netzkarte.

»Prima!«, freute sich Didi. »Da hast du echt Glück gehabt – diese Karten kosten normalerweise ein Schweinegeld, und eine normale Monatskarte würde auch nur noch« – er sah zum Wandkalender hin – »eine gute Woche gelten.«

»Der Typ hat extra gesagt: einen Monat von dem Datum an, das er hier draufgeschrieben hat.«

Ich deutete auf die entsprechende Stelle.

»Du Glückspilz!«

Na ja, das ist nun doch etwas übertrieben …

»Hast du ein Foto?«, fragte Didi und tippte auf das entsprechende Feld auf der Monatskarte.

»Nein, stimmt ja: Ich brauche ja noch eins.«

»Kein Problem: Ich habe daheim noch eine alte Polaroidkamera rumliegen. Das müsste für die Karte reichen – ich bringe die Kamera das nächste Mal mit, bis dahin sollte es zur Not auch noch ohne Foto gehen, oder?«

Ich nickte. Dann kam mir ein Gedanke.

»Dein Rad ist auch sehr praktisch«, sagte ich schnell, weil ich plötzlich befürchtete, dass Didi sonst auf die Idee kommen könnte, seine Hilfe würde ich weniger wertschätzen als die des Stadtbahnfahrers. Und mit der Netzkarte allein hätte ich es nicht mehr halb so gemütlich wie jetzt hier im Ferienhaus.

»Schon gut, Ronald«, sagte Didi und grinste. »Du kannst das Rad ja auch behalten. Aber manchmal wäre mir der Eulenrain zu steil.«

Mir auch …

»Schau mal dort drüben in der Schublade – da müsste noch ein Taschenfahrplan rumliegen.«

Der Fahrplan war fünf Jahre alt, aber ich hatte es ohnehin nicht eilig, wenn ich irgendwohin fahren wollte. Wozu sollte ich einen aktuellen Fahrplan brauchen?

Außerdem hatte ich die Abfahrtszeiten der U15 bald im Kopf. Kaum war Didi gegangen, als ich mich auch schon zur Haltestelle Geroksruhe auf den Weg machte. Ich las den dort ausgehängten Fahrplan und nahm die nächste Bahn in die Stadt hinunter. Ich traf Peer, ging mit ihm ins Café Büchse, plauderte bei einer Tasse Kaffee mit Tina und erfuhr von ihr, dass sie an diesem Abend schon etwas vorhatte.

Was, traute ich mich nicht zu fragen – und noch mehr hätte mich natürlich interessiert, mit wem. Stattdessen trollte ich mich und fuhr mit S- und Stadtbahnen kreuz und quer durch die Stadt. Irgendwann stieg ich in der Nähe meines Wagens aus und sah auf der Uhr am Bahnsteig, dass es kurz vor sechs war.

Gleich hat Tina Feierabend. Und gleich wird sie sich mit jemandem treffen, mit dem sie ihren Abend verbringt.

Ich trottete mit hängendem Kopf die Neckarstraße entlang, bog in die Hofeinfahrt ein und ging auf die Werkstatt zu. Zwischen den geparkten Autos stand der mollige Junge und streckte mir, als er mich erkannte, die Zunge raus. Ich sah ihn an, reagierte aber nicht .

Da hob er beide Hände, hielt sich die Daumen an die Stirn, wedelte mit den übrigen Fingern, als wäre ihm ein bewegliches Geweih gewachsen, machte mit der weit herausgestreckten Zunge lautstark »blblblblbl« – und trielte sich dabei aus Versehen das Oberteil voll.

Ich sah ihn traurig an und wandte mich ab, ohne ihn weiter zu beachten. Da rannte er hinter mir vorbei ins Treppenhaus hinein und rief wieder aus Leibeskräften »Mami!«

Nikitakis hatte seine Werkstatt heute schon geschlossen, aber ich wollte nicht gleich wieder gehen. Eigentlich war mir dieser Hinterhof im Moment ganz recht: Hier hatte ich meine

Ruhe, niemand war da, und ich konnte meiner Niedergeschlagenheit freien Lauf lassen.

Da hörte ich Schritte hinter mir. Ich drehte mich um und sah den molligen Jungen vor mir, der jetzt an der Hand einer großen, stämmigen Frau auf mich zukam.

»Das ist er, Mami!«, sagte der Kleine zu seiner Mutter und blieb stehen. »Mami« ging weiter und begann sich die Ärmel ihres karierten Hemds hochzukrempeln.

»He, Finger weg!«

»Mami« drehte sich um und sah nach oben. Auf dem Balkon stand »Mäuschen« und deutete mit ihren dicken Armen auf mich.

»Lassen Sie bloß meinen Cousin in Ruhe, sonst gibt's Ärger!«

Ich kam mir – obwohl ich auch zu Zeiten, als ich noch Haare hatte, kein bisschen blond war – vor wie die zierliche Ann, die dabei zusieht, wie sich King Kong und der Riesensaurier um sie prügeln.

Hier schien »Mäuschen« die Rolle von Kong zu übernehmen, während durch »Mami« ein Ruck ging. Sie warf mir noch einen vernichtenden Blick zu, schnappte dann ihr quengelndes Kind und stapfte wieder dem Treppenhaus entgegen.

Oben auf dem Balkon stand »Mäuschen«, grinste und steckte sich eine Zigarette an. Als sie zu Ende geraucht hatte, rief sie zu mir in den Hof herunter: »So, mein lieber ›Cousin‹, nun dürfte sie in ihrer Wohnung angekommen sein. Komm einfach hoch zu uns, das Essen wird kalt. Dritter Stock.«

— o —

Der nächste Tag wurde durchweht von einer scharfen Knoblauchnote.

Nikitakis und sein »Mäuschen« hatten sich als großzügige Gastgeber, als ausdauernde Esser und als ziemlich trinkfest entpuppt. Das Ende des Donnerstagabends war mir nicht mehr komplett gegenwärtig, und ich fühlte mich, als sollte ich lieber auf der Couch bleiben.

Aber es war Freitag, und ich wollte unbedingt ins Café Büchse – wenn ich mich heute nicht mit Tina fürs Wochenende verabredete, musste ich wieder bis Montag warten. Zu meiner Überraschung fragte Tina, warum wir uns nicht gleich heute Abend sehen könnten – aber das ging leider nicht, weil ich schon wieder von meinen griechischen Freunden eingeladen worden war. Sie wollten mich unbedingt einigen Verwandten vorstellen, und ich brachte es nicht übers Herz, ihnen abzusagen.

»Ach, vielleicht ist das auch besser so«, sagte Tina schließlich. »Dann sehen wir uns Samstagnachmittag, gegen drei an der Markthalle, okay?«

Ich nickte eifrig.

»Bis dahin dürfte sich auch deine Knoblauchfahne verzogen haben.«

Dabei bedachte sie nicht, dass ich ja abends wieder mit passendem Nachschub rechnen durfte. Und dieser Nachschub fiel üppig aus.

Zu Besuch waren einige Freunde und Verwandte aus der Gegend, vor allem aber stand der Bruder von Nikitakis im Mittelpunkt, der als Berufsmusiker in Köln lebte und auch breitestes Kölsch sprach.

Der Abend wurde fröhlich, natürlich auch feuchtfröhlich. Zwischendurch erfuhr ich Näheres über den Renault-Fahrer, der meinen Wagen hierher hatte abschleppen lassen, weil er selbst Stammkunde von Nikitakis war – und irgendwann ziemlich spät wankte ich zur Stadtbahnhaltestelle. Ich hatte Mühe, meine Augen offen zu halten, und ebenso, die letzte U15 zu erwischen, die mich zum Ferienhaus bringen sollte. Aber beides schaffte ich.

— o —

Dann schlief ich ein.

Als ich wieder zu mir kam, hing ich schräg auf meiner Sitzbank und versuchte das Rütteln um mich herum zuzuordnen. Ich blinzelte nach links und nach rechts: Es war draußen dunkel, aber im Waggon herrschte ein diffuses Halblicht. Hinter den Scheiben sah ich das eintönige schmutzige Grau der Tunnelwände vorbeirasen.

Auf den Bänken neben mir saß niemand, auch weiter vorne und weiter hinten waren alle Plätze frei. Im Gang dagegen und auf den freien Flächen vor den Türen war Betrieb. Menschen unterschiedlichen Alters standen und gingen hin und her, grüßten sich oder gingen mit starrem Blick aneinander vorüber.

Die U15 – zumindest nahm ich an, dass ich in der noch immer saß – knirschte und quietschte durch eine Kurve. Ich lehnte mich ein wenig nach innen, aber alle meine Mitfahrer setzten ihren Weg unbeirrt fort oder blieben stehen, ohne sich irgendwo festzuhalten.

Erst jetzt fiel mir auf, dass außer den Fahrgeräuschen der U-Bahn selbst nichts zu hören war. Ich lauschte, konnte schließlich sogar meinen Atem und meinen Pulsschlag hören – doch meine Mitfahrer blieben stumm, nicht einmal ihre Schuhe gaben einen Laut auf dem Waggonboden von sich.

Ich stand auf und drehte mich noch einmal um: überall dasselbe Bild, entspannt schlendernde Menschen – und niemand saß. Als die Stadtbahn den Untergrund verließ, verlor die Szenerie ein wenig von ihrer Unwirklichkeit: Plötzlich waren einzelne Gespräche zu hören, Schuhe knarzten, Absätze klopften auf dem Boden, einige der Mitfahrer räusperten sich.

Seltsame Gesellschaft!

Ich rutschte zum Gang hin und wollte aufstehen, musste aber erst noch jemanden vorbeilassen. Ein älterer Herr mit zwei kleinen Hunden kam auf meine Sitzreihe zu, verlangsamte seinen Schritt etwas und sah mich erwartungsvoll an – gerade so, als warte er darauf, von mir gegrüßt zu werden.

Ich nickte ihm etwas genervt zu, damit ich endlich in den Gang hinaustreten konnte, da ging der Herr weiter und schüttelte mit einer Mischung aus Enttäuschung und Verwunderung den Kopf.

Langsam hielt ich auf eine kleine Gruppe zu, die sich vor der nächsten Tür versammelt hatte und sich die Zeit mit einer gleichförmig murmelnden Unterhaltung vertrieb – wobei immer wieder Einzelne nach allen Seiten spähten, als würden sie nach Bekannten suchen.

Als ich die Gruppe erreichte, verstummte das Gespräch. Ich räusperte mich, verschluckte mich prompt und hatte Mühe, wieder Luft zu bekommen. Eilig ging ich weiter – offenbar hatte hier jemand etwas typisch Schwäbisches an sich. Und tatsächlich waren mir einige der Gesichter bekannt vorgekommen. Vielleicht Stuttgarter Schickeria.

Schließlich erreichte ich einen einzelnen Mann mit dunklen Haaren und dunkel umrandeter Brille, der allein stand und an einer Sitzlehne lümmelte, ohne einsam zu wirken. Er blickte mit leicht spöttischem Lächeln um sich und musterte auch mich amüsiert, bevor er mir grinsend zunickte. Ich erwiderte den Gruß und nieste lautstark.

»'n Abend«, begann ich lahm.

»Grieß Gott«, kam es zurück.

»Wo sind wir denn gerade?«

Ganz offensichtlich war ich noch nicht ganz wach. Ich hielt mir eigentlich einiges zugute auf meine Fähigkeiten zum Smalltalk.

»Em Fuffzehner, emmer no.«

»Ja, klar, sorry«, stammelte ich und versuchte ein Lächeln. Ein Hustenanfall schnürte mir die Kehle zu.

»Sorry? Ach du liabs Herrgöttle …«

»Na ja, ich habe wohl verschlafen. Und nun rede ich dummes Zeug. Das wird besser, wenn ich wach bin.«

»Besser? Au schwäbischer?«

»Schwäbischer? Nein, Schwäbisch ist nicht gerade meine Stärke. Und im Moment sowieso nicht.«

»Em Moment?«

Mein Gegenüber zog die Brauen hoch, aber als ich keine Anstalten machte, von meiner ganz besonderen Allergie zu erzählen, zuckte er mit den Schultern.

»Wäga mir …«

»Ronald D. Wimmer«, sagte ich und hielt ihm die Hand hin.

»Lass schtecka«, winkte er ab. »I ben dr Chrischtoph.«

»Nur Christoph?«

»Chrischtoph, des langt. Meh muss am Max-Eyth-See koiner wissa, ond em Fuffzehner au net.«

»Max-Eyth-See? Sind wir am Max-Eyth-See? Um Himmels Willen!«

Da habe ich mich ja total verfahren!

»Noi, noi, gaaanz ruhig. Mir zucklat grad Richtung Ruhbank, Sillabuch ond Heumada dr Berg nuff, älles en Ordnung. Des mit dem See isch bloß so a Redewendung von mir.«

Er sah mich prüfend an, dann schien er sich in Positur zu stellen: »Du kennsch mi ned, oder?«

»Äh … nein«, sagte ich und ließ meine Antwort im Tonfall einer Frage enden – vielleicht würde mir »Chrischtoph« ja auf die Sprünge helfen? Falsch gedacht. Er lächelte mich noch kurz erwartungsvoll an, dann gab er auf und zuckte mit den Schultern.

»Ond was machsch du em letschta Fuffzehner heit Nacht?«, fragte er mich schließlich. Und er sah mich dabei an, als müsste sogar mir klar sein, dass er gerade eine bedeutsame und kluge Frage gestellt hatte. Aber ich verstand nicht so recht, worauf er hinauswollte.

»Na ja … ich fahre heim.«

»So so.«

Zwei, drei Minuten Pause. Schließlich wollte ich das Gespräch wieder in Gang bringen, aber er legte mir nur besänftigend die Hand auf den Unterarm. Sofort spürte ich einen neuen Hustenreiz aufsteigen. Ob Chrischtoph wohl heute Abend Spätzle gegessen hatte? Oder reichte nun auch schon sein ausgeprägter Dialekt? Oder spielte er in Stuttgart und Umgebung irgendeine besonders schwäbische Rolle?

Oder … bekomme ich nur allmählich Wahnvorstellungen?

»Des isch dei erschts Mol, schtemmt's?«

Mein erstes Mal? Ich muss ziemlich verblüfft dreingeschaut haben, denn Chrischtoph lachte schallend auf. Nur ganz kurz, und kaum hatten alle anderen zu ihm hingesehen, verebbte der Lacher in einem gequälten Glucksen.

»Frischfloisch«, murmelte er mir zu, zwinkerte und grinste. »Schee … hemmer net emmer.«

Ich begann mich unbehaglich zu fühlen. Nach allem, was ich unter dem Begriff Frischfleisch verstand, wurde mir hier gerade eine ziemlich undankbare Rolle zugewiesen. Als Chrischtoph aber weder spürbar näher rückte noch mich anzüglich berührte, begann ich mich wieder etwas zu entspannen.

»Okee«, sagte Chrischtoph und zog mich neben sich, dass ich mit dem Rücken zu den Fenstern zu stehen kam. »No will i dir mol's Neetigschte beibringa.«

Er sah sich um, als suche er jemanden Bestimmten. Dann umfasste er mit einer Geste seines rechten Arms die ganze U-Bahn, während er mit seiner linken Hand meine Schulter drückte.

»Des isch dr Fuffzehner«, sagte er, als müsse ich sofort verstehen, was er damit meinte.

»Ja, der Fünfzehner«, antwortete ich etwas ratlos.

»Net irgendoin Fuffzehner, sondern der letschte heit Nacht!«

»Ja, ich weiß.”

»Noi, nix woisch!«

Chrischtoph wirkte etwas ungehalten. Die Brille war ihm verrutscht und er schob sie mit einer knappen Handbewegung ein wenig den Nasenrücken hinauf.

»Zom Glick semmir em Kabarett – des kenntsch em Radio net brenga!«

»Im Kabarett?«, fragte ich zunehmend irritiert, aber Chrischtoph wischte meinen Einwand nur unwirsch beiseite.

»Des sagt mr so. Des hoißt nix!«

»Aha.«

Ich war gespannt, wann ich der Unterhaltung wieder so weit folgen konnte, dass ich zumindest grob verstand, was sich um mich herum eigentlich abspielte. Chrischtoph musterte mich, dann kam er offenbar zu einem Urteil.

»Du hosch koi Ahnung, was do henna abgoht, oder?«

Ich nickte kopfschüttelnd, oder schüttelte nickend den Kopf. Jedenfalls war offensichtlich, dass ich ihm Recht geben wollte.

»Des isch der Fuffzehner«, deklamierte er, als müsse bei mir nun endlich der Groschen fallen. »Der Fuffzehner!«

»Ja«, sagte ich, als er mich erwartungsvoll fixierte und nicht weiterreden wollte, bevor ich ihm nicht das richtige Stichwort gegeben hatte.

»Ja« war offenbar das falsche Stichwort. Chrischtoph ließ sich erschöpft auf die Sitzbank fallen und verdrehte die Augen. Sofort trafen ihn überraschte Blicke der stehenden oder gehenden Mitfahrer, und er schoss wieder in die Höhe. Ein paar entschuldigende Blicke in die Runde später schlenderte wieder jeder Mitfahrer seiner Wege, und Chrischtoph konnte sich wieder auf mich konzentrieren.

»Der letschte Fuffzehner!«, unternahm Chrischtoph noch einen Versuch, dann gab er auf.

»Bei dir«, murmelte er schließlich, »muss i wohl bei Adam ond Eva afanga …«

Das tat er dann auch. Als seine Geschichte schließlich wieder im Fuffzehner angelangt war, fragte ich dazwischen: »Also treffen sich diese Leute hier im letzten Fuffzehner?«

Chrischtoph nickte.

»Jeden Tag?«

Chrischtoph schüttelte den Kopf. »Bloß mittwochs, freitags ond samstags.«

Ich stutzte.

Sind das nicht auch die Öffnungstage meiner Stammdisco?

»Und die Leute sind alle irgendwie besonders schwäbisch?«

»Ja, irgendwie … des trifft's ganz guat.«

»Warum das nun wieder?«

»Ha, mir sen älle beieinander – aber net älle sen au wirklich Schwoba.«

»Aha«, sagte ich, um Zeit für einen Blick in die Runde zu gewinnen. Ich erkannte einen Schauspieler, den ich zu seiner

Zeit als schwäbischen »Tatort«-Kommissar gemocht hatte. Und daneben erkannte ich noch zwei weitere Männer in gleicher Aufmachung, die dem ersteren sehr ähnlich sahen.

»Siehsch?«, fragte Chrischtoph. »Net älle sen Schwoba. Ond net älle sen echt.«

»Und da drüben, der Bienzle – echt oder nicht echt?«

Chrischtoph musterte die drei potenziellen Fernsehstars, dann zuckte er mit den Schultern.

»Schwer zom Saga. Dr Ernscht isch jo ausgmuschtert, ond sei Schauspieler schtoht uff dr Bühne oder signiert Telefonbücher.«

Chrischtoph sah von einem zum anderen.

»Egal«, befand er schließlich. »Mindeschtens zwoi sen gloga!«

»Und wer ist der ältere Herr mit den kleinen Hunden?«

Der Mann, der mich vorhin aufgehalten hatte, schlenderte wieder hoheitsvoll auf uns zu.

»Den kennsch net?«

Chrischtoph prustete.

»Do wärsch vor hondert Johr nex worra … Des isch dr Herr Keenich.«

Ich staunte, und Chrischtoph sah es mir wohl an.

»König Wilhelm II. von Württemberg«, zwang er seine Stimme in ein halbwegs passables Hochdeutsch. »Onser letschter Regent.«

»Ist der nicht schon lange tot?«

»Woisch, em Fuffzehner isch des net so wichtig«, raunte Chrischtoph. »Ond no kann's jo emmer no en Darschteller sei, gell?«

Ich nickte zu einem Pärchen hinüber, beide ungefähr so angezogen, wie man sich im Klischee evangelische Geistliche vorstellt. Die beiden erinnerten mich an die Hauptfiguren zweier Fernsehserien.

»Und die beiden? Echt?«

Chrischtoph blinzelte, musterte die beiden von oben bis unten.

»Er netta, sie a bissle.«

Ich verstand kein Wort, wollte Chrischtoph aber in seiner Rolle als Schwabenorakel nicht weiter stören. Mein Blick streifte durch den Waggon. Ein Mann mit schulterlangem, schütterem Haupthaar diskutierte mit einem smarten Endvierziger – das Streitgespräch drehte sich anscheinend um die Stuttgarter Kickers und den VfB. Schließlich trat ein schlanker Mann mit Raspelfrisur zu den beiden, flüsterte dem smarten Endvierziger etwas ins Ohr und verschwand mit ihm im Gedränge. Der andere rief noch etwas wie »Grüß mir Debbie!« hinterher, aber das ging im allgemeinen Gemurmel unter.

Überall sah ich Leute, deren Gesichter mich an irgendjemanden erinnerten. Und nur manchmal wusste ich, an wen. Dann aber sah ich die beiden, und alle Zweifel waren wie weggeblasen.

Er war groß und hager, sie eher klein und kompakt. Chrischtoph war meinem Blick gefolgt.

»Des isch oifach«, sagte er und grinste. »Sogar für di.«

Ich gab ihm recht. Dort hinten standen unverkennbar und einander mit liebevoller Miene anlächelnd: Trudel Wulle und Walter Schultheiß.

Ich wunderte mich noch, dass die beiden, die ja nun auch nicht mehr die Jüngsten waren, so spät noch mit der U15 durch das nächtliche Stuttgart ratterten, aber von einem Moment zum anderen kroch plötzlich tiefe Müdigkeit in mir hoch. Das Bild von Chrischtoph und den anderen im Wagen verschwamm vor meinen Augen. Dann wurden mir die Knie weich und ich sank zu Boden.

— o —

Von einer Ortsveränderung bekam ich nichts mit, aber als ich auf einer Bank erwachte, sah ich gerade noch die Schlusslichter der U15 in der Nacht verschwinden. Meine Bank stand an der Station mit dem seltsamen Namen Stelle, an der man von der

Jahnstraße zum Funkturm auf dem Frauenkopf abzweigen kann. Also war ich nur eine Haltestelle zu weit gefahren – das ging ja noch. Nach meinem skurrilen Erlebnis im »letschta Fuffzehner« hatte ich Schlimmeres befürchtet.

»Letschta Fuffzehner« … Habe ich gerade schwäbisch gedacht?

Vorsichtig atmete ich ein und aus, besah meine Handrücken und streckte meine Beine aus – aber nirgendwo waren rote Flecken zu sehen oder irgendwelche Schmerzen zu spüren. Ich musste nicht einmal husten.

Ließ der Fluch von Gunda Späth nach? Oder freute ich mich zu früh?

Egal. Zunächst musste ich nach Hause – irgendwie empfand ich Didis Ferienhaus inzwischen als mein Zuhause, wenn es auch nur eine Übergangslösung sein konnte. Ich zog die Wegskizze aus meiner Gesäßtasche: Parallel zur Hauptstraße verlief ein Fußweg durch den Wald bis hin zum oberen Ende des Eulenrains – 400, vielleicht 500 Meter weit war es von hier aus.

Ich erhob mich seufzend und marschierte los.

Gleich nach dem Überqueren der Hauptstraße tauchte ich in das Dunkel des nächtlichen Waldes ein. Hinter mir rauschte der Straßenverkehr, der auch um diese Uhrzeit noch recht dicht war. Auf meiner Skizze hatte ich gesehen, dass ich erst ein paar Meter in den Wald hinein gehen musste, bevor mein Heimweg nach rechts abzweigte.

Die Luft fühlte sich im Wald etwas feuchter an, auch frischer. Ich atmete tief durch.

Mir gegenüber tauchten zwei Gestalten aus dem Dunkeln auf. Erst versteifte ich mich etwas und machte mich auf Ärger gefasst, dann fiel mir wieder ein, dass bei mir ja nichts zu holen war – und dass ich wohl auch so aussah.

Das Lied von Bobby McGee fiel mir ein. Hieß es da nicht: Freiheit ist, wenn man nichts mehr zu verlieren hat? Ich schmunzelte – dass meine Lage auch Vorteile hatte, war mir bisher nicht klar gewesen.

Die beiden Männer, die mir entgegenkamen, hatten mich inzwischen erreicht und blieben stehen.

»Einen wunderschönen guten Abend«, sagte der eine der beiden ausgesprochen freundlich zu mir. Er war groß, schlank und elegant gekleidet, und er erinnerte mich an einen Schauspieler, den ich aus zwei Fernsehserien kannte und der wohl tatsächlich in Stuttgart wohnte. Ich grinste – seltsame Gedanken kamen einem nachts in Stuttgarter Wäldern – und grüßte zurück.

»Darf ich Ihnen das hier geben?«

Er hatte blitzschnell einen Zettel aus seiner Jacke gezogen und hielt ihn mir lächelnd hin. Es war ein Werbeflyer der Stuttgart-21-Gegner, ich stutzte.

»Entschuldigen Sie bitte!«, mischte sich da der andere ein und zog seinen Begleiter weiter. Auch der zweite Mann, Seitenscheitel, graue Haare, sah einem Promi ähnlich. Ich schüttelte den Kopf, Zufälle gab's …

Ich sah den beiden noch nach.

»Mensch, Walter, lass doch den Mann in Ruhe!«, sagte der eine.

»Was hast du denn, Jochen?«, antwortete der andere. »Es ist mir halt wichtig – und der Mann sah nicht so aus, als fühlte er sich von mir belästigt.«

Die beiden drehten sich noch einmal zu mir um und winkten mir freundlich zu, dann überquerten sie die Hauptstraße und verschwanden wenig später auf der anderen Straßenseite wieder im Wald.

Ich ging weiter, und die seltsamen Begegnungen dieser Nacht gingen mir noch durch den Kopf, als ich in Didis Ferienhaus längst eine leere Bierflasche auf die Spüle gestellt und mir auf der Couch die Decke bis zur Nase hochgezogen hatte.

— o —

Kapitel 9 | *Maultaschen-GAU*

Tina und ich erreichten die Markthalle am Samstag fast gleichzeitig. Sie winkte mir lachend zu, als sie mich sah, und ich winkte zurück. Wir schlenderten die Stände entlang, kletterten auf die Empore, und Tina lud mich auf einen Cappuccino ein. Wir saßen gemütlich beisammen, und es rückte auch niemand in unserer direkten Umgebung von mir ab. Gut, dass ich mir heute früh ordentlich Mühe gegeben hatte mit meinen Klamotten – ganz sauber waren sie noch nicht, aber mir kam es so vor, als würden sie kaum mehr müffeln.

Danach liefen wir lange kreuz und quer durch die Innenstadt, gingen durch Parks und Passagen, lasen Inschriften von Denkmälern und amüsierten uns über komische Wegweiser. Aber das alles zog wie im Nebel an mir vorüber und war gleich wieder vergessen.

Was mir in Erinnerung blieb, waren andere Dinge: wie Tina meine Hand hielt und sie manchmal ein wenig drückte, wie Tina lachte und wie sie verträumt auf Bäume blickte, die der Wind zerzauste, wie sie Treppen hinunterhüpfte und wie sie sich vor Touristenattraktionen in Positur warf, als hätte ich einen Fotoapparat dabei.

Es war ein schöner Tag, und als sie sich am frühen Abend verabschiedete und wir uns gleich für den Sonntagnachmittag wieder verabredeten, war mein Leben in allerbester Ordnung.

— o —

Gegen zehn am Sonntag traf ich Peer am Eckensee. Er saß wieder in dem großen Baum. Ich kletterte zu ihm hinauf.

»Und, was machen wir?«

»Wir warten auf Hannes und seine Jungs.«

»Und dann?«

»Dann gehen wir Albreste einsammeln.«

»Albreste? Was ist das denn?«

»In Stuttgart scheint manches nach einem festen Rhythmus abzulaufen. Und dazu gehört, dass am Wochenende viele Auswärtige in die Stadt kommen.«

»Das ist ja wohl normal, oder?«

»Schon, aber freitags kommen mehr Leute aus den Kreisen Ludwigsburg, Esslingen, Böblingen und Rems-Murr – und an den Samstagen kommen Kids von der Alb.«

»Aha«, machte ich. Ich lernte immer wieder dazu.

»Und diese Kids feiern gern und viel, und wenn sie wieder nach Hause gefahren sind, zurück auf die Schwäbische Alb, dann können wir uns kaum vor lohnenden Fundstücken retten.«

Ich sah ihn staunend an.

»Wirst schon sehen, wenn wir nachher mit den anderen losgehen: Offenbar merken diese jungen Leute eher kurzfristig, dass sie gleich heimfahren sollten – entsprechend viel Verwertbares lassen sie zurück.«

Ich lachte, aber im Lauf des Vormittags wurde ich tatsächlich eines Besseren belehrt.

Auch Tina konnte kaum glauben, was ich ihr, als wir durch die Calwer Passage schlenderte, erzählte. Volle Bierdosen, verpackte Hamburger – kein Wunder, dass sich Peer, Hannes, Kalle, Klaus und Kevin die Runde am Sonntagvormittag nicht entgehen ließen.

»Darf ich dich auf einen Imbiss einladen?«, sagte Tina schließlich.

»Klar«, nickte ich und hakte mich unter.

Nebeneinander gingen wir durch die Straßen, bis wir an einer ganz besonderen Bude ankamen: »Rudi's Snack« war in einem Raum untergebracht, der für eine Garage fast zu klein war und dessen Vorderfront komplett aus Glas bestand. Im

Winter saßen die meisten drin, aber wenn es mild war wie jetzt, standen die Leute lieber schwatzend und kauend auf dem Gehweg vor der Bude.

Rudi hatte sich schon vor Jahren auf Maultaschen spezialisiert: geschmelzt, überbacken, geschnetzelt und auf viele andere Arten. Die Preise waren fair, die Portionen groß – und Tina führte mich so begeistert zu »Rudi's Snack«, dass ich es einfach nicht übers Herz brachte, wegen meiner Schwaben-Allergie zu kneifen.

Wird schon gut gehen …

Es ging natürlich nicht gut. Tina nahm überbackene Maultaschen in einem kleinen Schüsselchen und dazu eine Scheibe Weißbrot. Ich entschied mich für »Maultaschen-Gyros« – das waren scharf angebratene Maultaschen, in Stücke geschnitten und mit Zwiebeln, Spezialsoße und Krautsalat in ein Hot-Dog-Brötchen gestopft.

Natürlich juckte es mich sofort in der Nase, als der Duft aus dem Brötchen stieg. Aber ich wollte tapfer sein, prostete Tina mit meiner Bierdose zu und biss herzhaft in mein »Gyros«. Dann ging alles ganz schnell. Ich hatte sehr fest zugebissen und irgendwie war mir meine Zunge zwischen den Krautsalat geraten – ob ich damit die Füllung hatte fixieren wollen oder ob es reine Blödheit war, kann ich beim besten Willen nicht sagen.

Jedenfalls blutete ich stark, das Brötchen war in Nullkommanix vollgelaufen, und ich schrie wie am Spieß, weil meine aufgebissene Zunge natürlich prompt mit einigen Körnchen Chili, die zur Spezialsoße gehörten, in Berührung gekommen war.

Rudi hatte das Spektakel von seinem Platz hinterm Tresen aus mitbekommen und stürmte nun mit wehendem Schurz zu uns auf die Straße heraus. Ich taumelte würgend, hustend und blutend am Straßenrand entlang, ein Kleinwagen konnte mir gerade noch ausweichen, aber ich stolperte über den Randstein und fiel der Länge nach gegen ein Stehtischchen – und die darauf abgestellten Sekt- und Weingläser flogen im hohen Bogen auf einige Gäste zu, die sich gerade für ihr Maultaschenessen angestellt hatten.

Rudi packte mich und setzte mir eine Sprudelflasche an, um meinen Mund auszuspülen – als mir einfiel, dass Rudi berühmt dafür war, nur Mineralwasser aus Baden-Württemberg auszuschenken, prustete ich die Flüssigkeit in meinem Mund in einem Panikanfall aus – und eine Art brodelnde Blutschorle ergoss sich über einige der Gäste.

Tina war einige Schritte zurückgetreten und beobachtete fassungslos das Durcheinander, das ich hier anrichtete. Noch im Krankenhaus, wo meine Blutung endlich gestillt werden konnte, musste ich erzählen, was es mit meiner Schwaben-Allergie auf sich hatte, die ich im Notarztwagen kurz erwähnt hatte.

Ich versuchte tapfer, ihr alles zu erzählen, und dass sie nicht die ganze Geschichte gleich verstand, lag nicht nur daran, dass meine Zunge geschwollen war.

— o —

Einen Tag verbrachte ich komplett auf der Couch im Ferienhaus, und gegen Abend schmerzte die Zunge schon etwas weniger. Am zweiten Tag setzte ich mich morgens raus auf die Wiese, und gegen Mittag fuhr ich mit der U15 in die Innenstadt. Peer saß im Café Büchse, ich setzte mich dazu – und als sich Tina zu uns gesellte, bestätigte ihr Peer meine wirre Geschichte vom Schwaben-Fluch, und er beteuerte auch, dass er mir glaubte und dass er etwas Ähnliches schon bei einem anderen miterlebt hätte.

Am Mittwoch ging es mir schon wieder richtig gut, allerdings mied ich alles Schwäbische nun noch sorgfältiger als zuvor schon. Den Nachmittag über streifte ich mit Peer durch die Anlagen und fand in einigen Papierkörben ein paar nützliche Kleinigkeiten, die ich meinem Kollegen überließ. Und zwischendurch gingen wir kurz in die Büchsenstraße, um uns einen Kaffee spendieren zu lassen.

Den Kaffee bekamen wir, dazu ein paar Pariser Brötchen vom Vortag – aber Tina hatte leider frei.

Peer zeigte mir danach noch ein paar Stellen, an denen das Betteln seiner Erfahrung nach besonders erfolgreich war – und er nahm mir das Versprechen ab, dass ich hier nie arbeiten würde, wenn er sich in der Nähe aufgestellt hatte.

Ich versicherte ihm, dass ich ohnehin noch immer nicht daran interessiert war, Geld zusammenzubetteln: Ich hatte einen Platz zum Schlafen, ich hatte einen Kühlschrank mit ausreichend Essen und dünnem Bier, und ich hatte eine VVS-Netzkarte – wozu also sollte ich Geld brauchen?

Peer lächelte mich mitleidig an, brummte etwas von »Du lernst es auch noch!«, dann verabschiedete er sich.

»Muss noch arbeiten!«

Ich sah ihn, wie er hinter der Hospitalkirche verschwand, kurz darauf umgezogen wieder zum Vorschein kam, sich vor der Bäckerei neben den Eingang setzte und seinen Hut aufstellte. Hinter der Kirche musste er ein Versteck haben, in dem sein dreiteiliger Anzug nun auf ihn warten würde, bis seine Bäckereischicht vorüber war. Ich winkte ihm noch kurz zu, aber da war Peer schon ganz in seiner Rolle als hungerleidendes Strandgut versunken – er hatte mir mal erklärt, dass es in solchen Situationen einfach unprofessionell sei, Bekannte zu grüßen.

Grinsend trollte ich mich, ging die Unterführung hinunter und stieg in die nächste Bahn ein, die hielt. Stundenlang fuhr ich hin und her, irgendwann nahm ich die U15 und ging ins Ferienhaus. Dort legte ich einen kleinen Imbiss ein, trank ein Bier dazu und wurde prompt schläfrig.

— o —

Auch der Donnerstag begann wie die Tage zuvor. Peer und ich saßen morgens im Park, wir gingen mittags ins Café Büchse, wo ich nur Augen für Tina hatte, und weil Tina abends keine Zeit hatte, trottete ich mit Peer davon. Erst langsam, dann immer flotter, und bald musste ich mich sputen, um mit ihm noch Schritt zu halten.

Als es zu tröpfeln begann, wusste ich, warum er es so eilig gehabt hatte, den Pavillon auf dem Schlossplatz zu erreichen.

Wir hockten uns in der Mitte des kleinen überdachten Achtecks auf den Boden und sahen zum Neuen Schloss hinüber. Hinter dem nun schon sichtbar strömenden Regen wirkte das Bild der Jubiläumssäule bereits etwas verwaschen. Menschen, die sich unter Schirmen duckten oder sich die Jacke über den Kopf gezogen hatten, hasteten kreuz und quer über die Wege.

Still saßen wir da und genossen den Ausblick und den trockenen Platz. Ich sah zu den Wolken hinauf: Der Regen wirkte nicht, als würde er bald wieder aufhören. Dankbar dachte ich an Didis Ferienhaus: einmal kurz vom Pavillon runter in die Stadtbahnstation, dann mit der Bahn bis zur Geroksruhe, dann schnell die paar hundert Meter von der Haltestelle ins Ferienhaus und dann – duschen, abtrocknen, Füße hoch …

Versonnen lächelnd schaute ich zu dem immer heftiger werdenden Regen hinaus. Aus den Augenwinkeln bemerkte ich, dass Peer das Sauwetter deutlich weniger genoss. Mürrisch wirkte er, und immer wieder wischte er sich mit dem Ärmel die Nase trocken.

Bisher hatte ich ihm ja noch nichts von meiner angenehmen Sonderstellung verraten, und oft genug hatte mir Peer auch schon demonstriert, dass er eigentlich und im Rahmen seiner Möglichkeiten ein anständiger Kerl war – aber ihm so ganz zu trauen, fiel mir nicht leicht.

Ich kämpfte noch ein wenig mit mir, dann stand mein Entschluss fest. Ich atmete tief durch und sah den – *entschuldige, Didi!* – treuesten Kumpel, den ich derzeit hatte, eine Weile an. Peer bemerkte meinen Blick und musterte mich mit hochgezogenen Augenbrauen.

»Wo schläfst du eigentlich normalerweise?«, fragte ich ihn schließlich.

Kurz schien es in Peers Augen aufzublitzen, dann rückte er ein kleines Stückchen von mir ab. Erst wunderte ich mich, dann begriff ich und lachte laut auf.

»Nein, nein, kannst ruhig sitzenbleiben. Ich bin nicht schwul.«

Peer sah mich misstrauisch an, als ich auf den Platz direkt neben mir zeigte.

»Außerdem wärst du ohnehin nicht mein Typ«, grinste ich.

»Gut, danke gleichfalls«, brummte Peer und rutschte wieder auf seinen alten Platz zurück. »Aber warum fragst du?«

»Interessiert mich halt.«

»Mich auch«, machte Peer und sah verdrossen in den Regen hinaus. »Dieses Wetter macht mir für einige meiner Lieblingsplätze erst einmal einen Strich durch die Rechnung.«

»Ich hab Glück«, sagte ich nach einer kleinen Pause. »Ich habe eine Schlafstelle unter Dach, und wenn du magst, findet sich dort auch für dich noch ein Plätzchen.«

Peer wandte den Kopf zu mir und schien lange nachzudenken.

»Warum?«, fragte er schließlich.

»Warum ich dir etwas anbiete?«

Peer nickte.

»Du hast mir ja auch schon ein paar Mal geholfen.«

»Ja und?«

»Na, ich will mich halt revanchieren.«

»Hmm«, machte Peer und musterte mich weiterhin. Dann stand er umständlich auf. »Aus dir wird auch kein richtiger Penner mehr, das kann ich dir sagen! Aber dann lass uns jetzt mal zu deinem Unterschlupf gehen, bevor du wieder bei Verstand bist und dir dein Angebot noch einmal überlegst.«

— o —

In der Stadtbahn erzählte ich Peer von Didi, vom Ferienhaus und davon, dass dort immer das Nötigste an Essen und Trinken auf mich wartete. Ich versuchte es ihm so beizubringen, dass er nicht beleidigt darauf reagierte, weil ich meine bevorzugte Situation so lange vor ihm geheim gehalten hatte. Aber bis kurz vor der Haltestelle Geroksruhe konnte ich aus seinem Gesichtsausdruck nicht schließen, ob es mir gelungen war. Dann, als wir aufstanden und den Halteknopf am Ausstieg drückten, sah er mich an, nickte knapp und meinte: »Da hast du echt Schwein gehabt, mein Junge.«

Mehr war ihm nicht zu entlocken, aber ich hatte das Gefühl, zwischen uns hatte sich nichts zum Schlechteren verändert. Wortlos trottete er hinter mir her die Straße entlang, manchmal pfiff er leise durch die Zähne, wenn rechts von uns ein besonders eindrucksvolles Gebäude auftauchte. Dann, den Eulenrain hinunter, sah er sich zunehmend interessiert links und rechts um – das üppige Grün schien ihm zu gefallen.

Schließlich standen wir im Häuschen. Um die Stimmung noch etwas aufzulockern, las ich Peer die schrägen Spruchtafeln vor. Er versuchte, in seinem norddeutsch eingefärbten Slang ein, zwei besonders bayrisch aufgemachte Sprüche nachzusagen – lachend ließen wir uns auf die Couch fallen.

»Ein Bier?«

Peer nickte und ich holte zwei Flaschen aus dem Kühlschrank.

»Ist halt keine besonders gute Marke«, sagte ich und prostete ihm zu.

Peer zuckte mit den Schultern. »Du weißt ja: Mein Thema ist eher der Wein. Also mach dir keinen Kopf – Prost!«

Später gingen wir zum Esstisch hinüber, ließen uns Lachsersatz, Knäckebrot, Streichkäse und Spreewaldgurken schmecken und lachten über Leute, die wir in den vergangenen Tagen in der Stadt beobachtet hatten. Es wurde ein richtig schöner Abend, und nachdem sich Peer standhaft geweigert hatte, für diese Nacht meinen Platz auf dem Sofa zu übernehmen, rollte er seinen Schlafsack in einer Ecke des Wohnzimmers aus, schlüpfte in das armeegrüne Bündel und begann fast sofort laut zu schnarchen.

— ○ —

Am nächsten Morgen wachte ich davon auf, dass mich Sonnenstrahlen an der Nase kitzelten. Ich reckte mich, gähnte und drehte mich zu Peer um – doch der Platz in der Ecke war leer. Hatte ich gestern nur geträumt, dass er mit mir ins Ferienhaus gekommen war? Nein: auf dem Esstisch standen noch die zwei Teller.

Ich streckte mich noch einmal, zog Hose und Jackett über und tappte auf Strümpfen zur Haustür. Als ich öffnete, kam helles Sonnenlicht herein und ein kräftiger, kühler Windstoß trieb mir Tränen in die Augen. Als ich mir die Sicht wieder freigewischt hatte, fiel mir Peers Schlafsack auf der Wiese neben dem Ferienhaus auf.

Vorsichtig näherte ich mich dem Schlafsack. Zu hören war nur das Rauschen des Verkehrs auf der Pischekstraße, die sich drüben am Hang hinaufwand. Peers Schnarchen, das sonst Wände erschüttern konnte, hörte ich dagegen nicht.

Inzwischen hatten sich meine Strümpfe auf der vom Morgentau oder vom gestrigen Regen noch immer feuchten Wiese ordentlich mit Wasser vollgesogen, aber darum konnte ich mich jetzt nicht kümmern: Was war mit Peer los? Warum lag er so still da?

Ich trat an ihn heran und sah ihn mit einem seligen Lächeln auf dem Rücken liegen, die Augen fest geschlossen, das verlebte Gesicht aschfahl. Der Anblick versetzte mir einen Stich, ich musste schlucken.

Immerhin sah Peer aus, als sei er ohne Qualen gestorben. Als habe ihm zumindest beim Abschied von diesem elenden Leben noch ein schönes Bild einen wunderbaren letzten Eindruck mitgegeben. Ich ging in die Hocke, musterte traurig den reglos liegenden Mann und versuchte, mich mit dem

Gedanken zu trösten, dass Peer es nun zumindest hinter sich hatte.

»Mensch, Peer«, murmelte ich und versuchte, meine Tränen zurückzuhalten. »Warum bist du denn nicht dringeblieben?«

War er erfroren? Kühler als gestern war es heute früh, aber richtig kalt kam es mir eigentlich nicht vor. Ich strich mit der Hand vorsichtig über den Schlafsack: Er war feucht, aber nicht nass.

»Mensch, Peer«, sagte ich noch einmal, schniefte und rieb mir die Nase. Ich hockte mich neben ihn ins Gras, den Blick über den Eulenrain hinweg auf den Wald gerichtet.

»Da hatte ich gerade gemerkt, was ein richtiger Freund ist – und jetzt bist du tot.«

Mir saß ein Kloß im Hals, und der Morgentau hatte unter meinem Hintern den Hosenboden längst in einen kühlen, nassen Lappen verwandelt. Ich bemerkte es kaum.

»Weißt du, Peer«, murmelte ich nach einer kleinen Pause weiter. »All die Jahre hatte ich mich immer für den Größten gehalten. Ich war erfolgreich, brachte ordentlich Geld nach Hause und schicke Frauen. Ich brauchte auf niemanden Rücksicht nehmen, und wenn ich jemanden nicht mehr um mich haben wollte, brach ich einfach den Kontakt ab. Wozu sollte ich Freunde brauchen? Ich hatte ja Kohle genug und war nur allein, wenn ich es wollte. Tja, jetzt habe ich keine Kohle mehr oder komme zumindest nicht an mein Geld ran – und wen habe ich um mich? Didi, dieser Losertyp, ist der Einzige, der mir hilft. Und du, Peer, einer, der selbst genug Probleme hat, bist mein einziger richtiger Freund.«

Ich schluckte.

»Du *warst* mein einziger richtiger Freund«, korrigierte ich mich.

Ich fühlte mich ziemlich allein.

Kein Wunder eigentlich, wenn du mit deinem einzigen Freund sprichst, und wenn der nicht nur ein Obdachloser ist, sondern auch noch tot vor dir in einem armeegrünen Schlafsack liegt.

Bilder aus meiner Vergangenheit gingen mir durch den Kopf. Bilder aus einer Zeit, die ich noch vor kurzem für eine gute Zeit gehalten hatte. Irgendwie wirkten diese Bilder nun aber nicht mehr … tja, nicht mehr so positiv wie früher. Viel Geld, schöne Frauen, teure Kleider, schnelle Autos: Was hatten diese Gunda Späth und ihr seltsamer Fluch nur mit mir angestellt, dass es an den Vorteilen solcher Dinge plötzlich Zweifel geben konnte? Und: war es womöglich gar nicht so verkehrt, an Statussymbolen, Luxusartikeln und kurzen, heißen Beziehungen zu zweifeln?

Ich sah zu meinem toten Freund hin, aber seine geschlossenen Augen konnte ich kaum aushalten.

»Ach, Peer«, seufzte ich. »Du fehlst mir jetzt schon.«

Sachte streichelte ich noch einmal über den Schlafsack und ließ meinen Blick wieder über den Wald streifen. So musste ich nicht Peers lebloses Gesicht betrachten – und so entging mir auch das leichte Zucken um seine Mundwinkel.

Ein Habicht erhob sich drüben aus dem Wipfel eines Baumes, zog kurz seine Kreise und stieß dann auf ein Stück Wiese hinunter, das ich von hier aus nicht sehen konnte. Gleich darauf schwang er sich wieder in die Höhe, mit leerem Schnabel und weitersuchend – wahrscheinlich hatte er geglaubt, ein Opfer erspäht zu haben, und wahrscheinlich hatte er sich getäuscht.

»Weißt du, Peer, als ich vor vielen Jahren von Uhlbach wegging und mir mein neues Leben aufbaute, da war ich so davon überzeugt, dass alles, was ich tat, genau richtig war. Na ja, und letztlich auch davon, dass alles andere komplett falsch war.«

Da bin ich mir heute nicht mehr so sicher.

»Wenn du von dir selbst so überzeugt bist, strahlt das auch auf deine Umgebung ab. Normalerweise zieht dich dann keiner in Zweifel, alle nicken deine Pläne ab, und viele versuchen mehr oder weniger heimlich, dir dein Erfolgsrezept abzuschauen. Dabei gibt es gar kein Rezept – oder genauer: Du selbst bist dieses Rezept. Du gehst schnurgerade deinen Weg, ziehst aus jedem Erfolg deine Bestätigung und wischst alles, was nicht so gut geklappt hat, leichthin beiseite. Es gibt ja genügend Dinge, die dir gelungen sind und die – nicht zuletzt vor dir selbst – beweisen, was für ein toller Hecht du bist.«

Ich lachte freudlos auf.

»Erst wenn dir ein Mensch oder ein Ereignis die Maske herunterreißt oder die schönen Hochglanzfassaden zertrümmert, zwischen denen du lebst – erst dann schaust du dich noch einmal neu um und siehst im besten Fall auch alles, was du bisher dargestellt und gemacht hast, in einem neuen Licht. So ist es mir ergangen, und was ich gesehen habe, gefiel mir nicht besonders, auch wenn es mir erst nach und nach klar geworden ist. Und während ich noch meinem alten Leben nachtrauere, treffe ich dich. Du erzählst mir, was dich aus der Bahn geworfen hat – und ich muss zugeben, dass das ein anderes Kaliber ist als mein zerdeppertes Auto und die derzeit nicht greifbaren Schlüssel, Papiere und Kreditkarten.«

Ich seufzte tief.

»Und ausgerechnet du hilfst mir als Erster. Du hörst dir meine Sorgen an, hast Zeit für mich und gibst mir Tipps, wie ich mich auch mit leeren Taschen in Stuttgart durchschlagen kann. Na ja, und dass du mich mit Tina bekannt gemacht hast, freut mich schon auch – obwohl ich dir das zu Lebzeiten natürlich nie verraten hätte.«

Eine kleine Träne lief mir aus dem Augenwinkel, ich wischte sie ab und schniefte noch einmal.

»Aber auch wenn ich glaube, dass du ein solches Geheimnis nicht für dich behalten konntest und dass du immer auch deinen eigenen Vorteil im Blick hattest, auch nachdem du mir erzählt hast, wie du deinem leblosen Kollegen im Schlossgarten ohne mit der Wimper zu zucken zwei Kartenspiele und ein Opernglas abgeknöpft hättest, wenn er tot gewesen wäre – Peer, du bist in meinen Augen einfach ein guter Kerl. Und ich hätte dir so gewünscht, dass du wieder auf die Beine kommst.«

Ich drehte mich ein wenig um, um sein Gesicht noch einmal anzusehen. Peer hatte seinen Oberkörper auf die Ellbogen gestützt und sah mich mit geröteten Wangen an. Aus seinen Augen rannen Tränen, auch unter der Nase schimmerte es nass, und die Mundwinkel zuckten.

Ich starrte ihn fassungslos an.

»Nicht aufhören«, sagte er und schluchzte leise vor sich hin.

»Peer!«

»Du hast das alles so schön gesagt …« Er schnäuzte sich. »Bin ich wirklich dein Freund?«

»Ich dachte, du wärst tot, Peer!«

Er räusperte sich und setzte sich auf.

»Ach, und wenn ich jetzt doch lebe, bin ich nicht dein Freund?«

Der enttäuschte Blick, der sich jetzt auf Peers Gesicht breitmachte, war fast noch schlimmer als die leblose Miene von vorhin.

»Nein, nein«, wehrte ich schnell ab. »Nein, so habe ich das doch nicht gemeint.«

»Nicht?«

»Nein, natürlich nicht«, sagte ich, nahm ihn in den Arm und klopfte ihm beruhigend auf den Rücken. Schuppenstaub wirbelte auf, und aus Schlafsack und Oberteil strömte beißender, säuerlicher Geruch. Ich ließ ihn wieder los.

»Du solltest gleich mal reingehen und duschen«, schlug ich vor.

Peer sah mich ungläubig an.

»Wie: duschen …?«

»Na ja«, meinte ich und hielt meine rechte Hand mit gespreizten Fingern über den Kopf. »Duschen halt, warmes Wasser, Shampoo und so.«

»Willst du mich verarschen? Glaubst du, ich weiß nicht, was eine Dusche ist?«

»Äh … doch, aber so wie du riechst, hätte es ja sein können, dass du es über die Jahre vergessen hast.«

»Na, als ich tot war, warst du aber freundlicher.«

»Komm, jetzt sei nicht gleich beleidigt«, lachte ich und stieß ihn leicht an. »Warum hast du vorhin übrigens draußen gelegen? Wir waren gestern Abend doch ganz froh, dass wir bei dem Sauwetter unter einem Dach schlafen konnten.«

»Ja, schon«, brummte Peer. »Aber ich bin es nicht mehr gewohnt, in einem Zimmer zu schlafen. Die ganzen Wände, die Decke, kein Wind, keine Straßengeräusche – diese Enge und diese Stille kann ich irgendwie nicht mehr haben.«

Mir fiel ein, wie ich mich nach meiner Nacht im Killesbergpark gefühlt hatte und dass mir die hohe Bahnhofshalle plötzlich nicht mehr so hoch vorgekommen war wie früher. Mit etwas Fantasie konnte ich mir vorstellen, was Peer meinte.

»Ich bin bald wieder aufgewacht und konnte nicht mehr einschlafen«, fuhr Peer fort. »Also habe ich gewartet, bis der Regen vorbei war, dann schnappte ich meinen Schlafsack und habe mich rausgelegt.«

»Und warum hast du vorhin nicht geschnarcht? Du hast echt dagelegen wie tot.«

»Ich hatte einen … einen schönen Traum.«

»Ach?«

»Ja, eine Blondine, lange Beine, du weißt schon. Ich merkte, wie ich langsam aufwachte, aber ich hatte noch nicht fertig geträumt, also blieb ich einfach liegen und konzentrierte mich auf die Blondine.«

Das Ferienhaus schien ein guter Platz für solche Träume zu sein. Ich erinnerte mich noch gut an meine erste Nacht hier und daran, wie mein Traum von Nina durch Didis Weckversuche beeinflusst wurde.

»Dann hast du losgequatscht«, sagte Peer und machte eine genervte Miene. »Da war es vorbei mit der Blondine. Aber weil du so schön in Fahrt warst, habe ich mich einfach mal nicht geregt. Und es war ja dann auch sehr schön anzuhören.«

Ich rollte die Augen.

»So, und jetzt hoch und ab in die Dusche«, sagte ich. »Du stinkst wirklich wie ein Berber.«

Peer kroch vollends aus seinem Schlafsack und stand auf.

»Das passt ja dann«, sagte er.

»Oh, sorry …«, gab ich zerknirscht zurück.

Aber Peer lachte nur und schlug mir im Vorübergehen kräftig auf den Rücken. An der Tür zum Ferienhaus drehte er sich noch einmal um. Er hatte schon seine Handschuhe ausgezogen und nestelte am Verschluss seines Oberteils herum.

»Wo hast du denn Handtücher?«

»Findest du im Bad. Viel Spaß in der Dusche!«

»Ja, danke. Und das mit Uhlbach kannst du mir ja nachher noch erzählen.«

Damit verschwand er nach drinnen und ließ mich bleich auf der Wiese zurück.

Uhlbach? Wieso Uhlbach? Oh, stimmt ja: Davon habe ich vorhin auch gesprochen.

Hatte er denn das auch schon mitbekommen? Und ausgerechnet ich hatte Peer im Verdacht, ein Geheimnis nicht für sich behalten zu können? Das sagte ja dann genau der Richtige …

— o —

Kapitel 10 | *Der Schorle-Treff*

Peer hatte nach dem Duschen zum Glück vergessen, dass er mich über Uhlbach ausfragen wollte – und am nächsten Morgen achtete ich sehr darauf, dass wir nicht mehr in die Nähe dieses Themas kamen.

Mittags aßen wir eine Kleinigkeit im Café Büchse. Was es war, weiß ich nicht mehr – denn Tina war mit mir wie üblich ins Plaudern gekommen und hatte schließlich fast beiläufig eine Verabredung für Samstagabend getroffen.

»Gehen wir was essen? Ich zahle natürlich!«

Ich nickte selig und erlebte den Rest des Tages durch eine rosa Wolke. Erst am späten Nachmittag fiel mir wieder ein, dass ich mich am Morgen vor allem darauf gefreut hatte, am heutigen Abend mit meiner seltsamen U15 zu fahren.

Ich schüttelte staunend den Kopf: Die gängigen Events, die meinen Terminkalender im alten Leben gefüllt hatten, standen mir ohne Geld nicht mehr offen – aber der »letschte Fuffzehner« kostete mich dank meiner Netzkarte keinen Cent. Und er übertraf ohnehin alles, was ich früher im Perkins Park oder in einer der städtischen In-Kneipen erlebt hatte.

Schließlich machte ich mir noch eine Tasse Kaffee, was mir inzwischen schon ganz ordentlich gelang, und sah auf die Uhr. Noch eine halbe Stunde bis zum »letschta Fuffzehner«. Ich spülte mein Geschirr, ging noch kurz auf die Toilette, und dann los zur Haltestelle.

Die Station Geroksruhe erreichte ich, als gerade die vorletzte U15 einfuhr. Einzelne Fahrgäste stiegen aus, eine junge Frau mit verwischtem Make-up stieg ein und schien ganz fürchterliche Laune zu haben. Jedenfalls stöckelte sie auf einen

Platz ganz hinten und schleuderte ihre Handtasche auf den Sitz neben sich.

Ich blieb auf dem Bahnsteig und wartete auf die nächste und letzte U15. Ganz entspannt stand ich auf dem Bahnsteig, sah mich nach allen Seiten um und ließ das Rauschen des Straßenverkehrs über mich ergehen. Ich schloss die Augen, sah Peer und Didi und Tina vor mir und lächelte. Dann hörte ich auch schon das typische Geräusch einer einfahrenden Stadtbahn und öffnete die Augen wieder.

Meine spezielle Stadtbahn hielt, die Tür schwang auf und ich kletterte in den Wagen. Schon ruckte sie wieder an und ich balancierte mich – inzwischen recht geübt – vom Eingang weg. Um mich herum standen und flanierten die üblichen Verdächtigen. Ich hielt nach Chrischtoph Ausschau, aber es dauerte einige Augenblicke, bis ich ihn ganz hinten sah, in ein offenbar anregend-angeregtes Gespräch mit einer ziemlich atemberaubend gekleideten Blondine vertieft.

Chrischtoph gab alles, aber vergeblich: Nach einer Weile nickte ihm die Blondine knapp zu und schlenderte ein paar Sitzreihen weiter zur nächsten Gruppe, die dort zusammenstand und plauderte.

Missmutig sah er sich um und entdeckte mich.

»Hey!«, strahlte er, und die Blondine schien fast schon vergessen. »Na, hosch Gschmack gfonda am Fuffzehner?«

»Ja, das kann man sagen.«

»Gut, dass du do bisch«, sagte er und zwinkerte mir zu. »Heit obend hemmer no was anders vor.«

»Ach?«, machte ich, aber im Moment war nichts weiter von ihm zu erfahren. Er stand in der Nähe des Ausgangs und sah immer wieder hinaus, um sich zu orientieren, wo wir uns gerade befanden. Dann ging ein Lächeln über sein Gesicht, er hakte mich unter und strebte mit mir im Schlepptau dem Ausstieg zu.

Zusammen mit uns verließen einige andere Fahrgäste den »letschta Fuffzehner«, und gemeinsam machten wir uns auf den Weg ins Dunkel. Wir folgten einem Spazierweg durch den

Wald, immer wieder blinkten zwischen den Baumkronen die Lichter des Fernsehturms zu uns herunter.

Schließlich erreichten wir einen Spielplatz, der sich nur ein paar Meter vom Turm entfernt zwischen Betriebsgebäude und Wald schmiegte. Mit Staunen sah ich, dass dort ein recht ordentlicher Betrieb herrschte, aber keineswegs von Jugendlichen, wie man vielleicht erwarten würde. Auf den Spielgeräten und dazwischen saßen und standen ausnahmslos Erwachsene, meistenteils Damen und Herren im besten Alter und etwas darüber.

Chrischtoph bugsierte mich an den ersten Gruppen vorüber.

Ich sah mich ungläubig um und schnappte einzelne Gesprächsfetzen auf. Eine dunkelhaarige Frau unterhielt eine Gruppe Jüngerer mit Geschichten aus ihrem Leben. Sie sagte: »… und dann die Gans dem Truthahn in dr Bobbo …« Alles brüllte los – und auch sie selbst konnte nicht weiterreden. Einige hielten sich die Bäuche, ein Mann mit Kurzhaarfriseur und Brille stützte sich an einem Baum ab und keuchte zwischen zwei Lachanfällen: »Hör auf, ich bitte dich – auch im Namen meiner Eltern!« Worauf wieder die ganze Gruppe schallend loslachte.

Ich hatte Chrischtoph schon fast verloren. Um ihn wieder einzuholen musste ich mich sputen, aber zugleich strengte ich mich an, den einen oder andern Gesprächsfetzen aufzufangen.

Ein dünner Mann mit hoher Stirn – ich glaube, ich hatte ihn während meiner ersten denkwürdigen U15-Fahrt gesehen – spottete recht witzig über Neuerungen in der Stadt und über den VfB. Offenbar war er ein Fan der Stuttgarter Kickers. Dann wandte er sich zu einem seiner Begleiter, einem recht großen Menschen mit zurückgegelten rotblonden Haaren, und sagte: »So, jetz bisch du aber dra!«

Da bückte sich der Kickers-Fan, der Rotblonde brachte sich in Positur, stützte die Hände auf dem Rücken des dünnen Kickers-Fans, als sei er ein Redepult, drückte den

Rücken durch und deklamierte mit einer unglaublich tiefen, kräftigen Stimme: »Gott der Herr aber ließ eine Staude wachsen, die wuchs über Jonah, dass sie Schatten gäbe seinem Haupt …«

Weiter kam er nicht: Die Umstehenden johlten und klatschten Beifall. Der Prediger hielt eine Flasche mit hellroter Flüssigkeit hoch, prostete symbolisch in die Runde und verbeugte sich dabei wie Pavarotti nach einem gelungenen Auftritt.

Chrischtoph fand ich schließlich auf einem kleinen Karussell sitzend. Er plauderte ganz ruhig mit einem anderen Mann, während sich die kleine Plattform im Kreise drehte.

»Und seither bekomme ich überall diese speziellen Maultaschen angeboten«, grinste der andere.

Chrischtoph hatte mich schon kommen sehen und stellte mir seinen Gesprächspartner als Olaf vor.

Ich setzte mich zu den beiden aufs Karussell und versuchte nicht weiter zu stören. Ein, zwei Minuten herrschte betretene Stille, weil vor allem Olaf nicht wusste, was er von dem Typen in zerrissenem Jackett und lädierten Cowboystiefeln halten sollte. Dann beschloss er, mich erst einmal links liegen zu lassen, und setzte sein Schwätzchen mit Chrischtoph fort. Irgendwann stand er auf und schlenderte zu einer anderen Gruppe hinüber. Chrischtoph lächelte versonnen.

»Na, gfallts dir?«

»Äh … ja, ist nett hier«, sagte ich. »Etwas schräg vielleicht, aber … ja, mir gefällt's.«

»Gut«, nickte Chrischtoph und gab dem Karussell mit seinem linken Bein ein wenig Schwung. Wir drehten uns langsam, und gleichmäßig glitten Bäume und Büsche an mir vorbei, Gruppen angeregt miteinander schwatzender Menschen, weitere Büsche, dann eine Betonwand und wieder die Bäume.

Es hatte etwas Beruhigendes, hier in der Nacht auf einem Karussell zu sitzen und sich immerzu langsam im Kreis zu drehen.

Als wir wieder an einer Tasche vorbeikamen, die neben dem Karussell auf dem Boden lag, griff Chrischtoph hinein in die dunkle Öffnung und zog eine bauchige Flasche hervor.

»Sodele!«, machte er triumphierend, schraubte sie auf und hielt sie mir hin.

»Äh … ›sodele‹?«

»Ha, jetzt nemm halt!«

Ich nahm ihm die Flasche ab und las das Etikett. »Schorle« stand dort in großen Buchstaben, und etwas kleiner: »Mit Württemberger Wein. Abgefüllt für …« Es folgte der Name einer Supermarktkette. Ich drehte die Flasche und hielt sie gegen das Licht einer nahen Laterne. Zwei Liter fasste die Flasche, und sie erinnerte mich an die klassische Lambrusco-Buddel, wie sie dem Klischee zufolge unter jeder Brücke zum festen Inventar gehörte.

Die Flüssigkeit in dieser Flasche war allerdings heller. Das Laternenlicht schaffte es mühelos durch die Brühe, die in einem hellen Mix aus Rot und Rosa schimmerte.

»Was ist das?«

»Ha, Schorle!«, rief Chrischtoph, »obwohl …« Er dachte dann kurz nach und grinste: »Saga mr mol: so ebbas wie Schorle.«

»Aus Württemberger Wein?«, fragte ich und deutete auf den entsprechenden Vermerk auf dem Etikett.

Chrischtoph nahm die Flasche wieder an sich und studierte das Etikett nun selbst.

»Scheint's.« Er zuckte mit den Schultern. »Mit Württemberger Wein, net aus … Viel Württemberger dürft net dren sei, schätz i. Z'teier.«

Ich hustete. Chrischtophs Dialekt setzte mir offenbar zu, Frau Späth hatte ganze Arbeit geleistet.

»Ond?«, fragte Chrischtoph, »Magsch koin Wei von do?«

»Eigentlich schon, aber …«

Er musterte mich ein Weilchen.

»Du hosch scho bei deiner erschta Fahrt em Fuffzehner so komisch romdruckst. Jetzt verzähl scho – heit Obend hemmer

Zeit. Ond vielleicht kann i dir jo irgendwie helfa, wenn du a Problem hosch.«

Das glaubte ich zwar nicht, aber warum sollte ich ihm nicht von dem Fluch erzählen, der mir das Leben seit Mitte April so schwer machte.

Und wenn er mich auslacht?

Immerhin hatte auch Peer nicht gelacht. Und ein Typ, der nachts mit der Stadtbahn herumfährt und mir erklärt, dass vor mir der letzte württembergische König mit seinen kleinen Hunden herumspaziert, der sollte da mal ganz ruhig sein.

Also holte ich tief Luft und erzählte Chrischtoph alles: vom Streit mit Frau Späth in der S-Bahn bis zu meiner ersten geisterhaften Stadtbahnfahrt. Ich ließ nur die Vorgeschichte weg – irgendwie konnte ich gar nicht mehr so recht dazu stehen, dass ich bis vor kurzem beruflich alte Leute aus ihren heruntergekommenen Mietwohnungen vertrieben hatte.

Schämst du dich inzwischen dafür?

Eigentlich nicht, ich sah es nur als einen Aspekt meines Jobs an, der sich weniger zum Erzählen eignete. So, wie ein Pilot lieber von fremden Städten erzählt als davon, wie er sich abends in fremden Hotels langweilt.

Ein kleines bisschen, wenigstens?

»Papperlapapp!«, sagte ich, und Chrischtoph zuckte ein wenig zusammen, weil mein Zwischenruf an dieser Stelle so gar nicht passte. Ich überspielte das einigermaßen geschickt und erzählte weiter bis zur heutigen U15-Fahrt und zu dem Karussell, auf dem ich nun saß und Württemberger Schorle trinken sollte.

Schließlich sah mich mein aufmerksamer Zuhörer nachdenklich an und rieb sich das Kinn. Ich musterte ihn, konnte aber seinem Gesicht nicht ablesen, ob er mir alles glaubte. Nach einer kurzen Pause verzog sich sein Gesicht zu einem Grinsen, das eher gutmütig als schadenfroh wirkte.

»Schee Scheiße, gell?«

Ich nickte. Er schien mir zu glauben, und er schien sich in meine Situation einzufühlen und mich ein Stück weit zu verstehen, ohne dass er sich mir anbiedern wollte. Drei Worte, die so viel aussagten …

Wäre ich nicht von diesem dämlichen Fluch geplagt, könnte ich mir glatt überlegen, wieder mehr schwäbisch zu schwätzen …

»Schee Scheiße«, wiederholte Chrischtoph, aber er war längst wieder tief in Gedanken versunken und stierte vor sich auf den Boden unseres Karussells.

Meine innere Stimme begann mich allmählich etwas zu nerven.

Chrischtoph hob den Kopf, sah mich an und schnippte mit den Fingern.

»I hab's!«, rief er. »Jetzt trenksch zwoi kloine Schluck, ond no kommsch mit!«

Er hielt mir wieder die Schorle-Flasche hin und nickte mir, als ich zögerte, aufmunternd zu. Ich trank einen Schluck. Das Zeug schmeckte fürchterlich nach dünnem Wein und Kohlensäure. Wenigstens war das Schorle einigermaßen sauer und etwas kühler als lauwarm – und vor allem fühlte ich nichts Unangenehmes. Ich musste nicht husten, stolperte nicht vom Karussell und wurde auch nicht von einem Vogel angegriffen.

Fragend sah ich Chrischtoph an.

»Ha, des isch wie Impfa!«, sagte er triumphierend. »Do schpritzt dir oiner gega Grippe a bissle Grippevirus – ond mir gäbat dir a bissle Gschpritzta gega dei Schwäbisch-Allergie.«

Ich nahm noch einen Schluck.

»Und – bin ich dann geheilt und hab den Fluch überstanden?«

»Noi, eher net. Aber für heit Obend misst's langa. Do hosch nämlich reichlich Schwäbisch om di rom.«

Ich setzte die Flasche an und wollte mich zur Sicherheit noch ein wenig »impfen«, aber Chrischtoph nahm mir die Flasche wieder weg und stellte sie beiseite.

»Net glei übertreiba!«

Ich sah ihn enttäuscht an.

»Ond jetzt komm«, sagte er, sprang vom Karussell und zerrte mich ohne viele Umstände mit sich. Ganz aufgeregt huschte er zwischen den verschiedenen Gruppen hindurch und hielt nach allen Seiten hin Ausschau. Ich hatte keine Ahnung, wen er suchte – nur kurz fuhr mir der Schrecken in die Glieder: Gunda Späth würde doch hoffentlich nicht hier sein?

Sie war nicht hier. Aber auch Chrischtoph war enttäuscht, seine Suche war gescheitert. Er zog mich auf eine Gruppe zu, in der vier Männer und zwei Frauen im Kreis beisammenstanden. Einer der Männer war Olaf, die anderen kannte ich nicht.

Vor uns öffnete sich der Kreis ein wenig, und wir schienen nun ohne viel Aufhebens ebenfalls dazuzugehören. Chrischtoph nickte einem großen Mann mit vollem grauem, seitlich gescheiteltem Haar und dünnrandiger Brille zu. Der nickte lächelnd zurück.

Gegenüber stand ein durchtrainiert wirkender Typ mit akkurat gestutztem Bart und rasiertem Kopf – er sah kurz zu mir her, dann wandte er sich wieder den anderen zu, hielt die Hand flach vor Mund und Nase, atmete laut zischend ein und aus und dröhnte mit verstellter Stimme: »Kannsch des grad bitte nomol saga?«

Ich kannte ihn nicht, aber ganz ähnlich hatte Darth Vader in einem YouTube-Video geklungen, als er sich in der umgeschwäbelten Version einer »Star Wars«-Szene für Virales Marketing stark gemacht hatte.

Die Runde lachte schallend und prostete sich mit Flaschen zu. Ich versuchte die Etiketten zu entziffern, aber mehr als »Schorle« und die eine oder andere württembergische Lagenbezeichnung konnte ich nicht erkennen. Aber keiner hier in der Runde hatte eine so große Flasche bei sich wie die, aus der ich meine Impfdosis erhalten hatte.

»Trinken Sie alle Schorle?«, fragte ich schließlich und bereute es sofort – schließlich war ich hier nur ein Gast, und vielleicht sollte ich mich da nicht gleich ins Gespräch einmischen. Aber die Runde sah nur freundlich zu mir hin und nickte lächelnd.

»Sie sind neu hier, gell?«, fragte der große Grauhaarige.

Ich nickte.

»Ja, nachdem Chrischtoph es Ihnen nicht erklärt hat«, er grinste meinen Begleiter mit gespielt tadelndem Blick an, »sollten wir das mal machen. Magst du?« Er sah zu Darth Vader hinüber.

»Noi, noi«, lachte der und verbeugte sich mit einer spöttischen Geste. »Des macht der Chef.«

»Sehr witzig!« Der Grauhaarige rollte mit den Augen, legte dann aber einen Arm um mich und machte mit dem anderen eine umfassende Geste. Dabei beschrieb die Flasche in seiner Hand einen großen Kreis. »Das hier ist der Schorle-Treff.«

»Aha«, machte ich und hoffte, dass das nicht schon die ganze Erklärung gewesen war. Denn bisher verstand ich nur Bahnhof.

»Jeden Freitag am späten Abend treffen sich hier unterm Fernsehturm Schwaben und solche, die es gerne wären, und trinken ein Schorle zusammen.«

Er machte eine Pause, oder war er schon fertig?

»Und warum?«, fragte ich schließlich, um die Erklärung noch etwas in Gang zu halten.

»Warum?«

Der Mann lachte schallend.

»So halt.«

»Jeden Freitag?«

»Jeden Freitag. Allerdings findet der Treff immer freitags statt, aber natürlich kommt nicht jeder jedes Mal. Ich schaffe es zum Beispiel nur alle zwei, drei Wochen. Er hier« – er deutete auf einen dickeren Mann mit dunklem, grau durchsetztem Haar, der grinsend in der Runde stand, als beobachtete er alles um sich herum interessiert – »ist heute zum ersten Mal da. Das ist ganz unterschiedlich.«

»Und Sie treffen sich hier also und trinken Schorle?«

»Das trifft den Kern ganz gut«, nickte mein Gesprächspartner und lächelte verschmitzt. »Wobei da auch jeder seine eigenen Vorlieben hat. Ich bin normalerweise kein Schorle-Fan, deshalb habe ich mir zuhause selbst etwas gemischt.«

Er hob eine Dreiviertelliterflasche hoch, auf der ein Weingut aus dem Remstal vermerkt war. Offenbar war sein Spezialschorle aus einer Spätlese gemischt. Die Flüssigkeit wirkte außerdem recht dunkel – viel Sprudel dürfte sich hier nicht nachweisen lassen.

»Und … muss es Württemberger Rotwein sein?«

»Rot ist schon mal gar nicht Pflicht!«, lachte eine große Frau mit kurzen blonden Haaren, die zwischen »Darth Vader« und einer fröhlich dreinblickenden Frau mit kurzen schwarzen Haaren stand. Dann griff sie in ihre Handtasche und zog ein Laugenweckle hervor: »Und wenn man etwas Kleines zu essen dabei hat, ist es auch kein Fehler – als Grundlage sozusagen.«

»Olaf hat sicher auch etwas dabei«, grinste der Grauhaarige und stieß den neben ihm stehenden Mann an. »Maultaschen, oder?«

Alle außer mir lachten über einen Witz, den ich nicht verstand.

»Nein, nein«, wehrte Olaf ab. »Erst einmal keine Maultaschen mehr, danke …«

Das wiederum verstand ich – seit kurzem hatte ich vor allem von Maultaschen genug.

Der Mann wandte sich wieder mir zu: »Wir sind nicht sehr streng, das haben Sie sicher schon gemerkt. Aber Württemberger Wein wäre schon schön – wobei … einmal war einer meiner Mitarbeiter hier, ein Pfälzer. Dem haben wir sogar ein Schorle mit Weißwein aus seiner Heimat durchgehen lassen. Bloß dass er das Getränk unbedingt ›die Schorle‹ nennen wollte, haben wir uns heftig verbeten!«

Das Gespräch plätscherte noch ein wenig dahin, die Atmosphäre war locker, die Stimmung gut, und die Kulisse des nächtlichen Waldes hatte ihren besonderen Reiz. Schließlich fragte Chrischtoph den Grauhaarigen: »Isch eigentlich der Greiff heut au do?«

»Nein, den habe ich noch nicht gesehen.«

»Schad, den hätt mr grad heit gut braucha könna.«

»Worum geht's denn?«

»Ach«, Chrischtoph deutete auf mich, »er hot a Problem, do könnt dr Greiff vielleicht helfa.«

»So, so. Was für ein Problem denn?«

»Lange Gschicht«, winkte Chrischtoph ab.

Wir verabschiedeten uns und gingen durch den Wald davon. Als ich mich noch einmal umdrehte, sah ich, dass mir der Grauhaarige nachdenklich nachsah.

Chrischtoph steuerte auf den Fernsehturmparkplatz zu. Zwischen teuer aussehenden Limousinen und einigen Cabrios stand ein unspektakulärer Kleinwagen, dessen Rückscheibe einige bunte Aufkleber zierten.

»Schteig ei, i fahr di hoim«, sagte Chrischtoph und schob sich auf den Fahrersitz.

Ich muss ziemlich verblüfft dreingeschaut haben, denn als er losfuhr, erklärte Chrischtoph ungefragt, dass er vor jeder Fahrt mit dem »letschta Fuffzehner« hier oder anderswo seinen Wagen abstellte – denn nach der letzten U15 ging es ja mit dem öffentlichen Nahverkehr nirgendwo mehr hin.

Als wir die Haltestelle Geroksruhe erreicht hatten, bog Chrischtoph nach links auf den Parkplatz ein und ließ mich raus. Er sah die Häuser am Straßenrand und pfiff leise.

»Koi ganz schlechte Gegend …«

»Ist schon okay«, sagte ich, »aber ich wohne sozusagen hintenraus. Das Ferienhaus, von dem ich dir vorhin erzählt habe, ist eher spartanisch ausgestattet – aber es reicht, und ich habe ein Dach über dem Kopf.«

»Ond des isch jo scho was«, nickte mein Fahrer.

Ich sah seinem Flitzer noch kurz nach, bis er auf der Pischekstraße Richtung Talkessel verschwunden war. Dann ging ich über die Staffel zum Eulenrain hinunter und genoss die frische Luft. Langsam schlenderte ich den Weg hinab, zwischen den wuchernden Büschen auf der linken und den offen daliegenden Gärten auf der rechten Seite.

Mir kam in den Sinn, dass ich seit meinem Autounfall viel Zeit im Grünen verbrachte hatte. Im Schlossgarten, am Eckensee und hier im Eulenrain – und alles mitten in der Stadt. Erstaunlich, wie viel Natur hier zu finden war, und erstaunlich, wie wenig man das vom Auto aus mitbekam.

Als ich das Ferienhaus erreichte, wartete eine Überraschung auf mich: Peer schlief im Sitzen vor der Eingangstür.

— o —

Ich musste ihn etwas rütteln, bevor er die Augen öffnete. Und auch dann dauerte es noch, bis er richtig wach war. Schließlich wuchtete er sich mühsam hoch, drückte den Rücken durch und grinste mich schief an.

»Magst du hier bleiben?«, fragte ich ihn.

Peer nickte, ließ aber seinen Schlafsack gleich draußen liegen, als er mit ins Haus ging. Die erste Flasche Bier tranken wir schweigend. Ich hatte zwei Fenster zum Lüften geöffnet, das Verkehrsrauschen von der Pischekstraße war leiser als sonst, aber noch nicht ganz verebbt.

»Ist was passiert?«, fragte ich ihn schließlich.

»Nein«, brummte Peer. »Ich hatte nur so einen Anfall von Einsamkeit …« Er räusperte sich verlegen und sah mich an. Erleichtert bemerkte er, dass ich ihn nicht auslachte.

»Das ist gut«, sagte ich. »Danke!«

»Was ist gut? Und warum danke?«

»Dafür, dass du zu mir kommst, wenn du nicht einsam sein willst.«

Kapitel 11 | *Das erste Date*

Der Samstag ging gut los. Ich räkelte mich noch auf dem Sofa, da fiel mir schon ein, dass ich heute Abend ein Date mit Tina hatte. Meine Laune war prächtig, sogar der Kaffee gelang mir im ersten Anlauf. Doch bald schlug die Vorfreude in Nervosität um. Immer wieder sah ich auf die Uhr und war jedes Mal enttäuscht, wie wenig Zeit vergangen war. Um sieben wollten wir uns treffen, und bis sieben war es noch verdammt lange hin.

Den ganzen Tag über stromerte ich eher ziellos durch die Stadt. Zwischendurch ging ich zurück ins Ferienhaus, aß eine Kleinigkeit und machte mir einen Kaffee. Ich legte mich auch kurz hin, konnte aber nicht einschlafen.

Also fuhr ich wieder hinüber zum Frühlingsfest. Peer hatte mir erzählt, dass er und einige Kollegen am Wochenende häufiger dort waren. Vor allem am Parkplatz und auf den Wegen zum Cannstatter Bahnhof war immer wieder Essbares zu finden. Die Gegend um den Bahnhof selbst mieden sie.

»Da sind mir zu viele Penner«, hatte Peer augenzwinkernd gemeint.

Außerdem sei das Viertel um den Bahnhof während des Rummels nicht gerade eine allzu appetitliche Adresse. Also konzentrierten sich er und seine Kumpels auf die direkte Umgebung des Wasenparkplatzes.

»Was da alles schnell noch weggeworfen wird, weil die Leute gleich danach ins Auto steigen – das glaubst du nicht!«

Auf dem Wilhelmsplatz stieg ich aus, ging am Fastfood-Restaurant vorbei und durch den Bahnhof zum Wasen hinüber. Peer hatte recht: Der Weg vom Bahnhof zum Wasen machte nicht gerade Appetit, obwohl ich an zwei Grillbuden vorbeikam, deren Würste sich ehrlich bemühten, über die Duftnote der Umgebung zu dominieren.

Wenig später schlenderte ich zwischen den Buden und Bahnen hindurch. Emil war wieder im Spongebob-Stress. Ich winkte ihm zu, aber er hatte kaum Zeit, zu mir herüberzulächeln. Vor den Festzelten standen Menschen und sahen sich nach allen Richtungen um.

Am Rand zum Parkplatz war keiner von meinen Bekannten zu sehen. Zwischen Campingplatz und der Rückseite der Teststreckensteilkurve hielt ich auf das Neckarufer zu. Zwischen zwei großen Campern hindurch sah ich eine Gruppe junger Leute beisammen sitzen. Ich musste zweimal hinsehen, um den stotternden Kevin zu erkennen. Er saß neben einer auffallend hübschen Blondine in engem und knallbuntem Outfit und schien die ganze Runde mit seinen Anekdoten zu unterhalten.

Lächelnd ging ich weiter. Am Ufer sah ich Peer und die anderen dann sitzen. Sie hatten sich auf einem kleinen Stück Wiese neben dem Uferweg ausgestreckt, um sie herum lagen Papiertüten und Flaschen.

»Ah, Ronald!«

»Na, ward ihr erfolgreich?«

»Und ob«, strahlte Kalle und hielt eine der Papiertüten hoch. »Gebrannte Mandeln!«

Klaus nagte genüsslich an einem Hühnerschlegel, und Hannes mampfte auf einem halben Brötchen herum.

»Habe ich richtig gesehen?«, fragte ich. »Sitzt Kevin da vorne auf dem Campingplatz?«

»Ja, ja«, brachte Hannes zwischen zwei Brötchenbissen hervor und grinste. »Der hat ein nettes Mädel kennengelernt, deren Familie eine der Geisterbahnen betreibt. Und jetzt sitzt er vorn und turtelt. Ich fürchte, Kevin hat's böse erwischt.«

Ich lächelte.

»Da ist Kevin ja nicht der Einzige hier«, lachte Peer.

Mein Lächeln gefror etwas. Eigentlich hatte ich ihn gebeten, die Sache mit Tina nicht an die große Glocke zu hängen.

»Ach, ich habe sie schon lange nicht mehr gesehen«, brummte Hannes.

Oh, ich bin gar nicht gemeint.

Und Peer erklärte mir: »Hannes hat vor ein paar Jahren eine Wahrsagerin kennengelernt, immer zum Frühlingsfest und zum Volksfest legte sie hier in Stuttgart ihre Karten. Diesmal ist sie aber nicht gekommen.«

»Soll sie halt wegbleiben«, grantelte Hannes.

»So ist es richtig, Hannes!« Peer klopfte ihm auf die Schultern. »Sei ruhig sauer auf sie, so kommst du am schnellsten drüber weg.«

»Das schon, aber ausgerechnet jetzt ... Am letzten Volksfesttag hatte sie mir vergangenes Jahr prophezeit, dass ich in Liebesdingen einen heißen Mai erleben würde. Und jetzt ist sie gar nicht da ...«

»Na ja, der Mai ist ja noch jung, was, Hannes?« Peer knuffte seinen Kollegen in die Seite, aber der sah ihn nur mit jämmerlicher Miene an. »Und überhaupt hat sie ja gar nicht gesagt, mit wem du einen heißen Mai erleben wirst, oder?«

Hannes sah Peer an, dachte nach und schüttelte dann den Kopf.

»Siehst du? Also wirst du wahrscheinlich sehr bald eine andere kennenlernen. Bist doch ein fescher Bursche!«

Hannes wand sich, aber ein Lächeln stahl sich auf sein Gesicht und er schob sich ein neues Stück Brötchen zwischen seine fleckigen Zähne.

— o —

Am späten Nachmittag ließ ich den liebeskranken Hannes und seine Kumpels am Neckarufer zurück. Im Vorübergehen winkte ich Kevin zu, doch der hatte nach wie vor nur Augen für die hübsche Blondine und bemerkte mich nicht mal.

Zurück im Ferienhaus duschte ich ausgiebig und putzte mich für meine derzeitigen Verhältnisse geradezu heraus. Ich rieb meine Stiefel sauber und klopfte den Straßenstaub aus Jackett und Hose. Didi hatte mir etwas Unterwäsche von sich geborgt, und ich hatte mich inzwischen daran gewöhnt, regelmäßig Socken, Slips und Unterhemden von Hand zu waschen und zum Trocknen ins Freie zu hängen – also lagen immer ein, zwei saubere und trockene Garnituren im Badeschrank bereit.

Für heute hatte ich aber darauf geachtet, dass meine eigene Unterwäsche bereitlag. Nichts gegen Didis Klamotten, aber Feinrippunterhosen, Shirts mit markigen Sprüchen und weiße Sportsocken mit dem Logo des Herstellers drauf waren noch immer nicht ganz mein Geschmack. Und heute Abend wollte ich unbedingt meine eigenen Sachen am Leib tragen.

Nicht, dass ich mir von meinem ersten richtigen Date mit Tina versprochen hätte, gleich mit ihr im Bett zu landen. Das überraschte mich selber – früher hatte ich nie daran gezweifelt, dass ein solches Finale zwingend zu einem gelungenen Abend zu zweit gehört. Diesmal aber erwartete ich mir in dieser Hinsicht erst einmal gar nichts – und freute mich trotzdem. Ich wollte Tina mit meinem Verhalten unbedingt genug beeindrucken, dass sie Lust auf ein weiteres Treffen bekam. Und halten Sie mich für verrückt oder nicht: Wenn ich in meiner eigenen Unterwäsche steckte, war ich einfach viel selbstbewusster.

Erinnern Sie sich noch an meinen Auftritt in Ninas Seidenmantel, mit dem neckischen Spitzenhöschen drunter? Na, eben: Das war *nicht* meine Unterwäsche …

Zehn vor sieben kam ich vor dem Tagblatt-Turm an. Ich hatte überlegt, noch einen Umweg zu nehmen, um nur ja nicht allzu früh am Treffpunkt anzukommen – aber als ich sah, dass Tina schon vor den Glaskästen stand und in den Zeitungen vom Samstag schmökerte, ließ ich das bleiben.

»Hallo, Tina«, sagte ich. »Wartest du schon lange?«

Sie drehte sich um und strahlte mich an.

»Nein«, sagte sie schnell. »Bin gerade erst gekommen. Irgendwie habe ich wohl eine Bahn zu früh genommen.«

»Um so besser«, sagte ich schnell, um die Situation zu überspielen. Denn offenbar war Tina – so wie mir vorher – der

Gedanke gekommen, es könnte uncool wirken, wenn man zu früh zu einem Date erscheint.

»Sollen wir?«, sagte Tina schließlich.

»Klar, wo geht's hin?«

»Wirst du schon sehen«, sagte sie, hakte sich unter und marschierte Richtung Tübinger Straße los.

Es fühlte sich gut an, so eng neben ihr durch die Stadt zu gehen. Wir folgten der Tübinger Straße, gingen unter der Brücke der Paulinenstraße durch und kamen an St. Maria vorbei, die ihre beiden imposanten Kirchtürme in den Himmel reckte. Auch die Brauerei passierten wir noch, bevor Tina auf eine Tür zuging.

Eine Treppe führte ein paar Stufen hinauf, durch ein Fenster konnte ich einige schon so früh gut besetzte Tische sehen. Kaum waren wir hineingeschlüpft, hüllte uns warme Luft ein, die nach Knoblauch und Frittierfett roch. Tina ging voraus, eine weitere Treppe hinauf und führte mich zu einem freien Tisch im Eck.

Die Bedienung begrüßte Tina fröhlich – sie schien hier Stammgast zu sein.

»Soll ich für uns beide bestellten?«

»Klar«, zuckte ich mit den Schultern. »Du weißt wahrscheinlich am besten, was hier toll schmeckt – außerdem musst du eh zahlen.«

Die Bedienung grinste und Tina zählte eine ganze Reihe von Speisen und Getränke auf, die ich nicht ganz mitbekam. »Andalusischer Salat«, hatte ich noch gehört, auch Hauswein und Paella hatte ich aufgeschnappt – aber dazwischen war mir etwas entgangen.

»Hast du nicht etwas viel bestellt?«, fragte ich sie schließlich.

»Nein, keine Sorge. Ich habe ordentlich Hunger, und bis die Paella auf den Tisch kommt, dauert es heute wahrscheinlich fast eine Stunde. Da können wir nach dem Salat schon noch was vertragen.«

»So, so. Und was bekommen wir da?«

»Oh, da ist wohl mein Kneipenspanisch mit mir durchgegangen«, lachte sie. »Hähnchen in Knoblauch, dazu Wilde Kartoffeln.«

»*Wilde* Kartoffeln? Klingt gut«, sagte ich.

»Ist auch gut – das sind frittierte Kartoffelstücke mit einer wunderbaren Knoblauchsoße.«

»Knoblauch an den Kartoffeln, Knoblauch am Hähnchen – ich dachte, wir hätten heute ein *Date*?«

Tina sah mich grinsend an. »Da müssen wir halt aufpassen, dass wir beide gleich viel Knoblauch abbekommen …«

Der Abend ging gut los, und er ging auch gut weiter. Wir plauderten, ließen uns nach und nach alles schmecken, was uns gebracht wurde. Und als wir die Paella zur Hälfte geschafft hatten, orderte Tina Tequila für uns beide. Die Bedienung brachte uns den Schnaps mit einer halben Scheibe Zitrone.

»So, Ronald, das erkläre ich dir jetzt mal«, strahlte Tina und nahm sich noch den Salzstreuer vom Tisch. Ich kannte die Prozedur schon, aber ich wollte ihr die Freude nicht verderben.

Tina war ganz in ihrem Element. Sie hob feierlich die linke Hand und leckte sich eine Stelle bei der Daumenwurzel feucht. Darauf streute sie etwas Salz, das sie ableckte. Danach biss sie in die Zitrone, schüttelte sich lachend und stürzte den Tequila hinunter.

»So geht das, Ronald – oder auch in einer anderen Reihenfolge. Über der Frage, ob erst Zitrone, Salz oder Tequila drankommen, sind schon Freundschaften zerbrochen.«

»Meinetwegen müssen wir uns deswegen nicht streiten. Ich mach das einfach so wie du.« Ich zwinkerte ihr zu. »Zumindest werde ich es mal versuchen.«

Es war schön, mit Tina hier zu sitzen, zu essen und zu trinken. Und wir taten alles ausgiebig. Um uns herum aßen, zahlten, gingen und kamen die Gäste, und wir saßen nur da und unterhielten uns prächtig.

Irgendwann, als wir uns wieder mit rotem Hauswein zuprosteten, kam die Bedienung an unseren Tisch und brachte uns noch zwei Tequila.

»Oh«, kicherte Tina, »noch einer? Geht der aufs Haus?«

Wir hatten eigentlich schon genug.

»Nein, den hat euch der Typ da drüben spendiert.«

An einem Tisch schräg hinter Tina saß ein einzelner Mann. Ich glaube, er hatte schon dort gesessen, als alle anderen Plätze besetzt waren, aber seine Clique war wohl schon ohne ihn gegangen.

Tina drehte sich um und schüttelte den Kopf.

»Kenn ich nicht.«

Damit hob sie das Tequila-Glas und nickte dem Unbekannten zu. Dann drehte sie sich wieder zu mir und begann ihre Salz-Zitrone-Tequila-Prozedur. Ich nickte ebenfalls zu dem Mann hinüber, aber er grüßte nicht zurück, sondern sah mich nur finster an. In meiner Magengegend breitete sich ein seltsames Gefühl aus, das auch der Tequila nicht ganz vertreiben konnte.

Wir unterhielten uns weiter, aber so ganz war ich nicht mehr bei der Sache. Immer wieder schaute ich verstohlen an Tina vorbei zu dem Mann hinüber, und immer wieder ertappte ich ihn dabei, wie er uns beobachtete – oder nur mich, das war nicht ganz eindeutig festzustellen.

Ein Paar setzte sich an den Tisch des Mannes, aber die neu Dazugekommenen gehörten offenbar nicht zu ihm, und der Unbekannte saß weiterhin stumm vor seinem Bier und sah immer wieder zu uns herüber.

Nach einer Weile bezahlte Tina und wir machten uns daran, unsere Gläser zu leeren. Da stand der Mann auf und kam zu uns an den Tisch. Erst stand er nur stumm da und sah auf mich hinunter.

»Sie kennen mich nicht mehr, was?«

Seine Stimme war rau und knarzte wie eine alte Treppe. Mir wurde mulmig zumute.

Wer ist dieser Typ? Und woher soll ich ihn kennen?

Ich forschte in diesem fremden Gesicht, konnte mir aber keinen Reim darauf machen, woher wir uns kennen sollten. Der Mann war vielleicht Mitte vierzig, sah jedoch mit grauen Bartstoppeln, tiefen, dunklen Augenringen und hängenden Mundwinkeln deutlich älter aus.

»Wahrscheinlich war unser Zusammentreffen für Sie auch nichts Besonderes.« Er lachte bitter. »Für mich schon.«

Damit zog er sich einen freien Stuhl heran und setzte sich direkt neben Tina. Unwillkürlich rückte sie ein wenig von ihm ab.

»Sie brauchen keine Angst vor mir zu haben«, sagte der Mann zu ihr. »Vor mir nicht – höchstens vor ihm.«

Er nickte zu mir und blickte mich wieder mit finsterer Miene an.

»Komm, Ronald, wir gehen«, drängte Tina und wollte aufstehen. Doch der Mann legte ihr leicht die Hand auf die Schulter – sie setzte sich wieder hin.

Die Bedienung stand hinter der Theke und sah zu uns herüber. Offenbar versuchte sie gerade einzuschätzen, ob wir Hilfe brauchten. Sie war unschlüssig, ob das wirklich so aussah, als hätten sich alte Bekannte zufällig getroffen und hielten nun ein Schwätzchen.

»Wissen Sie was?«, sagte der Unbekannte zu Tina und lächelte melancholisch. »Hören Sie einfach kurz zu – ich werde der Erinnerung Ihres Freundes jetzt mal auf die Sprünge helfen. Es ist wirklich schade, dass er nicht von selbst draufkommt.«

Tina sah mich ratlos an, ich zuckte mit den Schultern.

»Es ist eine gefühlvolle Geschichte, ganz rührend – nur halt ohne Happy End. Wobei … für mich ist die Geschichte ohne Happy End, ihr Freund hier kann sich eigentlich nicht beklagen.«

Fieberhaft versuchte ich das Gesicht des Mannes irgendeinem Ereignis zuzuordnen, aber ich fand nichts Passendes. Hatte der Typ einfach nur einen Knall? Aber dafür klang seine Stimme viel zu ruhig.

»Ich wohnte früher mal in der Heusteigstraße.«

Heusteigstraße? Dort hatte ich vor ein paar Jahren eine Haussanierung erfolgreich, schnell und mit gutem Gewinn durchgezogen. Mir wich die Farbe aus dem Gesicht – hatte der Mann da gewohnt?

Auf seinem Gesicht breitete sich ein ziemlich fieses Grinsen aus. Offenbar sah er meiner Miene an, dass ich allmählich einen Verdacht hatte, woher wir uns kannten.

»Wir hatten eine tolle Hausgemeinschaft und die Mieten waren bezahlbar. Dann hatte der Hausbesitzer etwas Geld übrig und wollte es ins Haus und in zwei Nachbargebäude investieren, um später höhere Mieten kassieren zu können. Doch die geplanten Umbaumaßnahmen waren ziemlich umfangreich und konnten nur in leeren Häusern durchgeführt werden. Also kündigte unser Vermieter uns allen – die renovierten Wohnungen hätten wir uns hinterher ohnehin nicht mehr leisten können.«

Tina sah mich fragend an. Ich zuckte in gespielter Ahnungslosigkeit mit den Schultern – doch mir stand wohl ins Gesicht geschrieben, dass ich sehr wohl wusste, wovon dieser Mann sprach.

»Ein paar Mieter suchten sich daraufhin andere Wohnungen und zogen aus. Ein paar ältere Leute wollten ihre gewohnte Umgebung nicht verlassen und blieben. Und ich war so sauer, dass ich dem Vermieter ohnehin die Tour vermasseln wollte – also blieb ich auch.«

Der Mann sah zwischen Tina und mir hin und her. Tina hörte ihm gespannt zu, und ich überlegte, wie ich es verhindern konnte, dass sie auf diese Weise von meinem früheren Leben erfuhr.

»Komm, wir gehen«, sagte ich zu Tina und nahm ihre Hand.

Sie zog ihre Hand zurück.

»Hören wir uns doch erst noch kurz diese Geschichte zu Ende an, ja?«

Der Mann grinste und sah mich mit einem triumphierenden Blick an.

»Dann«, fuhr er fort, »begannen die ersten Vorbereitungen für den Umbau. Im Treppenhaus wurde gehämmert und gebohrt, im Keller wurden Wände aufgestemmt und alles war voller Staub. Die alten Leute mussten über Schutt und Werkzeug steigen, wenn sie ihre Einkäufe zu ihren Wohnungen trugen. Ich hatte damals nur einen Halbtagsjob, also half ich den Alten manchmal, trug ihnen die Taschen hoch oder übernahm kleinere Besorgungen. Allmählich kamen die Arbeiten im Haus ins Stocken und schließlich war Pause. Zwei Wochen lang kam kein einziger Bauarbeiter oder Handwerker zu uns. Fast schien es, als hätten wir es ausgestanden. Dann kam Ihr Freund ins Spiel.«

Tina sah mich an.

»Was warst du eigentlich von Beruf, bevor du auf der Straße gelandet bist?«

»Auf der Straße gelandet?«, lachte der Mann auf. »Der?« Er schüttelte den Kopf und lachte leise weiter.

»Und?«, hakte Tina nach.

»Ich …«

Dieses erste Date lief inzwischen nicht mehr ganz glücklich.

»Ich habe mich mit Immobilien beschäftigt.«

»Wie: beschäftigt?«

»Ich habe Grundstücke gekauft, Häuser gebaut und Wohnungen verkauft – ich war Immobilienmakler.«

»Makler …«, schnaubte der Unbekannte. »So würde ich das nicht nennen.«

Tina sah mich an und runzelte die Stirn.

»Ja, ich …«

Ich wand mich unter ihrem Blick.

»Ich habe manchmal auch schwierige Objekte übernommen.«

»Inwiefern schwierig?«

»Na ja, wenn alte Häuser renoviert oder abgerissen werden sollen, ziehen nicht immer alle Mieter gleich aus – das hat er ja gerade selbst erzählt.«

»Und dann?«

»Und dann muss man mit den Mietern halt mal reden.«

Den Rest des Abends konnte ich abschreiben, soviel war sicher. Und auch die Frage nach einem zweiten Date war im Moment nicht allzu vielversprechend: Tina sah sauer aus. Sauer und enttäuscht. Ihr Blick tat mir richtig weh.

»Ja«, meldete sich der Unbekannte wieder zu Wort. »Mit den Mietern reden – das hat Ihr Freund dann auch gemacht. Erst brachte er Flyer von Wohnanlagen im Umland mit, in denen es sich etwas günstiger wohnte wie es für unser Haus nach der Renovierung vorgesehen war. Für uns wäre das aber trotzdem viel zu teuer gewesen. Dann brachte er uns Immobilienanzeigen mit, und dann begann er Druck zu machen.«

Tina hatte inzwischen den Kopf in ihre beiden Hände gestützt.

»Er kam spät am Abend vorbei, sonntags auch mal früh am Morgen, und immer hatte er einen fadenscheinigen Vorwand – irgendeine Kleinigkeit, die er im Namen des Vermieters mit uns zu besprechen habe. Dann fiel mal der Strom aus, mal kam kein Wasser aus der Leitung, mal auch beides gleichzeitig. Und ab und zu sah ich kurz vorher Ihren sauberen Freund hier aus dem Keller huschen.«

Tina war bleich geworden und sie sah mich mit einem Blick an, unter dem ich förmlich zusammensackte.

»Eines Tages – es gab gerade wieder einmal keinen Strom – hörte ich vor dem Haus den Notarztwagen halten. Zwei Sanitäter polterten die Treppe hinauf und ich folgte ihnen. Oben blieben sie ein paar Minuten in der Wohnung der Schusters, dann trugen sie den toten Herrn Schuster hinaus. Seine Frau erzählte mir, dass sich ihr Mann sehr über den Stromausfall aufgeregt hatte. Plötzlich habe er sich an die Brust gefasst, sei zu Boden gesunken und ganz still gewesen.«

Ich schluckte. So detailliert hatte ich das damals nicht mitbekommen. Für mich war ein alter Mann gestorben, so etwas kam vor. Und es hatte ja auch seine positive Seite damals. Geschäftlich, meine ich.

»Frau Schuster nahm sich bald darauf ein Zimmer im Altersheim. Und wir anderen Mieter setzten uns zusammen und kamen zu dem Schluss, dass unsere Wohnungen diesen Ärger nicht länger wert waren. Ich ging für uns alle zum Vermieter und handelte noch aus, dass uns bei der Suche und beim Umzug geholfen wurde. Ihren Freund bekam ich danach eine ganze Weile nicht mehr zu Gesicht. Erst später, als ich zufällig durch die Heusteigstraße zu meiner alten Stammkneipe ging, sah ich ihn im schicken Anzug und mit diesem bescheuerten Cowboystiefeln vor dem Eingang stehen, eine kleine Rede halten und mit irgendwelchen Geschäftsleuten lachend anstoßen. Mit Schampus, nehme ich an.«

»Danke«, sagte Tina knapp und stand auf. »Ich glaube, ich habe für heute genug gehört.«

Sie gab dem Unbekannten die Hand, bedachte mich kurz mit einem vernichtenden Blick und ging zum Ausgang. Ich sprang auf, drehte mich dann aber noch kurz zu dem Unbekannten um: »Das hat du ja prima hingekriegt, du Arschloch!«

»Oh, danke, es war mir ein Vergnügen.«

— o —

Als ich aus dem Lokal trat, befürchtete ich schon, Tina sei bereits verschwunden. Aber sie stand ein paar Meter entfernt auf dem Gehsteig und weinte – das war letztendlich noch schlimmer.

Ich ging langsam zu ihr hin.

»Tina …«

»Hau ab, du Idiot!«

»Aber ich …«

Sie wandte sich ab, ging aber nicht weg. War das ein Signal? Wollte sie mir noch eine Chance geben? Nun rächte es sich, dass ich für frühere Beziehungen wenig Wert auf Zwischentöne gelegt hatte.

»Das klang schlimm, wie es der Typ erzählt hat«, machte ich schließlich einen weiteren Versuch und ging so um sie herum, dass ich wieder vor ihr stand. »Da komme ich nicht gerade nett weg.«

»Nett?«

Tina bebte ein wenig, Wut schien in ihr hochzukochen.

»Nett? Bist du noch ganz dicht?«

»Äh … ich …«

»Mensch, Ronald, wenn das stimmt, was dieser Typ da gerade erzählt hat, hast du ein Menschenleben auf dem Gewissen. Dann ist jemand gestorben, weil er den Druck nicht mehr ausgehalten hat, den du ihm gemacht hast. Da ist jemand tot, weil du Geld verdienen wolltest!«

Ich sah betreten zu Boden. Das klang nun wirklich nicht gut, da hatte sie recht.

»Stimmt es denn, was der Typ erzählt hat?«

»Nun ja …«

»Ja oder nein?«

»Ja, schon … irgendwie.«

Tina schüttelte den Kopf. Sie wirkte fassungslos.

»Aber das mit dem alten Mann wollte ich nicht, glaub mir bitte.«

Tina blieb stumm.

»Außerdem ist das alles Vergangenheit. Ich bin kein Makler mehr, ich handle nicht mehr mit Immobilien, ich renoviere keine Häuser mehr und ich mache keinen Druck mehr auf Mieter, dass sie ausziehen sollen.«

Tina musterte mich nachdenklich.

»Schau mich doch an«, sagte ich. »Sehe ich aus, als würde ich mir an Immobilienprojekten eine goldene Nase verdienen? Mensch, Tina, ich habe keinen Cent in der Tasche. Ich lebe gewissermaßen auf der Straße. Und wenn Peer dich nicht überredet hätte, mir euren Kaffee gratis zu geben, hätte ich bei euch auch keinen trinken können.«

»Du hast gerade gesagt: Du lebst *gewissermaßen* auf der Straße. Was soll das nun wieder bedeuten?«

Mist! Ich hätte Tina mehr von mir erzählen sollen.

»Ein Bekannter von früher lässt mich in seinem Ferienhaus am Bopser schlafen.«

»Ferienhaus am Bopser?«

»Ja, klingt schräg, nicht wahr? Aber das ist natürlich ein großer Vorteil. Ich kann dort schlafen, duschen und meine Klamotten waschen. Und mein Bekannter packt mir immer wieder auch etwas zu essen in den Kühlschrank.«

»Sehr spendabel«, machte Tina, die sich alles mit wachsendem Misstrauen anhörte.

»Ja, finde ich auch, und ich bin Didi auch sehr dankbar – so heißt er. Nur Geld gibt er mir nicht – ich vermute mal, er will mich irgendwie zu einem besseren Menschen erziehen oder so etwas. Ich glaube, Didi möchte gern die Welt verbessern, und da hat er wohl einfach mal bei mir angefangen.«

Tina legte den Kopf schräg und sah mich forschend an.

»Du verarschst mich, oder?«

»Nein, Tina, warum?«

»Ferienhaus am Bopser ... Also hör mal!«

»Komm einfach mit, ich zeig's dir.«

»Das könnte dir so passen! Ich glaube nicht, dass ich mit dir heute noch irgendwohin gehe. Ich überlege mir gerade, ob ich überhaupt noch mit dir reden will.«

»Das dachte ich mir schon.«

Wir standen stumm auf dem Gehsteig. Der Heusteigmann kam aus dem Gasthaus, sah uns beide stehen und ging Richtung Marienplatz davon. Ich hätte ihn erwürgen können. Tina folgte meinem wütenden Blick.

»Der kann ja nun wirklich nichts dafür, Ronald!«

»Der kann nichts dafür?«, platzte es aus mir heraus. »Setzt sich einfach zu uns und verdirbt uns den schönen Abend – vielen Dank auch!«

»Aber wenn es stimmt, was er erzählt hat, ist es mir schon recht, dass ich es weiß.«

Ich seufzte.

»Wann hättest du's mir denn erzählt? Nächstes Jahr? In ein paar Tagen? Nie?«

Ich schluckte.

»Weißt du: Ich fand dich bisher ganz in Ordnung, und ich habe mich für dich interessiert. Da wüsste ich schon ganz gern die ganze Geschichte.«

»Na gut«, sagte ich schließlich. »Wenn du magst, kann ich dir gleich jetzt alles erzählen. Wo soll ich anfangen?«

»Du hast vorher gesagt, dass das Vergangenheit sei, dass du keine solchen Immobiliengeschäfte mehr machst. Wie lange ist das her?«

Ich rechnete kurz, dachte aber sonst nicht besonders gründlich nach, sondern plapperte das Ergebnis meiner Schätzung einfach aus: »Am kommenden Mittwoch sind es zwei Wochen.«

Die Antwort stand zwischen uns wie in Stein gemeißelt. Und ich musste selbst zugeben, dass ich das etwas geschickter hätte verpacken können.

Tina schnappte nach Luft.

»Zwei Wochen?«, keuchte sie. »Bis vor zehn, elf Tagen bist du durch Stuttgart gepflügt und hast Leute aus ihren Wohnungen geekelt, um dir die Taschen vollzustopfen?«

So, wie Tina das zusammenfasste, klang es wirklich nicht sehr sympathisch.

»Seit zehn Tagen hast du keinen mehr aus seiner Wohnung geworfen – und schon bist du ein guter Mensch? Das geht ja fix in deiner Welt.«

Sie sah mich mit zusammengepressten Lippen an.

»In meiner geht das nicht so schnell.«

Damit drehte sie sich um und marschierte im Eiltempo in Richtung Marienplatz davon.

— o —

Kapitel 12 | *Die Manager*

Ich weiß nicht mehr genau, wie ich zurück ins Ferienhaus kam und wann ich dort eintraf. Ich trank zwei Flaschen Bier und schlief am Esstisch ein. Als ich mit Rückenschmerzen erwachte, schleppte ich mich auf die Couch und lag dort lange wach. Irgendwann schlief ich wieder ein, wälzte mich aber unruhig von einer Seite auf die andere und purzelte zweimal auch tatsächlich von der Couch herunter.

Am nächsten Morgen wachte ich schon sehr früh auf, fühlte mich hundeelend und versuchte, nach einem kurzen Frühstück wieder einzuschlafen, weil ich keinen Schimmer hatte, was ich mit diesem Tag anfangen sollte.

Dem ersten Tag, nachdem Tina mir den Laufpass gegeben hatte.

Ich hatte zu überhaupt nichts Lust. Eine Stunde schlug ich damit tot, dass ich die fällige Handwäsche erledigte. Eine halbe Stunde gewann ich durchs Duschen, allerdings verbrannte ich mir einmal den Rücken, weil ich mich so unglücklich gegen die Wand sinken ließ, dass ich den Mischhebel verstellte. Eine weitere halbe Stunde verbrachte ich damit, meine Stiefel zu putzen und das Geschirr zu spülen.

Schließlich nahm ich mir mein Jackett vor: Ich wollte versuchen, einige Risse zu flicken. Nadel und Faden fand ich im Wohnzimmerschrank – Nähutensilien in einem runden, kackbraunen Weidenkörbchen mit Plastiksortierfächern. Das gab's wahrscheinlich im Paket mit den Sinnsprüchen auf Holz.

Fast eine Viertelstunde lang mühte ich mich damit ab, den blöden Faden durch das Nadelöhr zu bekommen, aber ich hatte es ja nicht eilig. Aus der Zeit, als ich meiner Mutter in Uhlbach beim Nähen zugesehen hatte, wusste ich noch, dass man ins hintere Ende des Faden einen Knoten machen musste – das gelang mir gut. So beflügelt stocherte ich im Jackettstoff herum und zerrte den Faden mal hierhin, mal dorthin. Bald ging das recht flott voran, ich hatte allerdings den Verdacht, dass mein Jackett dabei als eine Art Voodoo-Puppe für den Heusteigmann aus dem spanischen Lokal fungierte.

Allmählich schlich sich ein böses Grinsen auf mein Gesicht, das aber schnell wieder verschwand, als ich dem Heusteigmann mit der Nadel den entscheidenden Stoß versetzen wollte – und dabei meinen Zeigefinger erwischte. Noch bevor ich die Nadel wieder herausziehen konnte, breitete sich eine roter Fleck auf dem Jackett aus.

Egal, mache ich halt noch einmal Handwäsche – das bringt noch einmal eine Viertelstunde Zeitgewinn.

Auf dem Weg zum Verbandszeug legte ich eine Tröpfchenspur quer durchs Wohnzimmer. Danach las ich das vergilbte Etikett auf der Fadenspule: In altertümlicher Schrift war die Adresse einer Garnfabrik aus Backnang aufgedruckt – schwäbisches Garn, ich hätte es mir denken können.

Das Blut ging durch meine Waschkünste nicht ganz raus, aber für eine Runde durch die Stadt sollte mein Jackett sauber genug sein. Ich steckte mir noch zwei Scheiben Pumpernickel in die Tasche und aß auf dem Weg zur Stadtbahn Knäckebrot mit Katenschinken. Genießerisch kauend war ich Didi wieder einmal dankbar, dass er so sehr darauf achtete, dass sich im Kühlschrank nichts Schwäbisches mehr befand.

Eigentlich geht es mir prima.

Ich musste grinsen, als ich mir vorstellte, wie Didi, den ich als Regionalpatriot und Biofreund einschätzte, all dieses verpackte Zeug von weither aus dem Supermarktregal zog und wahrscheinlich an der Kasse hoffte, von niemandem erkannt zu werden.

Dann fiel mir Tina wieder ein und unser gestriger Abend.

Eigentlich geht es mir Scheiße.

Mit versteinerter Miene stand ich an der Haltestelle, mechanisch stieg ich ein, als die U15 vor mir stand, und tief in trübe

Gedanken versunken stieg ich am Schlossplatz wieder aus. Ich schlurfte lustlos durch die Calwer Passage, fuhr im Kunstmuseum mit dem Aufzug bis in den obersten Stock und ließ meinen Blick über die Innenstadt schweifen, ohne wirklich etwas zu sehen.

Ich fuhr wieder hinunter, hockte mich eine Weile auf den Boden des Pavillons und schlenderte dann zum Eckensee hinüber. Auf der Bahnhofsuhr hatte ich gesehen, dass es kurz nach elf war. Auf dem Frühlingsfest begann in diesen Minuten der Betrieb, aber für Peer und die anderen gab es jetzt vermutlich noch nichts Essbares.

Am Eckensee sah ich keinen aus der Gruppe, auch vom Fußgängersteg über der Schillerstraße aus konnte ich keinen der Jungs entdecken. Ich nahm einen Umweg durch Bahnhof und Klettpassage und stromerte schließlich zum Schlossplatz zurück.

Peer kam gerade aus der Königsbaupassage und ging langsam die breite Treppe zum Schlossplatz hinunter. Dabei sah er sich nach allen Seiten um, vermutlich suchte auch er jemanden. Als er mich sah, hellte sich sein Gesicht auf und er kam auf mich zu. Wir hockten uns neben dem Pavillon ins Gras.

»Und?«, fragte Peer ungeduldig. »Wie war's gestern Abend?«

Ich zuckte mit den Schultern und ließ die Mundwinkel hängen.

»Oh«, machte er. »So schlimm?«

»Schlimmer.«

Dann sagten wir eine Weile nichts mehr.

»Jetzt erzähl schon«, drängte Peer dann.

»Ich hab's versaut«, brummte ich. »Und ich musste das nicht einmal selbst machen ...«

Peer sah mich fragend an.

»Hä?«

Als ich keine Anstalten machte, mehr zu erzählen, stand Peer auf.

»Erzählst du's mir halt ein anderes Mal. Ich habe jetzt Hunger und gehe essen.«

»In die Büchsenstraße?«

Peer nickte. Ich seufzte.

»Ich vermute mal, du willst dann eher nicht mit?«

»Eher nicht, stimmt.«

Peer blieb neben mir stehen. Offenbar wollte er noch etwas loswerden.

»Ja?«, fragte ich schließlich.

»Soll ich … Grüße ausrichten?«

»Nein, lass mal lieber.«

»Hmm, das klingt wirklich nicht gut«, machte Peer, klopfte mir leicht auf die Schulter und trottete davon.

Ich sah ihm nach, bis er hinter der Buchhandlung verschwunden war. Dann stand ich auf und schlenderte zum Schillerplatz hinüber. Von der Markthalle her sah ich Hannes und seine Clique kommen. Es sah so aus, als würden sich Kalle und Kevin mal wieder kabbeln, und Hannes hatte einige Mühe, die beiden Streithähne zu beruhigen. Sie hatten mich noch nicht gesehen, und da ich keine Lust auf weitere Gespräche hatte, schlüpfte ich schnell durchs Tor in den Innenhof des Alten Schlosses.

Wie immer saß Graf Eberhard auf seinem Gaul und hielt das Schwert hoch, als wolle er gleich Händel mit mir anfangen. Ich beachtete ihn nicht weiter, lehnte mich an den Sockel seines Reiterstandbilds und zog eine Brotscheibe aus der Tasche. Kaum hatte ich einmal abgebissen, kamen auch schon die ersten Tauben angeflogen. Ich bröselte ein bisschen Pumpernickel ab und streute die Brosamen im weiten Bogen aus.

Die Vögel pickten die Stücke auf und tappten gurrend um mich herum. Ich streute weiter. Einige kleinere Kinder kamen näher und lachten und jagten die Tauben vor sich her, die immer nur kurz aufflogen und gleich hinter den Kindern wieder auf neue Brotkrumen lauerten. Eine ältere Dame sah streng zu mir herüber und schüttelte, als ich sie kurz ansah, tadelnd den Kopf. Das war offenbar der Blick einer Hausbesitzerin, die erst vor kurzem Fensterbänke und Fassade vom Taubenkot hatte reinigen lassen.

Die Mittagszeit verging quälend langsam.

Als das Brot verteilt war und die Tauben kapiert hatten, dass von mir nichts mehr zu erwarten war, wurde es etwas ruhiger um mich. Ich entfernte mich ein paar Schritte vom Grafen und besah ihn mir aus der Entfernung. Imposant saß er da auf seinem hohen Ross, aber er sah auch aus, als müsse er sich nur um Krieg und solches einfach zu lösende Zeug kümmern.

Na, Eberhard, hast du auch mal Liebeskummer gehabt?

Der Graf sagte kein Wort.

Das mit dem hohen Ross kenne ich. Da saß ich früher auch, aber inzwischen …

Eine Taube landete auf der metallenen Mähne des Pferdes. Ich beobachtete sie und wartete gespannt darauf, dass gleich das zum Vorschein kommen würde, was in Tauben aus Brotkrumen wurde – aber der Vogel blieb nicht lange genug sitzen, sondern flog unverrichteter Dinge wieder davon. Aber das Standbild sah an einigen Stellen so aus, als seien andere erfolgreicher gewesen.

Tja, Eberhard, manchmal läuft es echt beschissen, oder?

Stoisch sah der berühmte Landesvater über mich hinweg in die Ferne.

Ein leises Klatschen direkt neben meinem Ohr ließ mich den Kopf wenden. Die Taube hatte sich für ein anderes Ziel entschieden, aber der Klecks auf meiner Schulter fiel nicht allzu sehr auf. Im Reflex wischte ich mit der Hand darüber und dachte mir im selben Moment, dass ich dafür lieber ein Taschentuch oder ein Blatt Papier hätte nehmen sollen.

Meine Handfläche war zur Hälfte beschmiert. Vorsichtig roch ich daran, dann grinste ich zu Graf Eberhard hinauf: »Viel schwäbischer als du kann man wirklich nicht sein – ich hätte es wissen müssen.«

Kopfschüttelnd drehte ich mich um. Ein älteres Ehepaar musterte mich misstrauisch und ging, als ich an ihnen vorbei auf den nördlichen Ausgang des Schlosshofs zuhielt, ein paar Schritte zurück.

Habe ich zuletzt laut mit Graf Eberhard gesprochen?

Bis ich den Eckensee erreicht hatte, war der Taubendreck schon ein wenig angetrocknet. Ich wusch mir die Hände im brackigen Wasser und musste ordentlich rubbeln, bis auch der letzte Fleck beseitigt war.

Als ich fertig war, begann es leicht zu nieseln. Ich ging zur Passage am Schlossgartenhotel und setzte mich vor ein Schaufenster. In der Mitte der Passage saß ein Typ, den ich bisher ein-, zweimal aus der Ferne gesehen hatte. Er blickte misstrauisch herüber, aber als ich keine Anstalten machte, eine Decke auszubreiten oder einen Hut aufzustellen, entspannte er sich wieder.

Es hörte bald wieder auf zu regnen. Ich ging zurück in den Park, überquerte die Fußgängerbrücke, und irgendwann stand ich am Ufer des Schlossgartensees an der Stelle, an der mich der Schwan angegriffen hatte.

Die beiden Schwäne dümpelten am anderen Ufer. Das Gras war feucht, aber unter den Büschen schien es noch trocken zu sein. Ich zwängte mich durch eine enge Stelle und legte mich auf den Boden. Von hier aus konnte ich den See und die Schwäne im Blick behalten, war selbst aber ein wenig vor Blicken geschützt. Meine Stiefel ragten ein wenig aus dem Gebüsch hervor, aber in den Schuhen spürte ich das feuchte Gras nicht.

Hier hatte ich mich zum ersten Mal richtig mit Peer unterhalten. Hier hatte ich ihm von Frau Späths Fluch erzählt. Und von hier aus hatte er mich zur Kaffeestube in der Büchsenstraße mitgenommen, wo ich zum ersten Mal Tina begegnete.

Tina …

Der Gedanke an gestern Abend schnürte mir die Kehle zu und ich spürte, wie mir Tränen in die Augen stiegen. Erst wollte ich an etwas anderes denken und die Tränen wegblinzeln – aber vor wem musste ich mich denn beherrschen? Hier war niemand, den ich kannte. Peer und die anderen saßen am Tisch und ließen sich von Tina Kaffee und altes Gebäck bringen. Und für den Rest der Welt war ich ohnehin nur ein Penner, den man am besten gar nicht erst bemerkte.

Bald heulte ich hemmungslos vor mich hin. Es dauerte eine Weile, dann merkte ich, dass mir das ganz guttat. Also heulte ich weiter, bis keine Tränen mehr kamen. Dann döste ich ein.

Wie lange ich schlafend unter dem Gebüsch gelegen hatte, konnte ich nicht sagen. Das Aufwachen aber ging recht plötzlich vor sich. Jemand zerrte an meinen Beinen und zog mich unter dem Gebüsch hervor. Äste klatschten mir ins Gesicht, und dann sah ich vier Männer zu meinen Füßen stehen – ein fünfter stand vorne am Weg.

Der Mann am Weg schaute sich aufmerksam nach allen Seiten um, als würde er Schmiere stehen. Die vier anderen grinsten hämisch auf mich herunter und hielten Pappbecher mit der Aufschrift einer Cafékette in der Hand. Einer der vier hob seinen Becher über mich und kippte den Inhalt langsam aus.

Der Kaffee war nicht mehr heiß, aber er lief klebrig über meinen nachgewachsenen Haarflaum und mein Gesicht. Offenbar trank der gute Mann seinen Kaffee gerne süß. Er reckte sein Kinn und stellte sich in Pose, als wolle er sich von den drei anderen für seine Glanztat bejubeln lassen.

Ich musterte sie. Alle vier trugen Business-Uniform: dunkelgraue oder schwarze Hose, dunkelgraues oder schwarzes Jackett, dazu schwarze oder dunkelbraune Schuhe, einfarbiges Hemd und dezente Krawatte. Solche Typen waren mir bis vor zwei Wochen in Konferenzräumen gegenübergesessen. Nicht als Besitzer von Immobilien, sondern als deren Berater, als Firmenvertreter oder Bankmitarbeiter.

»Ob ihm mein Kaffee geschmeckt hat?«, höhnte der Mann und grinste seine Kumpels an.

Was für ein selbstgerechtes Arschloch!

»Nein, du trinkst ihn einfach zu süß«, sagte der Mann daneben und kippte nun seinerseits seinen Becher über mir aus. Kaffee und Milch liefen mir durchs Haar und über das Gesicht, ein paar Spritzer landeten in meinen Augen – die Brühe brannte, ich rieb mir die Augen mit dem Ärmel sauber.

»Das war besser, was?«

Der Typ sah mich an und ganz hinten in meinem Bewusstsein begann es zu klingeln. Ich kannte diesen Mann, konnte ihn aber noch nicht zuordnen.

»Komm, einer geht noch«, rief nun der Dritte und warf seinen vollen Becher gleich komplett auf mich. Mein Gesicht war nun ganz verschmiert mit Kaffee und Milch, mein Jackett so eingesaut, dass der Blutfleck am Ärmel und die Vogelkacke auf der Schulter nun wirklich nicht mehr störte.

Ich musterte die Männer erneut, aber der Groschen fiel erst, als ich den vierten Mann genauer ansah. Er stand still dabei und grinste wie die anderen, trank aber seinen Kaffee weiter und machte keine Anstalten, ihn über mir zu verschütten.

Ihm hatte ich vor drei Monaten ein lukratives Projekt aufgeschwatzt – lukrativ für mich, versteht sich. Wir hatten nur dieses eine Mal miteinander zu tun. Ich war frisch geduscht gewesen, hatte saubere, maßgeschneiderte Kleider getragen und die Besprechung dominiert. Nun lag ich vor ihm im nassen Gras, über und über mit Kaffee verschmutzt – damals hatte ich ihm in Augenhöhe gegenüber gesessen. Na ja, genau genommen hatte er am Ende der Besprechung vor mir im Staub gelegen, aber das nur im übertragenen Sinne – und vermutlich hatte er es selbst gar nicht bemerkt. Ich hatte damals schon nicht den Eindruck, dass er der Allerhellste war.

Nun fiel mir auch wieder ein, woher ich den anderen kannte – den, der mir als Zweiter seinen Kaffee spendiert hatte: Auch mit ihm hatte ich mal einen Deal eingefädelt, aber das war schon länger her – er war, glaube ich, der Investmentberater eines Mannes, der mit Aktien gut Geld verdient hatte und es danach mit konservativeren Anlagen zusammenzuhalten versuchte.

Hoffentlich erkennen sie mich nicht!

Während ich mir ausmalte, wie peinlich es sein würde, falls diese Männer in mir den Immobilienmakler Ronald D. Wimmer erkennen sollten, trat der Vierte etwas näher, holte mit dem rechten Bein aus und trat mich herzhaft gegen das Knie. Es tat höllisch weh. Der neben ihm stehende Mann klopfte ihm anerkennend auf die Schulter und trat mir kräftig aufs Schienbein.

Ich schrie auf. Der fünfte Mann vorne am Weg zuckte kurz zusammen, entspannte sich aber dann und schaute weiterhin in beide Richtungen den Weg entlang.

»Das ist für Meier!«, brummte der Mann, der seinen Kaffee gerne süß trank, und trat mir mit der Schuhspitze in die Seite.

»Und das für Holdermann!«, rief der Investmentberater und drückte mir zweimal kräftig den Absatz seines Schuhs in den Magen.

»Hier noch einen für die blöde Köngeter, die ihr neues Büro nur ihrem Knackarsch verdankt!«

Offenbar reagierten sich die vier nach einem anstrengenden und frustrierten Vormittag in ihren Büros ab. Es war vermutlich nicht alles so gelaufen, wie sie es sich vorgestellt hatten, und nun hielten sie sich an mir schadlos. Ob sie wohl häufiger Obdachlose im Park drangsalierten? Ich musste Peer darauf ansprechen – falls ich hier lebend rauskam.

Fieberhaft ging ich die Möglichkeiten durch, die mir blieben.

Wegrennen wäre das Beste gewesen, aber ich lag auf dem Rücken und rechnete mir kaum Chancen aus, gleich vier offenbar recht sportlichen Männern entkommen zu können.

Sollte ich sie anflehen, mich in Ruhe zu lassen? Das hätte sie wohl eher angespornt, noch etwas fester zuzutreten.

Sollte ich mich zu erkennen geben, sozusagen als einen der ihren? Einen Geschäftspartner würden sie ja wohl kaum weiterhin verprügeln wollen, oder?

Aber wenn ich mich zu erkennen gebe und sich das hier rumspricht, bin ich blamiert und als Makler für alle Zeiten erledigt!

Der nächste Tritt – zwischen meine Beine, aber zum Glück schlecht gezielt – zerstreute meine Bedenken mit einem Schlag. Ich hob abwehrend die Hände und rief: »Aufhören!«

Die vier Männer lachten, aber sie machten eine kurze Pause. Ich erhob mich mühsam und sah den vierten Mann an, der wieder grinsend an seinem Kaffee nippte.

»Kennen Sie mich denn nicht mehr?«

»Ich kenne keine Penner!« Er drehte sich zu den anderen um. »Kennt ihr welche?«

»Ja, den hier«, platzte der Süße heraus und lachte brüllend.

»Ich bin Ronald Wimmer, wir hatten vor ein paar Wochen geschäftlich miteinander zu tun.«

Der Kaffeetrinker legte den Kopf schief und musterte mich mit einem spöttischen Lächeln.

»Stimmt, Jungs, der Typ sieht tatsächlich einem ähnlich, mit dem ich vor ein paar Wochen einen größeren Deal abgeschlossen habe. Nicht allzu sehr, aber doch ein bisschen.«

Er kam auf mich zu.

»Und ich werde den Eindruck nicht los, dass der mich damals über den Tisch gezogen hat.«

Wut kochte in seinen Augen hoch.

»Wegen dieses blöden Arsches musste ich mir von meinem Abteilungsleiter eine Gardinenpredigt gefallen lassen.«

Er trank noch einen Schluck Kaffee und rückte noch etwas näher an mich heran.

»Dein Pech, wenn du diesem Wimmer so ähnlich siehst.«

Dann rammte er mir eine Faust in den Magen, ich klappte zusammen wie ein gut geöltes Taschenmesser. Noch im Fallen traf mich sein Knie an der Brust, ich kam seitlich auf dem feuchten Gras zu liegen, und die Tritte prasselten wieder auf mich ein.

Als es plötzlich aufhörte, dachte ich schon, ich sei ohnmächtig geworden. Aber es lag am fünften Mann, der zu seinen Kumpels gekommen war und sie daran erinnert hatte, dass die Mittagspause bald vorbei war. Auch ihm fielen meine Stiefel auf.

»Das sind Sendra, echtes Krokodilleder, sauteuer«, sagte er. »Keine Ahnung, wie ein Penner zu so edlen Stiefeln kommt.«

»Natürlich geklaut«, sagte der Kaffeetrinker, zog mir die Stiefel aus und ging mit seinen Freunden und meinen Schuhen in Richtung Bahnhof davon.

— o —

Als Peer nach einiger Zeit vorbeikam, saß ich in Strümpfen am Seeufer und sah zu den beiden Schwänen hinaus, die sich etwa in der Mitte des Sees langweilten. Der eine hatte sich ja noch nie für mich interessiert, der andere war erst auf mich zugepaddelt, hatte dann aber wohl bemerkt, dass ich meine Stiefel nicht mehr trug – und drehte ebenfalls wieder ab.

»Was ist denn mit dir passiert?«, fragte Peer, dem ebenfalls aufgefallen war, dass ich in Socken da hockte.

Ich drehte mich zu ihm um, da zuckte er zusammen. Meine Haare und mein Gesicht waren noch vom Kaffee verklebt, ich hatte bisher noch keine Lust gehabt, mich sauberzumachen. Der Magen schmerzte noch, die Beine auch, mir ging es wirklich elend.

»Mir sind die Stiefel geklaut worden«, presste ich hervor.

»Welcher Armleuchter war das denn? Wir Penner beklauen uns doch nicht!«

»Es waren keine Penner. Vorher wurde ich noch verprügelt.«

»Punker? Hier?«

»Es waren auch keine Punker, sondern fünf Typen in Anzügen, Geschäftsleute, die ich zum Teil kannte.«

»Also stimmt es doch …«

Peer klang nachdenklich.

»Was stimmt?«

»Hannes hat mir vor ein paar Tagen erzählt, dass sich ab und zu Schlipsträger an einem von uns vergreifen. Mal am helllichten Tag, mal am frühen Abend – ich wollte es bisher gar nicht glauben. Aber wenn das stimmt … na ja, wahrscheinlich haben sie da gerade Pause oder Feierabend.«

Peer schüttelte den Kopf und sah mich mitleidig an.

»Hat's dich sehr schlimm erwischt?«

»Mir tut alles weh. Na ja, und Schuhe habe ich auch keine mehr.«

»Idioten …«

Peer stand auf und verschwand für ein paar Minuten. Als er zurückkam, hielt er mir ein paar rosaroter Badelatschen hin. Ich sah ihn begriffsstutzig an.

»Na, nimm halt, ist besser als nichts.«

Da war ich mir zwar nicht so sicher, aber ich wollte Peer nicht beleidigen. Und es war ja auch nett von ihm, dass er mir Ersatz für meine Stiefel anbot.

»Danke«, sagte ich und schlüpfte in die Latschen. Sie hatten ungefähr meine Größe.

Dann gab er mir noch ein Baguette-Brötchen.

»Mit schönen Grüßen von Tina«, sagte er.

Ich schnellte hoch und strahlte ihn überrascht an: »Echt?«

»Nein«, brummte er und biss in ein Stück Marmorkuchen, das er aus seiner Jacke gekramt hatte. »War ein Witz.«

Ich sank wieder in mich zusammen.

»Aber kein besonders guter …«, maulte ich und sah wieder zum See hinaus.

»Du solltest dich lieber nicht beschweren. Tina ist stinksauer auf dich«, fuhr Peer nach einer Pause fort. »Und ich eigentlich auch. Erst wollte sie gar nicht über dich reden, dann hat sie von eurem tollen Date erzählt und davon, was sie dabei alles über dich erfahren hat.«

Ich seufzte.

»Mensch! Alte Leute aus alten Häusern treiben – das ist echt eklig, Mann!«

Was sollte ich dazu sagen?

»Tina jobbt für einen Hungerlohn im Café Büchse, um uns zu helfen. Sie bringt uns Brot und Kuchen, Kaffee und Sprudel an den Tisch, damit auch wir Penner mal bedient werden. Und dann gerät sie ausgerechnet an einen Typen, der sich mit dem Leid der anderen die Taschen vollstopft.«

»Na, jetzt aber!«, wehrte ich mich. »›Mit dem Leid der anderen‹ … Also, ehrlich!«

»Ja, was denn sonst?«

»Ich habe Häuser gekauft und verkauft. Ich habe geholfen, Bauprojekte zu realisieren. Und manchmal musste ich halt Leute, die eh schon gekündigt waren, davon überzeugen, endlich auszuziehen.«

Peer sah mich lange nachdenklich an.

»Hast du es dir auf diese Art zurechtgelogen? Ich meine, damit du es selbst ertragen kannst?«

Ich stand auf.

»Das muss ich mir nun wirklich nicht länger anhören!«

»Doch«, sagte Peer. »Und du wirst es dir auch anhören – mit deinen neuen Schuhen kannst du mir eh nicht weglaufen.«

Er lachte heiser. Ich sah frustriert zu den Badelatschen hinunter und setzte mich wieder hin.

»Ich hab's allmählich satt, dass mich alle für ein Arschloch halten oder mich so behandeln.«

»Das kann ich zwar verstehen, aber …«

»Nein, sag's nicht!«

»Doch: Du hast dich halt auch wie eines benommen. Das muss man sagen dürfen.«

»Meinetwegen. Jetzt hast du's ja gesagt.«

Dann saßen wir wieder stumm nebeneinander und sahen auf den See hinaus. Drüben auf der Terrasse des Cafés gingen Gäste, andere kamen und gingen nach einer Weile auch wieder, und wir saßen noch immer am Ufer und sprachen kein Wort.

Ich erinnerte mich an einen Kumpel aus meiner Zeit in Uhlbach. Wir saßen manchmal ganze Nachmittage lang unter Obstbäumen und sahen auf unser Dorf hinunter, das zwischen Wald und Weinbergen lag. Auch damals sprachen wir stundenlang kein Wort, es war einfach nicht nötig.

Verstohlen sah ich zu Peer hinüber. Sein Profil wurde von seiner imposanten Nase beherrscht, die Haut sah aus wie verwittert. Wie er so da saß und stumm auf den See hinaussah, hatte er etwas von einem Indianer an sich.

Ich wandte mich wieder ab und betrachtete die Terrasse und die Menschen, die an ihren Tischen saßen, Kaffee tranken und Kuchen aßen. Aus dem Augenwinkel bemerkte ich, dass mich nun Peer musterte.

— o —

Kapitel 13 | *Der letzte Ausweg*

Ohne Tina machte alles keinen Spaß mehr. Ich blieb am Montag morgens lange liegen, fuhr kreuz und quer mit der Stadtbahn umher, traf Peer, saß wortlos neben ihm und klapperte danach an seiner Seite die üblichen Punkte in der Innenstadt ab.

Ins Café Büchse wollte ich erst einmal nicht mehr – Tinas enttäuschten Blick, der mich dort wahrscheinlich erwartete, würde ich nicht aushalten. Montag und Dienstag hielt ich mich also von der Büchsenstraße fern. Besonders der Dienstag verlief schleppend – nicht einmal Peer konnte ich da finden.

Einmal am Tag ging ich zu Nikitakis und betrachtete meinen Wagen, aber auch der lustige Mechaniker konnte mich nicht aufmuntern. Nach dem ersten Besuch trug ich meine Badelatschen in einer Tüte heim – »Mäuschen« hatte ihrem Mann ein Paar Halbschuhe abgeschwatzt, die mir ganz gut passten. Dann, am Dienstagnachmittag, ließ ich mich von »Mäuschen« überreden, auf einen griechischen Kaffee nach oben in die Wohnung zu kommen – und die herzensgute Frau gab sich wirklich alle Mühe, mich zu trösten. Aber es hielt nicht lange vor.

An diesem Abend kam ich wieder spät nach Hause, beladen mit einer Stofftasche, in der neben einer Flasche Ouzo, gut verpackt in Alu und Papiertüte, warme Keftedes lagen – wunderbar gewürzte griechische Hackfleischbällchen.

Ich packte im Ferienhaus alles auf den Tisch, füllte ein Sprudelglas halb mit dem Anisschnaps und ergänzte kaltes Wasser, bis die milchig gewordene Flüssigkeit beinahe überschwappte. Dann trank ich, aß, trank wieder, aß noch mehr Keftedes.

— o —

Am nächsten Morgen bereute ich vor allem den Ouzo. Den Anblick der halb geleerten Flasche konnte ich wegen meines Brummschädels nicht ertragen – ich stellte die Flasche in den Kühlschrank und setzte mich dann auf die Couch, um in aller Ruhe ein wenig zu leiden.

Mit dem Leiden war ich erst am späten Nachmittag fertig. Ich duschte und ging ein paar Mal auf der Wiese vor dem Ferienhaus hin und her. Ich sah hinunter in den Talkessel, dorthin, wo sich das Café Büchse befand. Dorthin, wo tagsüber Tina arbeitete.

Pfaffenweg …

Warum mir ausgerechnet jetzt das Gespräch mit diesem Barackenzündler einfiel. Aber er hatte doch nebenbei erwähnt, dass Tina »so ein Mädel aus dem Pfaffenweg« sei, das sich ganz gewiss nicht mit einem Loser wie mir abgeben würde.

Recht hat er, dieser Idiot. Bloß ganz anders, als er sich das wahrscheinlich vorgestellt hat!

Ich holte die Ouzo-Flasche wieder aus dem Kühlschrank und mischte mir einen neuen Drink. Den Anisgeruch konnte ich noch nicht wieder ertragen, also hielt ich mir mit einer Hand die Nase zu, während ich einen großen Schluck nahm.

Pfaffenweg …

Ich kramte den Stuttgarter Stadtplan hervor und suchte umständlich unter den tausenden kleingedruckten Straßennamen nach dem Eintrag. Schließlich kam ich aber noch drauf, dass ich ja im Register nachsehen konnte – danach stellte ich schnell fest, dass der Pfaffenweg nicht allzu weit vom Ferienhaus entfernt lag.

Allerdings sah die Strecke dorthin recht bergig aus, also ließ ich das Rad stehen, fuhr mit der Stadtbahn, ließ mich schließlich von der Zahnradbahn zu einer Station bringen, von der aus ich über eine Treppe zwischen üppig bewachsenen, riesigen Gärten mein Ziel erreichte.

Als ich gerade auf den Weg einbiegen wollte, öffnete sich schräg gegenüber die Tür zu einem ziemlich teuer wirkendem

Flachdachbau, und Tina trat in Begleitung eines älteren Mannes auf die Straße hinaus. Ich zuckte zurück, ging ein paar Schritte die Staffel hinauf und drückte mich dort so ins Gebüsch, dass ich vom Pfaffenweg aus nicht mehr zu sehen war.

Das war unnötig, denn Tina und der ältere Herr wollten zur Zahnradbahn und stiegen ebenfalls die Staffel hinauf. Tina, ins Gespräch vertieft, sah mich erst, als sie direkt vor mir war. Sie erstarrte, hakte sich bei ihrem Begleiter unter und sagte: »Komm, Papa, wir gehen weiter!«

Ich streckte meine Hand nach ihr aus, sie streifte sie reflexartig ab. Ich rief: »Tina« – aber meine Stimme hatte weinerlich geklungen, und nun bemerkte Tina offenbar zu allem Überfluss auch noch meine Anisfahne.

Sie blieb kurz stehen, sah mich traurig an, schüttelte den Kopf und ging mit ihrem Vater die Treppe hinauf und davon.

— o —

Ich ließ den beiden viel Vorsprung und ging dann ebenfalls zur Zahnradbahn zurück.

Gut gemacht, du Pfeife!

Im Ferienhaus duschte ich, so lange es das spärliche Warmwasser zuließ, zog mich um, putzte die Zähne, aß etwas, trank viel Kaffee und betrachtete dann niedergeschlagen mein elendes, übernächtigtes und schlecht rasiertes Gesicht im Spiegel.

Schließlich war in mir ein Entschluss gereift. Ich sah auf die Kuckucksuhr und stellte fest, dass ich noch ein paar Stunden Zeit hatte. Ich legte mich auf die Couch und versuchte zu schlafen, was aber nicht klappte. Also saß ich die Zeit am Küchentisch ab.

Seit ich Probleme mit allem Schwäbischen hatte, ging mir die Kontrolle über mein zuvor so geordnetes Leben verloren. Ständig hatte ich die unglaublichsten Missgeschicke zu erdulden, sobald irgend etwas Schwäbisches auch nur in meine Nähe kam. Und nicht einmal dieses Effektes konnte ich mir sicher sein, denn immer wieder stellte sich vermeintlich typisch Schwäbisches als gar nicht echt heraus – und die Folge blieb aus.

Ich musste die Kontrolle zurückgewinnen. Und das ging nur auf zwei Arten: Ich konfrontierte mich mit dem Schwäbischsten, das ich finden konnte, und machte meinen Fluch damit unwirksam wie mit einer Überdosis Schorle-Impfung – oder ich provozierte mit diesem schwäbischen Overkill mein vollständiges Ende.

Und etwas Schwäbischeres als Trudel Wulle und Walter Schultheiß, die sogar mir als Ankerpunkte der schwäbischen Leitkultur bekannt waren, konnte ich mir nun wirklich nicht vorstellen.

Mit diesen beiden muss es einfach klappen.

Ich stieg an meiner Haltestelle zu, und fast war ich erleichtert, an diesem Abend Chrischtoph nicht unter den Fahrgästen zu sehen – womöglich hätte er mir meinen Plan noch ausgeredet.

»Herr Keenich« kam mir auf halbem Weg entgegen. Ich achtete darauf, keinen seiner Hunde zu treten, und grüßte ihn mit einem hoffentlich höflich wirkenden Kopfnicken. Huldvoll nickte er zurück. Kurz darauf strauchelte ich, weil sich mein linkes Bein in einer Hundeleine verfangen hatte. Ich fing mich gerade noch und stieg storchenbeinig aus dem Leinengewirr heraus. »Herr Keenich« zog eine Augenbraue hoch und brachte seine Schützlinge so schnell vor meinen Beinen in Sicherheit, wie es seine würdevolle Haltung erlaubte.

Als nächstes erreichte ich den Mann mit dem schütteren Haar, der »Debbie« einen Gruß hatte ausrichten lassen. Er war lachend in ein Gespräch mit einem Mann mit schulterlangen Haaren verwickelt, der seine Augenringe hinter gelben Brillengläsern versteckte und eine schwäbische Zote nach der anderen riss. Ich wich ein wenig zur Seite aus, schlug mir dabei gleichzeitig Knie und Hüfte an der Sitzreihe an und stieß, als ich mich im Reflex nach der schmerzenden Seite bückte, mit der Stirn an die Lehne.

Einige der Fahrgäste drehten sich erschreckt zu mir um. Ich tastete über meinen Kopf, stellte fest, dass ich leicht blutete, und lächelte. Mein Plan mit dem schwäbischen Overkill schien sich Schritt für Schritt seiner Vollendung zu nähern. So oder so.

Mit wackligen, dann wieder festeren Schritten näherte ich mich meinem Ziel. Und schließlich stand ich direkt davor.

Ich nahm eine leicht breitbeinige Haltung an. Trudel Wulle lächelte etwas irritiert zu mir herauf, Walter Schultheiß sah milde tadelnd auf mich herab. Ich nickte ihnen zu, lächelte ein wenig, schloss die Augen und setzte mich voll ihrem Einfluss aus.

Das Gemurmel um mich herum schien etwas abzunehmen, das Geräusch der Stadtbahnräder auf den Gleisen wurde deutlicher hörbar. Gespannt horchte ich in mich hinein und prüfte mein Befinden auf jede noch so kleine Veränderung. Meine Beine waren etwas wacklig, aber das konnte auch noch von der Rempelei gegen die Sitzreihe herrühren. Aber sonst? Nichts.

Ich wartete.

Da, plötzlich … spürte ich … auf meiner Wange rann etwas warmes, dickflüssiges herab. Ein wohliges Gefühl breitete sich in mir aus – bis mir klar wurde, dass inzwischen das erste Blut von meiner Stirn über mein Gesicht lief.

Vorsichtig streckte ich meine Finger, ließ meine Schultern rollen, drückte den Rücken durch. Alles schien zu sein wie zuvor. Zumindest schien ich noch zu leben.

Unsicher blinzelte ich und öffnete allmählich die Augen.

Trudel Wulle hielt mir ein Taschentuch hin und deutete mit der anderen Hand auf meine Stirn. Ich tupfte mir das Blut von der Wunde und wischte mir auch das Gesicht leidlich sauber, zumindest soweit ich es in meinem Spiegelbild im Seitenfenster kontrollieren konnte.

Dann sah ich die beiden wieder an.

»Un nu?«, fragte Walter Schultheiß mit einer Stimme, die viel zu hoch für ihn war, und hielt mir ein belegtes Brötchen hin. »Noch ne Bemme oder wie?«

»Och, nu loss ihn doch, den Gutsten«, warf Trudel Wulle ein und legte mir eine Hand auf den Arm.

»Bemme?«, stotterte ich. »Gutster?«

Die beiden strahlten mich an.

»Warum reden Sie nicht Schwäbisch?«

Die beiden zwinkerten sich zu, als hätten sie Grund, auf etwas ganz besonders stolz zu sein.

»Sin Sie von hier?«

Ich nickte.

»Nu, dann dank mer schee fir des feine Kompliment.«

Ich starrte ratlos vom einen zur anderen.

»De Diana macht de Trudel«, sagte Walter Schultheiß schließlich. »Un ich bin der Falk un wor scho im Maschinenkombinat de Ulknudel. Un als wir vor 20 Johrn ribergemacht ham, simmer hier gelandet – wo der Walter so nett wor, mir ähnlisch zu sähn.«

Falk und Diana statt Walter und Trudel. Ich machte Anstalten, etwas zu sagen, klappte den Mund dann aber ohne ein Wort wieder zu.

An diesem Abend verließ ich den Fünfzehner an der richtigen Haltestelle. Ich wollte Falk und Diana noch nachwinken, aber von außen wirkte die Stadtbahn leer. Wahrscheinlich spiegelten sich die Straßenlichter ungünstig in den Fensterscheiben.

Im Ferienhaus angekommen, freute ich mich auf ein spätes Vesper. Im Kühlschrank gab's ein Gläschen Lachsersatz, dazu holländischen Käse in Scheiben, Margarine und eine in Plastik eingeschweißte Gurke. Ich nahm die Sachen heraus, holte eine Flasche Bier und eine Packung vorgeschnittenes Schwarzbrot und aß mit großem Appetit.

Bei der zweiten Flasche Bier dachte ich darüber nach, was mir jetzt noch helfen könnte.

— o —

Kapitel 14 | *Neue Hoffnung*

Als ich am Donnerstag gegen zwei aus dem Ferienhaus trat, um mit der Stadtbahn ein bisschen durch die Gegend zu fahren und mich am Abend vielleicht vor die U1 zu werfen, erwartete mich Peer bereits am Gartentor.

»Du machst ja Sachen«, sagte er und sah mich tadelnd an.

»Wieso? Was für Sachen?«

»Na ja, Tina betrunken in der Nähe ihres Elternhauses aufzulauern – keine gute Idee, wenn du mich fragst.«

»Und: frage ich dich?«

Peer machte ein wehmütiges Gesicht.

»Dir geht's übel, oder?«

»Ja«, sagte ich knapp und versuchte mich an Peer vorbeizudrängen. Er hielt mich fest.

»Oh, du hast es eilig?«

Ich nickte, aber er ließ mich nicht durch.

»Was ist heute an der Reihe?«

»Wie meinst du das?«

»Du hast gestern versucht, dich umzubringen. Versuchst du es heute wieder?«

»Was habe ich …?«

»Jetzt red dich nicht raus. Ich bin kein Schwabe, aber das heißt nicht, dass ich keine Schwaben kenne.«

Ich sah ihn an und verstand kein Wort.

»Ich habe von deinem nächtlichen Auftritt in der Stadtbahn gehört.«

Mir klappte der Unterkiefer nach unten.

Woher weiß er das denn?

»Das hat mir sozusagen ein Hauptschwabe gesteckt.«

Ich überlegte, wer gestern mit mir im »letschte Fuffzehner« gewesen war. Die meisten kannten mich nicht näher, da war ich mir sicher. Meinte er Falk und Diana? Aber das waren nun wirklich keine Schwaben.

»Du kannst dir weitere Selbstmordversuche übrigens sparen: Wenn du willst, bist du heute Abend deinen Fluch wieder los.«

— o —

Peer ging mit mir wieder ins Ferienhaus und erklärte mir am Küchentisch seinen Plan. Am Dienstag hatte er sich auf die Suche nach jenem Kollegen gemacht, der seiner Meinung nach ebenfalls von Gunda Späth verflucht worden war. Er fand ihn tatsächlich: friedlich und bester Laune unter einer Neckarbrücke liegend und eine Brezel kauend.

Der Kollege hatte ihm erzählt, wie er es eines Tages nicht mehr ausgehalten hatte, ständig mit allem Schwäbischen so viel Pech zu haben. Als ihm nachmittags Reinhard Greiff, der schwäbische Kolumnist, den der Kollege von dem ganzseitigen Interview in der Zeitung her kannte, im Park über den Weg lief, beschimpfte er ihn sofort wie ein Rohrspatz und steigerte sich immer mehr in seine Wut, bis er endlich auch auf Gunda Späth zu schimpfen kam und wetterte, dass sie ihn verflucht habe.

Greiff habe ihn dann noch am selben Abend von seinem Fluch befreit. Und das wollte Peer nun auch für mich erreichen – den Kontakt hatte er schon aufgenommen, und heute Abend könnten wir Greiff zu Hause treffen.

Erst zögerte ich, aber dann wurde mir klar, dass ich nichts zu verlieren hatte – auch Chrischtoph hatte ja nach Greiff gesucht, und mehr als umbringen konnte der mich nun auch nicht.

Also fuhren wir am frühen Abend mit der Stadtbahn los, und Peer führte mich zum Haus, einem alten Bauernhof im Degerlocher Ortskern. Noch bevor wir klingeln konnten, schwang die Tür auf, und ein schlanker Mann in Hemd und Pullunder stand vor uns.

»So, no semmer etzad zsamma«, sagte er mit wohltönender Stimme und musterte mich genau, mit einem Blick, der sofort in Beschlag nahm. Mir fiel gerade noch auf, dass er den Satz fast schon theatralisch mit Dialekt belegt hatte, als ich auch schon niesen musste und meine Augen leicht zu tränen begannen.

Greiff sah mich schmunzelnd an und nickte.

Falls das gerade ein Experiment war, dann war er mit dem Ergebnis offensichtlich sehr zufrieden.

Dann bat er uns herein und ging voraus in eine gemütlich eingerichtete Stube, die allerdings mit einem ausladenden Esstisch und acht Stühlen, einem Sideboard mit Schnitzereien und einem bepflanzten Holzbottich in einer Zimmerecke schon gut gefüllt war.

Als wir saßen, fragte Greiff mich darüber aus, wie ich zu der Überzeugung käme, mit einem so seltsamen Fluch belegt zu sein. Er sagte tatsächlich »so ein seltsamer Fluch« und lächelte dabei irgendwie … spitzbübisch?

Ich erzählte ihm die ganze Geschichte, zunächst ein wenig geschönt – also ohne meine ganze berufliche Vorgeschichte, und alles Peinliche, das Tina betraf, ließ ich auch weg.

Er hörte sich das an, ohne mich auch nur einmal zu unterbrechen. Als ich fertig war, lehnte er sich etwas vor, stützte seine Ellbogen auf den Tisch, spreizte seine Finger gegeneinander und legte sein Kinn auf die Fingerspitzen. Dann sah er mich an, hob irgendwann eine Augenbraue und meinte ganz ruhig: »Und Sie haben wirklich nichts ausgelassen?«

Mir lief es heiß und kalt den Rücken hinunter. Was war das denn für ein Typ? Und was wusste er über mich?

Ich sah Peer an, der aber nur abwehrend die Hände hob und mit den Schultern zuckte – was wohl heißen sollte: »Ich habe ihm nichts erzählt!«

Greiff saß noch immer still da und sah mich aufmerksam an.

»Ich … Ich bin derzeit … sagen wir: unglücklich verliebt. Und da habe ich mich gestern etwas blöd benommen.«

»Gut.« Greiff nickte. »Das habe ich aber nicht gemeint.«

Wir saßen uns stumm gegenüber, leise tickte eine Uhr, die auf dem Sideboard stand. Es hätte mich kein bisschen gewundert, wenn das Ticken plötzlich langsamer geworden wäre. Es war eine seltsame Situation.

Tick, Tack, Tick, Tack.

Peer hüstelte, Greiff sah mich weiterhin ruhig und mit festen Blick an.

Tick, Tack, Tick, Tack.

Im Augenwinkel nahm ich eine Bewegung wahr. Ich ruckte mit dem Kopf herum, aber da war nichts. Ich hätte wetten können, der »Herr Keenich« sei mit seinen Hunden vorüberspaziert. Als mein Blick wieder zu Greiff zurückkehrte, fiel mir ein kleines Ölgemälde auf, das das neue Schloss zeigte und davor zahlreiche Spaziergänger.

Greiff saß da wie zuvor und sah mich an, inzwischen allerdings mit einem leichten Lächeln auf den Lippen.

Tick, Tack.

»Also gut«, begann ich schließlich. »Ich hatte mit Frau Späth schon zu tun, bevor ich sie in der S-Bahn ärgerte.«

Greiffs Lächeln wurde etwas breiter.

»Ich bin … Ich war Immobilienmakler und habe viele lukrative Projekte in Stuttgart verwirklicht.«

Dann erzählte ich ihm von dem alten Haus am Nordbahnhof, in dem Gunda Späth als letzte Mieterin ausharrte. Ich erzählte ihm von meinen Methoden, die bis auf dieses eine Mal immer funktioniert hatten. Und zum Schluss erzählte ich ihm auch noch von dem alten Mann, der in der Heusteigstraße durch meinen Druck einen Herzinfarkt erlitten hatte und daran gestorben war.

»Und Sie sind überzeugt davon, dass der alte Mann Ihretwegen starb?«

»Na ja, der Mann im Lokal hat mir das so erzählt – und ich muss leider sagen, dass ich das sehr glaubhaft fand. Und es fühlt sich nicht gut an …«

Greiff nickte ernst, dann stand er auf und strahlte mich mit einem warmherzigen Lächeln an.

»Na, dann wollen wir dem Spuk mal ein Ende bereiten, was?«

Er ging uns in den Flur voraus und durch die nächste Tür in ein Wohnzimmer, das von einer großen Schrankwand und von einer plüschig wirkenden Sitzgruppe dominiert wurde. Eine Stehlampe und zwei Kerzen sorgten für ein warmes Licht, im Hintergrund war leise Klaviermusik zu hören.

Auf dem Tisch stand ein graublau bemalter Steingutkrug und drei Gläser. Das vierte Glas hielt Gunda Späth in der Hand, die weise lächelnd auf dem Sofa saß.

Mir wich alle Farbe aus dem Gesicht, die Knie wurden weich. Peer bemerkte als Erster, dass meine Beine nachgaben, und stützte mich schnell.

»N'Obend«, sagte Frau Späth und lächelte weiter.

Ich sah Greiff hilfesuchend an, aber der lächelte nur, nickte und wies mir einen leeren Sessel direkt neben dem Sofa zu. Er selbst setzte sich neben Gunda aufs Sofa, und Peer nahm den Sessel mir gegenüber.

Verräter!

Mein Blick war wohl eindeutig gewesen, denn Peer rutschte ein wenig im Sessel nach unten und nahm die Haltung ein, die ihm vor der Bäckerei regelmäßig den Hut füllte.

Dein schlechtes Gewissen gönne ich dir!

»Bevor Sie Ihren Freund noch zu Tode starren, können wir uns vielleicht daran machen, Sie von Ihrem Fluch zu befreien.«

Greiff hatte ganz ruhig gesprochen, aber ich konnte nicht anders, als mich ihm zuzuwenden. Er hatte in seiner ruhigen Art etwas Hypnotisches an sich – erst jetzt fiel mir auf, dass er bis auf den Satz zur Begrüßung durchgängig astreines Hochdeutsch gesprochen hatte.

»Ich habe mich ein wenig über Sie erkundigt. Frau Späth hat mir manches erzählt, ihr Freund Peer ebenfalls – und dann kenne ich auch noch den einen oder anderen in der Stadt, in der U15 oder vom Schorle-Treff.«

Greiff grinste, ich staunte.

Der Mann war gut informiert über seine Stadt.

»Und es scheint, als hätten Sie Ihre Lektion gelernt.«

»Meine Lektion?«, platzte ich heraus. »Diese Frau« – ich deutete auf Gunda Späth – »hat mein Leben ruiniert!«

»Hat sie das?«, fragte Greiff ruhig und sah mich an.

Mir gingen in schneller Folge alle Erlebnisse seit jenem Dienstag in der S-Bahn durch den Kopf, und ich verglich meine jetzige Situation mit meiner früheren.

Hatte sie das?

»Aber das werden Sie zu gegebener Zeit selbst bewerten können«, fuhr Greiff fort. »Ich will auch gar nicht verheimlichen, dass es mir nicht gefällt, wenn Gunda mit ihrer Laugenstange auf wehrlose Leute losgeht.«

Er warf einen tadelnden Blick auf seine Sofanachbarin, die daraufhin auch prompt ein wenig verlegen wirkte.

»Aber speziell in Ihrem Fall sollten wir uns alle bei ihr bedanken.«

Ich schmollte, musste aber zugeben, dass nicht alles, was mir seit meinem Unfall zugestoßen war, schlecht genannt werden konnte.

»Und nun lassen Sie uns das hier zu Ende bringen.«

Damit stand er auf und bedeutete uns, dass wir uns ebenfalls erheben sollten. Gunda streckte beide Arme in meine Richtung und sah mich ernst an. Ich schaute fragend zu Greiff, der nur nickte. Also streckte ich auch meine Arme aus, und Frau Späth nahm meine Hände.

Peer wandte sich nun Greiff zu und streckte ihm seine Arme entgegen. Greiff sah ihn überrascht an – dann grinste er: »Nein, das wird nicht nötig sein. Das machen die beiden direkt miteinander aus.«

Fünf, vielleicht zehn Minuten stand ich so Hand in Hand mit Gunda Späth und sah ihr in die Augen. Deren Farbe schien von Zeit zu Zeit zu wechseln, mein Blickfeld verengte sich, bekannte Gesichter aus dem Fernsehen, aus der U15 oder vom

Schorle-Treff schienen in ihren Pupillen aufzutauchen, aber das war wahrscheinlich nur Einbildung.

Und irgendwann sah ich gar nichts mehr.

Ich erwachte von einem bitteren Geschmack und sah Greiff, der direkt über mir stand und mir eine gelbliche Flüssigkeit einflößte. Er leerte mir das Glas langsam in den Mund, trat zurück und lächelte mich zufrieden an.

»Wie geht's Ihnen jetzt?«

Ich setzte mich gerade hin, reckte mich etwas, räusperte mich.

»Gut. Mir geht's gut.«

»So kann es bleiben, wenn Sie es möchten.« Greiff sah mich an. »Wenn Sie es wirklich möchten.«

»Was bedeutet das?«

»Gunda hat den Fluch von Ihnen genommen – und Sie sind nun gewissermaßen auf Bewährung von ihm befreit.«

»Auf Bewährung?«

»Nun ja, wir wissen nun, dass Sie ein Arschloch waren. Und wir haben gewisse Anzeichen dafür, dass Sie sich gebessert haben. Aber sicher können wir nicht sein. Und falls Sie eines Tages je wieder in Ihre alten … sagen wir: Gewohnheiten verfallen, dann … Lassen Sie es mich so ausdrücken: Davon würde ich Ihnen einfach abraten.«

»Welche Gewohnheiten meinen Sie speziell?«

»Kommen Sie da nicht selbst drauf?«

»Ich soll keine Leute mehr aus alten Häusern drängen?«

Greiff nickte: »Das vor allem.«

»Und wenn ich aus Versehen etwas mache, was meine Bewährung gefährdet?«

»Ach, keine Sorge: Das werden Sie bemerken. Und wenn es so weit kommen sollte, wissen Sie ja nun, wo ich wohne.«

Peer grinste, dann fiel ihm etwas ein.

»Sagen Sie mal, Herr Greiff«, fragte er, »wurde der Fluch meines Kollegen auch auf diese Weise beendet? Ich meine: hier im Wohnzimmer zusammen mit Frau Späth?«

»Nein«, grinste Greiff. »Da haben wir Gunda nicht dazu geholt – es war ihr, glaube ich, auch allzu peinlich, weil Ihr … Kollege ja außer einem abendlichen Anfall von schlechter Laune eigentlich auch nichts Schlimmes verbrochen hatte.«

Gunda sah etwas betreten drein und schien Peer mit Blicken um Verständnis zu bitten.

»Für ihn habe ich einen Zaubertrank gebraut, der dasselbe Ergebnis hatte wie unser Treffen heute Abend«, fuhr Greiff fort.

»Und warum haben Sie das heute anders gemacht?«, fragte ich.

Er sah mich an und grinste breit.

»Für diesen Zaubertrank brauche ich einen ganz bestimmten Birnenmost. Und ich will ehrlich zu Ihnen sein: Den trinke ich lieber selbst.«

— o —

Peer rollte seinen Schlafsack am Abend auf der Wiese neben dem Ferienhaus aus, und am Freitagmorgen frühstückten wir ausgiebig. Danach fuhren wir mit der U15 in die Stadt hinunter und warteten vor dem Café Büchse auf Tina.

Peer hatte mich während des Frühstücks tatsächlich überredet, mich bei Tina für meinen seltsamen Auftritt beim Pfaffenweg zu entschuldigen – und ihr danach zu erklären, dass ich mein Leben so ändern würde, dass auch sie damit klarkommen würde.

Gegen elf kam Tina von der Unterführung her. Als sie mich sah, wurden ihre Schritte erst etwas langsamer, dann atmete sie tief durch, warf den Kopf in den Nacken und steuerte wieder schneller auf uns zu. Als sie vor dem Eingang an uns vorbei wollte, sprach ich sie an.

»Tina, bitte!«

Sie sah zu mir her, ihr Blick wirkte müde.

»Tina, ich muss unbedingt mit dir reden!«

Sie griff nach der Türklinke.

»Mir tut es leid, dass ich mich vor dir und deinem Vater bei eurem Haus so blöd benommen habe. Mir tut es auch leid, dass du diese Geschichte aus der Heusteigstraße von dem fremden Mann hören musstest.«

Sie hob eine Augenbraue, aber sie war stehen geblieben.

»Und: ja, es tut mir vor allem leid, dass es so eine Geschichte überhaupt über mich zu erzählen gibt.«

Tina ließ die Klinke los und ging einen Schritt vom Eingang weg.

»Wenn du heute Zeit hast, dann würde ich dir gerne alles erklären. Und ich würde dir gerne erzählen, dass ich mich ändern möchte. Und ich hätte gerne die Gelegenheit, dir klar zu machen, dass ich für dich ...«

Ich schluckte.

»... dass ich für dich wirklich alles tun würde.«

Sie sah mich ruhig an und wartete, was noch kommen würde.

»Und wenn du heute keine Zeit hast«, fügte ich schnell hinzu, »dann erzähle ich dir das alles morgen. Oder übermorgen. Oder ... wann du halt Zeit hast.«

Sie sah mich immer noch aus diesen großen dunklen Augen an.

»Bitte, Tina!«

Dann schien ein Hauch von einem Lächeln über ihr Gesicht zu huschen, doch sofort war ihre Miene wieder ernst wie zuvor. Ich wollte mich schon umdrehen und geschlagen davontrotten, da sagte sie: »Um fünf. Aber sei pünktlich.«

Damit war sie im Café verschwunden, und ich sah ihr eine Weile verblüfft nach. Dann, als ich begriffen hatte, packte ich Peer an den Schultern und drehte ihn in einem ausgelassenen Tanz auf dem Gehweg um mich herum.

Tina, die sich drinnen schon eine Schürze übergestreift hatte, sah durch das Fenster heraus und lächelte.

— o —

Kapitel 15 | *Die Party*

Ich war pünktlich, das Gespräch lief prima, und danach hatte ich den Eindruck, Tina wollte mir eine zweite Chance geben. Allerdings hatte sie von einer Party gesprochen, zu der sie am folgenden Abend eingeladen war – und zu der ich sie begleiten sollte. In diesem Punkt hatte sie sich recht geheimnisvoll gegeben – und ich hatte den Eindruck, dass die zweite Chance sehr viel damit zu tun hatte, ob ich mich darauf einließ. Also ließ ich ihr die Freude und fragte gar nicht ernsthaft nach. Aber schon dass sie darauf bestand, mich in meinem Feriendomizil abzuholen, machte mich vor Vorfreude ganz kribbelig.

Das war auch schuld daran, dass ich, als ich am Samstag aufwachte, sofort darüber nachgrübelte, worum es sich bei Tinas Geheimnis handeln könnte.

Entsprechend zäh verlief der Tag. Ich hatte noch nicht einmal Lust, Peer, Hannes und die anderen zum Aufräumen in die Markthalle zu begleiten. Ich kehrte schon früh ins Ferienhaus zurück, duschte mich, trank Kaffee, duschte mich noch einmal und trank noch mehr Kaffee.

Am Abend klopfte es gegen sieben an der Tür. Tina stand draußen und strahlte über das ganze Gesicht. Ich hätte sie am liebsten gleich hier fest umarmt – ach was: Ich hätte sie am liebsten ins Ferienhaus gezogen und zwei Tage lang nicht mehr hinausgelassen.

Aber sie fragte nur kurz: »Und? Bist du fertig?«, und machte Anstalten, zurück zum Eulenrain zu gehen.

Ich zog mir das Jackett über.

»Bin ich richtig angezogen für das, was du heute Abend vorhast?«, fragte ich.

Tina nickte nur und grinste.

Was war das für ein Grinsen?

Vor dem Gartentor stand ein Kleinwagen, der zwar wirklich klein war, aber schon so aussah, als habe er ein bisschen mehr gekostet als das Serienmodell. Ich sah Tina überrascht an, aber sie zuckte nur mit den Schultern.

Wir fuhren in den Talkessel hinunter und wir fuhren links und rechts herum und … Ach, was soll ich Ihnen das groß aufzählen: Ich hatte schlicht keine Ahnung, wohin wir fuhren – ich hatte die ganze Zeit nur Augen für Tina.

Plötzlich parkte sie in eine recht enge Lücke ein und stellte den Motor ab. Ich sah mich um: Wir waren in einer Gegend, die dem Viertel um den Nordbahnhof ähnelte. Einzelne Flächen lagen brach oder wurden als Parkplatz genutzt. Irgendwo, nicht weit entfernt ratterten Eisenbahnräder über Gleise, und der Verkehr der umliegenden Straßen war als gleichmäßiges Rauschen zu hören.

Tina ging auf ein älteres Wohnhaus zu, vor dem Sperrmüll zu einem großen Haufen aufgetürmt war. Mir fiel eine witzige Bemerkung – die mir allerdings heute gar nicht mehr witzig vorkam – ein, die ich früher in solchen Fällen gerne gegenüber Investoren gemacht hatte: »Den Müll hätten die Leute nicht extra raustragen müssen – wo doch sowieso bald das ganze Haus geholt wird!«

Meine Investoren hatten mir daraufhin meistens lachend auf die Schulter geklopft. Von dem sich dabei einstellenden Gefühl der Genugtuung war ich heute allerdings meilenweit entfernt.

Tina stemmte sich gegen die verschrammte Haustür und drückte sie mühsam auf. Ich half ihr, und sie suchte im dunklen Treppenhaus nach dem Lichtschalter. Ein paar Mal hörte ich es klicken – das Licht schien nicht zu funktionieren. Im Hochparterre ging eine Tür auf, schwaches Licht fiel auf die Treppe. Ein schlanker Typ mit langen dunklen Haaren sah zu uns herunter.

»Hallo, Tina«, rief er dann. »Lass den Schalter ruhig, der Strom ist mal wieder abgedreht.«

Ich schluckte, Tina sah mich an.

»Nein«, sagte ich gedämpft zu ihr und hob abwehrend die Hände, »damit habe ich nichts zu tun. Ich war noch nie in diesem Haus, ehrlich!«

Aber Tina sah mich nicht streng oder prüfend an: Sie grinste breit.

»Ich weiß, Ronald«, sagte sie schließlich. »Das wäre auch etwas zu derb, dich heute Abend mit einigen deiner Opfer zu konfrontieren, oder?«

»Opfer …«

Ich verzog das Gesicht.

»Dir wird's hier gefallen«, sagte sie aufmunternd, »glaub mir. Ist nicht gerade dein Loft, aber lustiger als in Didis Ferienhaus geht's hier heut Abend schon zu.«

Oben hörte ich Schritte. Der Typ war wieder in die Wohnung zurückgegangen, hatte die Tür aber offen gelassen.

»Na, komm schon«, sagte Tina und ging die Treppe hinauf.

In ihrem Schlepptau betrat ich die Wohnung, stieg im Flur über einige Jacken und kam schließlich in ein großes Wohnzimmer, dessen Fenster auf die Straße hinausgingen. Sie waren in tiefe Mauernischen eingelassen, Kissen machten aus den Simsen bequeme Sitzgelegenheiten. Der Parkettboden war nicht mehr der neueste, aber zusammen mit Resten der Stuckverzierungen an den Wänden und der hohen Decke wirkte alles gemütlich und luftig zugleich.

Wobei »luftig« die Atmosphäre im Moment nicht so richtig traf: Überall auf dem Boden, auf Sesseln und Stühlen und in den Fensternischen hockten oder fläzten Leute, die meisten zwischen dreißig und vierzig, und fast alle hatten eine Zigarette oder eine Zigarre im Mund. Als wir das Zimmer betraten, verstummten nach und nach die Gespräche, und alle sahen mich fragend an.

»Hey, Tina!«, rief ein etwas untersetzter, aber sehr sportlich wirkender Typ mit einer besonders dicken Zigarre und kam auf uns zu. Er umarmte Tina herzlich, drückte ihr einen

Kuss auf jede Wange und sagte: »Na, wen hast du uns denn da mitgebracht?«

Es klang, als würde er sagen: »Was will denn dieser Loser da an deiner Seite?« Dazu passte auch sein abschätzender Blick, mit dem er mich beiläufig musterte.

»Borat, das ist Ronald«, sagte Tina und legte ihren Arm um mich. »Ronald: Borat.«

Tja, du Stumpen. Wärst wohl selbst gern mit Tina gekommen, was?

Dann rief sie in den Raum: »So, Leute, können wir Ronald heute mal zeigen, wie man richtig feiert?«

Einige johlten zustimmend, die Gespräche gingen weiter, und eine auffallend hübsche Blondine brachte mir eine Flasche Bier. Ich wechselte ein paar belanglose Worte mit ihr und sah ihr nach, als sie wieder zurück in die Fensternische ging, in der sie mit einer etwas pummeligen Brünetten saß.

Tina war meinem Blick gefolgt und raunte mir grinsend zu: »Babs sieht klasse aus, was? Das findet ihre Freundin übrigens auch … Die beiden sind unsere Gastgeber.«

Sie hakte mich unter und zog mich zu einem offenbar schon etwas angetrunkenen Typen mit Hornbrille, Stirnglatze und schütterem schulterlangem Haar. Er saß seelenruhig inmitten des Trubels auf einem plüschigen Sessel und blickte traurig auf den kleinen Bauch hinunter, über dem sich sein altmodisch kariertes Hemd spannte.

»Und ihn feiern wir heute«, erklärte Tina fröhlich. Der Typ sah auf und ich befürchtete, er würde gleich losheulen.

»Feiern – sehr witzig!«, brummte er und konzentrierte sich dann wieder auf seinen Bauch.

»Das ist Toni, und er wird heute …« Tina senkte die Stimme: »… vierzig.«

Sie hatte die Zahl fast geflüstert, aber alle im Raum johlten wie auf Stichwort ein donnerndes »Ho ho ho!« und hoben ihre Gläser.

Toni sah auf und schüttelte missmutig den Kopf.

»Die Zahl hab ich gehört, Tina!«

Er stand auf und sah mit finsterer Miene in die Runde – allerdings irrlichterte dabei ein verdächtiges Zucken um seine Mundwinkel.

»Ihr schadenfrohe Bande!«

Jemand reichte ihm ein Bierglas, das er sofort in einem Zug leerte und danach wie eine Trophäe hochhielt.

»Alle da?«, fragte er dann.

»Ja«, sagte der Stumpen. »Tina war die letzte, auf die wir noch gewartet haben.«

»Gut«, brummte Toni, begann dabei aber zu grinsen und stellte sich aufrecht hin: »Dann lassen wir es jetzt richtig krachen, Leute!«

— o —

Das blieb kein leeres Versprechen. Die Party war prima. Nur einmal drohte sie für mich heikel zu werden. Der Stumpen erzählte, dass Babs und ihre Freundin nicht wüssten, wie lange sie noch in ihrer Wohnung bleiben konnten. Ihnen sei gekündigt worden, und seither kreuze hier immer wieder mal ein Anzugtyp auf, der sie zum Ausziehen überreden wolle, sie drangsaliere und sich wahrscheinlich auch im Keller am Sicherungskasten und am Wasseranschluss zu schaffen mache.

Die vielen flackernden Kerzen waren mir schon aufgefallen. Trotz meiner zu diesem Zeitpunkt bereits … sagen wir: sehr gelösten Stimmung, merkte ich aber doch auch, dass ein CD-Player lief und immer wieder auch eine Espressomaschine.

»Ds wa'ich«, hatte Toni genuschelt. »Ich bn lektrkr …«

»Er ist Elektriker«, übersetzte Babs. »und hat uns eine Leitung runter in den Keller gelegt, die hinter einem alten Schrank direkt an der Hausleitung hängt.«

»Und warum schraubt ihr nicht einfach die Sicherung wieder ein?«

»Ach, lass doch den Immobilienhai seinen Spaß haben. Außerdem ist der Strom so auch noch umsonst. Geht sozusagen aufs Haus!«

Im schallenden Gelächter ging zum Glück auch der vielsagende Blick unter, den mir Tina zuwarf.

Nun weiß ich auch, warum mich Tina ausgerechnet bei dieser Geburtstagsparty dabeihaben wollte.

Ich war zwar nicht der Anzugtyp, von dem hier die Rede war – aber der Unbekannte schien sehr originalgetreu meine jahrelang erfolgreichen Methoden anzuwenden. Ich fühlte mich beschissen – zwei Gläser lang, dann ging's wieder. Und als mich Tina leicht wankend gegen halb drei zum Auto führte, wo ich mich auf den Beifahrersitz fallen ließ, war ich müde, aber prächtig gelaunt.

Auch auf dem Weg vom Auto ins Ferienhaus stützte mich Tina. An der Tür bekam ich einen Kuss, dessen Erwiderung mir als Folge der feuchtfröhlichen Party wohl etwas zu feucht geriet. Lachend wischte sich Tina das Gesicht trocken.

»Du kannst dich gerne drin waschen«, sagte ich. Zumindest versuchen wollte ich es. Tina grinste frech und ging tatsächlich mit hinein. Wir küssten uns wieder und wieder, ich schob sie währenddessen vor mir her zur Couch und sank gleichzeitig mit ihr auf die weiche Liegefläche.

Allerdings sank ich gleich noch weiter und schlief auf der Stelle ein.

Kapitel 16 | *Glück gehabt?*

Am nächsten Morgen erwachte ich von Tinas spitzen Schreien. Ich lächelte und hielt die Augen fest geschlossen, weil ich den schönen Traum nicht unterbrechen wollte. Doch ich träumte nicht, und Tinas Schreie kamen aus dem Bad.

Enttäuscht erhob ich mich und ging zu ihr hinüber. Tina hüpfte in der Dusche von einem Bein aufs andere, und sie hatte Gänsehaut.

»Ist das Wasser zu kalt?«

Sie nickte, bibberte und schob wie verrückt den Mischhebel hin und her.

»So besser?«

Ich stellte meine übliche Mischung ein, und Tina rubbelte sich die Haut unter dem warmen Wasser.

»Schade, eigentlich«, sagte ich und betrachtete ihren nackten Körper. Sie hatte eine tolle Figur: schlank, aber nicht dünn, knackiger Hintern, schmale Hüften und ein Busen, der groß genug war, ohne sie gleich nach vorne kippen zu lassen.

»Was heißt hier ›schade‹?«

»Na, das kalte Wasser hat dir ganz gut gestanden …«

Ich deutete grinsend auf ihre Brüste. Dem Waschlappen, den sie mir als Antwort entgegenschleuderte, konnte ich nur knapp ausweichen.

»Du schnarchst übrigens ganz fürchterlich«, sagte sie später am Esstisch.

»Kann nicht sein«, brachte ich lachend zwischen zwei Bissen hervor, »das müsste ich doch als Erster hören!«

Ich hatte mir Tinas Wagen ausgeliehen und war kurz zum Bäcker gefahren. Erst als ich wieder mit der Tüte zurück ins Ferienhaus kam, fiel mir ein, dass ich ohne den Führerschein dabei zu haben gar nicht mehr Auto fahren durfte. Und vielleicht war er mir ja auch schon entzogen worden, wegen Fahrerflucht und so. Das musste ich nun unbedingt mal klären.

Wir ließen uns Brezeln und Laugenweckle schmecken und dazu Wurst vom Samstag: hausgemachte Kalbsleberwurst und dünne Räucherwürstchen, die mir die Verkäuferin besonders begeistert angepriesen hatte: »Nemmat Se obedengt von dene Schduttgarterle!«, hatte sie gesagt und mir dann mit verschwörerischem Grinsen zugeraunt: »Die mag dr Scheff selbr ao am meischta.«

Es war ein schönes Gefühl, weder von ihrem Dialekt noch von der Wurst ihres Chefs etwas zu befürchten zu haben. Das half sogar darüber hinweg, dass mir Tina während des Frühstücks erzählte, es sei gestern nichts mehr zwischen uns passiert.

»Du bist gleich eingeschlafen, da konnte ich mich gefahrlos danebenlegen – nur dein Schnarchen war der Hammer!«

Wir tranken pappsatt unseren Kaffee aus, als der Kuckuck aus der Wanduhr Tina aufschreckte.

»Oh, Mist, ich muss los!«

Sie hatte mir während des Frühstücks erzählt, dass heute ein großes Familientreffen anlässlich Opa Antons rundem Geburtstag anstand. Festliche Reden, launige Gedichte, schweres Essen und Trollinger mit Lemberger – das volle Programm eben. Sie wollte unbedingt pünktlich sein, weil sie die sonst unvermeidliche Litanei ihrer Großtante über die heutige Jugend und ihren fehlenden Sinn für wahre Werte nicht mehr ertrug.

Ich stand in der Tür und winkte ihr nach, als sie in ihren Wagen stieg. Fast war ich ein wenig enttäuscht, dass sie mich nicht gefragt hatte, ob ich mitkommen wolle.

Spinnst du eigentlich? Wer ist denn hier vor seiner Familie davongelaufen?

Na ja, und dass man seinen Freund der Familie vorstellt, war inzwischen vermutlich auch nicht mehr üblich.

Kennst du denn die Familien von Nina und Kat? Na, also! Und außerdem: Bist du denn schon das, was du sein willst – Tinas Freund?

Wobei ... Die Gefühle für Tina waren ganz andere als die für meine früheren Freundinnen. Und mir wäre es früher auch nie in den Sinn gekommen, ernsthaft um eine Frau zu kämpfen, die mich hatte abblitzen lassen. Damals machte ich dann halt eine neue an ...

Diesmal war wirklich alles anders.

Inzwischen hatte ich mich an Tina nicht nur gewöhnt und genoss nicht nur den Erfolg, sie nach unserem so katastrophal verlaufenen ersten Date wieder für mich gewonnen zu haben. Nein, ich glaube, ich war auch ordentlich verliebt. Das hatte ich auch heute früh wieder festgestellt, als ich sie nackt unter der Dusche stehen oder eher hüpfen sah. Sie sah prima aus, aber das kam mir zum ersten Mal nicht wie das Wichtigste vor.

Na ja, ich hätte mir Tina nicht gerade mit Brille und Bauch gewünscht, aber ich hatte sie schon in ihren Schlabberklamotten gemocht. *Sehr* gemocht.

Ich sah zur Kuckucksuhr: Kurz vor elf. Gegen vier wollte sich Tina unter irgendeinem Vorwand dem Zugriff der Familie entziehen, danach würden wir noch etwas Zeit füreinander haben.

Bis dahin wollte ich mir überlegen, wie ich mein chaotisches Leben wieder ein wenig in den Griff bekommen könnte. Es gab viel zu regeln, und die kommende Woche wäre keine schlechte Zeit dafür.

Ich holte Papier und Stift aus einer der Küchenschubladen und setzte mich an den Esstisch.

»Auto« schrieb ich als ersten Punkt hin, ohne lange nachdenken zu müssen. Danach wurde es schwerer.

»Wohnung«, folgte nach einigem Überlegen. Dann »Polizei«.

Ich saß noch grübelnd am Tisch und kaute auf dem hinteren Ende des Bleistifts herum, als Didi hereinkam. Er war mit zwei hellbraunen Papiertüten beladen und stellte sie neben meinen Notizen auf den Tisch.

»Was machst du denn da Schönes?«

Didi war neugierig. Und noch bevor ich ihm antworten konnte, stand er schon hinter mir und lugte über meine Schulter auf den Zettel.

»Aha«, machte er schließlich und tippte auf eine Stelle direkt unter »Polizei«.

»Da gehört noch ›Schulze‹ hin.«

Ich sah ihn ratlos an. Didi wirkte äußerst zufrieden mit sich.

»Wieso Schulze? Welcher Schulze?«

»Na, du bist doch am Neckartor mit deiner Potenzrakete in dieses Schaufenster geflogen.«

Potenzrakete! Also bitte!

Ich nickte trotzdem.

»Tja, und der Ladenbesitzer heißt Schulze. Heinrich Schulze. Ein ganz netter Typ.«

Ich starrte Didi mit offenem Mund an.

»Und recht umgänglich, wenn man ihm nicht gerade sein Schaufenster zu Bruch fährt«, fuhr Didi fort. Er schien meine Ratlosigkeit sehr zu genießen.

»Und woher weißt du das, wenn ich fragen darf?«

»Du hast mir von deinem Unfall erzählt und davon, dass du abgehauen bist, bevor irgendetwas geregelt war. Ich dachte, vielleicht hilft es dir, wenn ich schon mal mit dem einen oder anderen rede.«

»Aha. Also zum Beispiel mit Herrn Schulze.«

Didi nickte und strahlte wie ein Honigkuchenpferd. Ich wusste nicht, ob ich ihn erschlagen oder küssen sollte. Sicherheitshalber ließ ich beides bleiben, saß einfach kopfschüttelnd am Esstisch und schrieb in die neue Zeile »Schulze«.

»Schreibt der sich so?«, fragte ich den allwissenden Didi.

»Glaub schon.«

»Na, dann …«

Ich ließ den Stift auf das Blatt fallen und sah Didi zu, der sich nun daran machte, den Inhalt der beiden Papiertüten aus- und aufzuräumen. Wurst, Butter und Bier in den Kühlschrank,

Brot und Tomaten auf die Arbeitsplatte, Klopapier ins Bad – Didi war offenbar in seinem Element.

Dann begann er auch noch vor sich hinzupfeifen. Irgendeine furchtbar fröhliche Melodie, die ich nicht erkannte – was an meinem Musikkonsum liegen konnte, aber auch an Didis Talent als Pfeifer.

»Dir geht's prima, oder?«

»Ja«, sagte Didi knapp, faltete die beiden inzwischen geleerten Tüten fein säuberlich zusammen und ließ sich auf den Stuhl mir gegenüber fallen.

»Und seit ich für dich nicht mehr diesen Müll aus dem Supermarkt holen muss, geht es mir gleich noch einmal viel besser.«

»Mir auch, danke.«

»Stell dir vor, mich hätte jemand dabei gesehen, wie ich abgepackte Wurst aus dem Kühlregal nehme ... Weißt du, wir achten auf unsere Ernährung. Fleisch von hier, Wurst vom Metzger, Biogemüse, Obst nach Saison – solltest du auch machen. Das schmeckt viel besser, ist gesünder, und der Umwelt hilfst du auch gleich noch.«

Ja, mit dem Helfen hat es Didi.

»Na, die Umwelt kann ohnehin mit mir zufrieden sein: Seit fast drei Wochen fahre ich nur noch Rad und Stadtbahn.«

»Stimmt ja«, lachte Didi. »Bravo!«

Ich winkte lustlos ab.

»Vielleicht solltest du dein Auto dann gar nicht erst wiederhaben wollen. Das Rad kann ich dir gerne schenken, wenn du magst. Und mit der Netzkarte bist du vielleicht inzwischen auch auf den Geschmack gekommen.«

Ich stellte mir regnerische Tage vor, an denen ich mich durchnässt in die überfüllte Stadtbahn drängen würde. Und ich erinnerte mich an die spöttischen Kommentare von Hannes und seinen Jungs, die ich Didis Damenrad zu verdanken hatte.

»Ja, schon«, log ich. »Aber meinen Wagen hätte ich trotzdem gerne wieder.« Das immerhin war die Wahrheit.

»Klar, der ist ja auch einiges wert, nehme ich an«, gab mir Didi recht.

»Nehme ich an«? Hat der einen Knall?

»Etwas teurer als dein Kombi ist er schon, da hast du recht.«

»Wahrscheinlich würde ich für deinen Wagen locker zwei neue Kombis bekommen«, sagte er.

Als ich nur grinste, wurde er etwas unsicher.

»Äh … drei?«

Ich grinste noch breiter.

»Wie viel kostet denn so ein Kombi wie deiner neu?«

»Das aktuelle Modell … na ja, mit ein paar Extras ist man da ganz schnell bei 25 000 Euro.«

»Okay«, ich rechnete kurz nach. »Sieben.«

»Was meinst du mit ›sieben‹?«

»Na, du wolltest doch wissen, wie viele von deinen Kombis man für einen Wagen wie meinen bekommt. Sieben.«

Didi wurde blass. Sein Blick flackerte. Es war ihm deutlich anzusehen, dass ich ihn soeben an den Rand seiner kleinen Scheibenwelt geführt hatte und dass ihm der Blick über den Rand ziemlich zusetzte.

»Sie- …« Didi schluckte. »Sieben?«

Ich nickte.

»Aber entspann dich wieder, Didi: Ich musste für den Wagen extra einen Kredit aufnehmen.«

Das stimmte nur zum Teil: Ich hatte für den Wagen nur 120 000 Euro flüssig, und der Rest war inzwischen abbezahlt. Aber irgendwie musste ich ihn doch trösten, oder?

»Ja, dann«, stieß Didi schwach hervor, dann öffnete er den Kühlschrank und sortierte Wurst und Bier in andere Fächer um.

Wenn's ihm hilft …

»Können wir das Protzen jetzt nicht einfach mal lassen?«, schlug ich vor.

Didi beruhigte sich etwas, schloss den Kühlschrank und setzte sich an den Tisch. Sein Blick ging deprimiert durchs

Fenster zum Eulenrain hinaus, wo sein gebrauchter Kombi stand.

»Außerdem: Du hast deinen Kombi hier vor dem Haus stehen, ich muss meinen Wagen erst wieder bekommen.«

»Ja, danke. Und zumindest hinunter in die Stadt bringt mich die Karre auch. Ob es der Motor aber noch oft bergauf schafft, muss sich zeigen.«

Ich musterte Didi nachdenklich, wie er da so trübsinnig vor mir hockte und zum Fenster hinausstarrte. Dann nahm ich den Stift wieder auf und schrieb »Didi« in eine neue Zeile. Die Stelle deckte ich mit der Hand ab – er musste ja nicht alles wissen.

»Sag mal, Didi: Du hast doch mit diesem Schulze gesprochen.«

»Ja«, sagte Didi und sah wieder mich an. »Wieso?«

»Wie hat er denn auf die Geschichte reagiert?«

»Na ja … Sauer ist er schon. Schließlich ist er bisher auf den Kosten sitzengeblieben und hatte reichlich Ärger, bis alles wieder halbwegs in Ordnung war. Aber ich könnte mir schon vorstellen, dass du das mit ihm klären kannst.«

Ich nickte.

Guter Didi.

»Wenn du das Schaufenster zahlst und dich ein bisschen zerknirscht zeigst … Ich hatte nicht den Eindruck, dass Herr Schulze dich unbedingt reinreiten will.«

»Wieso reinreiten?«

»Na, er hat natürlich Anzeige erstattet wegen des Unfalls. War ja auch eine ordentliche Sauerei, und auch die Bilder waren erst mal hinüber.«

»Waren die denn viel wert?«

»Nur für ihn, der sammelt alles, was irgendwie mit Michael Schumacher zu tun hat. Und du bist ihm mit deinem Flitzer geradewegs durch ein Porträt mit seinem Liebling geflogen.«

»Und dann auch noch mit dem falschen Auto!«, lachte ich.

»Hat Schumacher denn nicht den Rennstall gewechselt?«

»Ach so – dann stimmt's ja wieder.«

Didi und ich lachten, bis uns beiden die Tränen kamen.

»Nein, aber im Ernst«, fuhr Didi fort, als wir uns wieder eingekriegt hatten. »Ich glaube, das kannst du mit Herrn Schulze regeln. Am Geld wird es dir ja nicht mehr fehlen, sobald du deine Schlüssel, deine Papiere und deine Kreditkarten wieder hast.«

Da hatte Didi recht. Und mir fiel auf, dass er den letzten Satz ausgesprochen hatte, ohne dass auch nur eine Spur Häme, Neid oder Ironie herauszuhören gewesen war.

Didi, den ein Motorschaden vor echte Probleme stellen würde, gönnt mir meine Kohle? Erstaunlich eigentlich.

»Hättest du denn eventuell Zeit, mich zu diesem Schulze zu begleiten? Dich kennt er schon, und vielleicht ist er dann etwas leichter zu knacken.«

»Leichter zu knacken – wie das klingt! So solltest du nicht mit ihm reden, das ist klar. Und wenn ich dich so reden höre, bin ich mir auch nicht mehr so sicher, dass unsere ganze Aktion hier dich wirklich verändert hat.«

»Welche Aktion?«, fragte ich.

Didi erschrak, fasste sich aber schnell wieder.

»Na ja, Aktion ist vielleicht nicht das richtige Wort dafür …«

Er wand sich. Mir kam ein Verdacht.

Kann das sein? Der harmlose Didi, der nur mein Bestes will? Ich frage ihn einfach mal direkt.

»Kennst du Gunda Späth?«

Didi sah mich verblüfft an, dann schüttelte er den Kopf. Irgendwie wirkte er erleichtert, ich hatte wohl das Falsche getroffen.

»Ich weiß über diese Frau nur, was du mir erzählt hast. Kann sein, dass ich mal irgendwas über sie in der Zeitung gelesen habe, aber begegnet bin ich ihr noch nie.«

»Dann ist es ja gut«, seufzte ich. »Entschuldige bitte, aber du hattest gerade von einer Aktion gesprochen – und ich wollte nur sicher gehen, dass du nicht mit dieser Frau Späth unter einer Decke steckst.«

Didi sah mich nachdenklich an.

»Du hast keine echten Freunde, oder?«

Wie kommt er denn jetzt darauf?

»Wenn einer so misstrauisch ist wie du, hat er wohl nicht viele Menschen getroffen, denen er einfach mal vertrauen kann. Denen er einfach glauben kann, dass sie es gut mit ihm meinen.«

Ich muss Didi mal mit Peer bekannt machen. Sie scheinen sich recht ähnlich zu sein in ihren Ansichten.

»Und du meinst es also gut mit mir?«, fragte ich schließlich.

Didi nickte.

»Und hilfst mir einfach so?«

Didi nickte.

»Und ganz ohne Hintergedanken?«

Didi zögerte.

»Aha!«, machte ich.

»Nix ›aha‹«, widersprach er mir. »Früher warst du … ach, was soll ich drumherum reden: Du warst einfach ein richtiges Arschloch. Arrogant, raffgierig, rücksichtslos.«

Aua …

»Als ich mitbekam, dass du so richtig in der Patsche warst, dachte ich mir: Wenn ich dir jetzt helfe, kann ich vielleicht einen besseren Menschen aus dir machen.«

Einen besseren Menschen? Sieht Didi zu viele Disney-Filme?

»Du darfst in meinem Ferienhaus wohnen, du darfst mit meinem alten Rad fahren …«

Danke …!

»Ich packe dir den Kühlschrank voll mit Essen und Trinken, leihe dir Unterwäsche aus. Aber ich habe dir kein Geld gegeben und auch kein Handy.«

Stimmt. Und überhaupt: Warum eigentlich kein Handy?

»Ein Handy hast du nicht bekommen, weil du sonst mit ein paar Anrufen wahrscheinlich schnell wieder in dein altes Leben zurückgekommen wärst. Clever warst du ja schon immer.«

Geht das schon wieder los, dass hier jeder meine Gedanken lesen kann?

»Und Geld wollte ich dir keins geben, weil ich eben nicht wollte, dass du dir überall einfach was kaufen kannst. Du solltest mal ein ganz anderes Stuttgart erleben. Und das hat, glaube ich, ja auch ganz gut geklappt.«

Ich nickte und grinste Didi an. Er lächelte zurück.

»Wenn ich deinen Blick jetzt richtig deute«, sagte er, »dann bist du tatsächlich nicht mehr dasselbe Arschloch wie vor drei Wochen.«

Ich zuckte mit den Schultern.

»Dann wollen wir mal hoffen, dass ich nicht nur nicht dasselbe Arschloch bin, sondern überhaupt keins mehr.«

Didi lachte.

»Abwarten …«

»Ich glaube schon, dass mich die vergangenen Wochen verändert haben. Und weil du vorhin von Freunden gesprochen hast: Ich will ja jetzt nicht rührselig werden, aber als Freunde würde ich im Moment am ehesten dich und Peer bezeichnen. Und natürlich Tina.«

»Peer?«

»Erzähl ich dir noch, und von Tina auch. Wahrscheinlich werdet ihr drei euch mal kennenlernen. Wir könnten ein Dankeschön-Essen veranstalten, da lade ich euch alle ein.«

»Super Idee«, lächelte Didi.

Wir saßen ein paar Minuten stumm am Tisch, dann kam mir ein Gedanke.

»Du hast mir ja jetzt erklärt, was du mit der ›Aktion‹ gemeint hast. Nur eine Frage hätte ich schon noch.«

Didi sah mich an, er wirkte plötzlich wieder angespannt.

»Warum das alles? Ich meine: Du hast mir erzählt, was du bezweckt hast. Aber warum hast du dir gerade mit mir solche

Mühe gegeben? Oder rennst du ohnehin ständig durch Stuttgart und sammelst Hilfsbedürftige auf?«

»Nein, das nicht gerade.«

»Also: Warum dann die ganze Mühe für mich?«

Didi sah mich lange an, dann schüttelte er den Kopf.

»Ich muss jetzt auch los. Wir sehen uns morgen, ja?«

Er kritzelte eine Adresse auf mein Blatt. Das Ergebnis wurde etwas krakelig, weil ich meine Hand nicht von der Stelle nehmen wollte, auf die ich »Didi« geschrieben hatte.

»Komm morgen früh vorbei. Ich habe diese Woche Urlaub – und dann werde ich dir auch erzählen, warum ich mir mit dir so viel Mühe gegeben habe.«

Damit musste ich mich fürs Erste zufrieden geben. Aber ich grübelte noch immer über Didis Beweggründe, als er schon draußen in seinem Kombi saß und den Zündschlüssel drehte, was zunächst ein ungleichmäßig orgelndes Geräusch zur Folge hatte.

Klang wirklich nicht gut.

Mit einer kleinen Rauchwolke meldete sich der Motor dann doch noch zum Dienst, und ruckelig fuhr Didi an und verschwand aus meinem Blickfeld.

— o —

Es war fast fünf, als Tina endlich wieder im Ferienhaus war.

Wir tranken Kaffee, und sie erzählte von ihrem Familientreffen. Sie war pünktlich gewesen, und die Großtante hatte das erfreut zur Kenntnis genommen. Opa Anton war selig betrunken am Tisch eingeschlafen, noch bevor das Dessert serviert wurde – aber er mochte eh kein Eis. Tinas Eltern hatten sich links und rechts von Opa Anton platziert, ihm ein Kissen besorgt und darauf geachtet, dass er nicht vom Stuhl fiel.

Der Rest der Familie wurde durch Wein und allerlei Wässerchen immer lustiger, und als Tinas neunzehnjährige Cousine kurz vor Kaffee und Kuchen die Gelegenheit nutzte und ihren ausnahmsweise sehr entspannt wirkenden Eltern von ihrem Freund berichtete, zu dem sie in ein paar Tagen ziehen wolle, kippte die Stimmung ein wenig. Aus den völlig gelösten Eltern der Cousine wurden völlig aufgelöste Eltern – und die Großtante konnte doch noch ihr Lamento über die Jugend und ihren fehlenden Sinn für wahre Werte loswerden.

Im anschließenden Tumult mussten erst der Opa in Sicherheit gebracht und dann die übrigen Familienmitglieder wieder miteinander versöhnt werden. Die Großtante klagte über Brustschmerzen, die Cousine stapfte heulend von dannen, und ihr Vater trank sich einmal quer durch die imposante Spirituosenauswahl des Lokals.

»Dadurch habe ich mich erst etwas später abseilen können«, sagte Tina grinsend. »Tut mir leid.«

»Immerhin hast du einiges erlebt«, sagte ich. »Bei mir ging's weniger turbulent zu: Didi war da.«

»Ach, dein Gönner? Schade, den würde ich auch gern mal kennenlernen.«

»Wirst du noch, keine Bange. Vielleicht klappt's ja nächste Woche.«

»Schön. Und was machen wir jetzt?«

»Hättest du Lust auf einen kleinen Ausflug?«

»Hey, gute Idee. Wo geht's hin?«

»Gar nicht weit. Könntest du uns fahren? Ich lotse dich hin.«

»Klar«, rief Tina und sprang auf. Offenbar hatte sie mit ihrem turbulenten Familientreffen nun genug Zeit in geschlossenen Räumen verbracht. »Los geht's!«

Oh Mann, ich könnte sie knuddeln.

Das tat ich dann auch. Schließlich rissen wir uns los und fuhren mit ihrem Wagen Richtung Talkessel. Ich ließ sie ein paar Mal rechts abbiegen, bis wir schließlich wieder bergaufwärts fuhren. Durch den Wald und ein Wohngebiet kamen wir nach Rohracker, dann hinunter nach Hedelfingen, über den Neckar hinweg und auf Uhlbach zu.

Allmählich wurde ich etwas nervös. Ich rutschte ein wenig auf meinem Sitz nach unten, obwohl ich ziemlich sicher nichts zu befürchten hatte. Am Hof meiner Eltern, der am Westrand von Uhlbach nahe beim Sportplatz lag, kamen wir nicht vorbei. Und es würde mich schon niemand erkennen, wenn ich mal als Beifahrer in einem Kleinwagen kurz durch Uhlbach huschte.

Über den Wipfeln der Bäume in der Ortsmitte lugte der Turm der Andreaskirche hervor. Kurz darauf hatten wir den Ort schon wieder verlassen und ich entspannte mich wieder etwas. Tina fuhr recht flott, und auf der holprigen Straße den Berg hinauf legte sie die vorschriftsmäßigen »50 Stundenkilometer« sehr großzügig aus.

Nun sah sie auch schon die Grabkapelle oben auf dem Berg und fragte: »Ist das unser Ziel?«

Ich nickte.

»Schön«, sagte sie und lächelte mir zu.

Oben war viel Betrieb, aber für Tinas kleinen Wagen fand sich trotzdem eine letzte Lücke am Straßenrand. Wir stiegen aus, ließen die genervt nach einem Parkplatz suchenden Limousinenfahrer hinter uns und waren bald umgeben von Pärchen, die teils mit, teils ohne Kinderwagen zur Kapelle hinauf oder von ihr herunter schlenderten.

Am Fuß der Kapelle setzten wir uns auf die oberste Treppenstufe und sahen auf Stuttgart hinunter. Weinberge waren zu sehen, dahinter der bewaldete Bopser und dazwischen das komplett verbaute Neckartal. Auf dem Wasen waren noch immer die bunten Kulissen des Frühlingsfests zu sehen. Aus dem bewaldeten Hügel vor uns ragten der Funk- und der Fernsehturm.

»Ungefähr da hinten müsste das Ferienhaus liegen«, sagte ich und deutete auf eine Stelle leicht rechts vom Fernsehturm.

Tina tat, als wolle sie meiner Geste ganz genau folgen und drückte sich dafür etwas enger an mich – dann hatte das Neckartal ein paar Küsse lang Sendepause.

»Weißt du denn, was es mit dieser Grabkapelle auf sich hat?«, fragte ich.

»Na ja, mit der Schulklasse mussten wir mal hier rauf. Das ist aber schon lange her. Erzähl ruhig, wenn du magst.«

Sie lehnte sich an mich und richtete sich offenbar auf eine gemütliche Geschichtsstunde ein.

»Also ... Württemberg hatte für Napoleon Soldaten in den Krieg geschickt und war dafür zum Königreich erhoben worden. Als Napoleon dann sein Waterloo erlebte, war Württemberg mit ihm gekniffen – und der damalige Kronprinz Wilhelm heiratete seine Cousine, die Zarentochter Katharina, um zwischen Württemberg und Russland schön Wetter zu machen. Aus dem Kronprinz wurde direkt nach der Hochzeit der König, aus Katharina eine eifrige Wohltäterin im damals vom Hunger geplagten Stuttgart.«

»Katharinenhospital, Katharinenstift ... ich weiß.«

»Und dann, ganz plötzlich starb die gerade mal dreißigjährige Katharina. Für sie ließ Wilhelm dieses Mausoleum bauen, und er ließ über den vier Eingängen ziemlich pathetische Sprüche einmeißeln. Über dem Westportal steht ...«

Ich musste kurz nachdenken.

»Da steht ›Die Liebe höret nimmer auf‹ oder so ähnlich.«

»Hach«, seufzte Tina übertrieben gerührt, »wie schön!«

»Wart mal lieber mit dem Losheulen«, unterbrach ich sie lachend. »Ein paar Kratzer hat die Idylle schon.«

»Ja?«

»Angeblich hatte Wilhelm ziemlich lange mit einer italienischen Adligen rumgemacht, und Katharina war den beiden auf die Schliche gekommen. Sie soll mit ihrem Königle ein ernstes Wort gesprochen haben, aber der wollte wohl nicht so recht die Finger von seinem heißen Feger lassen – da war Katharina ziemlich deprimiert.«

»Kann ich mir denken. Und dann?«

»Sehr dramatisch: Sie spazierte mitten im Winter in einem viel zu dünnen Kleid durch den Schlosspark, erkältete sich dabei und starb kurz darauf. Manche erzählen auch, sie habe ihren Mann und seine Geliebte in Scharnhausen in flagranti erwischt und sei danach im offenen Wagen nach Hause gefahren. Jedenfalls hat sie sich erkältet und starb.«

»Oha«, machte Tina. »Und da hat den guten Willi das schlechte Gewissen gepackt und er hat seiner toten Frau dieses Monument gebaut?«

Ich nickte.

»Hat er schön gemacht«, sagte Tina anerkennend.

»Schon, aber wenn man es genau nimmt, hat er irgendwie dann doch wieder einen passenden Fettnapf gefunden.«

»Warum das denn?«

»Na, seine Frau ist ja indirekt gestorben, weil ihr Mann eine italienische Geliebte hatte. Und die Grabkapelle plante und baute natürlich Württembergs Hofbaumeister, ein gewisser Salucci …«

»Klingt italienisch.«

»Eben.«

»Oops …«

»Immerhin liegt er selbst jetzt ebenfalls hier oben begraben, ebenso wie eine der Töchter von Wilhelm und Katharina.«

»Dann war Wilhelm also doch noch romantisch geworden?«

»Wie man's nimmt. Geheiratet hat er noch einmal, und Affären hatte er weiterhin. Immer noch mit der Italienerin, aber zum Beispiel auch mit einer Schauspielerin.«

Sie sah mich grinsend an.

»Du solltest auf Fremdenführer umsatteln«, sagte sie und lachte.

Wir saßen eine Weile still nebeneinander und sahen ins Tal hinunter. Dann stand ich auf und stellte mich vor Tina. Sie sah fragend zu mir hoch. Ich begann mir Worte für eine längere Geschichte zurechtzulegen.

»Willst du mir irgendetwas gestehen?«

Ich druckste noch ein wenig herum.

»Sind wir deshalb hier hoch?«

Ich nickte.

»Dann will ich mal hoffen, dass du mir jetzt nicht beichtest, eine italienische Geliebte zu haben.«

Sie lachte, aber ich grinste nur schwach. Tina wurde sofort wieder ernst und musterte mich unsicher.

»Beichte stimmt«, sagte ich schließlich. »Italienische Geliebte stimmt nicht.«

Tina verstand offensichtlich kein Wort.

»Komm, lass uns ein Stück gehen.«

Tina stieg mit mir die Treppe hinunter, danach schlenderten wir um die Kapelle herum und später ein wenig über die Weinbergwege unterhalb des Bauwerks.

»Ich hieß früher mal anders und war nicht weit von hier daheim«, begann ich.

Eigenartig, wie schwer mir das fällt. Immerhin – ich erzähle es ihr überhaupt.

»Also doch eine Beichte«, sagte Tina und klang halb nachdenklich, halb gespannt.

»Hör einfach zu«, unterbrach ich sie. »Hör's dir einfach mal an, ohne Kommentar – es fällt mir schwer genug, dir das zu erzählen.«

»So schlimm?«

»Nein, eigentlich nicht. Aber ich habe darüber schon seit Ewigkeiten nicht mehr geredet.«

»Okay«, sagte Tina und machte mit den Finger eine Geste, als würde sie ihren Mund verschließen und den Schlüssel im hohen Bogen über die Schulter werfen.

Ich grinste sie an, dann wurde ich wieder ernst und atmete tief durch.

Los, Ronald, raus damit!

»Ich bin der Sohn einer Wengerterfamilie.«

Wir hatten inzwischen eine Stelle erreicht, von der aus man nach Uhlbach hinuntersehen konnte.

»Dort unten bin ich aufgewachsen.«

»Echt?«

Sie hat ihren Schlüssel aber schnell wieder gefunden …

»Tina, bitte …«

»Okay, okay. Bin schon ruhig.«

»Siehst du dort hinten den Sportplatz? Dort, hinter Uhlbach am Hang?«

Tina nickte.

»Direkt links davor liegt ein Bauernhof.«

Tina nickte wieder, presste ihre Lippen fest aufeinander und grinste dabei spöttisch.

»Das ist mein Elternhaus.«

Nun sah sie doch etwas genauer hin, auch das Grinsen verschwand.

»Meine Eltern sind Wengerter, ziemlich renommierte. Der Weinbau hat in meiner Familie Tradition: Seit vier Generationen machen wir Wein. Ich sollte das später einmal übernehmen, hatte aber absolut keine Lust dazu.«

Tina hob den Finger, als wolle sie sich in der Schule melden.

»Weißt du was?«, sagte ich genervt. »Das Schwerste war für mich, überhaupt einmal mit meiner Geschichte anzufangen. Also habe ich das Schlimmste schon hinter mir, du darfst jetzt gerne einfach dazwischenplappern.«

»Oh, gnädigsten Dank!«

Tina stand auf und verbeugte sich gekünstelt vor mir. Wir lachten – obwohl ich eigentlich ein ganz klein bisschen beleidigt sein wollte.

Ich kann ihr einfach nichts übelnehmen.

»Was haben deine Eltern denn dazu gesagt, dass du den Hof nicht übernehmen wolltest?«

»Na ja, so ganz geklärt hatten wir das nie. Sie gingen davon aus, dass ich schon noch Lust bekommen würde, Wengerter zu werden wie sie. Und meine Pläne vom Geldverdienen irgendwo draußen in der weiten Welt hielten sie lange für Hirngespinste eines naiven Jugendlichen.«

»Aber du musst es Ihnen doch irgendwann einmal erzählt haben. Schließlich stehen wir jetzt hier oben, du hast ein Loft in der Innenstadt und eben nicht das Weingut deiner Familie.«

»Als ich achtzehn war, bin ich abgehauen.«

Tina sah mich überrascht an.

»Einfach so?«

»Ja, einfach so.«

»Und alles nur, weil deine Eltern andere Pläne für dich hatten als du selbst? Du kneifst aber schnell!«

»Also bitte! Zum einen ist das ja nun auch schon einige Jährchen her …«

Ich verstummte.

»Und zum anderen?«, hakte Tina schließlich nach.

»Da gab es auch noch einen zweiten Grund …«

Ich sah sie an, es war mir ein wenig peinlich. Tina verstand sofort und grinste breit.

»Ach was: ein Mädchen …«

»Ja … Betty … Eigentlich hieß sie Elisabeth, wie meine Mutter. Aber das ging natürlich gar nicht, kannst du dir sicher denken.«

Tina nickte.

»Betty also. Und was war mit Betty?«

»Wir waren zusammen, eigentlich eher nur befreundet. Ein, zwei Jahre schon, und mehr als ein bisschen rumschmusen war nicht passiert. In der Nacht zu meinem achtzehnten Geburtstag habe ich mich mit ihr verabredet. Ich habe mich gegen zehn aus dem Haus geschlichen und traf Betty oben in den Weinbergen. War eine richtig schöne, laue Nacht. Der Mond schien und wir spazierten Hand in Hand hinauf bis zum Schurwald.«

Bis dahin eine schöne Erinnerung …

»Am Waldrand standen wir dann eine Weile beisammen, im Schatten einiger alter Obstbäume, und schauten hinunter auf Uhlbach und hinaus zum Neckartal. Ich umarmte Betty, ich küsste sie und war wie im siebten Himmel. Dann muss mich wohl der Teufel geritten haben …«

»Der Kuss reichte nicht«, stellte Tina fest und nickte nachdenklich.

»Ist dir das auch passiert?«

»Der achtzehnte Geburtstag scheint ein gefährlicher Tag für Jungs zu sein.«

»Und wie hast du reagiert?«

»Ich habe ihm zweimal gesagt, dass er seine Hand aus meinem Pulli nehmen soll. Und dann habe ich ihm eine gescheuert.«

»Kommt mir irgendwie bekannt vor. Und hast du deinen verhinderten Eroberer mal wieder getroffen?«

»Klar, der wohnte ja nur zwei Häuser weiter. Ein paar Tage lang war es ihm so peinlich, dass er mir ständig aus dem Weg gegangen ist. Irgendwann war mir das aber zu blöd: Ich bin zu ihm hin und habe reinen Tisch gemacht. Wir wurden danach kein Paar mehr und er hat mir auch nirgendwo mehr hingefasst – aber wir sind … ja: Freunde geblieben. Auf Klassentreffen treffe ich ihn immer wieder, oder wenn er bei seinen Eltern zu Besuch ist. Die wohnen noch immer in der Nachbarschaft meiner Eltern.«

»Hm«, machte ich und dachte an damals.

»Und wie seid ihr damit umgegangen? Hast du dich mit Betty ausgesprochen?«

»Nein, ich habe mich nicht getraut.«

»Ist Betty dann auf dich zugekommen?«

»Kann ich dir nicht sagen: Zwei Tage später war ich weg.«

Ich seufzte.

»Da hast du wohl etwas übertrieben reagiert«, sagte Tina schließlich. »Du hättest lieber mit Betty reden sollen – ich kenne sie zwar nicht, aber ich glaube, dass sie deine Entschuldigung angenommen hätte.«

»Kann sein. Jedenfalls habe ich mich damals aus dem Staub gemacht. Achtzehn war ich ja. Ich habe mein Sparbuch aufgelöst und eine ganze Nacht darüber nachgedacht, wo ich nun eigentlich hinsollte. Bis dahin bedeutete ›weite Welt‹ einfach nur alles außerhalb von Uhlbach.«

»Ach, mein armer Junge vom Land«, spottete Tina, nahm mich aber dabei in den Arm.

»Zuerst verschlug es mich nach Frankfurt, wo ich ein paar Jobs annahm und schließlich im Büro einer Spedition landete. Das machte mir Spaß, und ich war wohl auch ganz gut in dem Job. Dann ging ich zu einer Kurierfirma nach Berlin, baute denen eine Niederlassung in Dresden auf, wechselte zu einer Spedition nach Bremen – so ging das eine Weile. Jedes Mal wurde mein Gehalt etwas höher, meine Anzüge etwas schicker, mein Auto etwas schneller. An Uhlbach dachte ich bald nur noch selten zurück.«

»Traurig, finde ich.«

»Meinetwegen, aber damals kam mir das nicht so vor. Okay, um Weihnachten herum war es immer ein bisschen deprimierend, allein in meiner Wohnung zu sitzen und mich vor dem Fernseher zu langweilen. Da war ich auch tatsächlich immer wieder kurz davor, meine Eltern anzurufen. Und dann dachte ich mir doch wieder jedes Mal: Nein, du wartest, bis du es geschafft hast – dann müssen sie doch einsehen, dass ich alles richtig gemacht habe.«

»Dann hattest du es geschafft und hast angerufen. Was haben deine Eltern gesagt?«

»Äh … ich habe nicht angerufen.«

»Wie?«

»Ich habe seit meinem achtzehnten Geburtstag nicht mehr mit ihnen gesprochen.«

»Jetzt mal ganz langsam zum Mitschreiben: Du verdienst so viel, dass du dir eben mal eine Sportkarre für mehr als hunderttausend Euro kaufen kannst, du mietest ein sauteures Loft in der Innenstadt, du läufst nur in maßgeschneiderten Kleidern und in 800-Euro-Stiefeln herum … Wann hättest du es denn deiner Meinung nach ›geschafft‹?«

Ich schwieg betreten.

»Also, Ronald, sei mir nicht böse, aber du hast echt ein Rad ab.«

»Na ja … Ich lernte in London und New York noch ein wenig mehr darüber, wie man gute Geschäfte einfädelt und wie man ordentlich daran verdient. Ich handelte mit Aktien, allmählich kamen Grundstücke und Häuser dazu, und mir gelang immer mehr, auch meine Projekte wurden immer ein wenig größer. Vor ein paar Jahren kam ich dann wieder nach Stuttgart. Bis dahin hatte ich zwar keine Geldsorgen, aber so richtig reich war ich nicht. Das neue Auto hätte ich mir ohne meine hiesigen Projekte nie leisten können.«

»Du warst also noch nicht der Meinung, du hättest es geschafft. Verstehe ich das bis dahin richtig?«

Ich nickte.

»Gut, meinetwegen. Und dann ziehst du also nach Stuttgart, wohnst keine zehn Kilometer von deinen Eltern entfernt – und hast sie weder besucht noch angerufen?«

»Ja.«

»Das ist nicht dein Ernst, oder?«

»Doch. Da hatte ich zwar schon den Eindruck, dass ich es geschafft hatte. Und ich war mir auch sicher, dass ich meine Eltern mit meinem Erfolg hätte beeindrucken können. Aber …«

»Aber?«

»… aber da habe ich mich nicht mehr getraut. Ich male mir noch immer manchmal aus, wie ich da hinfahre und mich von meinem Vater und meiner Mutter herunterkanzeln lassen muss, weil ich sie so viele Jahre lang nicht angerufen und ihnen nicht geschrieben habe, wie es mir geht. Die wissen ja eigentlich nicht einmal, ob ich überhaupt noch lebe.«

Tina schüttelte fassungslos den Kopf und sah dann wieder auf Uhlbach hinunter.

»Da hinten?«, fragte sie und deutete auf mein Elternhaus.

Ich nickte.

»Also los«, sagte sie nach einer kurzen Pause und wandte sich zum Gehen. »Wir fahren da jetzt hin. Dieser Blödsinn muss ein Ende haben!«

»Nein, auf gar keinen Fall!«

»Du bist vielleicht ein Angsthase«, schimpfte Tina und sah mich tadelnd an. »Worauf willst du denn *noch* warten? Wie alt sind deine Eltern denn?«

»Mein Vater wird in drei Monaten siebzig, meine Mutter zwei Tage später fünfundsechzig.«

»Und was machst du, wenn den beiden etwas zustößt, wenn sie krank werden oder sterben – und du hast keine Chance mehr, noch mit ihnen zu reden?«

Ich schluckte. Sie hatte recht.

»Also los jetzt!« drängte Tina wieder.

»Ich … Ich bin noch nicht so weit.«

Tina verdrehte die Augen.

»Feigling!«

»Von mir aus …«, brummte ich.

Tinas Gesicht hellte sich auf.

»Heißt das, wir können jetzt doch zu deinen Eltern fahren?«

»Nein. Das heißt: Du darfst mich meinetwegen einen Feigling nennen.«

Tina ließ die Mundwinkel wieder sinken und ging vor mir hin und her. Schließlich stellte sie sich vor mich.

»Noch etwas wollte ich dich fragen.«

»Okay, mach.«

»Du sprichst ziemlich reines Hochdeutsch. Einen schwäbischen Dialekt kann ich nicht heraushören – warum eigentlich nicht?«

»Du sprichst auch nicht Schwäbisch.«

»Ich bin entschuldigt: Meine Eltern sind in den Fünfzigern aus Hannover hergezogen, und ich bin aufs Agnes-Gymnasium gegangen. Irgendwie herrschte bei mir daheim und auch in der Schule die Meinung vor, dass Schwäbisch nicht gerade das passende sprachliche Rüstzeug für eine richtige Karriere war.«

»Das habe ich genauso gesehen. Ich habe mir das richtig abtrainiert in den Jahren, in denen ich nicht hier in Stuttgart lebte. Und wenn mich nach meiner Rückkehr jemand nach meiner Vorgeschichte gefragt hat, waren sie meistens damit zufrieden, wenn ich von meinen Jobs in London, New York, Berlin und Bremen erzählt habe. Und wenn einer doch mehr über meine Herkunft wissen wollte, habe ich irgendetwas von Norddeutschland erzählt und bin eher vage geblieben. Das hat funktioniert.«

»Und deine Freunde? Hast du mit denen nie etwas Privates besprochen?«

Warum fragt mich eigentlich gerade jeder nach meinen früheren Freunden?

»Solche Freunde hatte ich wohl nicht. Ich traf mich mit Geschäftspartnern. Ich saß in den Stammbars und -lokalen neben Bekannten, die sich mit mir über Fußball oder Mode oder Technik unterhielten. Und mit Frauen …«

Achtung, es wird heikel!

Tina horchte auf.

»Äh … ich meine … Ich konnte bisher mit keiner Frau so gut reden wie mit dir.«

Tina musterte mich noch einen Moment lang, dann lächelte sie.

Uff! Das war knapp!

Plötzlich wurde sie wieder ernst.

»Sag mal …«, begann sie zögernd und bedachte mich so in etwa mit dem Blick, den mein Mathelehrer im mündlichen Abitur drauf hatte. »Du hast ganz zu Anfang erwähnt, dass du auch anders geheißen hast.«

Ich nickte.

»Du hast dir deinen Dialekt abtrainiert – und du hast deinen Namen geändert?«

»Ja«, sagte ich. »So kompliziert ist das mit dem Namen nicht, wenn du volljährig bist. Und das war ich ja. Der Vater eines Schulfreunds arbeitete damals auf dem Standesamt, und das ist für solche Änderungen zuständig. Ich war jahrelang bei dem Schulfreund daheim ein- und ausgegangen, und ich glaube, der Vater hat meine Eltern nicht besonders gut leiden können. Er wusste, dass ich auf gar keinen Fall unsere Wengert übernehmen wollte – und er wusste, dass sich meine Eltern genau darauf total verließen. Er war wohl der Meinung, ich solle meinen eigenen Weg gehen. Dabei wollte er mir offenbar helfen. Ich fragte ihn wegen der Namensänderung, und er meinte, es seien dafür schon triftige Gründe nötig – aber er würde das für mich regeln.«

Tina schüttelte den Kopf.

»Er brauchte von mir meinen Personalausweis, ein paar Urkunden und einen Einkommensnachweis – ich hatte damals schon meinen ersten Job in Frankfurt in der Tasche. Dann besorgte ich noch mein Führungszeugnis, musste eine Zeitlang warten – und dann hieß ich Ronald D. Wimmer.«

»Wofür steht das D?«

»Das ist ein Kürzel für meinen Familiennamen. RD waren auch früher meine Initialen.«

»Und dazu Wimmer … Bist du eher pessimistisch drauf?«

»Nein, wieso?«

»Wimmer … also ehrlich. Wenn ich mir das schon frei raussuchen könnte, würde ich anders heißen wollen.«

»Aha. Und wie?«

»Äh … Ja … Hm …«

Ich sah sie triumphierend an.

»Okay, scheint doch gar nicht zu einfach zu sein«, gab sie zu.

Ich nickte.

»So, seither heißt du also Ronald D. Wimmer und sprichst Hochdeutsch. Und wie hast du vorher geheißen?«

»Rolf.«

»Rolf …«

»Rolf Derendinger.«

»Derendinger? Dann machen deine Eltern diesen leckeren Barrique-Wein? Mit … Lemberger? Schwarzriesling? Ach, ich komm grad nicht drauf.«

»Zweigelt, Merlot und Syrah.«

Tina sah mich überrascht an.

»Dass ich mit meinen Eltern nicht rede, bedeutet ja nicht, dass ich nicht lese, was über sie in der Zeitung steht. Ich habe sogar eine Weinzeitschrift abonniert, in der manchmal über sie berichtet wird.«

»So ganz scheinst du ja nicht mit deiner Kindheit abgeschlossen zu haben, was?«

»Nein, ich trau mich nur nicht. Und bevor du gleich wieder loswillst: Ich bin noch nicht so weit.«

»Ja, das hast du schon erwähnt. Aber mal ehrlich: Rolf Derendinger – ist das denn wirklich so schlimm?«

»Der Name ginge ja noch. Aber natürlich sagte früher keiner Rolf zu mir.«

»Sondern?«

Ich atmete tief durch.

»Aber nicht lachen, ja?«

»Nein, mach ich nicht. Versprochen!«

Ich zögerte noch kurz, aber es musste wohl sein.

»Rolle.«

Nach einer kurzen Schrecksekunde prustete Tina los. Ich wollte schon protestieren, aber ich musste ihr recht geben: Es war leider wirklich zum Brüllen. Vor allem die sprachlich korrekte Fassung …

»Lach lieber noch nicht – du hast noch nicht gehört, wie das auf Schwäbisch klingt.«

Sie kicherte weiter, sah mich aber gespannt an.

»In Uhlbach hieß das: Rolle Däradengr.«

Sie lachte schallend, einige Spaziergänger drehten sich erschrocken zu uns um. Tina hielt sich an mir fest, konnte aber nicht verhindern, dass sie – geschüttelt von einem Lachanfall nach dem anderen – allmählich in die Hocke ging. Und schließlich saß sie vor mir auf dem Weg und wand sich vor Lachen.

Nach einer Weile beruhigte sie sich und ich konnte sie wieder zu mir hochziehen. Sie wischte sich die Tränen aus dem Gesicht und sah mich völlig erschöpft an. Ich hatte mir eigentlich erhofft, sie mit etwas anderem so sehr aus der Puste bringen zu können.

»Rolle …«, lachte sie leise weiter. »Das ist wirklich der Hammer!«

»Ja, vor allem für einen pubertierenden Jungen. Du weißt, was ›Rolle‹ im Schwäbischen noch bedeutet?«

Sie hatte wohl bisher nicht daran gedacht, denn nun brüllte sie schon wieder los vor Lachen, sank wieder auf den Weg und war fünf, nein, eher zehn Minuten lang gar nicht mehr zu beruhigen.

Ein älteres Pärchen – sie mit großer Handtasche und Dutt, er mit hellgrauer Windjacke und chromblitzender Gehhilfe – näherte sich. Als sie Tina prustend und Tränen lachend vor mir hocken sahen, beeilten sie sich, an uns vorbeizukommen.

Irgendwann kam sie wieder so weit zu sich, dass sie es mit mir bis zu ihrem Wagen schaffte.

»Rolle …«

Als sie der nächste Lachanfall erwischte, saß sie zum Glück schon hinter dem Steuer, und der Anfall war recht schnell wieder vorüber.

»Geht's wieder, Tina?«

»Ja«, keuchte sie und wischte sich das Gesicht zum wiederholten Mal trocken. »Aber an deinen alten Namen mag ich mich lieber gar nicht gewöhnen. Das halte ich echt nicht aus!«

Sie begann schon wieder zu kichern.

»Mensch, jetzt hör halt endlich mal damit auf!«

Allmählich wurde ich etwas gereizter.

»Ja, entschuldige bitte. Du kannst ja auch nichts dafür, aber … Rolle …«

Sie grinste schon wieder. Ich sah sie streng an, und sie bemühte sich, ernst zu bleiben.

»Ich glaube, für mich bleibst du Ronald.«

»Kein Spitznamen?«

»Was hättest du denn gern? Ronnie?«

Sie musterte mich.

»Geht nicht – du hast keine Goldkette um den Hals.«

Sie überlegte weiter.

»Ron?«

Plötzlich grinste sie wieder und schüttelte heftig den Kopf: »Geht auch nicht. Stell dir vor, ich nenne dich Ron und erzähle irgendwelchen Freunden, dass wir uns kennengelernt haben, als du im Eulenrain gewohnt hast! Die glauben doch glatt, ich war ein paar Mal zu oft im Kino.«

»Wieso Kino?«

»Na, Ron! Harry Potters bester Freund!«

Ich seufzte. Mit Tina würde heute wohl nicht mehr viel Vernünftiges anzufangen sein.

»Ronald bleibt Ronald, ich hab mich eh schon dran gewöhnt.«

Sie nickte zufrieden und gab mir einen Kuss.

»So, und nun habe ich Hunger.«

Damit scherte sie aus der Parklücke aus, drehte schwungvoll um und bedrängte den alten Herrn mit seiner Gehhilfe, der gerade wieder von der Kapelle herunterkam. Seine Begleiterin hielt drohend ihre Handtasche hoch, aber Tina hatte gar nicht auf die beiden geachtet.

An der Kreuzung versuchte ich sie dazu zu bringen, nach links abzubiegen und nach Untertürkheim hinunterzufahren, aber sie hörte gar nicht auf mich, bog rechts ab und folgte wieder der Straße, auf der wir vorhin heraufgekommen waren.

»Ich will nicht zu meinen Eltern, Tina!«

»Hab ich verstanden. Nein, falsch: wirklich *verstanden* habe ich es nicht, aber es soll mir diesmal egal sein. Nur habe ich jetzt Hunger, und ich will nicht irgendwann etwas zu essen, sondern jetzt. Es gibt doch in deinem tollen Uhlbach sicher eine Wirtschaft, die uns beide satt bekommt? Oder gehört deinen Eltern womöglich die einzige Kneipe im Dorf?«

»Nein, natürlich nicht.«

»Na also, dann lotst du mich jetzt mal zu einem guten Lokal. Ich schlage schwäbische Kost vor – dann können wir gleich noch einmal stilecht feiern, dass du deinen Fluch überstanden hast. Einverstanden?«

Was bleibt mir anderes übrig: Tina hat Hunger, und Tina hat das Auto.

Ich schmollte bis nach dem Uhlbacher Ortsschild, dann zeigte ich ihr den Weg zur »Krone«. Die Wirtschaft war nicht weit von der Ortsmitte entfernt, den Gehsteig vor dem Lokal entlang waren allerlei Blumentöpfe platziert und unter einem etwas kitschigen Aufsteller mit Satteldach wurde eine Maultaschen-Aktion angepriesen.

»He, Maultaschen!«, rief Tina begeistert. »Das passt doch wunderbar!«

Ich war deutlich skeptischer, folgte ihr aber ins Lokal, wo wir uns an einen schönen Tisch in der Ecke setzten. Die Bedienung kam mit Speisekarten an den Tisch, aber Tina wehrte sofort ab: »Wir nehmen Maultaschen«, sagte sie. »Draußen stand was von einer Aktion.«

»Gerne«, sagte die Frau. »Des isch eine Platte mit verschiedene Maultaschen-Variationen. Zwölf neunzig pro Person, und wenn Se aufgessa hen, bring i so viel Nachschub wie Sie mögat.« Sie sah uns beide an: »Für zwei?«

Tina nickte. »Und dazu bitte einen halben Liter Trollinger und eine Flasche Sprudel. Okay, Ronald?«

Ich nickte und die Frau huschte davon.

Tina strahlte mich an.

»So gefällt mir das.«

Mir gefiel es etwas weniger: Die Bedienung sah der früheren Wirtin der »Krone« sehr ähnlich, der alten Frau Schwegler. Wobei »alt« für mich damals irgendetwas jenseits der dreißig gewesen war. Gut möglich, dass ihre Tochter Dora inzwischen die »Krone« übernommen hatte – sie müsste heute Ende dreißig sein und könnte durchaus ähnlich aussehen wie ihre Mutter im selben Alter.

Tina plauderte fröhlich auf mich ein, aber ich hörte gar nicht richtig zu. Immer wenn sich die Tür zum Gastraum öffnete und jemand hereinkam, musterte ich die neuen Gäste und prüfte sie auf Ähnlichkeiten mit Uhlbachern, an die ich mich von früher her noch erinnerte.

Jedes Mal sah ich gespannt zur Tür, und jedes Mal konnte ich erleichtert ausatmen. Nur die Bedienung – oder Dora – ertappte ich ein-, zweimal dabei, wie sie mich vom Tresen her musterte und schnell wegsah, wenn ich ihren Blick auffing.

Sie brachte uns Gläser und Getränke, lächelte Tina an, vermied es aber, mich anzusehen. Dann huschte sie in die Küche hinaus. Mir wurde ein wenig mulmig zumute.

Hat sie mich erkannt? Ruft sie womöglich gerade meine Eltern an?

Tina zog einen kleinen Schminkspiegel aus ihrer Hosentasche und sah nach, was die Lachanfälle mit ihrem Make-up angerichtet hatten. Wobei sie kaum geschminkt war, nur ein wenig Wimperntusche war zu bemerken. Die war leicht verschmiert, was sie mit Fingerspitzen im Handumdrehen wieder korrigiert hatte.

»Kann ich ihn mal kurz haben?«, sagte ich Tina und hielt die Hand hin, als sie den Taschenspiegel wieder zurückstecken wollte.

»Musst du auch deine Wimperntusche kontrollieren?«, grinste sie.

»So ähnlich.«

Ich hielt den Spiegel so vor mich, dass ich mein ganzes Gesicht in der kleinen Glasfläche sehen konnte – was gar nicht so einfach war, ich musste meinen Arm ganz ausstrecken. Nun musterte ich mich gründlich, verzog dabei auch ein paar Mal das Gesicht und strich mir mit der freien Hand über die freie Stirn.

Ein älterer Mann am Nebentisch beobachtete mich misstrauisch. Ich lächelte ihm zu, als ich seine Blicke bemerkte – da wandte er sich schnell ab und konzentrierte sich voller Hingabe auf sein Henkelglas mit Rotwein.

Tina grinste, sie hatte die kleine Szene mitbekommen.

»Und, findest du dich schön genug?«

Ich gab ihr den Spiegel zurück und beugte mich zu ihr.

»Ich wollte nur mal sehen, ob mich jemand leicht erkennen kann, der mich seit meinem achtzehnten Geburtstag nicht mehr gesehen hat.«

Tina nickte zum Tresen hinüber.

»Kennst du sie denn? Ist das … Betty?«

»Nein«, widersprach ich empört. »Das könnte Dora Schwegler sein, die Tochter der damaligen Wirtin – vielleicht hat sie die Wirtschaft ja inzwischen übernommen. Jedenfalls sieht die Frau, die uns bedient, fast genauso aus wie die alte Frau Schwegler damals.«

Und das bedeutete: untersetzt, mollig, Knubbelnase und strähnige Haare zu einem brezelförmigen Haarkranz geflochten, wie er vor tausend Jahren vielleicht mal in Mode war.

Betty … also wirklich!

»Und nun hast du Angst, dass sie dich als … hi hi hi … als … *Rolle* wiedererkannt hat?«

»So, bitteschön«, rief die Frau und stürmte mit einer riesigen Porzellanplatte auf uns zu. Die Platte platzierte sie in die Mitte des Tisches. Irgendwo hatte sie wohl noch zusätzliche Hände für zwei Teller, Besteck und Servietten gehabt, denn Sekunden später war unser Tisch eingedeckt und ein sehr appetitlicher Duft hüllte uns ein.

»Lasset Sie's sich schmecken«, sagte die Frau und blieb am Tisch stehen. Wir bemerkten es nicht gleich, weil wir vom Anblick der Servierplatte ganz gebannt waren: große Haufen von Maultaschen, mal nur geschmelzt und mit Zwiebeln bestreut, mal mit Käse und Schinken überbacken, mal mit dunkler Soße und Pilzen. Dass uns da noch Nachschub gebracht werden musste, war nicht zu befürchten.

Als Tina schließlich doch auffiel, dass die Frau noch immer an unserem Tisch stand, sah sie hoch zu ihr.

»Ja?«

»Ich …« Sie druckste etwas herum. »Entschuldigen Sie bitte, ich will nicht aufdringlich sein, aber …«

»Nein, nein, ist schon okay«, beruhigte Tina sie und lächelte sie freundlich an.

»Sie … Sie haben von einem ›Rolle‹ gesprochen, wenn ich mich nicht irre.«

Ich erstarrte.

»Ich wollte nicht lauschen, aber ich kam gerade an den Tisch, als der Name fiel. Der ist ja nicht so häufig und …«

»Aber lustig ist er, gell?« Tina grinste schon wieder.

»Ja … aber …«

»Aber?«

»Wir hatten hier mal einen Rolle. Ist schon lange her, und der lebt längst irgendwo anders.«

Die Frau trat von einem Bein aufs andere und sah kurz zu Boden. Tina nutzte die Gelegenheit, mir vielsagend zuzuzwinkern. Ich starb tausend Tode und wäre am liebsten im Boden versunken.

Ich wusste, dass das schiefgeht! Was für eine Schnapsidee, ausgerechnet in Uhlbach essen zu gehen!

»Nun dachte ich, dass vielleicht …«

Tina sah die Frau aufmerksam an und wartete geduldig, bis sie weiterredete. Ich war mir sicher, dass ich mittlerweile weiß wie eine Wand war.

»Dieser Rolle, von dem Sie gesprochen haben … Ist das ein Freund von Ihnen?«

»Ja«, antwortete Tina.

»Wissen Sie zufällig, ob der hier aus der Gegend ist?«

Ich hielt den Atem an und sah Tina mit flehendem Blick an.

»Keine Ahnung«, sagte Tina schließlich und zuckte mit den Schultern. »Sollen wir ihn mal von Ihnen grüßen?«

»Ja, gern«, stammelte die Frau und verstummte dann.

»Dann müssten Sie mir bitte noch sagen, von wem wir Rolle grüßen sollen.«

»Ach, so … ja …« Sie lachte nervös. »Grüßen Sie ihn bitte schön von Dora, Dora Mohren – das bin ich.«

»Sind Sie die Wirtin hier?«

»Ich … äh … ja, ich führe die Krone zusammen mit meinem Mann Helmut. Er kocht, ich bediene.« Sie lachte wieder nervös. »So ist das bei uns.«

Da schau her: Der flotte Helmut Mohren, der in Cannstatt in einer Werkskantine das Kochen gelernt hatte, ist heute mit Dora verheiratet. Wer hätte das damals gedacht?

»Dann grüßen Sie mir Ihren Mann in der Küche – die Maultaschen sehen ja klasse aus!«

»Ja … Ich lasse Sie dann mal lieber wieder allein. Nicht, dass Ihr Essen noch kalt wird, gell?«

Sie deutete eine kleine Verbeugung an, sah kurz zu mir herüber und huschte dann wieder zurück in die Küche.

»Auch eine deiner alten Freundinnen?«, fragte sie mich, als Dora aus der Gaststube verschwunden war.

»Um Himmels Willen, nein!«, protestierte ich. »Damals gab es nur Betty.«

»Na, wenn sich diese Dora noch so gut an den alten Rolle erinnert, hat sie das vielleicht ganz anders gesehen.«

Mir wurde heiß und kalt.

»Meinst du, sie hat mich erkannt?«

»Keine Ahnung. Aber das ist mir jetzt völlig egal: Ich esse jetzt!«

Während wir aßen, hatte Dora mehrmals an einem der Tische nachgeschenkt oder Essen serviert. Einmal fragte sie uns, ob wir noch was brauchten, aber mehr als eine weitere Flasche Sprudel brauchten wir nicht.

Wir gaben uns alle Mühe, aber diese Riesenportion war einfach nicht zu schaffen. Der Käse stopfte, auch die dunkle Soße war nicht ohne. Und schließlich packte ich mir ein letztes Stück auf den Teller, eine halbe geschmelzte Maultasche mit ein paar Röstzwiebeln.

Am Tresen standen nun Dora und ein fülliger Mann mit lichtem Haar und verschmierter Schürze beisammen und sahen auffällig unauffällig zu uns herüber. Dora sagte leise etwas zu dem Mann, der zuckte mit den Schultern. War das Helmut? Dann verschwand der Mann wieder in der Küche.

Ich schob mir einen großen Bissen in den Mund, Tina sah mich kopfschüttelnd an.

»Dass du noch was reinkriegst …«, lachte sie. Ihr Besteck lag schon seit einiger Zeit vor ihr auf dem Teller.

»Nach diesem Stück ist für mich auch Schlu-«

Mitten im Wort hatte ich das Gefühl, dass mir etwas den Hals hinunterrutschte. Ich bekam keine Luft mehr und fuchtelte mit den Armen. Tina begriff nicht gleich, aber dann sah sie, wie meine Augen etwas hervortraten.

»Hilfe!«, rief sie. »Er hat sich verschluckt!«

Helmut kam wieder aus der Küche, sah zu mir herüber und rief: »Ach du Scheiße!«

Mehr fiel ihm nicht ein. Er sah panisch um sich, seine Frau hatte währenddessen das schnurlose Telefon aus der Halterung an der Wand gerissen und hielt es ihm hin. Helmut tippte eine kurze Nummer ein und brüllte dann etwas wie »Wir brauchen sofort einen Arzt in der Krone, hier erstickt einer!« in den Hörer.

Da war Dora längst zu uns an den Tisch geflitzt, hatte sich hinter mich gestellt, auf den Boden gekniet, mich mitsamt der Stuhllehne umfasst und dann einmal fest und ruckartig meinen Brustkorb nach innen gedrückt.

Mir verging Hören und Sehen, aber ich spürte einen Gegenstand ein Stückchen weit den Hals hinaufrutschen. Noch einmal quetschte Dora mit aller Kraft meinen Oberkörper zusammen. Ich wollte gerade darüber staunen, wie viel Kraft sie hatte, da schleuderte ein Hustenanfall auch schon einen kleinen Gegenstand im hohen Bogen aus meinem Mund. Das kleine Ding traf auf Tinas Teller, prallte ab und landete in Tinas Schoß.

Ich japste nach Luft und wischte mir den Schweiß von der Stirn. Dora kam wieder hinter meinem Stuhl hervor: »Alles okay, Ro- … mit Ihnen?«

Ich war in Gedanken viel zu sehr mit der Tatsache beschäftigt, dass die vergangenen Augenblicke durchaus auch meine letzten hätten sein können, um Doras Versprecher gleich zu bemerken.

»Danke«, ächzte ich schließlich. Meine Stimme war rau, ich atmete noch stoßweise und Tränen schossen mir nach wie vor in die Augen.

Tina kramte unter der Tischplatte herum und hielt schließlich einen kleinen Gegenstand hoch, der noch etwas feucht aussah, aber sonst recht sauber wirkte. Ich wischte mir die Augen trocken und konnte eine Art Ring erkennen. Kein Stein, keine Verzierung, einfach nur ein Kreis aus goldig glänzendem Metall. Der Ring wirkte dünn wie früher der Schmuck aus den Kaugummiautomaten unten an der Andreaskirche – aber wenn ich mich recht erinnerte, hatten die wenigstens kleine »Edelsteine« aus Glas in einer billigen Umfassung. Betty hatte ich mal so einen geschenkt. Sie hatte mich dafür geküsst, obwohl sie – glaube ich – selbst schon zwei dieser Ringe für zehn Pfennig gezogen hatte.

Manchmal zählt halt auch die Geste, der gute Wille.

Was sollte das denn jetzt? Ich war gerade fast erstickt und dachte nun an einen Ring aus dem Kaugummiautomaten …

Dora stand inzwischen neben Tina und nahm ihr den dünnen Ring ab. Sie hielt ihn mir hin und schien sich ehrlich zu freuen.

Ist das ihr Ehering und sie hat ihn schon ewig gesucht?

»Sie haben Glück gehabt!«, strahlte mich Dora an.

Das wusste ich schon. Zur Sicherheit atmete ich noch einmal tief ein und aus – alles funktionierte wie gewohnt.

»Ja«, sagte ich erleichtert, »das war aber knapp.«

»Nein, das meine ich nicht. Sie haben Glück gehabt, dass Sie den Ring gefunden haben!«

Sie strahlte noch immer, als müsste es mir sofort klar sein, worin mein unglaubliches Glück bestand.

Ich bin an diesem Scheißring gerade fast erstickt, du Trampel!

»Sie haben gewonnen!«

»Äh … ja, schon, aber …«

»Nein, Sie sind der Gewinner unserer Maultaschen-Aktion. Sie haben doch das Schild draußen gesehen?«

Ich nickte, verstand aber nur Bahnhof.

»Am Valentinstag haben wir die Aktion gestartet: Wir haben den Ring in der Füllung für die Maultaschen versteckt – und Sie haben den Ring gefunden!«

»Moment mal«, sagte ich, »diese Aktion läuft seit dem Valentinstag?«

»Ja«, nickte Dora eifrig.

»Ist das nicht romantisch«, meldete sich Tina zu Wort und sah etwas besorgt zu mir herüber. Sie wusste von mir, sie wusste von Dora – hatte sie nun Angst, ich würde irgendeinen Streit vom Zaun brechen? Da musste sie nun wirklich nichts befürchten, aber …

»Wir haben jetzt Mai, der Valentinstag war im Februar. Sind diese Maultaschen also vom Februar?«

Dora sah mich bestürzt an.

»Um Himmels willen: nein! Oder zumindest nicht so direkt. Mein Helmut hat eine große Menge Füllung angemischt, hat den Ring reingeworfen und ordentlich durchgerührt. Dann hat er alles aufgeteilt und eingefroren – und wann immer die zuletzt aufgetaute Füllung aufgebraucht ist, tauen wir eine neue auf.«

»Aha«, machte ich.

»Und jetzt haben Sie den Ring gefunden, und Sie sind der Gewinner! Gratuliere!«

»Äh … ja, danke.«

Ich sah ratlos zu Tina hinüber. Sie schien sich prächtig zu amüsieren – auch darüber, dass ich offensichtlich keine Ahnung hatte, was hier um mich herum und mit mir vorging.

Helmut kam mit einem kleinen silbernen Tablett zu unserem Tisch herüber, auf dem ein Blatt Papier lag. Er schritt feierlich auf uns zu, aber Dora schnitt ihm den Weg ab, schnappte sich das Papier, ging in die Küche hinaus und blieb dort ein, zwei Minuten.

Dann kam sie zurück an unseren Tisch, legte das Blatt wieder auf das kleine silberne Tablett, das der verdutzte Helmut seither um keinen Millimeter bewegt hatte. Dann nickte sie ihm noch lächelnd zu, und Helmut setzte das Tablett vor mir auf dem Tisch ab.

Ich sah fragend zu Tina hinüber, aber sie zuckte nur mit den Schultern und sah gespannt auf das Tablett. Also nahm ich das Blatt Papier und las.

»Maultaschen-Aktion« stand oben als fette Überschrift, darunter: »Das Team der Krone gratuliert Ihnen ganz herzlich zu Ihrem Gewinn!« Darunter war eine gezeichnete Krone aufgedruckt, kombiniert mit dem Namen Schwegler und der Jahreszahl 1829 – ich erinnerte mich vage, dass sich die Schwegler immer viel darauf eingebildet hatten, dass es ihr Lokal schon unheimlich lange gab.

Nun folgte in einer penibel ausgemalten Handschrift: »Sie haben gewonnen: einen gemütlichen Vesperabend für vier Personen in –« Der Rest war mit kraftvollen Bleistiftstrichen übermalt. Unter der unleserlich gemacht Passage stand in weit schlampigerer Handschrift: »dem Wengerter-Keller des Weinguts Derendinger«. Derendinger war fett unterstrichen. Mir wurde übel.

— o —

»Das ist Schicksal!«, meinte Tina beschwörend.

Wir lagen auf der Couch im Ferienhaus, und Tina hatte den Gewinnzettel aus der »Krone« mehrfach durchgelesen und im Gegenlicht der Wohnzimmerlampe auch vergeblich versucht, die mit Bleistift dick ausgestrichene Passage zu entziffern.

»Du isst mit mir in der Krone in Uhlbach. Du nimmst dir genau die Maultasche, in der dieser Siegerring steckt. Du gewinnst – und was du gewinnst, führt dich genau ins Weingut deiner Eltern. Wenn das nicht Schicksal ist, dann …«

»… ist es Doras geheimer Plan«, warf ich ein.

»Ach, du spinnst doch!«

»Meinst du, da hockt irgendwo einer und schreibt mir ein Happy End ins Leben? Sehr witzig … Ich habe ein Händchen für so etwas, weißt du? Meine Mutter machte früher gerne Hasenklein, natürlich garantiert ohne Knochen – ich hatte immer ein kleines Knöchelchen im Mund. Kirschkuchen, garantiert ohne Kerne? Gib mir ein Stück und ich zeig dir einen Kern. Ich hatte als Jugendlicher mal eine Weile überlegt, nach China zu gehen.«

»Warum nach China?«

»Wer dort in einem bestimmten Kuchen eine Münze oder einen Ring oder so etwas findet, gilt als Glückspilz. Das heißt dort, glaube ich, auch Glückskuchen. Davon hätte ich bei meiner Veranlagung wahrscheinlich ganz ordentlich leben können.«

»Na also: Du sagst doch selbst, dass du Glück hast in solchen Dingen. Und nun führt dich dein Glück genau in dein eigenes Elternhaus. Wird ja auch Zeit nach all den Jahren. Das nenne ich Schicksal.«

»Aber …«

Tina verdrehte die Augen: »Aber du bist noch nicht so weit, richtig?«

»Das auch, aber du siehst doch selbst, dass auf diesem Zettel mit Bleistift herumgeschmiert wurde. Das kann nur Dora gemacht haben – die ist doch noch in die Küche raus, bevor wir den Zettel bekommen haben. Da hat sie das geändert!«

»Aber du warst dir doch gar nicht sicher, ob sie dich erkannt hat.«

Ich zuckte mit den Schultern.

»Und warum soll sie uns bitten, ihrem alten ›Rolle‹ Grüße auszurichten, wenn der doch direkt vor ihrer Nase in ihrem Gasthaus am Tisch sitzt?«

»Vielleicht war das nur gespielt.«

»Das hat sie dann aber nicht schlecht gemacht, das muss ich sagen!«

»Na ja, Frauen können so was.«

»Hallo?«

Oops …

Ich nahm Tina in den Arm, und sie sträubte sich auch nur ein klein wenig.

»Du bist ganz schön frech für einen Wengerterbuben aus Uhlbach«, neckte sie mich.

Ich rückte etwas näher und drückte sie etwas fester. Sie gab mir einen Kuss, ich lächelte selig, dann sah sie mir fest in die Augen.

»Nehmen wir mal an, diese Dora hat dich tatsächlich erkannt.«

Nun verdrehte ich die Augen, und mein Lächeln wurde etwas dünner. Ich hatte absolut keine Lust, genau in diesem Moment ausgerechnet an Dora zu denken. Aber Tina ließ nicht locker.

»Dann weiß sie also, dass du in Stuttgart bist – und das wird sie natürlich gleich brühwarm deinen Eltern erzählen.«

Ich schluckte, versuchte aber weiter zu lächeln.

»Und sie wird deinen Eltern auch sagen, dass du mit Begleitung dort warst – und dass du ein Vesper in ihrem Weinkeller gewonnen hast.«

Tina hatte recht: Aus dieser Nummer kam ich auf keinen Fall mehr raus, ohne meine Eltern getroffen zu haben. Mir verging das Lächeln.

»Ich mach den Termin für dich klar, dann musst du nicht selbst bei deinen Eltern anrufen.«

Ich wand mich. Das ging mir doch alles ein bisschen zu schnell.

»Na, komm«, stupste mich Tina an. »Da musst du jetzt durch – und ich helfe dir. Okay?«

»Ja, okay«, sagte ich lahm und verdrehte ein wenig die Augen.

»So«, sagte Tina und machte sich an ihrer Bluse zu schaffen. »Nachdem dieses Thema geklärt wäre …«

Mein Lächeln kehrte zurück.

Kapitel 17 | *Ronald räumt auf*

Am nächsten Morgen waren wir beide etwas müde. Tina fand in der Dusche diesmal recht schnell die richtige Mischung aus heißem und kaltem Wasser, aber als ich zu ihr in die Kabine schlüpfen wollte, schickte sie mich lachend Kaffee kochen.

»Zu eng hier«, sagte sie. »Und zu müde hier«, fügte sie hinzu und tippte sich an die Stirn.

Zwei Tassen Kaffee brachten uns wieder einigermaßen auf Vordermann, dann musste sie dringend ins Café Büchse fahren. Wir verabschiedeten uns mit einem langen Kuss, und ich versprach, sie nach Feierabend abzuholen.

»Ich muss mich auch beeilen. Bis du im Café fertig bist, habe ich noch einiges zu erledigen.«

Tina sah mich fragend an.

»Na, lass dich halt überraschen. Am Samstag hast du mir nichts vorher verraten, und heute bin ich dran.«

Nachdem ich auch noch kurz geduscht hatte, suchte ich Didis Adresse auf dem Stadtplan. Ich war schon etwas spät dran, und Didi wohnte recht ungünstig für eine Fahrt mit der Stadtbahn. Also schob ich das Rad den Eulenrain hinauf und radelte jenseits der Hauptstraße in den Wald hinein.

Es war schon wieder schönes Wetter, und die Luft auf der Waldebene war frisch und würzig. Mir gefiel es, an einem Montag Vormittag nicht in irgendwelchen Meetings zu sitzen, sondern auf dem Sattel eines alten Damenrads. Ob sich demnächst wieder alles ändern würde? Ich wollte natürlich meinen Wagen wiederhaben, und ich konnte mir durchaus auch vorstellen, bald nicht mehr in Didis Ferienhaus zu wohnen – aber wollte ich wirklich in mein altes Leben zurück?

In Didis Leben jedenfalls schienen malerische Straßennamen eine Rolle zu spielen.

Rolle?

Didi wohnte im Waldmeisterweg, mitten in einer kleinen, nur ein paar Straßen umfassenden und oberhalb der Gablenberger Ortsmitte liegenden Siedlung. Und auf meinem Weg sah ich Straßenschilder wie »Im Buchwald« und »Beim Hochsitz« – viel mehr Natur ging in einer Stadt wie Stuttgart sicher nicht.

Die Adresse, die er mir aufgeschrieben hatte, gehörte zu einem kleineren zweistöckigen Häuschen mit einem schönen alten Baum im Vorgarten. Hinter dem Holzzaun lagen zwei Fahrräder und ein Springseil auf dem Gras. Ich erinnerte mich an die Fotos seiner beiden Kinder, die er mir vor Jahren mal gezeigt hatte: ein Junge und ein Mädchen im Kindergartenalter – jedenfalls hatte er mir das erzählt, ich hatte für so etwas keinen Blick. Die Räder passten nun eher zu großen Kindern oder Jugendlichen.

Neben der Haustür waren Salzteiggebilde aufgehängt, die knallbunt bemalt waren und die Namen Marco und Sarah zeigten. Darunter stand ein Blecheimer, aus dem einige Wedel Schilf ragten.

Passend zu diesem Idyll löste der Klingelknopf mit der Aufschrift »Familie Fessmann« die Titelmelodie einer alten Fernsehserie aus. Ich musste grinsen. Die Tür schwang auf.

»Hallo, Ronald!«, strahlte mich Didi an.

Er stand in einer ausgebeulten Trainingshose und einem schlabbrigen, albern beschrifteten T-Shirt vor mir, mit dicken Wollsocken an den Füßen und einem Handtuch in der linken Hand. Offenbar hatte er nicht damit gerechnet, dass ich pünktlich sein würde.

»Komm doch rein«, sagte er und ging mir voraus durch den engen Flur, der obendrein noch vollgestopft war mit Schuhen und Stiefeln, Handschuhen und Jacken. Eine verglaste Wohnungstür führte auf den nächsten Flur, dann bot er mir in der Essküche einen Platz auf der Eckbank an.

Der Raum war gemütlich eingerichtet. Etwas chaotisch vielleicht mit dem gestapelten Geschirr auf der Spüle, einer überquellenden Pinwand und bunten Magneten auf der Kühlschranktür, die ebenfalls zahlreiche Zettel halten mussten. Bleistifte, billige Kugelschreiber, Haargummis und ein paar Spielkarten, auf denen eine Ratte und ein Biber irgendeinen Kampf austrugen, lagen auf der Arbeitsplatte über- und nebeneinander, dazwischen standen Saft- und Sprudelflaschen. Irgendjemand hatte in all dem Durcheinander noch Platz für einen kleinen Handstrauß mit Rosen gefunden.

»Wir hatten am Samstag Hochzeitstag«, sagte Didi, der meinem Blick gefolgt war.

»Gratuliere!«, sagte ich. »Und: habt ihr schön gefeiert?«

»Ja, sehr schön. Wir waren schick essen, drunten in Gablenberg bei unserem Italiener.«

»Schön.«

Ja, ich rede Quatsch – aber ich bin nervös. Schließlich ziehe ich gleich mit Didi los und versuche mein Leben zu regeln!

Didi schenkte mir einen Kaffee ein und schob ein Milchkännchen und eine Zuckerdose näher zu mir hin.

»Bist du gerade allein?«

»Nein«, antwortete Didi. »Die Kinder sind in der Schule, aber meine Frau ist da. Ist gerade drüben im Bad, du wirst sie gleich kennenlernen … ich meine: sehen.«

Didi wirkte ebenfalls nervös. Komisch, ging es hier nicht um *mein* Leben? Hatte nicht eher ich einen schwierigen Tag vor mir? Ich musterte Didi unauffällig.

Doch, kein Zweifel: Didi ist nervös.

In der Wohnung waren Schritte zu hören. Eine große, schlanke Frau kam durch den Flur und rubbelte sich im Laufen die Haare trocken.

»Ah, da kommt sie ja«, sagte Didi und stand auf.

Seine Frau trat in die Küche, nahm das Handtuch vom Kopf und schüttelte ihre lange Mähne aus. In die tiefschwarzen Haare hatten sich einzelne graue Strähnen gemischt. Ein paar Falten um Mund und Augen verrieten, dass in den vergangenen Jahren die Nächte manchmal etwas zu kurz und die Tage etwas zu hektisch ausgefallen waren.

»Meine Frau Elisabeth!«, sagte Didi.

Er platzte fast vor Stolz und sah mich neugierig an. Ich hatte sie sofort erkannt, und ihr offenes Lächeln haute mich noch immer um.

»Du darfst natürlich Betty sagen«, meinte sie und reichte mir die Hand.

— o —

Auf der Fahrt hinunter in die Stadt saß ich neben Didi in dem alten Familienkombi und sah lächelnd auf die vorübergleitenden Hauswände hinaus. Die Geschichte entwickelte sich inzwischen gar nicht mal so unangenehm. Und nun wusste ich auch, warum Didi sich so um mich gekümmert hatte.

Er und Betty hatten mir am Küchentisch alles erklärt, und bald hatte sich zwischen meinem frühen Schwarm und mir die alte Vertrautheit wieder eingestellt. Natürlich ohne das damalige Verliebtsein, aber unseren letzten gemeinsamen Abend schien mir Betty schon lange nicht mehr übelzunehmen. Tina hatte recht gehabt mit ihrer Einschätzung.

Didi hatte mich ja ohnehin schon länger als einen guten, alten Freund behandelt. Offenbar war er kein bisschen eifersüchtig auf meine gemeinsame Vergangenheit mit seiner jetzigen Frau – und so, wie sich die beiden immer wieder ansahen oder an den Händen berührten, hatte er auch keinen Grund dazu.

Schließlich hatte ich mich so wohl gefühlt auf der Eckbank, dass mich Didi richtig loseisen musste. Als wir in den Wagenburgtunnel hineinfuhren, hatte ich alles Erzählte soweit für mich sortiert …

Didi trifft mich vor ein paar Jahren zum ersten Mal in einem alten, zum Abbruch vorgesehenen Wohnhaus und erzählt danach seiner Frau, was er heute für ein geldgieriges Arschloch kennengelernt hat. Immer wieder erzählt er in den folgenden Tagen von mir und irgendwann erwähnt er auch meinen Namen. Dann versucht er sich bei mir einzuschmeicheln, um Details zu erfahren. Er fotografiert mich heimlich und will mein Bild mit den Schilderungen meiner »Machenschaften« an die Zeitung geben. Der einzige Reporter, der sich nach vielen Versuchen mit ihm treffen will, erklärt ihm, dass ich vielleicht nicht nett, aber auch nicht annähernd kriminell sei – und dass sich daraus keine Skandalstory für sein Blatt stricken lasse. Didi ist frustriert und lässt seine Notizen eine Zeitlang im kleinen Arbeitszimmer in seiner Wohnung herumliegen. Als seine Frau das Foto entdeckt und mich erkennt, hat mich Didi schon wieder aus den Augen verloren. Dann, nach langer Zeit, geht er eines Abends zum Perkins Park, weil er von einer ehemaligen Klassenkameradin gehört hat, dass seine Tochter heimlich dort abfeiern will – was sich übrigens als böse Unterstellung einer neidischen Zicke herausstellt. Er wird vom Türsteher abgewimmelt und sieht mich wieder. Danach spricht er mit seiner Frau, und die beiden hecken ihren Plan aus, wie sie mir eine Lektion erteilen und mir zugleich helfen können. Also stellt sich Didi darauf ein, nun eine Zeitlang jeden Abend vor dem Perkins Park auf mich zu warten – was gleich am ersten Tag zum Erfolg führt.

Wir hatten inzwischen das Neckartor erreicht. Didi bog scharf rechts ab und stellte seinen Kombi dann auf einem kleinen Parkplatz ab, der nach meiner Schätzung auf der Rückseite jenes Schauraums lag, in dem ich so eindrucksvoll gelandet war.

Nun wurde ich doch etwas unruhig. Didi sah zu mir herüber, stellte den Motor ab und blieb erst einmal sitzen.

»Und? Gehen wir es an?«, fragte er nach ein paar Minuten.

Ich nickte, rieb mir die Handflächen an der Hose trocken und stieg aus.

»Wohnt dieser Schulze hier im Haus?«

»Nein«, sagte Didi und ging auf eine Tür zu. »Er hat ein Büro hier, und dort wartet er auf uns.«

Eine Etage höher stand eine Tür offen. Didi klopfte kurz, dann traten wir ein. Das Zimmer war in etwa so groß wie der Raum mit den Schumacher-Gemälden, und auch hier ging eine Fensterfront auf die Bundesstraße hinaus. Rechts saß ein Mann von etwa Anfang oder Mitte fünfzig an einem altmodischen Schreibtisch. Vor ihm war zwischen Locher, Tacker und einem Stiftboy allerlei Nippes versammelt: darunter eine Pokalnachbildung aus bemaltem Porzellan, ein Bleistiftspitzer in Form einer kleinen Champagnerflasche, eine Kaffeetasse, deren Griff einer Zielflagge nachempfunden war.

Schulze erhob sich, als er uns sah und kam uns zögernd entgegen. Didi gab ihm die Hand und die beiden plauderten belangloses Zeug, während mich der Mann misstrauisch musterte.

»Sind Sie dieser Bruchpilot?«, fragte er schließlich.

Das geht ja gut los …

Didi fing meinen Blick auf und merkte, dass meine Laune merklich gelitten hatte. Er stieß mich leicht in die Seite.

»Wimmer«, sagte ich und versuchte dabei ganz ruhig zu klingen. »Ronald Wimmer.«

Ich streckte die Hand aus, und der andere ergriff sie nach kurzem Überlegen.

»Heinrich Schulze«, antwortete er. »Wollen wir uns nicht setzen?«

Er führte uns zu einer Sitzgruppe aus vier weich aussehenden Ledersesseln um einen niedrigen Glastisch. Unter dem Tisch war eine zweite Platte eingearbeitet, auf der eine schwarze Linie zu sehen war, die eine sehr bekannte Kontur beschrieb.

»Ach, Sie lieben auch Sylt?«, sagte ich, um das Gespräch etwas aufzulockern.

Schulze sah mich verständnislos an. Ich deutete auf die Kontur unter der Glasplatte – das war doch Sylt, oder? Die Form erinnerte mich an die Autoaufkleber, die vor einigen Jahren unter Fans der Insel in Mode gekommen waren. Nur auf die rund um die Kontur abgedruckten Zahlen und einige rote Dreiecke konnte ich mir keinen Reim machen.

»Sylt?«

Schulze starrte mich an, als würde er mich für schwachsinnig halten. Didi wand sich in seinem Sessel.

Irgendetwas habe ich da nicht richtig mitbekommen.

»Das ist natürlich *nicht* Sylt«, seufzte Schulze nach einigem Kopfschütteln. »Das ist die Formel-Eins-Strecke von Spa.«

Didi verdrehte die Augen. Ich sah strafend zu ihm hinüber.

Du hast gut Grimassen schneiden – dir hat er das ja wahrscheinlich bei deinem ersten Besuch hier schon erklärt.

»Aha«, machte ich, konnte Schulze damit aber nicht über meine offensichtliche Ahnungslosigkeit hinwegtäuschen.

»Wissen Sie«, begann er geduldig, als wäre ich ein kleines Kind, dem er das Schuheschnüren erklären solle, »ich bin Formel-Eins-Fan.«

Wer hätte das gedacht …

»Vor allem finde ich Michael Schumacher gut.«

»Ja, ich weiß«, entfuhr es mir.

Didi zuckte zusammen. Schulze sah mich an. Seinen Mundwinkeln nach zu urteilen, war ihm gerade wieder eingefallen, warum wir miteinander zu tun hatten.

»Ja, stimmt, das wissen Sie … Also: In Spa-Francorchamps in den belgischen Ardennen fuhr Schumacher sein erstes Formel-Eins-Rennen.«

»Ah … Und: Wievielter ist er geworden?«

Schulze presste seine Lippen fest aufeinander, und Didi schien stumme Bittgebete zur Zimmerdecke hinaufzuschicken.

»Er ist nach 500 Metern mit kaputter Kupplung ausgeschieden«, brummte Schulze.

Au weia!

»Das tut mir leid.«

Irgendwie hatte ich mir Schumachers Formel-Eins-Start glorreicher vorgestellt.

»Aber es war nicht Schumachers Schuld«, betonte Schulze, und er klang dabei ein klein wenig trotzig. »Bis dahin hatte er schon zwei Konkurrenten überholt.«

»Sehr gut!«, lobte ich, aber Herrn Schulze konnte ich wohl nicht trösten. Vermutlich nahm er meine Kommentare zu seinem Lieblingssport einfach nicht ernst, weil er mir keinen Sachverstand zutraute. Damit lag er natürlich vollkommen richtig.

Didi war während unserer Unterhaltung in seinem Sessel zusammengesunken und kaute Fingernägel. Als eine kleine Pause entstand, setzte er sich wieder etwas aufrechter hin und nutzte die Chance, dass ich gerade nicht auf dem Sprung in den nächsten Fettnapf war.

»Herr Schulze, mein Freund und ich sind ja wegen etwas ganz Anderem hier.«

»Stimmt, Herr Fessmann. Wobei … ums Autofahren geht's dabei ja auch.«

Schulze versuchte ein Grinsen, aber es fiel etwas dünn aus.

»Ja«, lachte Didi gekünstelt. Er schien sich nicht allzu wohl zu fühlen, und mir ging es nicht besser. Zumal sich Schulze nun wieder von Didi abwandte und mich ansah. Er fixierte mich und runzelte nach kurzem Warten die Stirn.

Habe ich eine Nudel auf der Nase?

Unwillkürlich wischte ich mir über den Nasenrücken und musste lächeln. Schulze lächelte nicht zurück, Didi rollte wieder einmal die Augen.

Dann begriff ich.

»Ja … äh … also, Herr Schulze: Ich bin eigentlich hier, um mich bei Ihnen für die Unannehmlichkeiten zu entschuldigen, die Sie durch meine Unachtsamkeit hatten.«

Schulze nickte knapp und sah mich abwartend an.

Was denn noch?

Didi sah mich flehend an und rieb langsam Daumen und Zeigefinger seiner rechten Hand aneinander.

»Ich wollte Sie außerdem fragen«, fuhr ich schließlich fort, als ich die Geste aus dem Augenwinkel bemerkt hatte, »was Ihnen für Kosten entstanden sind.«

Schulze nickte erneut und griff in sein Jackett.

Stimmt, er hatte uns ja erwartet.

Aus der Innentasche zog er ein sauber gefaltetes Blatt Papier, legte es auf den Tisch und glättete es mit etwas theatralischer Geste. Dann tippte er mit dem Zeigefinger auf eine Zahl, die am unteren Ende einer Aufzählung fett gedruckt stand.

»Oh«, machte ich und meinte das auch so. Herr Schulze hatte eine schöne Zahl errechnet. Nicht schön für mich, aber schön hoch.

Ich überflog die einzelnen Posten, aber Didi sagte schnell: »Ja, Herr Schulze, danke für die Aufstellung – das wird mein Freund natürlich alles ersetzen.«

Man merkte Didi an, dass er hier nicht über sein eigenes Geld sprach.

»Und vielleicht sind ja auch noch nicht alle Punkte drauf, also könnte ich mir vorstellen, dass mein Freund die Summe noch ein wenig aufrunden wird. Nicht wahr, Ronald?«

Eigentlich fand ich die Summe rund genug.

»Ja, sicher«, log ich. Ich hatte ja schon vorher gewusst, dass es nicht billig werden würde, diesen ganzen Kram zu regeln. Und den teuren Herrn Schulze brauchte ich schließlich noch, wenn es um die Anzeige wegen Sachbeschädigung ging oder was immer Gegenstand eines Verfahrens gegen mich werden konnte.

»Konnten denn Ihre Bilder gerettet werden?«, fragte Didi nun, und er klang ernsthaft besorgt.

Heuchler!

Erst heute hatte mir Didi lachend erzählt, wie albern er es finde, dass einer Ölbilder von einem berühmten Rennfahrer sammelte und ins Schaufenster stellte, wo er dem guten Mann doch nach wie vor dabei zusehen konnte, wie er schnell im Kreis fuhr. Ich sah Didi an und mir kam der Gedanke, dass er es mit ein bisschen Training durchaus auch in meiner alten Branche zu etwas bringen könnte.

»Nein«, seufzte Schulze, und er schien wirklich zu leiden. »Zwei der Bilder sind gerade beim Restaurator.« Er deutete auf das Blatt mit den großen Zahlen. »Seine Kostenschätzung finden Sie auf meiner Liste.«

Er griff wieder in sein Jackett und förderte nun ein Polaroid zutage. Er reichte mir das Foto, weil ich ja eventuell mit einer höheren Zahlung angemessen auf den Anblick reagieren sollte.

Zu sehen war ein zerstörter Bilderrahmen, in dem ein Porträt des Rennfahrers in drei große Fetzen zerrissen hing. Ich setzte die Teile in Gedanken zusammen und kam zu dem Schluss, dass dem Bild ein Stück des Kinns fehlte.

Ich schaute betont betrübt auf das Bild und versuchte, kein Grinsen zuzulassen. Didi bemerkte das verdächtige Zucken meiner Mundwinkel trotzdem und legte seine Stirn in Falten. Herrn Schulze fiel es zum Glück nicht auf.

»Ist schlimm, nicht wahr?«, winkte Didi beidhändig mit dem Zaunpfahl.

»Ja«, nickte ich, »sehr schlimm.«

Ich sah Herrn Schulze an, als müsse ich einem alten Freund über den Verlust seiner Eltern hinwegtrösten. In Schulzes leidende Miene mischte sich eine Spur Zuversicht.

»Ich werde da bestimmt nicht kleinlich sein, Herr Schulze«, sagte ich und drückte ihm fest die Hände. Kurz hatte ich Angst, ich hätte nun doch übertrieben, aber Schulze schien meine Reaktion durchaus für angemessen zu halten. Er nickte zurück, lächelte traurig – der Trost würde sich bei einer passenden Extrasumme einstellen, das schien nun sicher.

Eine Frage noch, dann können wir zum entscheidenden Punkt kommen.

»Wie würden Sie den Wert dieses Bildes denn beziffern?«, schmeichelte ich und legte ein sehr mitfühlendes Timbre auf. »Natürlich ist es für Sie unbezahlbar …«

Herr Schulze nickte mit sorgenvollem Blick.

»… aber trotzdem könnte ich ja versuchen, Ihnen den Verlust ein wenig zu mildern. Mit welchem Betrag könnte ich Ihnen da denn eine Freude machen?«

Schulze griff wieder in sein Jackett – offenbar hatte er sich gründlich vorbereitet – und legte eine weiße Karteikarte vor mir auf den Tisch. Darauf stand eine Zahl. Meine Augen weiteten sich, Didi schien etwas blasser zu werden und setzte sich eine Spur aufrechter hin.

Dann sah ich Herrn Schulze an, der mich mit einem so treuherzigen Dackelblick bedachte, dass ich fast laut auflachen musste – aber ich beherrschte mich auch diesmal so gut ich konnte und nickte zögernd.

Dankbarkeit leuchtete in Schulzes Augen auf, und Didi sank erleichtert in seinen Sessel zurück.

Halsabschneider …

Ich steckte die Karteikarte, das Polaroid und die Kostenaufstellung ein und sah Schulze dann ruhig an.

»Ich bin sehr froh«, begann ich, »dass wir diese Geschichte mit Ihnen so pragmatisch aus der Welt schaffen können. Dafür möchte ich mich wirklich bei Ihnen bedanken – das nimmt mir auch ein wenig die Schuldgefühle, die mich seit meinem Unfall plagen.«

Schulze nickte gnädig, Didi sah mich prüfend an.

Keine Angst, Didi, ich bin nicht mehr der Alte – ich tu nur so.

»Trotzdem fällt es mir nicht leicht, Sie nach allem, was Sie meinetwegen erleiden mussten, nun auch noch um einen Gefallen zu bitten.«

Ich ließ eine kurze Pause und musterte Schulze. Hatte ich zu dick aufgetragen? Nein, Schulze sah mich weiterhin ohne jede Spur von Ironie an und hörte mir interessiert zu.

»Herr Schulze …«

»Ja?«, fragte er nach, weil ich keine Anstalten machte, weiterzureden.

»Herr Schulze … Ich nehme an, Sie haben bereits Anzeige erstattet?«

Er sah mich stumm an, auf der Stirn erschien eine zusätzliche Falte – schnell hob ich abwehrend die Hände.

»Und da hatten Sie natürlich recht. Ich meine: Ein Unbekannter ruiniert Ihnen den kompletten … äh … Ausstellungsraum und haut dann einfach ab – das *muss* man anzeigen, ganz klar.«

Er sah etwas besänftigt aus, blickte aber immer noch ernst drein.

Nun wärst eigentlich du dran, du Beutelschneider! »Die Anzeige ziehe ich natürlich gern zurück, Herr Wimmer!«

Doch auf diesen Satz wartete ich vergeblich.

»So einfach ist das leider nicht, Herr Wimmer«, sagte er stattdessen mit Leichenbittermiene.

Willst du womöglich noch mehr rausschinden? Das kannst du vergessen!

»Nachdem ihr Freund, Herr Fessmann« – er lächelte entschuldigend zu Didi hinüber – »das erste Mal hier war, hatte ich schon den Eindruck gewonnen, dass wir uns gütlich einigen würden. Herr Fessmann hat Sie als verantwortungsbewusst und großzügig geschildert, und diese Hoffnung haben Sie ja heute auch bestätigt.«

Schulze sah kurz zu meiner Jacketttasche hin, in der seine Zettel und das Polaroid steckten.

»Ich bin dann zur Polizei gegangen, weil ich natürlich – wie Sie schon vermutet haben – dort Anzeige gegen Sie erstattet hatte.«

Er zuckte mit den Schultern und versuchte erneut ein entschuldigendes Lächeln. In Gedanken hob ich eine Wertungstafel mit zwei von sechs möglichen Punkten. Dieser Typ war ein Geschäftsmann von so alter Schule, dass er wahrscheinlich sogar mit Absicht durchscheinen ließ, dass er einen Gesprächspartner zwar akzeptierte, aber nicht ganz für voll nahm – und ihn vor allem nur so sehr mochte, wie es die Öffnung von dessen Geldbeutel zuließ.

»Nun, die Polizisten sagten mir, dass die Anzeige leider nicht zurückgezogen werden kann. Und zwar, weil … warten Sie!«

Er griff schon wieder in sein Jackett. Ich hatte schon lange mehr keine so starke Abneigung gegen ein Kleidungsstück empfunden.

»Es handelt sich durch Ihre Unfallflucht um ein« – er las hölzern ab – »um ein Offizialdelikt.« Er steckte den Zettel wieder ein und ich atmete insgeheim schon auf, weil er mir den nicht auch noch verkaufen wollte. »Und da muss die Polizei auch ermitteln, wenn ich es nicht mehr möchte – und es wird auf jeden Fall zu einer Verhandlung gegen Sie kommen.«

Hättest du das nicht sagen können, bevor du mir für deinen Formel-Eins-Nippes so hohe Summen aus den Rippen geleiert hast?

Schulze sah mich mit bedauernder Miene an, aber in seinen Augen konnte ich ein triumphierendes Blitzen sehen, das ich von früher aus dem Spiegel kannte.

Nein, hättest du natürlich nicht …

Fast fühlte ich mich diesem Schlitzohr verbunden. Er hatte mich gekonnt ausgenommen, und er hatte sich, ganz abgesehen von meiner Zahlung, schon allein durch dieses Gespräch ein Stück weit an mir schadlos gehalten. Ich musste nun doch ein wenig grinsen, Schulze grinste leicht zurück – und Didi sah ratlos vom einen zum anderen.

Tja, mein lieber Schulze: Den Spaß, den du hier mit mir hattest, werde ich wohl zum Teil mit dem zerstörten Bild verrechnen müssen …

»Ich kann Ihnen deshalb nur anbieten, dass Sie die Gesamtsumme ein wenig … sagen wir: abrunden, da ich Ihnen ja nun doch nicht im erhofften Umfang helfen konnte.«

Ich hasse Leute, die Mienen und Blicke deuten können …

Schulze grinste noch ein wenig breiter, es hätte nur noch gefehlt, dass er mir zuzwinkerte.

»Wenn das hier mal alles vom Tisch ist, würde ich mich freuen, wieder einmal mit Ihnen zu tun zu haben«, sagte Schulze schließlich, stand auf und gab mir die Hand. Der Händedruck war fest und trocken, und sein Blick signalisierte eher

Respekt als Überlegenheit. »Herr Fessmann hatte erwähnt, dass Sie in der Immobilienbranche tätig sind – vielleicht haben Sie ja mal Zeit, sich um das eine oder andere Objekt zu kümmern, das mir ein wenig auf der Seele liegt.«

Didi war ebenfalls aufgestanden und sah mich nun gespannt an.

»Danke für das Angebot«, sagte ich schließlich. Einen Moment hatte ich nachgedacht, dann war meine Entscheidung gefallen. »Aber ich werde mich beruflich wohl ein wenig umorientieren.«

Didi wirkte überrascht, aber auch erfreut. Schulze legte den Kopf ein wenig schräg und musterte mich – doch diesmal konnte er meine Gedanken wohl nicht lesen.

Dann bin ich ja auf einem guten Weg.

Schulze nickte: »Sie werden ganz sicher das Richtige tun – und ich wünsche Ihnen viel Glück dabei. Vielleicht sehen wir uns ja trotzdem einmal wieder.«

»Ja«, lachte ich kurz auf, »mindestens mal vor Gericht, oder?«

Didi zuckte zusammen, aber Schulze blieb entspannt und lachte mit.

»Wenn Sie mögen, komme ich natürlich gern zur Verhandlung – aber wenn Sie mich als Kläger im Gerichtssaal erwarten, muss ich Sie enttäuschen. Für mich ist die Sache aus der Welt.«

— o —

Im Polizeirevier herrschte ein ziemliches Durcheinander. Uniformierte eilten herein und hinaus, Streifenwagen wurden vor dem Gebäude abgestellt oder fuhren gerade weg. Hinter einem Tresen saß ein Uniformierter am Schreibtisch und erhob sich, als wir uns näherten.

»Ja, bitte?«

Ich stellte mich und Didi vor, schilderte mein Anliegen, und der Beamte führte uns in einen Nebenraum, wo wir auf einen seiner Kollegen warten sollten, der sich um uns kümmern würde.

In dem Raum standen zwei ramponierte Plastikpflanzen, ein niedriger Tisch mit eselsohrigen Zeitschriften aus dem Vorjahr und sechs recht unbequem wirkende Stühle. Wir setzten uns, und die Stühle machten ihrem Aussehen alle Ehre.

Zwei weitere Stühle waren mit einem Mann und einer Frau mittleren Alters besetzt, die ihr Gespräch unterbrochen hatten, als wir das Zimmer betraten, und uns nun mehr oder weniger unverhohlen musterten.

Ich nickte ihnen kurz grüßend zu und unterhielt mich dann halblaut mit Didi. Als der auf eine meiner Fragen nicht antwortete, sondern stattdessen etwas genervt an mir vorbeisah, folgte ich seinem Blick: Das Pärchen starrte uns immer noch an, als würden sich die beiden unser Aussehen und unsere Unterhaltung möglichst detailgetreu einprägen wollen.

»Können wir Ihnen irgendwie helfen?«, fragte ich schließlich. Mein Ton ließ keinen Zweifel daran, dass ich vor allem eines wollte: meine Ruhe.

Die Frau beugte sich zu dem Mann hin und flüsterte ihm etwas ins Ohr. Er sah sie an.

»Echt? Meinst du?«

Sie nickte. Daraufhin stand der Mann auf und gab Didi und mir die Hand. Ich wappnete mich schon dagegen, ein Verkaufsgespräch abzuwehren.

»Mein Name ist Weyhl«, sagte er, »Wolf Weyhl.« Er betonte seinen Namen im zweiten Anlauf so bedeutungsschwer, dass ich kurz überlegte, wen ich mit diesem Namen verband. Dann wusste ich es: niemanden.

Weyhl sah mich noch kurz an, doch als ich nicht reagierte – was hatte er erwartet? sollte ich ihn umarmen oder vor ihm in den Staub sinken? – huschte ein enttäuschter Eindruck über sein Gesicht und er stellte seine Begleiterin vor.

»Das ist meine Kollegin Simone Kurtz«, sagte er, und auch die Frau erhob sich und gab uns beiden die Hand.

Dann setzten sich Weyhl und Kurtz wieder und sahen sich für einen Moment unschlüssig an.

»Wir schreiben Bücher«, begann Weyhl schließlich. »Regionalkrimis.«

»Schön«, sagte ich, weil das Gespräch schon wieder stockte. Wenn Weyhl so wortkarg schrieb wie er sprach, konnten seine Krimis nicht sehr dick sein.

»Wir schreiben unsere Bücher immer im Team, wissen Sie?«

Meinetwegen.

»Und wir sind recht erfolgreich. Zehn Krimis haben wir bisher auf der Schwäbischen Alb und in Ulm angesiedelt, alle wurden schon mehrfach neu aufgelegt, und Preise haben wir auch schon bekommen.«

»Gratuliere«, sagte ich lahm und blickte dabei auf die Wanduhr über den beiden.

Hoffentlich kommt dieser Polizist bald und holt uns hier raus.

Didi schien das Zusammentreffen mit den beiden Autoren dagegen wahnsinnig spannend zu finden. Er blickte fasziniert von Kurtz zu Weyhl und wieder zurück.

»Stammt von Ihnen nicht … warten Sie, ich komme gleich drauf …«

Didi schnippte mit den Fingern und starrte angestrengt an die Decke. Die beiden Krimischreiber sahen ihn wohlwollend an.

Wahrscheinlich treffen sie nicht so oft Menschen, die von ihnen gehört haben.

»Moment, ich … hm … jetzt: ›Trauerspiel in Trochtelfingen‹ – genau! Ist das nicht von Ihnen?«

Weyhl platzte schier vor Stolz.

»Ja, unser größter Erfolg bisher – ich hoffe, es hat Ihnen gefallen?«

»Aber klar doch!«, strahlte Didi. »Und danach habe ich mir noch … Wissen Sie, ich kann mir Titel so schlecht merken, aber Ihre Bücher …«

»Oh, danke«, flötete Simone Kurtz nun.

»Das hieß … das hieß … ›Hundstage in Hayingen‹, sehr spannend, wirklich!«

Weyhl wollte schon etwas sagen, aber Didi wehrte ihn ab – offenbar wollte er noch einen Titel loswerden. »Und im vergangenen Jahr habe ich … ja: ›Freudentanz in Feldstetten‹ mit in den Urlaub genommen.«

Ich hatte einen Verdacht, wie sie zu ihren Buchtiteln kamen, und wagte mal einen Schuss ins Blaue: »Heißt eines Ihrer Bücher vielleicht ›Blutbad in –‹ …«

Weyhl strahlte mich an.

»Genau: ›Blutbad in Boll‹ – bemerkenswert, dass Sie das kennen. Unser Erstling, und leider inzwischen ein wenig im Schatten unserer anderen Krimis.«

Die haben echt eine Meise, die beiden.

»Leider kenne ich Ihr Buch nur vom Hörensagen«, behauptete ich. »Wie nennen Sie sich denn als Autorenduo? Vielleicht ›Kurtz & Weyhl‹?«

»Nein, nein«, sagte Simone Kurtz. »Wolf schreibt ja schon viel länger als ich, deshalb nennen wir seinen Namen zuerst.«

Ach du meine Güte … Die haben nicht einmal so viel Humor, ein simples Wortspiel zu erkennen?

»Und warum sind Sie hier auf dem Revier?«, fragte Didi. »Recherchieren Sie für einen neuen Krimi?«

»Nun ja …« druckste Simone Kurtz herum, »gewissermaßen.«

»Spielt die Geschichte diesmal in Stuttgart? Ich könnte Ihnen einige tolle Schauplätze empfehlen, wenn Sie wollen.«

Waldmeisterweg, Eulenrain, die U15, der Perkins Park – Didis denkbare Location-Tipps huschten in schneller Folge vor meinem geistigen Auge vorüber.

»Das ist wirklich sehr interessant«, warf Weyhl ein, und sein Tonfall drückte so ziemlich genau das Gegenteil aus. »Aber wir werden wohl in naher Zukunft unsere … unsere Recherchen vor Ort ein wenig einschränken. Zuletzt hat uns unsere Arbeit doch auch Ärger beschert.«

Vermutlich böse Leserbriefe wegen überbordender Langeweile.

»Ärger? Welchen Ärger?«

Didi ließ nicht locker.

»Tja, wir …«, begann Simone Kurtz, aber Wolf Weyhl fiel ihr ins Wort.

»Wir hatten zuletzt große Hoffnungen auf den Stuttgarter Krimipreis gehegt, aber wir sind leider nicht zum Zug gekommen. Ganz sicher nur ganz knapp, einer der Juroren hat uns gegenüber auch etwas in der Richtung angedeutet. Aber nachdem der diesjährige Preisträger ausdrücklich für seine Realitätsnähe gelobt wurde, haben wir genau darin nun eben eine Möglichkeit gesehen, uns noch zu verbessern.«

Eine von vielen, darauf würde ich wetten.

»Also haben wir eine neue literarische Arbeitsweise entwickelt. Wir nennen es *method writing.* Sie kennen vielleicht den Schauspieler Robert de Niro?«

Didi und ich nickten.

»Er schwört auf method acting. Das heißt: Er arbeitet sich in eine Rolle unter anderem dadurch ein, dass er sich in den Menschen, den er darstellt, einfühlt. Dass er meinetwegen einige Tage in einem ähnlichen Stadtteil lebt wie die Filmfigur. Dass er zehn Kilo zunimmt oder Boxen lernt – solche Dinge.«

Allmählich kam mir ein Verdacht, warum diese beiden Pappnasen auf dem Revier saßen.

»Unser neuer Krimi handelt von einem Mann, der ein dunkles Geheimnis in sich birgt und sich vor der Welt in einer Schäferhütte am Waldrand versteckt. Ab und zu packt es ihn dann doch und er streift nachts mit der Schneide einer Sense durch die Gegend und ermordet junge Männer. Als Arbeitstitel schwebt uns vor …«

Er hob den rechten Arm, legte den Oberkörper etwas schräg und fixierte einen Punkt an der Wand.

Sensenmann in St. Johann?

»Vampire über Gammertingen.«

»Aber«, warf ich ein, »Gammertingen beginnt doch gar nicht mit V oder W.«

»Ja, wie gesagt: ein Arbeitstitel. Wir hatten auch schon an Vilsingen, Veringenstadt oder Wittlingen gedacht, man wird sehen.«

Kaum zu glauben: Es ging immer noch schlimmer.

Didi saß ganz bleich neben mir und starrte die beiden mit offenem Mund an.

»Was ist denn los, Didi?«, fragte ich ihn und legte ihm eine Hand auf den Arm. »Ist dir nicht gut.«

Er schüttelte meine Hand ab und zeigte auf Weyhl: »Haben Sie etwa …? Ich meine, wenn ich das Prinzip Ihres method acting richtig verstehe, dann haben Sie …«

Kurz erschrak ich selbst, dann huschte ein mitleidiges Lächeln über mein Gesicht. Diese beiden konnten einen Menschen höchstens zu Tode langweilen – und das stand, soweit ich wusste, nicht unter Strafe. Leider.

»Nein«, sagte Weyhl schließlich und gönnte sich ein arrogantes Lächeln. »Für Morde vertrauen wir weiterhin allein unserer Fantasie. Aber Sie liegen gar nicht so falsch: Wir wollten tatsächlich die Psyche eines Kriminellen besser verstehen. Also haben wir …«

Er zögerte, sah seine Kollegin an und fuhr, als die nickte, langsam fort.

»Wir sind in ein Kaufhaus gegangen, haben jeder ein Fläschchen Parfüm in die Tasche gesteckt und haben versucht, das Kaufhaus mit den Fläschchen heimlich wieder zu verlassen.«

»Der Hausdetektiv hat uns noch an der Rolltreppe abgefangen«, sagte Simone Kurtz. »Das war genau das Erlebnis, das wir uns erhofft hatten. Diese Heimlichkeit, diese Schuldgefühle, die nahende Gefahr und dann die Peinlichkeit, von einem fremden Mann vor aller Welt als kriminell bloßgestellt zu werden. Das wird unserem Buch sicher eine enorme Tiefe verleihen.«

Didi war fasziniert, ich eher fassungslos.

»Wir haben dem Detektiv natürlich alles erklärt«, übernahm Weyhl nun wieder das Ruder. »Aber er war wohl kein Krimifan und hat die Polizei gerufen.«

»Aha«, machte ich. »Und warum sind Sie für diese Aktion ausgerechnet nach Stuttgart gefahren?«

»Na ja, wir wohnen auf der Alb, in einem kleinen Dorf, gewissermaßen mitten in der Welt unserer Krimis. Da können wir das nicht machen, das spricht sich doch sofort herum. Und entweder die Leute glauben uns, dass wir nur recherchiert haben – dann kennen sie schon einen Teil der neuen Story. Oder sie glauben es uns nicht – dann können wir uns nirgendwo mehr sehen lassen.«

Als die Tür endlich aufging und ein Mann auf das durchgeknallte Autorenpaar zuging, wunderte ich mich fast, dass er keine Zwangsjacken dabei hatte.

»Herr Wyhl? Frau Kurt?«

Die beiden zuckten wie unter Schlägen zusammen. Egal, was ihnen auf dem Revier noch blühen mochte, das Schlimmste hatten sie schon hinter sich: Der Beamte, der sie vernahm, kannte offensichtlich ihre Krimis nicht.

— o —

Auch unser Polizist kam wenig später, und er unterhielt sich mit mir gleich im Warteraum.

»Hauptwachtmeister Möhrle«, sagte er und gab Didi und mir die Hand.

Möhrle?

»Haben Sie etwas zu tun mit der ›Schwaben-Reinigung Möhrle‹?«, fragte ich.

»Ja, das ist die Firma meiner Eltern und meiner beiden Brüder«, sagte er verblüfft und musterte mich. »Warum?«

»Ach, nur so«, schwindelte ich und bereute schon, überhaupt gefragt zu haben. Der Möhrle-Lieferwagen gehörte nicht zu meinen liebsten Erinnerungen, aber die Geschichte dahinter würde meine Glaubwürdigkeit in diesem Revier vermutlich eher nicht erhöhen.

»Entschuldigen Sie bitte, dass es ein wenig gedauert hat«, sagte Möhrle schließlich. »Aber montags ist immer Demo beim Hauptbahnhof, da haben wir Hochbetrieb hier in der Innenstadt.«

»Demo?«, fragte ich.

»Wegen Stuttgart 21«, sagte Didi in einem Ton, der mich ohne viele Umstände zum Ignoranten stempelte.

»Genau«, sagte Hauptwachtmeister Möhrle und blätterte in den Unterlagen, die er mitgebracht hatte. »Sie behaupten also, dass Sie Herr Ronald D. Wimmer sind. Ausweisen können Sie sich nicht, nehme ich an?

»Nein, meine Papiere lagen ja im Wagen, auch der Schlüssel zu meiner Wohnung, wo weitere Papiere liegen.«

Der Beamte nickte.

»Diesen Wagen haben Sie am … Moment … am 14. April selbst gesteuert?«

Ich nickte. »Am Mittwoch vor knapp vier Wochen, ja das war ich.«

»Und Sie waren es auch, der mit Ihrem Wagen am Neckartor in das Schaufenster gefahren ist?«

»Geflogen«, korrigierte ich und konnte mir ein leichtes Grinsen nicht verkneifen. Didi rollte mit den Augen, der Beamte sah mich kurz streng an, dann huschte auch über sein Gesicht ein leichtes Lächeln.

»Stimmt«, nickte er, »geflogen. Die Augenzeugenberichte waren sehr spektakulär.«

Er räusperte sich und wurde wieder ernst.

»Aber Sie sollten sich vorerst mal nicht so sehr darüber amüsieren. Da kommt noch einiges auf Sie zu.«

»Ein Verfahren, ich weiß.«

Möhrle sah mich erstaunt an.

»Haben Sie zuvor schon mal Unfallflucht begangen, dass Sie das so genau wissen?«

»Nein«, beteuerte ich. »Aber wir haben vorhin Herrn Schulze besucht, dem das Schaufenster und der Raum dahinter gehört.«

Möhrle nickte anerkennend.

»Sie haben mit dem Geschädigten gesprochen?«

»Ja, und wir haben uns auch geeinigt. Den Schaden werde ich ihm ersetzen, ich lege auch noch etwas drauf für den Ärger, den er meinetwegen hatte.«

»Das will ich gar nicht so genau wissen. Aber es ist auf jeden Fall gut, dass Sie mit Herrn Schulze gesprochen und dass sie sich gütlich geeinigt haben. Ich könnte mir vorstellen, dass der Richter das zu Ihren Gunsten wertet. Aber bitte …« – er hob abwehrend die Hände – »… ich kann Ihnen da nichts versprechen.«

»Ich weiß«, sagte ich. »Aber ich hoffe schon auch, dass mir das positiv angerechnet wird, wenn ich mich nun um die Sache kümmere.«

»Allerdings reichlich spät«, tadelte Möhrle mich.

Ich nickte.

»Die Akten, die Sie da über mich und diesen … äh … Zwischenfall führen, gehen doch für die Verhandlung ans Gericht, oder?«

»Natürlich.«

»Und wenn ich jetzt eine Aussage dazu mache, wird das notiert und kommt dem Richter auch zu Gesicht?«

»Ja, natürlich – und dem Staatsanwalt.«

»Könnten Sie reinschreiben, dass ich gerne bereit wäre, meine Schuld zum Teil auch durch soziale Hilfeleistungen abzuarbeiten.«

»Hören Sie mal, ich bin hier nicht Ihr Botenjunge, ja?«

»So war das auch nicht gemeint. Aber ich möchte gerne anbieten, dass ich ehrenamtlich einige Stunden im sozialen Bereich helfen würde. Das wäre mir wichtig.«

Möhrle musterte mich aufmerksam.

»Sie werden dadurch aber sehr wahrscheinlich nicht um eine saftige Geldstrafe herumkommen. Die Tagessätze, die nach Ihrem Einkommen berechnet werden, dürften recht eindrucksvoll ausfallen.«

»Kann ich mir denken.«

»Und auch Ihr Führerschein wird ziemlich sicher eine Zeitlang eingezogen.«

Ich zuckte mit den Schultern.

»Warum wollen Sie es dann unbedingt anbieten?«

»Ich hätte damit ein besseres Gefühl.«

Möhrles Blick machte mehr als deutlich, dass er aus mir nicht recht schlau wurde.

»Und an wie viel Stunden hatten Sie dabei gedacht?«

Mir war Möhrles spöttischer Unterton nicht entgangen. Ich grinste, Möhrle lächelte zurück.

»Vielleicht 20 Stunden? Irgendwas mit Obdachlosen oder alten Leuten in alten Häusern.«

»Es tut mir ja leid, aber ich habe den Katalog mit den für solche Fälle verfügbaren Hilfsdiensten leider gerade nicht bei mir.«

Nun grinste auch Möhrle.

»Meinen Sie, das ginge, dass Sie das da reinschreiben? Sie könnten mich ja gefragt haben«, schlug ich vor.

»Stimmt, ich frage Sie: Wären Sie eventuell bereit, einige Stunden unbezahlt soziale Dienste zu leisten?«

Ich nickte und lächelte den Beamten dankbar an.

»Und möchten Sie eine bestimmte Zahl von Stunden vorschlagen?«

»Wie wäre es mit … 20 Stunden?«

»Gut«, sagte Möhrle und machte sich Notizen.

»Herr Hauptwachtmeister!«, mischte sich Didi ein.

»Ja?«

»Schreiben Sie lieber 50 Stunden rein.«

Möhrle grinste. »Ist das ein Freund von Ihnen?«

»Dachte ich bisher, ja«, seufzte ich.

Möhrle schrieb ein paar Sätze auf seinen Block, dann sah er noch einmal die Punkte durch, die er sich schon notiert hatte.

»Warum sind Sie damals eigentlich nicht am Unfallort geblieben?«, fragte er schließlich. »Hatten Sie getrunken?«

»Nein.«

»Warum sind Sie dann abgehauen?«

»Ein blöder Grund, den ich inzwischen selbst nicht mehr verstehe.«

»Und welcher?«

Ich zögerte.

»Ich hatte ein dringendes Meeting, zu dem ich unbedingt pünktlich sein wollte.«

»Sie haben recht«, sagte er und schüttelte den Kopf, »das war wirklich ein blöder Grund.«

Möhrle machte sich wieder Notizen, fragte mich zwischendurch nach Details vor und nach dem Unfall. Ich erzählte ihm, dass mich unmittelbar vor dem Crash die VfB-Geschäftsstelle wegen meiner bestellten VIP-Tickets angerufen hatte.

»Auf dem Handy? Im Auto?«

»Mit Headset!«

»Gut.«

Ich erzählte ihm von meinen Versuchen, über die Hausmeisterin Frau Pfleiderer und meine Bekannte Nina wieder in meine Wohnung zu kommen. Die Szene mit dem Seidenmantel ließ ich weg, und ich erwähnte auch nicht, dass zwei Mitarbeiter der Bausparkasse meinen Besuch bei Nina bezeugen konnten.

»Können Sie noch bis morgen ohne Ihre Wohnung auskommen?«, sagte er dann. »Wir müssen noch Ihre Angaben überprüfen – ich nehme an, das stimmt alles, und all das können eigentlich auch nur Sie persönlich wissen. Ihrem Ausweisfoto sehen Sie ja leidlich ähnlich, aber wir gehen lieber auf Nummer sicher. Sagen wir, morgen gegen drei am Nachmittag? Da kommen Sie wieder, und meine Kollegen können Ihnen dann alles übergeben, was Sie im Wagen haben liegen lassen. Dann sagen wir Ihnen auch, wo der Wagen steht. Ist nicht weit von hier.«

»Ich weiß.«

Möhrle stutzte kurz, dann sah er mich noch einmal prüfend an.

»Und wo haben Sie sich die ganze Zeit seit dem Unfall herumgetrieben?«

»Müssen Sie das für das Verfahren unbedingt wissen?«

»Nicht unbedingt, aber mich persönlich würde es interessieren.«

»Das ist eine lange Geschichte«, seufzte ich schließlich.

»Gut«, sagte Möhrle und setzte sich bequemer hin. »Dann schießen Sie mal los!«

»Ich dachte, Sie hätten heute keine Zeit – war da nicht diese Demo am Bahnhof?«

»Oh, Mist, stimmt ja!«

Möhrle sprang auf und raffte seine Unterlagen zusammen.

— o —

Didi fuhr mich vom Polizeirevier bis zur Planie und ließ mich gegenüber dem Kunstmuseum aussteigen. Von hier hatte ich nur ein paar Minuten zu Fuß, das sollte reichen, bevor das Café Büchse für diesen Tag schloss.

Beschwingt von meinen heutigen Erfolgen kam mir der Weg noch kürzer und natürlich auch das Wetter noch schöner vor. Im Schaufenster der Buchhandlung spiegelte sich mein breites Grinsen (dahinter waren die Gewinner des Stuttgarter Krimipreises prominent drapiert) und in der Unterführung unter der Theodor-Heuss-Straße winkte ich dem »Trott-war«-Verkäufer zu.

Der dürre Fred sah mich fragend an.

»Wollen Sie eine?«

»Nein, sorry, keine Kohle!«

Ich ging weiter, und hinter mir brummte Fred etwas wie: »Wenn du sparen musst, dann spar dir doch das Winken …«

Ich grinste. Mich störte nichts mehr. Ich war zufrieden mit dem, was ich heute zustande gebracht hatte – und ich war schon allein deshalb bester Laune, weil ich endlich wieder begonnen hatte, mein Schicksal selbst in die Hand zu nehmen.

Oh … apropos Schicksal: das gewonnene Vesper …

Kurz zog eine kleine Wolke an meinem Stimmungshimmel auf, aber ich lachte sie einfach in der Gewissheit weg, dass sich auch das irgendwie regeln lassen würde.

Als ich vor dem Café ankam, sah ich durch das Fenster, wie Tina gerade das Geschirrtuch zum Trocknen aufhängte. Ich klopfte gegen die verschlossene Tür. Sie sah mich, sagte etwas zu dem Kollegen neben ihr, und der nickte nur und werkelte weiter. Sie griff sich die Jacke, zückte ihren Schlüsselbund und kurz darauf spazierten wir in Richtung Fußgängerzone davon.

— o —

Kapitel 18 | *Wieder daheim*

Ich hatte ausführlich von meinen Bemühungen erzählt, mein Leben wieder in den Griff zu bekommen, meine Angelegenheiten zu ordnen und die Folgen meines Autounfalls zu bereinigen. Sie freute sich mit mir, und wir gingen in der Stadt eine Kleinigkeit essen. Aber danach verlief der Abend nicht ganz so, wie ich ihn mir erhofft hatte: Tina ging nach Hause, allein.

Gegen elf hatte ich mich mit ihr im Café Büchse verabredet, vorher wollte ich noch Peer im Schlossgarten treffen. Tina wusste also, dass ich nicht unbedingt pünktlich sein würde, denn Peer war nicht immer schnell zu finden. Außerdem war sie im Grunde genommen selbst schuld: Sie hatte mich am Abend darauf hingewiesen, dass ich in Uhlbach ein Vesper für vier Personen gewonnen hatte – selbst wenn ich sie mitnehmen würde, hätte ich also noch zwei Plätze frei.

»Wäre das nicht eine schöne Gelegenheit, dich bei Peer und Didi zu bedanken?«, hatte sie gesagt. »Dann lerne ich die beiden auch mal kennen – und du hast weitere Verstärkung bei dir, wenn du deinen Eltern endlich wieder begegnest.«

Mich hatte vor allem das Argument mit der Verstärkung überzeugt. Nun musste ich Peer unbedingt die frohe Kunde überbringen. Didi war am Morgen mit Obst, Wurst und Brot im Ferienhaus aufgetaucht und wusste nun schon Bescheid. Natürlich war er einverstanden, und es passte zu ihm, dass er sich auf das Kennenlernen meiner Eltern freute wie ein Schnitzel.

In der Klettpassage kamen mir auf dem Weg von der Stadtbahn zum Schlossgarten Hannes und seine Jungs entgegen. Sie hatten Peer zuletzt am Eckensee gesehen, wie er auf dem alten Baum saß und Brotstückchen ins Wasser warf.

Und da saß er auch noch, als ich den Baum erreichte.

»Runter hier, du Rotzlöffel!«, herrschte er einen kleinen Buben an, der gerade nach dem richtigen Einstieg in den Baum gesucht hatte. Erschrocken starrte der Junge zu Peer hinauf. Der donnerte noch: »Hier wird nicht geklettert!«, und schon war der Bub auf der Flucht. Wie ein geölter Blitz flitzte er an mir vorbei.

»Na, wenn hier nicht geklettert wird, solltest du vielleicht auch lieber runterkommen«, rief ich hinauf.

Peer lugte zwischen den Ästen hindurch, erkannte mich und begann wieder damit, Brot ins Wasser zu streuen. Ich stieg zu ihm hinauf und setzte mich auf einen dicken Ast, seinem Sitzplatz gegenüber. An ihm vorbei konnte ich in einiger Entfernung den Jungen von eben sehen, der nun an der Hand einer hübschen Frau stand. Der Junge deutete auf unseren Baum und sagte etwas, die Frau schüttelte mit finsterer Miene den Kopf und zog den Buben in die entgegengesetzte Richtung davon.

»Magst du kein Brot mehr?« fragte ich Peer, der unverdrossen weiter Brösel von einem kleinen Laib abzupfte und sie ins Wasser unter seinem Ast fallen ließ.

»Doch, schon.« Er sah mich an und grinste wehmütig. »So etwas könnte ich mir auch gar nicht leisten.« Er warf noch ein Bröckchen hinterher. »Aber das hier ist selbst mir zu hart.«

»Hast du das aus dem Café Büchse?«

»Nein, wo denkst du hin? Was wir dort bekommen, ist zwar nicht tagesfrisch, aber noch frisch genug. Dieser halbe Laib hier lag beim Schlossgartensee in einem Papierkorb.«

»Den Leuten muss es ja ziemlich gut gehen, wenn sie schon halbe Brotlaibe wegwerfen können, was?«

Peer nickte und streute weiter.

»Und warum hast du das Brot extra hierher getragen, anstatt es direkt am anderen See zu verfüttern?«

»Die Schwäne mag ich nicht. Und ich mag sie noch weniger, seit dich einer angegriffen hat. Wer meine Freunde nicht mag, den mag ich auch nicht.«

Er grinste mich an, und es wirkte wieder etwas wehmütig.

»Was ist denn heute los mit dir?«, fragte ich nach einer Weile.

»Hm …«

»Mit dir ist doch was«, hakte ich nach.

»Ach was. Alles okay.«

»Glaub ich dir nicht.«

»Dann lass es halt!«, brauste er auf, funkelte mich kurz an und wandte sich dann wieder dem Brot zu.

Ich stutzte.

Bisher hatte ich Peer immer nur ausgeglichen erlebt, und immer hatte ich mich darüber gewundert – denn schließlich hatte er ja genügend Gründe, um mies drauf zu sein und auch mal pampig zu werden. Heute aber war mit ihm offenbar nicht gut Kirschen essen.

»Hast du was getrunken?«

Sein Ausbruch eben hatte einen Geruch nach billigem Wein zu mir herübergeweht.

»Kann dir doch egal sein.«

Weil es mir nicht egal war, ließ ich ihn zunächst in Ruhe und sah ihm stumm zu, wie er einen Brotkrümel nach dem anderen ins Wasser fallen ließ. Ich lehnte mich zurück und ließ die Geräusche des Parks auf mich wirken, unter die sich der gleichmäßige Verkehrslärm von den Straßen wie ein tiefes Grundrauschen mischte.

Leute gingen die Freitreppe zum Großen Haus hinauf und wieder hinunter. Hunde zogen ihre Besitzer auf den Spazierwegen in mein Blickfeld und wieder hinaus. Und auf alles schien die Sonne, die nur manchmal hinter kleinen, hellen Wölkchen verschwand.

Ich weiß nicht, wie viel Zeit vergangen war, als Peer endlich das letzte Brotstückchen ins Wasser fallen ließ und ihm trübe nachblickte. Jedenfalls tat mir inzwischen der Hintern weh.

Peer streckte sich, dabei fiel sein Blick wieder auf mich. Er sah überrascht aus – hatte er mich komplett vergessen?

»Ach …«, brummte er. »Du bist ja noch da.«

»Ja.« Und nach einer Pause: »Soll ich gehen?«

Peer schüttelte den Kopf und schniefte.

»Die alten Zeiten?«, fragte ich.

Peer nickte. Ich wartete.

»Demnächst ist Jahrestag.«

Ich versuchte, aus dem kurzen Satz schlau zu werden. Es dauerte ein bisschen, dann kam ich drauf.

»Von deinem Unfall?«

Peer nickte.

»Deshalb auch der Wein?«

Peer sah mich kurz fragend an, dann hauchte er in die hohle Hand und schnupperte.

»Pfui Teufel … Hätte nicht gedacht, dass man das bisschen schon riecht.«

»Kaum«, log ich.

Peer grinste. »War aber auch ein richtig übler Fusel. Ich frage mich immer wieder, wie Hannes und seine Clique so ein Zeug runterbekommen …«

»Wo haben die denn ihren Wein her?«

»Ich fürchte, das wollen wir beide gar nicht wissen.«

Wir lachten. Ein Spaziergänger, der gerade an unserem Baum vorbeikam, schaute irritiert zu uns herauf.

»Hättest du denn Lust, mal wieder einen richtig guten Wein zu trinken?«

»Oh ja«, sagte Peer und es klang so inbrünstig, dass ich erst dachte, er wolle mich veräppeln. Aber Peer sah mich ganz ernst an, und in seinen Augen entdeckte ich ein Funkeln. So hatte meine alte Hausmeisterin, Frau Pfleiderer, geschaut, als ich ihr von meinem SL erzählte. Und ich nehme an, so schaute auch ich, wenn ich Frauen wie Nina und Kat entdeckte.

»Weißt du«, sinnierte Peer, »mir ist von meinem früheren Leben nur dieser dreiteilige Anzug geblieben, meine Schuhe, das Hemd – alles schon ziemlich mitgenommen. Nur meine Liebe zu guten Weinen ist unverändert. Manchmal, wenn ich irgendwo liege und nicht gleich einschlafen kann, rufe ich mir ein gutes Tröpfchen in Erinnerung. Wenn man das ein wenig übt, kann man den Geschmack richtig auf dem Gaumen spüren.«

Er sah schwärmerisch über den See hinweg zur Oper. Dann wurde sein Gesichtsausdruck wieder trauriger.

»Tja, und wenn du dann aufwachst, wird dir dieser Scheiß hier nur noch deutlicher bewusst.«

Peer seufzte.

»Ich meine das ernst mit dem Wein«, sagte ich.

»Wieso, hast du deine Kohle wieder?«

»Noch nicht. Heute um drei kann ich meine Papiere und Kreditkarten bei der Polizei abholen.«

»Klingt gut«, sagte Peer, aber er sah nicht aus, als würde er sich wirklich freuen. »Falls du dann noch Zeit hast für mich und die anderen, kannst du gerne mal eine Flasche springen lassen. Du wirst ja nicht gleich vergessen, wo du uns finden kannst.«

»Nichts werde ich vergessen!«

»Wart's ab …«

»Das weiß ich jetzt schon.«

»Du wärst nicht der Erste, der kurz tschüs sagt und dann nie mehr aufkreuzt.«

Ich sah Peer an, dass er wusste, wovon er sprach.

»Ist dir das schon oft passiert, seit … seit damals?«

»Ja«, antwortete er knapp und sah finster auf den Weg hinunter. »Und das ist eigentlich das Schlimmste von allem.«

Ich fragte nicht nach, sondern wartete einfach, bis er weitersprach.

Erstaunlich, was man in wenigen Wochen lernen kann, wenn nur das Leben in dieser Zeit gründlich genug umgestülpt wird.

»Draußen zu schlafen, nicht immer etwas Gutes zum Essen haben, daran gewöhnst du dich. Aber dass du allein bist und es meistens auch niemanden kratzt, was mit dir ist – das fühlt sich scheiße an. Nicht jeden Tag, aber doch sehr oft. Wenn du dann mal einen Freund oder auch eine Freundin gefunden hast, einfach jemanden, mit dem du reden kannst, den du triffst, mit dem du dich verabredest, auf den du wartest – das ist wie ein kleines Stückchen Heimat. Und wenn derjenige dann eines Tages einfach wegbleibt …«

Er ließ den Kopf hängen.

»Nicht schön, glaub mir.«

»Hm.«

»Na ja, und wenn du selbst mal weg bist, hat ja auch keiner eine wirkliche Chance, dich wiederzufinden. Du hast ja keine Adresse.«

»Würde sich da niemand von euch zum Beispiel an Tina wenden? Oder würdest du bei Tina vielleicht eine Nachricht hinterlassen?«

Peer nickte. »Aber Tinas gibt es nicht an jeder Ecke.«

»Das kann ich bestätigen!«

Peer lachte heiser auf. Er wusste, wie ich es meinte.

»So, und nun erzähl mal, an welchen Wein du gedacht hast. Dann kann ich ihn mir heute Abend schon mal vorstellen.«

»Zweigelt, Merlot, Syrah, von schwäbischen Winzern ausgebaut im Barrique. Wie klingt das für dich?«

»Prima«, sagte Peer lahm und ohne seinen enttäuschten Gesichtsausdruck zu überspielen.

»Das ist echt ein guter Tropfen!«, protestierte ich. »Wird gelobt ohne Ende und sahnt immer Auszeichnungen ab.«

»Ist ja schon gut. Ich war zu meiner Zeit als Weinhändler eben auf andere Geschmacksrichtungen abonniert, deutsche Weine waren nicht unbedingt mein Spezialgebiet. Aber warum regst du dich denn so auf? Klingt fast, als wärst du persönlich betroffen.«

»Und das kommt sogar hin«, sagte ich und nahm meinen Mut zusammen, um nach Tina nun auch Peer meine Vorgeschichte zu erzählen. »Den Wein machen meine Eltern. Drüben in Uhlbach.«

»Uhlbach? Ist das nicht auch hier in Stuttgart?«

»Ja«, sagte ich. »Wenn du vom Wasen aus zu dieser Kapelle hochschaust – rechts hinter dem Hügel liegt Uhlbach.«

»Aha …«, machte Peer, dann fiel ihm etwas ein: »Hast du nicht auch irgendetwas von Uhlbach erzählt, als ich ›tot‹ auf der Wiese beim Ferienhaus lag?«

Ich nickte.

Peer sah mich aufmerksam an. »Und da leben deine Eltern?«

Ich nickte wieder.

»Und du hast in der Stadt ein Loft und übernachtest in diesem Ferienhaus, weil dich keiner ins Loft lässt?«

Ich nickte noch einmal.

Peer sah mich noch eine Zeitlang ernst an, dann huschte ein Lächeln über sein Gesicht. Er lehnte sich auf seinem Ast zurück und sagte: »Dann leg mal los. Du weißt ja: Ich liebe lange Geschichten …«

— o —

Der Mittwoch verging wie im Flug. Ich war vormittags zu Didi geradelt und hatte ihn – mit Hilfe seiner Frau Betty – irgendwann endlich dazu überredet, dass er sich von mir die Reparatur seines alten Kombi bezahlen ließ.

Eigentlich hatte ich ihm ein neues Auto kaufen wollen, aber davon wollte Didi nichts wissen. Also bequatschte ich ihn, dass Nikitakis seinen Motor auf Vordermann bringen würde – damit Didi noch ein gutes Jahr mit der alten Karre fahren konnte. Dann wurde wohl eine Lebensversicherung fällig, die er für den Kauf eines neuen Wagens verwenden wollte.

Menschen mit wenig Geld und viel Sinn für ihre Würde können sehr anstrengend sein.

Wir fuhren also zu Nikitakis und stellten Didis Kombi in den Hof. Nikitakis versprach mir, mit der Arbeit an dem Wagen gleich heute Abend zu beginnen, und dabei zwinkerte er mir so oft zu, dass ich schon befürchtete, Didi würde etwas auffallen. Ich hatte Nikitakis nämlich keineswegs beauftragt, den alten Motor zu reparieren: Er sollte einen neuen einbauen und auch sonst alles so an der Karre auf einen möglichst neuen Stand bringen, dass es Didi seinem alten Kombi nicht gleich auf den ersten Blick ansehen würde.

Nikitakis hatte am Abend zuvor ständig gerührt gemurmelt, was ich doch für ein guter Kerl sei und mir immer wieder noch einen Ouzo spendiert. Entsprechend schwer war ich morgens aus dem Bett gekommen, und den leichten Hauch Anis, der mich beim Aufstehen umwehte, wurde ich erst nach ein paar Tassen Kaffee und einer ausgiebigen Dusche wieder los.

Dann kam der Nachmittag und schließlich der Abend. In immer kürzeren Abständen sah ich auf die Uhr, und vor meinem Kleiderschrank stand ich so unschlüssig wie selten zuvor. Tina war in mein Loft gekommen und hatte sich Kleider mitgebracht: eine Jeans, die gut, aber nicht zu knapp saß; eine Bluse, die locker fiel, aber nicht zu viel zeigte – es war offensichtlich, dass Tina bei meinen Eltern einen guten und eher gediegenen Eindruck machen wollte.

Sie werden sie mögen.

Ich zog Krawatten, Jacketts und Hosen heraus, legte sie aufs Bett und warf sie in die Ecke.

»Lass mich raten«, grinste Tina. »Du hast nichts anzuziehen?«

»Puh«, machte ich, »so schwer habe ich mich mit meinem Outfit noch nie getan.«

»Wahrscheinlich wolltest du auch noch nie so sehr eine ganz bestimmte Botschaft vermitteln«, sagte Tina und nahm mir einen blaugrauen Blazer aus der Hand. »Hast du keine Jeans?«

»Meinst du, das ist das Richtige? Ich gehe von zu Hause weg, um meinen Eltern zu beweisen, dass ich ohne die Weinberge richtig Kohle machen kann – und dann komme ich in Jeans zurück?«

Sie musterte mich spöttisch.

»Glaubst du echt, dass du das nötig hast?«

Sie machte eine Geste, die den Schrank, das Bett und den Kleiderhaufen in der Ecke umfasste.

»Vor deinen Eltern?«

Ich stand vor ihr wie ein kleiner Junge, der heimlich vom Geburtstagskuchen genascht hatte.

»Mach dich doch nicht lächerlich, Ronald!«

Ich sah betreten zu Boden.

»Mensch, reiß dich zusammen, du Memme!«

Sie schüttelte mich ein wenig und hieb mir leicht mit der Faust auf die Brust. Ich sah erschreckt hoch, Tina strahlte mich mit breitem Lächeln an.

»Los, du Held, rein in die Jeans – oder hast du wirklich keine?«

»Doch, hab ich«, sagte ich und bückte mich zu einer Schublade hinunter. Ich zog eine schwarze Jeans heraus, fand im Fach daneben ein weißes T-Shirt und nahm schließlich ein dezent kariertes Hemd aus dem Schrank.

»Gut so?«, fragte ich schließlich.

Tina nickte und hakte sich unter.

»So«, sagte sie bestimmt, »und nun stürmen wir Uhlbach!«

— o —

Den Sturm auf Uhlbach nahmen wir in Tinas Kleinwagen in Angriff. Ich saß auf dem Beifahrersitz und versuchte, mich mit Blicken aus dem Seitenfenster von meiner wachsenden Nervosität abzulenken. Hinten hockten Didi und Peer und mühten sich ächzend, ihre Beine so unterzubringen, dass die Rückenlehnen nicht allzu schmerzhaft dagegen drückten.

»Ich war von Anfang an dagegen, meinen Kombi ausgerechnet heute zur Werkstatt zu bringen«, maulte Didi. »Wenn ich gefahren wäre, hätten wir alle viel mehr Platz gehabt.«

»Och, hier vorne geht es eigentlich«, frotzelte Tina und bog in der Uhlbacher Ortsmitte schwungvoll nach rechts ab.

»Außerdem hätte ich nicht darauf wetten wollen, dass es dein Oldtimer wirklich noch bis hier raus schafft«, sagte ich. »Und jetzt halt den Mund und freu dich auf ein gutes Vesper.«

»Und auf wunderbaren deutschen Wein«, merkte Peer an – ich konnte nicht heraushören, ob er das ironisch gemeint hatte.

Als Tina kurz darauf mein Elternhaus erreichte und ihren Wagen neben der alten Presse abstellte, die heute über und über mit Blumen bepflanzt war und ein großes Schild mit der Aufschrift »Weinbau Derendinger« trug, blieb mir fast das Herz stehen. So viele Jahre war ich weg gewesen, und hier sah es im Wesentlichen noch aus wie damals.

Der Innenhof war an drei Seiten ganz und an der vierten, südlichen Seite fast ganz – eben bis auf die Hofeinfahrt – von Gebäuden umgeben. Direkt gegenüber der Einfahrt stand das Wohnhaus, in dem rechts unten ein verglaster Verkaufsraum untergebracht war. Links und rechts davon schlossen sich die verschiedenen Garagen, Lager und Betriebsgebäude an wie die Flügel eines Landsitzes.

Das Dach war neu eingedeckt und verlieh dem Ganzen nun einen Hauch von Toskana, der Hof war neu gepflastert, und der Verkaufsraum war früher nicht verglast gewesen.

Unsere Ankunft war offenbar bemerkt worden: Die Haustür wurde geöffnet.

Mit weichen Knien ging ich ein paar Schritt auf die Tür zu, als mein Vater auf den Hof hinauslugte, dann zögernd die Tür ganz öffnete und langsam die drei Stufen vor der Tür herunterstakste. Er wusste offenbar nicht so richtig, wohin mit seinen kräftigen Händen: Mal steckte er sie in die Taschen seiner groben Cordhose, dann zog er sie wieder heraus.

Ich ging noch immer auf ihn zu und wappnete mich für das erste Gespräch mit ihm nach langer Zeit. Doch er blieb stehen, sagte nichts und sah mich nur an. Ich öffnete den Mund, klappte ihn wieder zu und wusste nicht, was ich sagen sollte.

Da erschien meine Mutter in der Tür, tupfte sich noch kurz mit der Schürze die Augen und rannte dann auch schon auf mich zu. Meinen Vater rempelte sie vor lauter Eifer fast um, dann drückte sie mich mit einer Kraft, die ich ihr nicht mehr zugetraut hätte.

»Mensch, Rolf!«, rief sie. »Mensch, Rolf! Endlich!«

Ich umarmte sie ebenfalls, traute mich aber nicht, sie allzu fest zu drücken, sondern streichelte ihr unablässig über den Rücken. So standen wir eine Weile, als ich die Stimme meines Vaters hörte.

»Gang mol weg, Liese«, murrte er. »Des isch ao mei Bua!«

Meine Mutter sah ihn an, schluchzte und lächelte zugleich und trat einen Schritt zur Seite. Mein Vater breitete seine Arme aus und sah mich streng an, aber um seine Mundwinkel zuckte es verdächtig.

Ich lächelte, ging vollends zu ihm hin und umarmte ihn.

Meine Mutter begrüßte nun meine Begleiter, gab allen die Hand und blieb dann neben Tina stehen.

»Isch der Rolf no emmr so halsstärrich wie sei Vatter?«

»Ja«, sagte Tina. »Ist er – aber wir nennen ihn inzwischen Ronald.«

»Hä?«, machte meine Mutter, aber Tina grinste zunächst nur.

»No hemmer wenigschtens was zom Schwätza«, sagte sie dann, zuckte mit den Schultern, winkte meine Begleiter hinter sich her zur Verkaufsstube hinüber, unter der sich der urige Wengerterkeller befand, und knuffte im Vorbeigehen ihren Mann in die Seite. »Ausanandr, ihr Heulsusa! Wenn des oiner sieht, brauchsch de am Schtammtisch nemme säha lassa!«

— o —

Im Wengerterkeller bogen sich die Tische unter den Vesperplatten, und nach einigen Anlaufschwierigkeiten bogen auch wir uns alle – vor Lachen.

Meine Eltern hatten die meisten Tische im Keller etwas zur Seite geschoben, und unter dem großen Fassdeckel, der sich noch vom ersten Wengerter der Derendingers erhalten hatte, stand nun ein schön eingedeckter Tisch für acht Personen, an den aber nur sechs Stühle gerückt waren.

Mein Vater präsidierte zunächst etwas steif auf seinem Platz am oberen Tischende und sah immer wieder nachdenklich zu mir her – ich saß ihm genau gegenüber. Links neben mir saß Tina, rechts meine Mutter, während mein Vater von Didi und Peer flankiert wurde.

Mein Bruder, der mit den Eltern das Weingut betrieb, machte gerade Urlaub und war mit Frau und Kindern, zwei Buben im Kindergartenalter, in die Türkei geflogen. Aber als Thema unserer Gespräche waren alle vier trotzdem Teil des Abends. Und der Wein, den er zusammen mit meinem Vater gekeltert hatte, war wirklich erstklassig.

Auch Peer gab das gerne zu. Erst war mein Vater etwas reserviert gewesen wegen meines Begleiters. Didi kannte er vom Hörensagen, und er hatte den Mann von Betty sicherlich auch mal auf irgendeiner Hocketse kurz gesehen. Dieser Hamburger aber, der einen alten Anzug und abgelaufene Schuhe trug, war ihm anfangs nicht ganz geheuer.

»Ond was send Sie so von Beruf?«

Mir war aufgefallen, dass Vater eine Spur breiter Schwäbisch schwätzte als früher – und ich vermutete, dass er damit den Hamburger Gast ärgern oder zumindest auf die Probe stellen wollte.

»Er war früher mal Weinhändler, stell dir vor!«, sagte ich schnell und strahlte Vater an, aber der wartete weiter auf Peers eigene Antwort.

»Ja«, sagte Peer dann, »ich war mal Weinhändler – aber nichts Deutsches. Ich habe mich eher um Italiener, Franzosen und um Weine aus Übersee gekümmert. Da war die Nachfrage größer, und die Leute hatten auch mehr Lust, dafür höhere Preise zu zahlen.«

Peer hatte das so leichthin gesagt, dass nur meine Mutter und ich bemerkten, dass sich hier zwei Sturköpfe ein Duell lieferten.

Vater nahm einen großen Schluck aus seinem Weinglas und gab sich große Mühe, den guten Tropfen so zu genießen, dass es Peer auch sah. Er war ein schlechter Schauspieler, und seine Miene geriet ihm ungewollt komisch.

Peer lächelte ihn ruhig an.

»Und jetzt bin ich Penner«, sagte er seelenruhig und prostete meinem Vater zu.

Der verschluckte sich und brauchte eine Weile, bis er wieder weiterreden konnte.

»Penner? Des sagat Se selber?«

»Klar«, zuckte Peer mit den Schultern. »Wenn's nun mal so ist, muss ich doch nicht lange um den heißen Brei reden. Das machen Sie doch auch nicht.«

Mein Vater musterte Peer, man sah es förmlich hinter seiner Stirn arbeiten.

»No hockat Se also dr ganze Dag onütz rom ond wartat, dass dr Dag romgoht?«

Ich hielt den Atem an, aber Peer grinste nur breit.

»Wenn Sie so wollen. Wobei ich das natürlich anders schildern würde, aber man kann es so sehen.«

»Ja, wellat Se nix schaffa?«

»Ich habe früher gern gearbeitet, und auch sicher nicht wenig. Aber schauen Sie mich an: Würden Sie mir einen Job geben?«

Mein Vater sah ihn ernst an, dann machte er einen Versuch, das Gespräch ein wenig zu entspannen: »Wie schmeckt Ihne denn eigentlich onser Wei?«

»Gut«, sagte Peer.

»Wie gut?«

»Der liegt bei … sagen wir: fünfundachtzig Prozent?«

Mein Vater wurde etwas blass – er hatte seinen Gästen den Stolz seines Wengerts aufgetischt.

»Ond worom bloß fenfaachtzig?«

»Nun«, begann Peer und hielt sein Glas ins Licht, »ich schmecke den Syrah, Merlot und Zweigelt.«

Mein Vater sah ihn anerkennend an, ich grinste – ich hatte ihm die Zusammensetzung ja schon vorher genannt.

»Wenn Sie nun aber den Syrah …«

Und Peer erging sich in Fachbegriffen und in Weinbautipps, er zeigte Wege zur Verbesserung der Cuvée auf und erzählte meinem Vater Dinge über Barrique-Fässer, die er offenbar noch nicht gewusst hatte.

Ich hörte eine Weile zu und wusste: Peer brauchte meine Hilfe nicht.

Didi, Tina, meine Mutter und ich unterhielten uns über Gott und die Welt, während mein Vater und Peer in ihrer eigenen versanken.

Als wir uns recht spät am Abend verabschiedeten, musste ich meiner Mutter versprechen, in den nächsten Tagen regelmäßig nach Uhlbach zu kommen. Mein Vater begleitete uns bis zu Tinas Auto und unterhielt sich die ganze Zeit noch mit Peer.

»Vadder«, sagte meine Mutter, »lass deim Gascht sein Feierobend!«

Peer und er lachten, gaben sich die Hand und mein Vater sagte noch: »Das mit dem Job habe ich übrigens ernst gemeint.«

Meine Mutter und ich sahen uns staunend an, dann zuckte meine Mutter mit den Schultern, hakte sich bei ihrem Mann unter, und die beiden winkten uns nach, bis wir hinter der nächsten Kurve verschwunden waren.

— o —

Kapitel 19 | *Ein neuer Anfang*

Tina war am Mittwochabend mit in mein Loft gekommen, und wir schliefen sofort ein. Am nächsten Morgen rief Tina im Café Büchse an und gab Bescheid, dass sie für den Rest der Woche frei haben wollte – das war wohl kein Problem.

Dann fragte sie mich aus, was ich nun mit meinem Leben vorhatte. Das traf sich gut, denn ich wollte ihr ohnehin von den Plänen erzählen, die ich seit Montag erst im Ferienhaus und dann hier in meiner Wohnung Nacht für Nacht ausgetüftelt hatte.

»In der Zeit, in der ich nicht in mein Loft konnte, sind mir einige Investoren abgesprungen. Genau genommen habe ich im Moment kein Projekt mehr laufen – was sich gut trifft, denn ich will künftig sowieso etwas Anderes machen. Nichts mehr mit Immobilien, eher etwas mit Menschen – also, ich meine damit: Ich will mit Menschen zu tun haben und will ihnen mit meiner Arbeit helfen. Natürlich muss ich damit auch genug Geld verdienen, aber das wird sich finden.«

»Genug Geld?«, fragte Tina dazwischen und sah sich um. »Für all das hier?«

»Nein«, lachte ich. »Hier habe ich die längste Zeit gewohnt. Das Loft ist gekündigt. Der Vermieter hatte schon einen Interessenten, deshalb komme ich schon Ende des Monats aus dem Vertrag. Ich habe eine schöne Kaution hinterlegt, die bekomme ich ohne Abzüge ausbezahlt, das ist auch schon besprochen.«

»Die Kaution wird wahrscheinlich für deine Strafe draufgehen, oder?«

»Sie wird vermutlich nicht annähernd reichen.«

»Oh«, machte Tina.

»Na ja, die gehen nach Tagessätzen – und ich habe mich noch gar nicht erkundigt, ob meine künftigen Tagessätze gelten oder die, wie ich sie zur Zeit des Unfalls hatte. Das warten wir einfach mal ab.«

»Du siehst das aber entspannt. Hast du irgendwo noch einen Sparstrumpf?«

»Ein paar Tausender liegen schon noch auf der Bank, die sind allerdings erst in ein, zwei Jahren verfügbar. Aber im Moment verspreche ich mir vor allem ein bisschen was von meinem Wagen.«

»Wieso das?«

»Der steht doch bei …, ich habe dir doch von Kyriakos Nikitakis erzählt.«

Tina nickte.

»Nikitakis soll den Wagen für mich verkaufen. Damit soll er die Reparaturkosten für mein Auto und für Didis Kombi verrechnen, vom Rest bekommt er ein Drittel – und was übrig bleibt, zahlt er mir aus. Da macht er einen guten Schnitt, und ich muss mich um nichts kümmern. Außerdem hatte ich den Eindruck, das Nikitakis finanziell derzeit einen kleinen Hänger hat – da würde ich einfach gerne helfen. Die waren nett zu mir.«

»Ich auch?«

Tina war etwas näher an mich herangerückt und stupste mich grinsend mit der Nase an.

»Ja, du auch. Was hättest du gerne dafür?«

Sie schlang ihre Arme um mich, küsste mich und sagte: »Dich.«

»Das hatte ich gehofft«, lachte ich. »Denn sonst wären meine finanziellen Reserven allmählich erschöpft.«

»He, du Scheusal!«, rief sie und stieß mich lachend in die Seite.

»Aber für ein schönes Essen zu zweit reicht das Geld noch. Ich will dich groß ausführen.«

Tina sah mich fragend an: »Von welchem Geld denn? Deine Kaution bekommst du doch erst noch, und der Wagen ist noch nicht verkauft.«

»Nikitakis hat mir einen Vorschuss gezahlt.«

Ich ging zu einer Schublade und zog ein dickes Geldbündel hervor. Tina machte große Augen.

»Sind nur Zehner«, sagte ich. »Aber für ein richtig gutes Essen reicht es. Und jetzt rufe ich an und bestell uns einen Tisch für Samstag. Hast du Zeit?«

Tina nickte.

Ich griff zum Telefon und wählte die Nummer des besten Restaurants, das mir in Stuttgart einfiel. Die Frau des Chefs war am Telefon, bedauerte aber in blumigen Worten, dass am Samstag leider, leider schon alles reserviert sei.

»Hören Sie«, wurde ich etwas lauter, »ich habe schon so viele Geschäftspartner zu Ihnen ausgeführt und dabei schon so viel Geld liegen lassen – da müsste es doch möglich sein, ein kleines Tischchen für zwei Personen zu bekommen!«

Tina hörte meinen Versuchen eine Weile zu, irgendwann – ich hatte gerade den Namen der Chefin genannt – schaltete sich Tina ein.

»Gib mir den Hörer mal.«

Ich reichte ihr das Telefon verdutzt weiter und hörte zu, wie sie sich mit der Chefin unterhielt, als seien die beiden alte Bekannte. Dann bedankte sich Tina und legte auf.

»Was war das denn?«, fragte ich sie.

»Ich soll dir von der Chefin ausrichten, es tue ihr leid – sie habe wohl übersehen, dass tatsächlich noch ein kleines Tischchen in der Ecke frei gewesen sei. Und sie freut sich, uns am Samstag als ihre Gäste begrüßen zu dürfen.«

Ich war sprachlos, aber nicht lange, denn Tina hatte Pläne für mich.

»Wir müssen jetzt los«, sagte sie und schob mich zur Tür hinaus. »Ich hätte dir für deinen künftigen Job ein paar Vorschläge zu machen.«

Im Treppenhaus kam uns Frau Pfleiderer entgegen, die mich – nachdem ich ja offenbar aus dem Loft gekommen und nun auch wieder frisch und standesgemäß eingekleidet war – so schmierig freundlich wie früher begrüßte.

Alte Schlange!

Vor einem alten Mehrfamilienhaus in der Werastraße wartete Didi auf uns. Er hatte wieder seinen Kittel mit dem Aufdruck seiner Hilfsorganisation übergezogen und führte uns hinauf in den vierten Stock. Oben sah es fürchterlich aus: eine Wohnungstür war zersplittert und gab halb geöffnet den Blick auf ein Durcheinander aus alten Möbeln, feuchten Teppichen und eingerissenen Kartons frei.

Ich sah Didi fragend an.

»Das ist das erste Beispiel«, sagte er und ging mit mir in die Wohnung. Es roch streng und sah auch danach aus. »Hier hat ein altes Ehepaar gewohnt. Er brach sich ein Bein, und sie bekam von der Krankenkasse bewilligt, neben ihrem Mann im Krankenhaus schlafen zu können.«

»Schön«, sagte ich, »hätte ich heute gar nicht mehr für möglich gehalten.«

»Tja, aber als die beiden nach drei Wochen wieder in ihre Wohnung wollten, sah es so aus wie jetzt.«

Ich starrte Didi an.

»Das Haus hier soll abgerissen werden, und bis auf die beiden alten Leute und ein junges Pärchen im zweiten Stock sind alle Mieter ausgezogen. Also hat der Hausbesitzer das Projekt an einen ehrgeizigen jungen Mann vergeben, und der versucht nun mit Mitteln, die du ja auch kennst, hier alles klar zu machen.«

»Und der hat die Wohnung hier so zugerichtet?«

»Das nehmen wir an – niemand sonst hätte ein Grund dazu, denn gestohlen wurde nichts, aber alles wurde kurz und klein geschlagen und am Ende wurde auch noch reichlich Wasser über dem ganzen Durcheinander ausgekippt.«

Ich seufzte. So sah das also aus, wenn man es mal nicht aus der Investorenwarte betrachtete. Peer hatte recht: Das war eklig.

»Und jetzt?«

»Tina hat den beiden Alten vorübergehend eine kleine Wohnung in einem der Häuser ihrer Eltern besorgt …«

»Moment«, unterbrach ich ihn und sah Tina an: »In ›einem der Häuser deiner Eltern‹ – was heißt das?«

Sie zuckte mit den Schultern und grinste: »Nimm's einfach wörtlich.«

»Da hast du mir aber noch etwas zu erzählen.«

»Ja, klar, auch ich habe meine lange Geschichte – aber wir werden die Zeit dafür noch haben, hoffe ich.«

Sie strahlte mich an, und meine Verärgerung schmolz wie Butter in der Sonne.

»Dort wollen sie aber nicht bleiben«, fuhr Peer fort. »Sie sind einfach in diesem Viertel hier zuhause. Also richten wir die Wohnung wieder her, damit sie hierher zurück können.«

»Wir?«

Tina nickte. »Du hast mir doch vorhin erzählt, dass du mit Menschen arbeiten willst, dass du ihnen helfen willst – fang doch gleich hier damit an.«

»Und du?«

»Ich mach natürlich mit. Dich mit beiden Händen arbeiten zu sehen, will ich mir doch auf keinen Fall entgehen lassen.«

Bevor wir loslegten, holten wir uns vom Metzger um die Ecke Leberkäsweckle und Limo. Dann arbeiteten wir wie die Verrückten und hatten bis zum Abend schon ein schönes Stück geschafft.

Zurück in meinem Loft saßen wir bei einer guten Flasche Wein zusammen, rechneten und tüftelten an einem Geschäftsmodell, mit dem wir solche Hilfsaktionen auch finanziell auf halbwegs solide Beine stellen konnten.

Den nächsten Tag verbrachten wir komplett in der Werastraße, und am Abend stand unser Entwurf für eine eigene, kleine Hilfsorganisation. Ich hatte für die Finanzierung an Beratungshonorare gedacht, an öffentliche Fördergelder und ein paar sonstige kleinere Einkünfte. Aber Tina hatte mir schnell deutlich gemacht, dass es allein damit nicht getan war – und das war mir eigentlich auch selbst schon klar.

»Du arbeitest weiter mit Immobilien«, sagte Tina schließlich, »und damit verdienen wir das Geld, das wir für unsere Hilfsprojekte brauchen.«

»Ich soll also den Job wieder machen, den du mir nach unserem Abend beim Spanier so übel genommen hast?«

»Untersteh dich!«, sagte sie und drohte mir spielerisch mit dem Zeigefinger. »Es wird ja wohl auch möglich sein, auf anständige Art mit Immobilien Geld zu verdienen.«

»Mag sein«, sagte ich und zuckte mit den Schultern. »Aber halt nicht so viel.«

»Macht nichts, uns wird es schon reichen.«

Die Idee, wieder in meiner bisherigen Branche zu arbeiten, gefiel mir nicht besonders gut. Ich hätte lieber einen klaren Strich unter alles gezogen – aber auch wenn ich mich noch ein wenig sträubte: Tina hatte mich längst überredet.

Das kann ja noch was werden mit uns beiden …

Wir rechneten noch ein wenig, schließlich mussten wir auch noch etwas Geld für uns übrighaben. Dann war klar: Große Sprünge würden nicht drin sein, aber wir könnten zusammen arbeiten, wir könnten Menschen helfen – und dass uns die Hilfsbedürftigen in einer schaffigen Stadt wie Stuttgart ausgehen würden, mussten wir nun wirklich nicht befürchten.

— o —

Schließlich saßen wir am Samstag an unserem Ecktisch hoch über dem Stuttgarter Talkessel. Nach und nach wurden uns die Gänge aufgetragen, und Tina verriet mir zwischendurch, warum sie hier einen freien Tisch bekommen hatte und ich nicht.

»Wir wohnen gleich da unten«, deutete sie zum Fenster hinaus. »Aber das weißt du ja schon. Und das hier ist das Lieblingslokal meiner Eltern – mit meinem Vater bin ich übrigens hierher essen gegangen, als du unten an der Staffel versucht hast, dich unsichtbar zu machen.«

Ich schluckte. Mir war das Erlebnis noch immer unangenehm, aber Tina legte ihre Hand auf meine und lächelte mich an.

»Der Wirt und seine Frau haben ein großes Herz. Als sie mitbekommen haben, dass ich im Café Büchse bediene, haben Sie immer wieder eine Kiste mit ›Resten‹ bei meinen Eltern vorbeigebracht. Das war aber immer frische Ware – und sie gaben mir die Sachen unter einer Bedingung: Ich durfte nicht verraten, von wem ich sie hatte.«

»Warum denn das?«

»Vielleicht wollen sie einfach helfen, ohne dafür in der Zeitung zu stehen.«

»Nobel«, sagte ich und ließ mir den nächsten Gang schmecken.

Als das Dessert verputzt war, sank Tina seufzend in ihrem Stuhl zurück. Sie legte die Serviette ab und ließ den Blick durch die Fenster hinunter zum Talkessel schweifen. Eine Weile saß sie stumm da, sah dann zu mir und lächelte selig.

»Mann, war das lecker!«

Sie klopfte sich vorsichtig auf den flachen Bauch.

»Wenn ich da drin noch Platz hätte, könnte ich gerade noch einmal von vorne anfangen.«

Ich griff nach ihrer Hand und strahlte sie an.

Es war wie in dem Kinofilm, wenn sich Hugh Grant und Julia Roberts endlich kriegen: Das Gemurmel um uns herum, das leise Geklapper von Besteck und Geschirr, das Klingen von Gläsern und die ehrfürchtigen »Ahs« und »Ohs« der zufriedenen Gäste wurde langsam ausgeblendet, und wir fühlten uns wie auf einer kleinen, abgeschotteten Insel inmitten des Restaurants.

Ich sah auch nicht mehr viel außer Tinas dunklen Augen, und sie erwiderte meinen Blick und drückte leicht meine Hand.

»Ich möchte dich jetzt ja nicht enttäuschen«, begann sie schließlich, und mein Hugh-Grant-Bild begann ein wenig zu verschwimmen. »Es war ja auch echt lecker hier. Ich habe es sehr genossen und danke dir herzlich: ein tolles Erlebnis!«

… aber?

»Aber … ich muss das nun nicht unbedingt jeden Tag haben.«

Sie sah in die Runde und blieb mit ihrem Blick an einem der Fenster hängen. Meine Hand wurde etwas feucht unter ihrer, und ich fragte mich fieberhaft, worauf das nun wieder alles hinauslaufen würde? Es war doch alles perfekt gelaufen, oder etwa nicht?

»Und ich weiß ich gar nicht so recht, wie ich es dir am besten sage.«

Schonend, dachte ich, wäre mir am liebsten. Und ich fragte mich, ob es sich immer so mulmig anfühlte, wenn man von jemandem abserviert wurde. Höflich in diesem Fall zwar, aber doch immerhin endgültig. Vermutlich.

Tina sah mir in die Augen und grinste etwas. Ich war irritiert. Machte man neuerdings mit einem sympathischen Grinsen Schluss?

»Allein in der Suppe hätte ich mich wälzen können, und dass ich mit dem Finger den letzten Soßenrest aufgeputzt habe, hat, glaube ich, sogar unseren Ober zum Lächeln gebracht. Aber …«

Ich schluckte.

»Können wir das nächste Mal wieder irgendwo in einer einfacheren Wirtschaft essen?«

Mir klappte die Kinnlade herunter, darauf war ich nun wirklich nicht gefasst. Tina sah mich erschrocken an.

»Ist dir das nicht recht?«, fragte sie schnell. »Wir können gerne wieder hierher … aber …«

Ich spürte, wie sich ein erleichtertes Lächeln auf meinem Gesicht ausbreitete. Da ich allerdings vergessen hatte, mein Kinn wieder hochzuklappen, sah das vermutlich nicht allzu vorteilhaft aus.

»Ist dir nicht gut?«

»Doch, doch«, machte ich und atmete erleichtert auf. Mir rutschte der ganze Bopser samt Fernsehturm vom Herzen und der Eulenrain, die U15 und der Frauenkopf gleich noch hinterher. »Doch, mir geht's prima. Ich dachte nur …«

»Ja?«

Ich biss mir auf die Lippe.

Halt die Klappe, du Blödmann – nachher bringst du sie noch auf Ideen. Verdient hast du diese Prachtfrau ohnehin nicht, du musst sie darauf ja nicht gerade mit der Nase stoßen …

»Nichts, nichts. Nein, alles okay, gut, prima, danke.«

Was für ein Gestammel! Aber Tina lächelte nur und drückte wieder meine Hand.

Stimmt, die liegt da ja noch.

»Weißt du«, fuhr sie schließlich fort, »so ab und zu daheim kochen und sonst in eine kleine Pizzeria am Eck, ein paar Nudeln, ein Salat, Pizzabrot – das ist doch auch mal schön, oder?«

»Klar«, hauchte ich.

Sie beugte sich etwas vor und raunte mir zu: »Dann muss ich mich auch nicht immer so fürchterlich in Schale werfen und komme prima mit Jeans und Pulli aus.«

»Geht mir ähnlich«, lachte ich. »Ich habe mir meine alten Businessklamotten richtig abgewöhnt – fühlt sich gar nicht so schlecht an ohne Jackett.«

»Und vor allem ohne Cowboystiefel«, grinste Tina.

»Also gut«, sagte ich und sah mich verschwörerisch um, als würde ich Lauscher in der Nähe befürchten, »dann essen wir das nächste Mal beim Italiener.«

»Oder wir essen spanisch.«

»Oder türkisch.«

»Oder thailändisch.«

»Oder vietnamesisch.«

»Oder …« Tina zögerte etwas. »Schwäbisch?«, fragte sie dann.

Ich zuckte mit den Schultern. »Warum nicht? Inzwischen sollte das kein Problem mehr sein. Rostbraten, Spätzle, Flädlessuppe, Gaisburger Marsch, saure Kutteln, Salzkuchen – eigentlich hätte ich dazu mal wieder richtig Lust.«

»Schön«, sagte Tina. »Dann können wir ja mal in den nächsten Tagen ins Umland rausfahren. Wir suchen uns eine schnucklige Wirtschaft, trinken Hauswein und bestellen uns irgendetwas typisch Schwäbisches.«

Ich sah sie an. »Unter einer Bedingung.«

»Und die wäre?«

»Du kannst dir saure Nierle, Zwiebelkuchen, Knöpfle, Nonnafürzle oder Krautspätzle bestellen, bis dir schlecht wird. Bloß eins nicht.«

»Was denn?«

Ich grinste sie breit an, dann verstand sie. Wir lachten, nickten uns zu, hoben die Gläser und riefen im Chor:

»Bloß keine Maultaschen!«

Ein paar Gäste und Angestellte drehten sich zu uns um, und hinter dem Tresen stand der Chef, sah zu uns herüber und lächelte wie ein glücklicher Buddha.

ENDE

Dank

Danke an alle, die sich auch seltsame Fragen gefallen ließen und die diesem Buch informative und skurrile Details bescherten – die Fehler, falls Sie welche finden, kreiden Sie einfach mir an.

Sollte sich jemand in diesem Buch wiedererkennen, danke ich für das (unverdiente) Lob: Wie in Romanen üblich, sind Handlung und Personen frei erfunden.

Völlig aus der Luft gegriffen ist die VVS-Aktion »Autofreie Stadt« mit der Blanko-Netzkarte – sollte sich die VVS aber dadurch inspiriert fühlen, hat sicher niemand etwas dagegen. Für Versuche, herauszufinden, was an den Schauplätzen real und was erfunden ist, wünsche ich viel Spaß. Vielleicht sehen wir uns ja mal in der U15 oder unter dem Fernsehturm …

Jürgen Seibold